诗画铁人

SHI HUA TIE REN

张伟◎著

中国石化出版社

内容提要

本书以铁人拼搏奋斗的一生为线索，运用丰富、翔实的史料，生动、典型的案例，真实、感人的故事，用300余首诗词刻画了铁人王进喜这位闻名全国的劳动模范、工人楷模、人民英雄。本书观点新颖，视角独特，对于培育和践行社会主义核心价值观、弘扬党的优良传统、加强理想信念教育和思想政治工作具有借鉴意义。

本书诗词韵律鲜明，诗情画意，文笔清新流畅，风格质朴无华，寓意隽永深邃，极具可读性。本书文体结构严谨，表述规范准确，文风朴实，既可以作为了解铁人事迹、学习铁人精神的科普读本、培训用书，同时也可供广大读者研究铁人精神参考。

图书在版编目（CIP）数据

诗画铁人 / 张伟著. -- 北京 : 中国石化出版社,
2023.3（2023.7重印）
ISBN 978-7-5114-7013-3

Ⅰ. ①诗… Ⅱ. ①张… Ⅲ. ①诗集–中国–当代
Ⅳ. ①I227

中国国家版本馆CIP数据核字（2023）第046874号

中国石化出版社出版发行
地址：北京市东城区安定门外大街58号
邮编：100011 电话：（010）57512500
发行部电话：（010）57512575
http://www.sinopec-press.com
E-mail：press@sinopec.com
北京富泰印刷有限责任公司印刷
全国各地新华书店经销
*
787×1092毫米 16开本 20印张 409千字
2023年4月第1版 2023年7月第2次印刷
定价：98.00元

前言

preface

习近平总书记在党的二十大报告中强调："弘扬以伟大建党精神为源头的中国共产党人精神谱系，用好红色资源，深入开展社会主义核心价值观宣传教育，深化爱国主义、集体主义、社会主义教育，着力培养担当民族复兴大任的时代新人。"2021年9月29日，在20世纪60年代石油大会战时期形成的铁人精神首批纳入中国共产党人精神谱系。苔花如米小，也学牡丹开。作为致力于铁人精神研究的石油高校教师，心中无比自豪。在铁人王进喜100周年诞辰之际，满怀忐忑和激情，撰写《诗画铁人》一书，以此纪念铁人王进喜，弘扬传承铁人精神。

人无精神不立,国无精神不强。"铁人"是一个浓缩了中国元素的符号，他不仅仅是先进人物王进喜个人的头衔，更是体现着中国工人阶级的高尚品格。"铁人"不仅是一个模范人物的标志，也是一种集体精神的体现，更是中华民族伟大精神的典型化和具体化。本书以铁人拼搏奋斗的一生为线索，以鲜活实例为线索，丰富图片为背景，辅以高度凝练的诗词还原了一个有血有肉的铁人王进喜，多角度再现了铁人平凡而伟大的奋斗历程，全方位展现了铁人爱国、创业、求实、奉献的一生。

"铁人"这个时代符号，激励和鼓舞了几代中国人敢为天下先、敢于克难关。这种积极向上的力量，永不停息永不止步。此书运用丰富、翔实的史料，生动、典型的案例，真实、感人的故事，用三百余首诗词刻画了铁人王进喜的英雄故事，也展现了中国石油工业波澜壮阔的发展历程。书中诗词韵律鲜明，诗情画意，文笔清新流畅，风格质朴无华，寓意隽永深邃，极具可读性。

祖国是人民最坚实的依靠，英雄是民族最闪亮的坐标。铁人精神是一面旗帜，凝结着工人阶级朴素的情感和战天斗地大无畏的英雄气概。铁人精神是一种力量，凝聚着中国人不畏困难、坚韧不拔的英勇气概和创业勇气。铁人精神是一种标志，凝缩着一个民族和国家的精神典范，凸显了中华民族绵延不息、不断壮大、勇闯未来的民族精神。

天地英雄气，千秋尚凛然。铁人精神不是空洞的口号，而是民族复兴的内在驱动力量，是新时代新的价值引领。习近平总书记指出："追梦需要激情和理想，圆梦需要奋斗和奉献。"一个有希望的民族不能没有英雄，一个有前途的国家不能没有先锋。铁人精神在我国全面开启中国式现代化建设的伟大新征程上更加弥足珍贵。

时代敲响战鼓，征程任重道远，需要一代又一代"铁人"接力前行。对一个民族、一个国家来说，最持久、最深层的力量是全社会共同认同的价值观，铁人精神的当代价值就是围绕社会主义核心价值观，弘扬和传承铁人精神。本书文体结构严谨，表述规范准确，文风朴实，可作为了解铁人事迹、学习铁人精神的科普读本及培训用书，同时能够为广大读者研究铁人精神提供有益的参考。站在新的历史起点，找准社会主义先进文化的时代韵脚，不断增强中华民族的凝聚力、向心力、创造力；激活铁人精神的源头活水，引领我们认识过去、把握今天、面向未来，不断增强作为中国人的志气、骨气、底气。

目录

CONTENTS

第一章

翻身解放　赤诚报国

王进喜（1923.10.8—1970.11.15），汉族，甘肃省玉门县赤金堡人，祖籍陕西省渭南市大荔县羌白镇焦家村，中共党员，中国共产党第九届中央委员，第三届全国人大代表，全国劳动模范。

甘肃玉门是铁人王进喜的出生地，他在这片土地上生活、工作了三十七载。玉门和平解放前的二十六年，既有他童年的苦难抗争，又有少年的辛酸劳苦，以及青年的苦闷彷徨。新中国成立前，他在旧玉门油矿当了十来年学徒工，没有上过钻台，没有摸过钻机的刹把，连一套铺盖都没有捞到。

1949年9月25日玉门油矿解放后，王进喜翻身做主人，迎来久违的人生春天。新中国成立后，经过民主改革、反封建把头、诉苦等运动，他觉醒起来，打碎旧社会加在他身上的一切锁链，做了国家的主人。在党的培养下，他当了司钻和钻井队长，思想进步很快。不久，便光荣地成为一名中国共产党党员。起初，王进喜对党有单纯报恩的思想，经过学习他逐渐认识到，共产党员心里要有共产主义的远大目标，干革命，单纯报恩是远远不够的。从此，他更加自觉地把打井同伟大的社会主义革命联系起来，把井场当成革命斗争的战场，一心为国家多打井，打好井。

王进喜曾任玉门油田贝乌5钻井队队长，1958年9月，他带领贝乌5钻井队（1205钻井队）创造了月进尺5009米的最新纪录。1959年创年钻井进尺7.1万米的全国最新纪录。同年王进喜作为贝乌5钻井队（1205钻井队）代表，出席了全国群英会，参加了新中国成立10周年国庆观礼。全国群英会奖给他一套《毛泽东选集》，自此，他学习毛主席著作更加勤奋、认真。文化程度低，好多字不认识，不会写，成了王进喜学习的一大难关。但是，他顽强地坚持一边学文化，一边学习毛主席著作。开始学习《矛盾论》的时候，他不会写“矛盾”两个字，就在本子上画了一个贫农、一个地主，用来表达矛盾的意思。一次，他用了几个晚上的时间写了一封信，请人帮助修改，改后他便抄，一连抄写了二十遍。别人说：“我替你写吧。”王进喜说：“我不是为了写信，我是想学文化，好读毛主席的书。”他经常用一个老工人的话，来表达自己的心情：“我学会一个字就像搬掉一座山，我要翻山越岭去见毛主席！”

1960年3月，王进喜带领贝乌5钻井队从玉门来到大庆。他和全队工人把60多吨重的钻机设备化整为零，采用人拉肩扛的办法把钻机和设备从火车上卸下来，运到马家窑附近的萨-55井，安装起来。由于水管线还没接通，罐车又少，王进喜就带领工人到附近的水泡子破冰取水，用脸盆端了50多吨水，保证萨-55井正式开钻。饿了，啃几口冻窝窝头；困了，裹着老羊皮袄打个盹儿……通过全队工人的共同努力，只用了5天零4个小时就打完了油田上第一口生产井；其间，他因用自己身体制服井喷而家喻户晓，人称“铁人”。

1960年7月，王进喜被树为全战区“五面红旗”之一，曾任大庆石油会战钻井指挥部生产二大队大队长，大庆石油会战指挥部副指挥。“宁肯少活20年，拼命也要拿下大油田！”这是王进喜不止一次说过的话，他时时刻刻都在实践着自己的誓言。1964年，王进喜当选为第三届全国人大代表。1969年春，王进喜当选为党的九大代表，被选为中央委员。1970年4月，王进喜被确诊为胃癌晚期。

1970年11月15日23时42分，王进喜因胃癌在北京301医院医治无效不幸病逝，终年47岁。2000年获评“百年中国十大人物”之一；2009年9月10日当选“100位新中国成立以来感动中国人物”之一；2019年9月25日，被评选为“最美奋斗者”。

本章将从王进喜的苦难童年艰辛度日、玉门解放人民自由、穷人翻身当家作主、玉门打井赤诚报国、铁人上井“三件宝”、赴京参加群英会、大庆会战未雨绸缪七个方面，按照时间顺序，结合当时具体的实例，以诗词的形式展现铁人王进喜在玉门三十七载的工作、学习、生活的人生历程。

（图片来源：西安石油大学铁人王进喜纪念馆）

忆铁人

进尺玉门争上游，一生奉献竞风流。
松辽会战新功建，大庆铁人万代秋。
饮露餐星筑硬骨，腾身振臂甩贫油。
红旗遍地黑金冒，回望英雄照九州。

苦难童年　艰辛度日

1923年，哀鸿遍野的旧社会。10月8日，王进喜出生在甘肃玉门赤金堡和平村一个贫苦的农民家庭，其祖籍陕西大荔县羌白镇焦家村。据说，王进喜曾祖在清道光年间由陕西迁到甘肃河西走廊一带。

大约在咸丰年间，王进喜的祖父王博学在此地放下货郎担子摆地摊，做起了针头线脑的小生意。凭借为人友善积攒的人脉和公平交易赢得的信誉，渐渐地有了最初的积蓄，于是开始买地建房子，直到举家迁来定居。到了清朝末年，王家已经有了一定积累，开了一家叫“壹元堂”的当铺，拥有上百亩的耕地、几十间房屋，成为赤金堡有头有脸的富户。王博学是家族里的大掌柜，人送外号“王典当”。[1]

清朝末年，王家成为赤金堡当地富户，在荒凉偏僻的赤金堡相当有名望。王进喜的父亲王金堂1894年出生，恰逢中日甲午战争爆发。不久，在王金堂3岁时，也就是清光绪二十三年，受太平天国农民起义影响，陕甘地区发生回民起义，河西走廊发生兵变，一股土匪袭击了赤金堡，整个镇子陷入空前浩劫。作为大户的王家损失最为惨重。土匪把王家洗劫一空，又一把大火将其烧了个精光。王博学被打成重伤，从此一病不起，王家只能变卖田地度日。自此，王家衰败不堪，一蹶不振。王进喜祖母王田氏省吃俭用，持家理财，待家境稍有起色，

王进喜故居（修缮前）
（图片来源：玉门铁人王进喜纪念馆）

王进喜故居

和平屋破挡寒风，弱幼十斤祖上耕。
雪域荒滩怜赤子，祁连戈壁念苍生。
疏疏藿叶逐光去，片片葵心向日倾。
故居如今龙马涌，精神千古再出征。

注：葵心指葵花；藿叶指豆类植物的叶子。葵花和豆类植物的叶子倾向太阳。比喻一心向往所仰慕的人或下级对上级的忠心。出自唐·杜甫《自京赴奉先县咏怀五百字》：“葵藿倾太阳，物性固难夺。”示例，唐·郑愔《奉和春日幸望春宫》诗：“幸同葵藿倾阳早，愿比盘根应候荣。”三国·魏·曹植《求通亲亲表》：“若葵藿之倾叶，太阳虽不为之回光，然终向之者，诚也。臣窃自比葵藿。”《旧唐书·良吏传下·倪若水》：“草芥贱命，常欲杀身以効忠；葵藿微心，常愿隳肝以报主。”宋·曾巩《襄州到任表》：“常存倾藿之诚，虽知向日；居有戴盆之势，何以望天？”

[1] 宫柯、杨海峰：《共产党人王进喜：看铁人是如何炼成的》，石油工业出版社2021年版，第209页。

想尽一切办法供王金堂念私塾，学认字。长大后，为了赚钱养家，王金堂在花海乡一家中药铺做账房先生。可是民国初年兵荒马乱，天灾人祸有增无减，做账房先生的王金堂丢了饭碗，勉强做一个能算账、会写字、有知识、有文化的庄稼汉。

王进喜降生在一个金灿灿的秋天，按照当地的习俗，王金堂把婴儿包上一件老人的衣服，装在草编的筐子里挂到秤上一称，正好十斤，于是就起名为“十斤娃”。十斤娃名字听起来非常壮实，实则身材瘦小。30岁得子的王金堂看到生下的是一个男孩，心里非常高兴。请来算命先生为儿子批了八字，先生说这个孩子是火命，将来非富即贵，一定大有出息。王金堂听后十分高兴，按照王家的家谱往下排，起名王进喜，希望他能够辟邪得利、招财进喜，学到本领后重整家业，为王家带来好运。

在灾难深重的旧中国，王进喜受尽苦难。王进喜小时候的生活十分艰苦，在中国大西北的一个贫苦农村，那个时候靠天吃饭的农民总会受制于天气，每每发生大旱灾，家里人只能出去乞讨以维持温饱。

王进喜5岁那年，他的父亲王金堂在外面欠下债务。债主每天逼债，曾遭债主毒打，加之官府通报关押，急火攻心，王金堂因为这场官司急瞎了双眼。家庭的重担全部落在母亲何占信一个人身上，王进喜特别心疼母亲，经常帮母亲分担家务，自小就养成了吃苦耐劳的品质。

1929年，甘肃地界大旱，玉门遭受了百年不遇的灾荒，几乎颗粒无收。为了活命，作为全家最大的孩子——年仅6岁的王进喜用一根木棍领着双目失明的父亲四处乞讨。王进喜每天带着父亲走南村，串北庄，四处乞讨，家里穷得叮当响，什么都没有，全靠讨饭度日。大荒大灾之年，平常人家都不富裕；再加上乞讨的人也很多，王进喜和父亲有时辛苦一天，讨来的饭也只够一个人吃。但是他一口也不吃，都给了父亲，自己实在饿极了，就抓一把树叶来充饥。小小年纪便忍饥挨饿，看遍人间百态，饱受生存之苦。小时候的王进喜吃尽了生活的苦。关于王进喜这段乞讨的生活经历，在1964年接受《人民日报》记者田流同志采访时，王进喜曾有过详细叙述。他说:“地不打粮，只好要饭。我拉着棍子，给双目失明的父亲领路，走南村，串北庄，出去要饭。地主家的狗也怪，单咬穿破烂的，这不（王进喜卷起裤腿给大家看），当年被狗咬的伤疤还在。张口叫门要吃的，可真不容易，那时候好一点的人家给点麸皮，坏的人家还出来打我们一顿棍子。家里穷得光光的，要啥没啥，全家人靠讨饭度日，真是一天比三年还长。”

（图片来源：大庆铁人王进喜纪念馆）

童年苦难

赤金添弱子，自小历饥寒。
乞讨多疾苦，劳忧少煜欢。
童工十载泪，练就一身坚。
受尽折磨气，穷人盼换天。

生性倔强的王进喜从小就扛起了家庭的重担。1932年，青甘军阀马步芳要建羊毛厂，王进喜的父亲王金堂被强迫出劳役。9岁的王进喜只好让父亲坐在车上，小小年纪赶着牛车，把羊毛送到百里之外的酒泉。牛车颠簸，羊毛掉了一路。王进喜和父亲被关了起来。

（图片来源：玉门铁人王进喜纪念馆）

出劳役

载父牛车去，酒泉百里遥。
悲凉无为路，少小有辛劳。
怎免虎狼势，难将云雨消。
谁怜孤独苦，冷月夜风飘。

在甘肃省玉门市赤金镇西南的祁连山中，玉门矿区西南方向40千米、青西油田腹地有座山，当地人称为窟窿山。当地传说，自从窟窿山里出了两条妖蛇之后，才改名叫妖魔山的。这里一天有四季的变化无常，遥望妖魔山，只要看到山上云雾缭绕，黑云盖顶，冬天便大雪纷飞、寒风刺骨，夏季则电闪雷鸣、大雨如注。

妖魔山是甘肃玉门境内最高峰（海拔4584米），属祁连山脉，峰高基阔，南北横跨肃北、玉门两县市，绵延几百千米。远看终年积雪，云雾缭绕，巍巍然与天相连；近看高耸屹立，直指苍穹，挺挺然刺穿云海。

为了挣钱给父亲治病，10岁的王进喜和几个穷孩子一起到虎狼出没、气候变化无常的妖魔山给地主张武寅放牛。年底结算工钱，地主却借口丢了牛，没有给工钱。

正是这段放牛娃的经历，让王进喜对老黄牛有了更为深刻的理解。他曾经不止一次地说过："我从小放牛，牛吃草，马吃料。牛的享受最少，出力最大。我愿意为人民当一辈子老黄牛。"

（图片来源：玉门铁人王进喜纪念馆）

放牛妖魔山

妖魔山险恶，地主赛妖魔。
饱饭无一顿，皮鞭有几何。
黄牛知事少，恶霸坏心多。
雪雨工钱墨，长哭碧海波。

儿时的苦难经历让幼小的王进喜有了对强权的愤恨和抗争意识。王进喜家曾经有几亩田地，却被伪区长以借为名长期霸占。王进喜12岁时，下定决心去向伪区长讨要田地。他不畏强权，毅然上门前去讨要。经过据理力争，虽然只要回了几丈白土布，却是王进喜与恶势力抗争的第一次胜利。

（图片来源：玉门铁人王进喜纪念馆）

讨田地

霸占王家地，长期赖不还。
斗民多义士，区长逞凶顽。
行路强权势，登门讨要难。
争回白土布，进喜笑开颜。

为了谋生，13岁的王进喜到红沟煤窑下矿背煤。14岁被抓夫到安西修公路及被抓兵役时，在关押期间挖断门墩逃进深山。为了躲兵役，他淘过金、挖过油。1938年进玉门石油公司当徒工，干活儿时砸伤了腿，被工厂主赶出大门。伤好之后顶了别人的名字混了个差事。进油矿后有很长一段时间只管饭不给工钱，直到1939年7月才给些微薄的工资。16岁的年龄，却干着和大人一样的重活儿，承担着巨大的伤亡风险，生活条件非常恶劣。王进喜年龄太小，只能做一名“苦工”。他住的是没有窗户的土窑洞，吃的是掺了糠的稀粥黑馍，干的却是最苦最累的牲口活儿。在油矿，“苦工”是地位最低的，王进喜不仅要干一些脏活儿、累活儿，还要被工头欺压和克扣工钱；而且每天还要在矿警的监视下劳作，成为没有人身自由的苦力。王进喜还经常挨工头的打骂，但他不甘屈辱，多次奋起反抗。但是往往因为反抗而又受到更多更重的惩罚。步入成年的王进喜，非常羡慕在油矿上钻井的工人，希望有朝一日能够到钻井队去学钻井技术，多挣点钱。但是当时的玉门油矿，在国民党黑暗的统治下，根本就没有穷苦人的出头之日，资本家和美国人把持着玉门油矿的技术。出苦力的临时工只能干运材料、挖土方之类的体力活儿，这种暗无天日的苦差事，王进喜一干就是10年。

（图片来源：玉门铁人王进喜纪念馆）

少　苦

讨饭明灾难，抓丁做苦工。
伤残常有事，打骂岂无行。
攒劲苦劳夜，心怀解放功。
唯馀心赤血，报效党恩情。

和王进喜一起出苦力的师傅给他讲了“骆驼攒劲”的故事，告诉他要讲究斗争方法，培养耐力。人要学会像骆驼一样，培养自己的“耐力”。也就是这个故事，让王进喜硬是咬着牙挺了过来。王进喜心中充满了对自由生活的向往。正是这苦难的经历和恶劣的生存环境，练就了他刚毅坚韧、倔强不屈的性格。王进喜的童年就是在这样的困窘中度过的，但也许就是因为这种生活在旧社会的凄惨历程，才锻炼了他吃苦耐劳的精神。

讲述“骆驼攒劲”的雕塑
（图片来源：玉门铁人王进喜纪念馆）

童　工

耐力骆驼好，能行万里遥。

妖魔迷眼色，狼虎逞凶獠。

不畏强权势，何屈倔强腰。

苦工遭打骂，攒劲待天骄。

新中国成立前的玉门油矿在国民党的统治之下，资本家和外国人把持的玉门油矿犹如人间地狱。而美国人垄断了钻井技术、采油技术等技术工种，像王进喜这样普通的苦力根本没有出头之日。

王进喜只能到驮运队当一个小工，作为一个干杂活儿的穷工人，给油矿职员家里送生活用油和水，苦熬过活。直到他16岁，他才生平第一次有了钱，虽然少得可怜，但他一直想着要是父母能够摸到这些钱，该有多开心。

一次，母亲因为交不上门牌税，无奈之下只能到矿上找他，矿警拦着不让她进。母亲就只能在铁丝网外边等，饿了就吃一点拿来的饼子，直到两天两夜过后，王进喜在同乡的告知下才知道母亲来了。他急忙跑过去，隔着铁丝网把所有的钱都交给母亲，含泪看着她离去的背影。

由于全家6口人都靠王进喜的微薄收入糊口，王进喜就在这样的环境下当了10年矿工，艰难度日。他每天住的是土窑洞，吃的是稀粥、黑面馍，穿的是一件磨得光亮的羊皮袄。正像那句牧区穷人的民谣：“白天穿，晚上盖，雨天毛朝外”，王进喜的吃穿住条件恶劣至极，还要完成同大人一样的重活儿。1940年有一个窑洞坍塌，十个工人被活活砸死。工人的劳动毫无安全保障，爆炸、火灾等事故频繁发生，人身伤亡连连不断。

当时矿工的工资极其低微，再加通货膨胀，往往一个月的工资买不了两盒纸烟。在当时的玉门油矿流传着这样的一首歌谣：“早送星来晚迎星，月月工资不顶用。买上两包‘中山门’，工人饿得肚子痛”，更为生动、形象地说明当时工人的凄惨境界。至于在政治上更是没有一点自由，工头可以随意打骂工人，还有什么“特党部”“特密小组”“矿警队”，可以随意罗织罪名捕杀工人。

王进喜当时住过的土窑洞
（图片来源：西安石油大学铁人王进喜纪念馆）

生查子·苦徒工

油矿苦徒工，钻井平台恶。
十年干杂活，刹把没摸过。
身下稻草凉，裹体羊皮破。
若地主长工，垄断生威迫。

王进喜经常为钻井队送料，强烈地爱上了钻井工作。但在玉门矿里干了十几年，竟然没有上过一次钻井平台，没有摸过一次石油钻机的刹把。更让人唏嘘不已的是，在旧玉门油矿干了十几年，竟然连铺盖卷也没混上，盖的依旧是破羊皮，铺的是稻草。就连媳妇也是在1947年，用17岁的妹妹与别人“换亲”娶进门的。这不禁让王进喜产生了深深的思索，造成的这一切到底是为什么？

这时候王进喜已经有了朴素的革命意识，他认为穷人不是天生的，而是富人太过压榨剥削导致的，从此之后他开始想尽办法反抗。大西北艰苦的自然环境和恶劣的生活条件将这个甘肃汉子磨炼得刚强坚韧、永不屈服。工人们悲愤地唱道：“一出嘉峪关，两眼泪不干。向前看，戈壁滩；向后看，鬼门关。”当时的玉门油矿，就是如此血泪斑斑的一片凄惨景象！玉

被称作“鬼门关”的旧玉门油矿大门
（图片来源：西安石油大学铁人王进喜纪念馆）

生查子·反思

油矿苦徒工，辗转无新睡。
十年苦扛活，独自常垂泪。
轻薄稻草床，破烂羊皮被。
万恶旧中国，何人赐恩惠。

门油矿被国民党统治，工人们将当时的玉门油矿大门称作“鬼门关”。

从小受尽人间疾苦的王进喜也正是为此磨炼出了坚韧的性格，虽然他年龄不大，但他吃过的苦不比任何人少。正是这种苦难的经历使王进喜产生了反抗心理，启蒙了斗争意识。在这个时期，逐渐锤炼了他坚毅、倔强、不服输、敢抗争的意志品质。

1939年3月，玉门油矿1号井开钻
（图片来源：玉门油矿史）

破阵子·抗争

进喜穷家赤子，赤金年少凄凉。
战胜强权争土布，劳役心酸兵役伤。
抗争自此张。
屈辱不甘早立，为国争气流芳。
廿载拼搏实苦干，血脉石油终破荒。
精神永驻长。

玉门解放　人民自由

玉门县地处河西走廊西端，是西出酒泉、嘉峪关的第一重镇，为内地通往新疆的必经之地，战略位置极为重要。当时，国民党在这里驻有重兵把守。玉门还建有为国民党过往部队提供后勤保障的河西联勤一九七粮仓、军民合作站、三三七分站及川北镇、东渠、赤金堡粮物麸料仓库。当时，驻防玉门县的主力部队，是国民党陆军独立骆驼兵团。1949年7月初，在人民解放军的凌厉攻势面前，国民党只剩下西北、西南和东南几省的地盘，最后的失败已为期不远。在此形势下，玉门油矿着手开展具体的护矿工作。

玉门油矿解放前，当时矿区的武装力量有：国民党驻军骆驼兵团一个营，属新疆部队，辖三个连；属酒泉河西警备总司令部管辖的高炮连；油矿自身有300多人的矿警队。骆驼兵团和高炮连与油矿关系尚可，但不属油矿指挥，上面命令他们破坏油矿，他们能否抗命是一个未知数，所以不能对他们怀有幻想。矿警队平日做过欺负矿上员工的事，与员工关系很紧张，并且队上有一些兵痞，在紧要关头是靠不住的。所以玉门油矿的护矿工作和斗争只有依靠以矿为家的老工人和技术骨干才能有保证。在这样的背景下，油矿以维护矿区秩序为名，正式成立护矿队，对外称“纠察组”。根据矿长刘树人和炼厂厂长熊尚元等人的推荐，由矿场工程师杨敏任大队长，炼厂工程师金克斌任副大队长，直接受邹明领导。大队下设矿场、炼厂、工务组三个中队。全矿员工听说成立护矿队，积极参加，很快组织起一支以老工人和技术干部为主体的护矿队伍。

邹明组织护矿时，考虑到本矿的护矿力量有限，深恐兰州解放后到玉门解放这一段时间太长而难以支持。为此，他与孙越崎通过电报联系，于8月中旬由兰州飞到香港，在结算油款的同时，同孙越崎面谈了油矿的护矿情况。孙越崎当即表示赞同，给予支持，并通过中共香港组织，以及北京、上海等地的知名人士向我党我军报告了玉门油矿护矿的有关情况。

在人们惊疑、犹豫之际，一些早年流落到玉门县的红西路军战士和一些到过解放区的人们，都以自己的亲身经历和所见所闻，向群众宣传共产党、解放军，稳定了部分人心。玉门油矿和平解放后，彭德怀司令员为玉门油矿颁发了锦旗，上面题写着“发扬英勇护矿精神，为祖国建设事业百倍努力”，以表彰油矿的护矿功绩。

（图片来源：玉门铁人王进喜纪念馆）

铁人护矿

护矿铁人觉悟高，巡逻站岗一肩挑。
和平解放新欢喜，激烈竞争旧愿遥。
考试钻工文化差，实操二次领风骚。
孟和进喜师徒拜，一代劳模望海潮。

1949年8月下旬，人民解放军以摧枯拉朽之势解放了兰州，继而挥师西进，河西震惊。消息传至玉门，盼望解放的群众欢欣鼓舞，国民党反动派则蛊惑人心，造谣诬蔑，说什么“共产党来了，谁也不得安宁”，致使县中学的学生无心上课，弃学回家，商人、摊贩关门停业，有的人逃到乡下躲起来，一时人心惶惶。9月中旬，国民党玉门县县长张联渊、县党部书记郑延寿等人，感到无力支撑局面，遂打点行装逃往新疆，使县治处于瘫痪状态。驻守玉门县的国民党骆驼兵团团长贺新民，见大势已去，也在暗中寻求出路，并与驻酒泉的国民党联勤总部第八补给区司令曾震五取得联系。曾震五从兰州返回酒泉后，在去新疆途经玉门县时，接见了贺新民。他说："解放军已兵临城下，仗已打到尽头，再没法打了……接受和平改编是唯一的出路。"他还要求贺新民尽可能团结官兵，保护玉门油矿的安全。听了曾震五的谈话，贺新民更加坚定了弃暗投明的决心。[1]

贺新民先生
（图片来源：湖南省文史研究馆）

贺新民起义

英明弃暗贺新民，驼马三千起义人。
投笔从戎滇缅战，请缨出塞骆驼心。
逢春柳絮风云涌，往事麻衣倥偬身。
博览群书增大气，广查旧献著贤文。

为了团结全团官兵起义，贺新民在曾震五走后的第二天，即刻召开了全团连以上干部会议，商讨起义有关事宜。当时身在旧营垒心在延安的贺新民，在中国共产党的指引下在骆驼兵团内部成立了起义核心组织"新生会"。

会后，贺新民又派人找来县政府秘书刘登玺、科员刘志壁、县财政局科员张生春以及高鹤、刘居士、张得臣等人，召开了特别会议，研究迎接解放军进城等事宜。贺新民说："我去张掖找解放军代表，几天就回来，你们安顿几个人看住县政府。我已安排骆驼兵团站岗放哨，防止散兵游勇抢劫。"三天后，贺新民从张掖返回后，又召集上述人员开会，他介绍了与解放军洽谈的经过，研究了派专人保护档案、粮库、军械等问题，同时，成立了支前委员会。

[1] 资料来源：《玉门解放史》，玉门在线www.yumen.tv/bendi/info-64493.html。

由于贺新民出面维护社会秩序，玉门县城秩序比较平稳，店铺依旧，买卖照常。同年9月28日他领衔通电起义，拥有3000多名官兵、4000多峰骆驼的骆驼兵团走上了新生之路。起义后，贺新民又率全团官兵协助解放军在沙漠中追剿国民党叛逃部队，收容溃散的官兵两千余人。贺新民在茫茫的生活道路上终于找到了生命的绿洲；饱受国民党压迫的石油工人，早已盼望解放。他们自发成立护矿队，组织昼夜巡逻、掩埋重要机器，决心用生命和鲜血保卫油矿。此时王进喜只有26岁，也在护矿队伍里，坚决参加护矿斗争。他们用马车拉砖、拉砂石、拉水泥，送到井场，然后再把采油树周围砌成水泥砖墙封闭起来，防止油井遭到破坏或着火。解放军一天一天地逼近玉门矿区，护矿工作也日益紧张。为了防止反动派的破坏，邹明决定将矿井大队库存的全部枪支弹药配发给护矿队；工人们也自发地用洋镐把、铁棍等武装自己。得到武装的护矿队，在矿厂周围筑起了堡垒，日夜站岗放哨，组织巡逻队在矿厂周围巡逻，监视着敌人的一举一动。护矿队的纪律很严，任何人不准擅离职守，每天晚上都传出统一的口令，如答不上口令任何人也不准靠近。护矿队还严禁军警闯进矿场区域。就在斗争的关键时刻，进军河西走廊的人民解放军领导机关也密切关注着油矿事态的发展，除了用无线电喊话严正警告妄图破坏油矿的敌人外，还于9月20日派某团政治处主任黄诚为代表，来玉门油矿做联络工作，随行人员是一位姓李的同志，还有一位是河西警备总司令部骆驼兵团的起义军官。

邹明
（图片来源：《酒泉日报》 2021年4月23日）

赞邹明

护矿大功劳，祁连雪雁高。
窗前闲草木，夜里怒波涛。
聚散成白首，枯荣印碧霄。
爱国千古事，留梦扯青袍。

注：青袍，学子所穿之服，亦借指学子。唐·许浑《酬殷尧藩》：“莫怪青袍选，长安隐旧春。”清·唐孙华《浙闱撤棘后闻以铨曹公事连染左官》诗之二：“较比翟公添气色，青袍日日到门来。”

黄诚来到油矿后，与邹明一起同乔营长谈判，几经周旋最终达成了提前撤离的交防协议。为防止其撤出前有人趁机掳掠及少数反动分子的破坏，加大护矿队的护矿难度，当即采取了紧急措施。于9月23日深夜，由护矿大队长杨敏在子弟小学召开护矿队各级干部会议，部署在矿区设防，给各中队划分了防卫区域，并立即占领。护矿队进入了临战状态，准备随时抗击反动分子对矿区任何目标的破坏，这一夜是护矿队最紧张的一夜。

为了使油矿早日解放，人民解放军克服种种困难，日夜兼程，火速进军。据当时西北前线记者报道："第一野战军部队于9月24日晚从张掖出发，从积雪茫茫的祁连山麓穿过戈壁大沙漠向玉门急进。指战员们以无比坚强的意志战胜塞上秋夜严寒的袭击，驾驶员们疲劳了，他们就用唱歌来提神，与疲劳斗争。"

9月25日凌晨，驻玉门县的骆驼兵团响应西北军政长官公署副长官、河西警备总部司令、新疆警备总司令陶峙岳的起义号召，派代表到酒泉参加了通电起义签字仪式。9月25日，玉门油矿迎来了中国人民解放军，邹明和油矿上上下下几千名员工也放下心来。

王进喜和油矿数千名职工、家属敲锣打鼓，手执彩旗，跑到6千米外的戈壁滩上迎接亲人——中国人民解放军。下午5时许，解放军在三军军长黄新廷率领下，以装甲兵团团长胡鉴指挥的装甲车为先导，穿过夹道欢迎的人群，开进玉门油矿。人群爆发出欢快的掌声和欢呼声。

1949年9月25日是玉门油矿的石油工人日思夜盼的日子，是玉门油田历史上最难忘的一天。玉门油矿解放了，结束了国民党反动势力在玉门的黑暗统治。

9月26日，贺新民团长带领骆驼兵团部分官兵和支前委员会成员、县政府职员、地方各界人士及群众代表，在玉门县城城北公路边的驿运站迎接人民解放军。

玉门油矿工人欢迎人民解放军
（图片来源：《酒泉日报》，2021年4月23日）

欢迎解放军

玉门解放人民喜，自此翻身做主人。
华夏山河千里月，九州天地一家春。
惊雷碧汉来清雨，贯日长虹去秽尘。
笑语盈盈葵藿日，载歌载舞向阳心。

解放军二军四师先头部队五十余人，分乘两辆军车到达玉门县城。第二天，解放军二军四师一千多人开进玉门县。9月27日上午，庆祝玉门县解放大会在城北大校场召开。9月29日，中共玉门县委书记赵子尧（原三军九师二十五团民运股长）、县长李克让（原三军七师后勤部长）率25名建政人员来到玉门县，在县政府大礼堂门前的广场上，举行了各界人士参加的群众大会，宣布玉门县人民政府成立，玉门的历史翻开了新的一页。[1]为了迅速恢复生产、多产油品，支援人民解放军进军新疆和国家经济建设，中共中央西北局和人民解放军第一野战军决定对玉门油矿实行军事管制，并派康世恩任军事总代表，张守瑜、焦力人、张俊先后任军事副代表。从此玉门油矿翻开了崭新的一页。

（图片来源：《玉门解放史》，玉门在线）

江城子·赤金惊雷

赤金堡上北风吹。草葳蕤。雪纷飞。
不惑弄璋、瘦小骨奇瑰。
紫气东来香入室，名进喜，顾生辉。
灾荒乱世气衰颓。苦劳威。目悲催。
护矿拥军、大漠响惊雷。
重镇玉门终解放，翩跹舞，众心归。

注：弄璋，古时拿玉给男孩玩，期望将来有如玉一般的品德。《诗·小雅·斯干》："乃生男子，载寝之床，载衣之裳，载弄之璋。"唐·白居易："弄璋诗句多才思，愁杀无儿老邓攸。"后称生男孩儿为"弄璋"。

穷人翻身　当家作主

新社会让王进喜挺直腰杆。1950年春天，刚刚解放的玉门油矿开始招收第一批钻井工

[1]《解放玉门油矿》，《酒泉日报》2021年4月23日。

人。王进喜在国民党统治的玉门油矿干了十多年，一直是以干杂役为主，钻井平台没有上过，钻机刹把没有摸过。但是他一心想当钻井工，并且当司钻。

（图片来源：玉门铁人王进喜纪念馆）

铁 人

高祖竞三秦，出生在玉门。
赤金生赤子，大庆铁人魂。
苦干千秋岁，求实万代春。
华年诗酒意，山水又缤纷。

在这次钻井工的招录考试中，王进喜争强好胜、不服输、一根筋的性格表露无遗。和王进喜一样文化程度不高，一起参加招考的工友，大多被分配到后勤等其他工种，而王进喜一心想当钻井工。他跟别人说，他想当老虎。这源于当时玉门油矿流行的一段顺口溜：“钻井的是老虎，炼油的是狐狸，运输的是狼，后勤杂役是绵羊。”王进喜曾不止一次说过：“我这辈子最大的理想就是当个好司钻，不达目的死都不甘心。”

由于钻工是一个技术含量较高的工种，所以当时的钻井工人招考安排了两个考试科目，第一个科目是文化课，第二个科目是实际操作。尽管当时文化课考试是以读报纸的形式进行的，但由于王进喜从来没有上过学，不识字，所以文化课没有过关，被淘汰。王进喜并不甘心，他发誓一定要当上钻井工人。他不停地找领导、考官软磨硬泡，非要当钻工。招考的师傅们看他又瘦又小，估计要是上了钻台，搬动卡钻都很困难，于是就让他先去试一下。没想到王进喜按照师傅的示范和要求，非常轻巧连贯地完成了整个动作。他不仅抬钻杆、提卡瓦等力气活儿干得出色，而且上了钻井平台后打大钳、拉猫头等动作同样干净利索。第一次操作的王进喜，其动作的协调性、连贯性，善施巧劲的机灵劲，还有他那双滴溜溜转的大眼睛，给师傅们留下了深刻的印象。在这样的情况下，油矿为王进喜特别安排了一次补考，破例招收其为钻井工人。还好第二次考试考的是实际操作，他顺利过关。王进喜从此成为新中国第一代钻井工人，实现从“放牛娃”“黑油娃”以及“长工”向“真正工人”身份的转变。王进喜梦想成真，成为一名新中国第一代石油钻井工人。

（图片来源：玉门铁人王进喜纪念馆）

当钻工

今招钻井工，闻讯兴冲冲。
文化遭淘汰，实操事竟成。
天高飞燕雀，海阔跃鱼龙。
刹把清音起，猫头旧雪融。

注：刹把是绞车刹车部件之一，控制绞车的制动手把。它与刹车曲轴相连，通过刹把可控制刹带刹紧滚筒刹车轮毂的松紧程度，是司钻在各项钻井作业中所操作的主要部分。

猫头是钻井绞车上的一个部件，安装在绞车的猫头轴上，主要是用来上旋绳拉B型钳上扣的。装在绞车猫头轴的端部（装有猫头的轴称为猫头轴），用来吊升重物和管类（钻杆钻铤单根及套管），以及在起、下钻时上、卸钻柱丝扣。它分为死猫头、自动猫头和摩擦猫头等几种。死猫头装在轴的端部，它类似一个小滚筒，使用时拉动缠绕在猫头上的棕绳一端，棕绳另一端即产生较大的力，来提升重物，或拉动大钳以上、卸管扣。这种猫头操作时，劳动强度大，且不够安全。王进喜当时操作的就是这种死猫头。

1949年玉门油田迎来和平解放，王进喜过上了新的生活。新中国成立后，通过考试，27岁的王进喜成为新中国第一代石油工人。从1950年春招工到1953年秋，王进喜一直在老君庙钻探大队当钻工，他勤快、能吃苦，各种杂活儿抢着干。他如愿以偿地成为钻井工人，跟着师傅学技术，领工资，结束了一家人忍饥挨饿的苦日子。在此期间，王进喜思想发生了很大变化，主人翁意识逐渐萌芽，以油矿为家，积极主动工作。艰苦的钻井生产实践，锻炼了他坚韧不拔的品格和大公无私的思想。

（图片来源：铁人王进喜纪念馆）

翻身做主人

雄鸡一唱闹翻身，进喜新生钻井人。
久抱丹青终入党，常怀壮志尚思勤。
荣光岁月红旗举，旭日精神赤子心。
记录贝乌频打破，祁连山下铸油魂。

注：贝乌指贝乌5队。贝乌5队使用的钻机是从苏联进口的БУ-40型钻机，提升能力为40吨，设计钻井深度1200米。贝乌是俄语БУ的汉译音，5队是按井队成立的先后顺序排列出来的。贝乌5队始建于1953年3月，是玉门石油矿务局第5支钻井队。王进喜是1955年3月由贝乌6队调入贝乌5队当司钻的，于1956年6月担任第三任队长。这个队1953—1958年一直被叫作贝乌5队或1205钻井队。

王进喜成为钻井工人后，虽好学上进，却一时难以克服从小养成的自由散漫的习性。解放了的玉门油矿，民主氛围日益浓厚，这让王进喜产生了一种错觉，认为解放了就自由了，就可以想干啥就干啥了。

他特别爱听秦腔，周围无论哪里有秦腔表演，也不管井队闲忙，王进喜必到无疑。他离家近，动不动就回家。油田组织的识字扫盲班，也很难让他提起兴趣。王进喜曾在旧中国玉门油矿的扬子建筑公司做工；后又成为油矿的一位原油运输工人，成了玉门油矿著名的“石油娃”。他没有文化，在旧油矿积累的经验用上的不多，扳手数码型号不知道，钻杆上数字不认识，工作上寸步难行。但人们也发现王进喜为人厚道，很孝顺，懂得感恩。干活儿从不惜力气，又肯动脑子，善于鼓动大家，只要他在，井上的活儿就干得快、干得好。面对这个优点突出、缺点也特别明显的王进喜，井队的领导十分着急，也想尽了办法帮助他成长进步。油矿和钻井队领导根据王进喜的日常表现，并结合他从童年到青年的成长经历以及在护矿中的表现，经过充分的讨论、分析后，认为：王进喜是一个穷苦出身、本质非常好，头脑灵活、知恩图报，动手能力强、潜力非常大的好苗子，只要加强引导和培养，一定会成长为一个难得的技术骨干和管理人才。

为了进一步培养王进喜，油矿领导让全油矿最德高望重的老钻井队长郭孟和做王进喜的师傅。按照油矿要求，王进喜和郭孟和签订了师徒合同，正式拜郭孟和为师。郭孟和1907年出生，山东即墨人，幼年家境贫寒。12岁时外出，流落青岛，先后在私人作坊、工厂做工。1927年逃难到东北，后流落到苏联伯力。1938年回国后，在乌苏油矿（中苏合营）当钻井工。1945年到玉门油矿工作，成为技术骨干，人称“国际石油工人”。1949年9月，人民解放军挺进大西北，参加护矿斗争，迎接解放。玉门油矿解放以后，郭孟和以主人翁的姿态迅速投入新天地，积极参加各项活动。1950年2月8日，郭孟和被批准加入中国共产党。郭孟和是玉门油矿第一批入党、第一个被提拔为大队长的钻井工人。他改进50型钻机的捞沙绳、猪头绳、泥浆回收器等设备，提高了工效，减轻了工人的劳动强度，在恢复生产和基地建设中屡建功勋。郭师傅见多识广、积极苦干、公而忘私，1951年荣获全国工业战线劳动模范称号。

20世纪50年代初期，在落后的技术条件下，全国劳动模范、第一届全国人大代表、钻井队队长郭孟和，在防寒设备极其简陋的情况下，为了多打井、多出油，带领1207钻井队职工，冒着严寒，在海拔2500米的青草湾地区钻井并获得成功，为在高寒地区冬季钻井积累了经验；后又创出全国钻井日进尺234.4米的最高纪录。[1]郭孟和开创了我国石油史上冬季钻井的先河，被誉为祁连山下的“冬青树”。王进喜跟随郭师傅三年，打心里佩服师傅，不离左右，形影相随。郭师傅不仅悉心指导王进喜应该怎样做事，还教导他如何做人，怎样成为一个受人尊重、有家国情怀、能对国家有更大贡献的人。

（图片来源：西安石油大学铁人王进喜纪念馆）

风入松·凿冰打井

凿冰打井玉门关。玉雪荒滩。
祁连山下冬青树，创先河、钻尽冬寒。
身似雄鹰展翅，形如猛虎出山。
不辞风雨到祁连。雪域标杆。
铁人牢记当年事，做学徒、赤胆忠肝。
刹把乘风击水，大钳破浪扬帆。

在党组织的精心培养、郭孟和言传身教的影响下，王进喜无论是在思想上还是在技术上都有了很大的进步和提高。王进喜也逐渐养成了那种大公无私、为国奉献的无畏精神。他时常对工友们说：“石油就是我们国家工业的血液和力量，没有石油，国家就会有压力，我们的交通工具都会濒临瘫痪。国家的压力，民族的压力，这些就是我们石油工人的义务和责任。”

玉门打井　赤诚报国

1951年为支援抗美援朝，玉门各界人民踊跃捐款。此时，王进喜的父亲刚刚病逝，师傅郭孟和看到他家困难，劝他不要捐钱了。王进喜说：“抗美援朝，保家卫国，这是全国人民的大事，我一定要捐！”王进喜毫不犹豫地捐出一个月工资。最终，玉门油矿全矿的工人用捐

[1] 本书编写组：《中国石油工业百年发展史》，中国石化出版社2021年版，第62页。

款购买了一架战斗机，并命名为“石油工人号”。

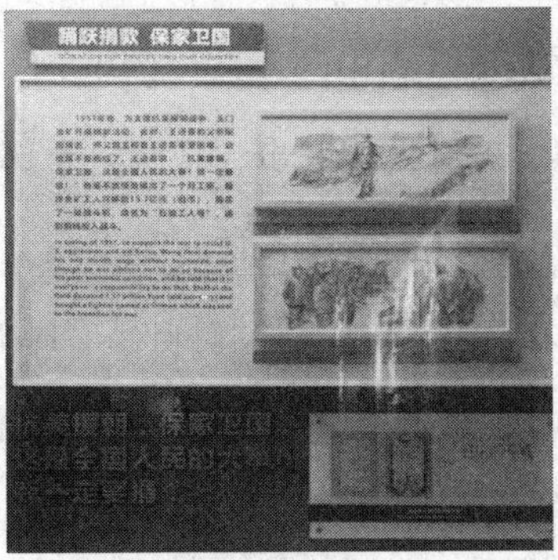

（图片来源：玉门铁人王进喜纪念馆）

酒泉子·抗美援朝

抗美援朝。当月工资捐款。
买飞机，投炸弹。敌酋逃。
家国天下情怀满。早春花正艳。
玉门人，石油汉。赛天骄。

1951年，王进喜成为玉门油矿的第一届劳模。自此王进喜更加虚心好学，刻苦钻研技术，工作干得很出色。1953年，王进喜担任副司钻。贝乌5队成立后，被调到贝乌5队当司钻。1956年4月29日，王进喜光荣加入中国共产党，成为工人阶级的一名先锋战士。这是他人生旅途的一个里程碑。

王进喜文化低、不识字，入党志愿书是请人代写整理的，下面是王进喜入党志愿书的部分内容。“通过听党课和党员同志们给我从思想上教育，我感到过去受苦受打受骂，每月拿的工资还买不上一斗麦子；解放后拿的工资能养活几口人。父亲死了，上级马上派车把我送回家，还给我钱安葬父亲，家属有病还给叫医生到家去治病。这样对我的教育最大，感到只有党才能解放受苦的人，只有共产党才能使农民、工人过上幸福的生活……因而，我为了给人民给祖国贡献出更大力量，所以要求加入中国共产党。”王进喜朴实话语中表达了他的迫切心情。

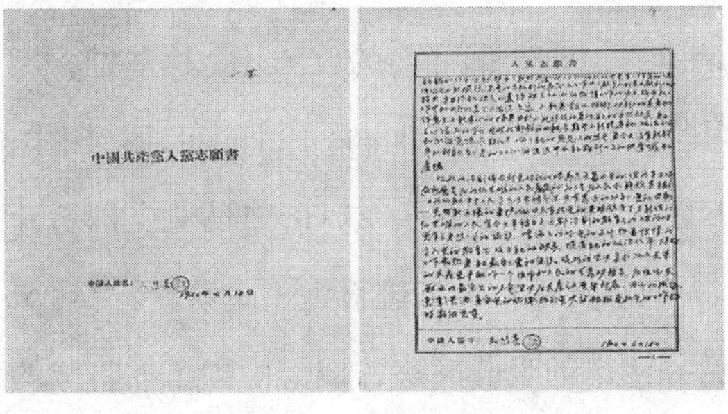

王进喜入党志愿书
（图片来源：大庆铁人王进喜纪念馆）

心　声

惠爱感恩心，忠诚不染尘。
韶华如逝水，和气似凌云。
前世当牛马，今生做主人。
祁连花暖处，雪域景长春。

随着玉门油田勘探钻井事业的飞速前进，1955年钻井队已从新中国成立初的4支发展到37支。井队发展迅速，就需要选拔更多优秀工人成长为干部。王进喜的进步，基层队干部们都看在眼里，他所在的贝乌5队党支部根据群众的反映研究决定培养王进喜入党。对于入党，王进喜说："我有决心，也能做到。"这份入党志愿书语言朴素，表述直白，通过对自己"影响最大"的亲身感受，认识到只有共产党才能使工农大众过上好日子。不但倾诉了这位放牛娃出身的工人对党的一腔真情，也发出了一个西北硬汉、钢铁钻工的豪迈誓言。这就是王进喜后来成为"铁人"，成为党的优秀战士的思想基础。时任玉门钻井公司一大队党总支书记满应科是王进喜的入党培养人，据他回忆，"王进喜是第一批入党的，表现特别积极。入党时他是司钻，教徒弟学技术，没架子，跟亲兄弟一样"。党支部对王进喜在工作上要求非常严格，同时也在思想上帮助他解决问题：一是学习政治，二是帮助他克服简单粗暴的毛病。王进喜是痛快人，一旦认识到自己的毛病，改正也快。经过一段时间党支部对他的帮助，他在思想上有了很大变化。开始积极参加政治学习，工作中不仅照样抓生产不放松，坚持严要求，还学会做思想工作。新来的转业战士、徒工听了"楼上楼下，电灯电话"的宣传，把钻井工作想得太浪漫，来到队上看见"泥猴子打架"，就怕艰苦，有的甚至想离开钻井队。王进喜对大家说，钻井是苦是累，这得承认。但目前国家缺油，我们得替国家着想，困难再大也要想办法去克服。他还说我们不是为别人干，是为国家干，为自己干，苦点累点都值得。说得大家很服气，安心干工作了。

经过一年多的帮助教育，王进喜变化很大，也成熟了很多。另一位培养人——时任玉门钻井公司一大队党总支副书记杨型亮对王进喜印象特别深，在实际工作中，王进喜群众关系好，条件成熟。问他愿不愿意加入中国共产党，他连说两个"非常愿意"，但他有顾虑，说文化低。杨型亮就告诉他只要好好干，在实践中好好学，一定能行。

1956年4月对王进喜来说是光荣的4月，难忘的4月。这个旧社会的放牛娃、黑油娃，经过党七年的教育培养以及大漠戈壁上钻井生产的艰苦磨炼，在1956年4月19日光荣加入中国共产党，介绍人是王家训、田根风、党支部书记万振昌。1956年11月27日，5队党支部召开党员大会讨论，通过王进喜按期转正；12月17日，大队总支部批准王进喜为正式党员。[1]这个旧社会的放牛娃、黑油娃，经过七年戈壁大漠上钻井生产的艰苦磨炼，成为中国工人阶级的

[1] 薛涛著：《秦人吼　解读铁人王进喜》，大连出版社2010年版，第46页。

先锋战士。王进喜在此后的工作中，始终践行一个共产党人的初心和使命，用“多打井、快打井”的实际行动，实现“宁肯少活20年，拼命也要拿下大油田”的铮铮誓言，为党和人民奋斗终身。

（图片来源：西安石油大学铁人王进喜纪念馆）

好事近·进喜入党

党课透心明，忆起旧时穷苦。
活重无妨打骂，恶凶如狼虎。
和平解放大翻身，玉门春风度。
面向锤镰高举，日新千帆鼓。

入党后，他更加严格要求自己，带头发挥共产党员的先锋模范作用，经常超额完成生产任务，多次受到上级表扬。6月，王进喜被提拔为贝乌5队第三任队长，成为玉门油田48个钻井队长中的一个。王进喜干得更欢了，他起钻、下钻都猛，进尺快且事故少，他的干劲特别大。贝乌5队建队之初，一年打井只有800多米，经常完不成生产任务，被人称作“豆腐队”。王进喜决心改变这种后进局面。在他的带领下，全队艰苦努力，大胆进行技术革新，他还有个特点，头脑里点子特多。1956年，我国钻井材料有些紧张，钻头不够用，他就主动到废材料堆里找用坏了的旧钻头、吊钳牙、卡瓦牙、开口销子、拉杆、大小螺丝帽等，看着能用的一律拣走，就连断钢丝他也要，说拿回去打成绳套，搬家就用上了。

贝乌5队就是靠着这种锲而不舍的精神和韧性，在极其困难的条件下，坚持为国家打井。这种打法要比物资供应充足、材料齐备情况下多付出数倍甚至几十倍的力气和汗水。在打“761”井时，共用了25个旧钻头，没用一个新的，这就意味着要比使用新钻头起码多付出25倍的劳动，每换一次钻头就得把打进井里的所有钻杆一根一根从井下起出来，换上钻头再一根一根打下去。井越深地层越硬，旧钻头能打的进尺就越少，起下钻也就更多更频繁，付出的劳动量就更大。

有一次打井时，开钻才几十米就碰上了一个厚达100多米的河卵石层，非常难打。钻了十几个小时钻头就是钻不下去，王进喜接过手也干了2个小时，仍然不进。王进喜想到应该是泥浆的黏度问题，眉头一皱计上心来。他在泥浆池里添上十袋水泥，恰到好处，泥浆稠些，沙子带上来了，小河卵石也上来了。[1]

1956年11月，试验钻机“整拖搬家”成功。1956年第一次打井超过10口，进尺达到1万米，比1955年全年进尺翻了一番，提前超额完成了钻井任务。王进喜带领全队大打翻身仗，贝乌5队1956年进尺上万米，使“豆腐队”成了先进队，王进喜也被评为先进个人。

（图片来源：玉门铁人王进喜纪念馆）

先进队

贝乌5队小绵羊，进喜临危大干昌。
刻苦钻研成效好，拼搏忘我赶超帮。
当年进尺连连破，钻井明星稳稳当。
众志成城突万米，群思长策溢梅香。

王进喜一生都在不断地进行技术创新。早在玉门时就创造了“整拖搬家”新工艺。原来钻机搬家是放架子拆搬，就是把40米高的井架子放倒拆开，一节节地运，需要大量的车辆、人力，要好几天时间才能完成。1956年11月23日，王进喜率领贝乌5队用12台拖拉机将钻机整体搬至新井位，创下的“三当天”纪录，开创了中国石油钻井史上钻机整体搬家的先河。

（图片来源：玉门铁人王进喜纪念馆）

整拖搬家

整体搬家技术难，勤学苦练奋当先。
善思求变飞云鹤，守正创新立海帆。
报晓识人知旧事，开天辟地谱新篇。
当年往事随风去，此日今朝送雨还。

[1] 薛涛：《秦人吼　解读铁人王进喜》，大连出版社2010年版，第46页。

1956年7月1日，处在高压区的319井因井喷发生大火，造成井毁人伤的重大损失。

1957年3月，公司领导决定在原来的井位重新打一口319井。在这关键时刻，王进喜想的不是他这个队的红旗和荣誉，而是国家需要石油，要为国家多作贡献。他决心把队伍拉上去，啃掉这块硬骨头。3月14日，王进喜率贝乌5队领命重打319井，他说："都说老虎的屁股摸不得，我们今天不仅要摸这头老虎的屁股，还要从它的嘴里拔一颗牙出来。"他和队党支部书记孙永臣动员全队职工，树立必胜信心，发动群众献计献策，制定了切实可靠的技术措施和战斗部署。开钻后，钻工们看到局党委书记、局长都能密切联系群众，为了一个目标与工人同甘共苦，受到极大鼓舞，决心打好这一攻坚战。

王进喜更是废寝忘食，日夜坚守在井场上，哪里艰苦他去哪里，哪里危险他第一个冲上去，和全体同志苦战了35天，终于安全地在原来废井上成功地打成一口新井。为油田的进一步开发取得了宝贵的井下技术资料，实现了"虎口拔牙"的铮铮誓言。

（图片来源：玉门铁人王进喜纪念馆）

重钻319井

西山重钻三一九，虎口拔牙技术高。
机毁人伤遗旧恨，兵精将强战今朝。
同甘共苦沾三露，戴月披星上九霄。
苦战攻坚盈一月，春风细雨颂天骄。

1957年，玉门油矿向全矿提出"增产节约"倡议，修旧利废，确保完成油田生产任务。年初，在钻头、钻杆等配件十分缺乏的情况下，王进喜坚持打井，向全队发出了增产节约的倡议。虚心好学的王进喜敢想敢干，但他不蛮干。他向曾经是钻井队队长的苏联专家米列尔请教，米列尔告诉王进喜一些用过的旧钻头修一修可以用。

在钻井物资短缺时期，很多钻机因为没有钻头而停钻。王进喜便组织青年突击队，他带领技术员及钻井工人半夜来到废钻头堆上，挑选了一堆废旧钻头，放进大桶里用火烧，加水煮，接着用机油浸泡，把损坏的钻头修理好，使每个轮都能转动。他带头修旧利废，把用过的旧钻头经过加工后再利用，坚持打井。使用废钻头要付出数十倍的汗水和劳动，都没用一个新钻头打井，为国家节约了资金，完成了全年生产任务。这种做法既为国家节省了资金开支，又不耽误生产，该经验在全油田得到了推广。

王进喜和他的突击队没有因为配件的短缺而影响生产任务，反而通过修旧利废取得了显著的成绩。他们既为国家节约了资金又保障了油田生产，受到石油部领导的表扬。

玉门老君庙油矿的职工，利用业余时间大搞修旧利废、以旧代新活动。仅1958年一年修复配件用于生产的就有两万多件，王进喜带领贝乌5队全年不领主要耗材进行钻井作业。最终，这种修旧利废的做法，逐渐形成玉门精神中的修旧利废、挖潜改制的“再生产”精神。

（图片来源：玉门铁人王进喜纪念馆）

江城子·修旧利废

祁连山上草初萌。水溶溶。柳盈盈。
材料短缺、凭借自更生。
修旧如新双利废，勤动脑，曳丹虹。
登高望远雪山横。入云中。断苍穹。
刹把轻扶、手眼两含情。
钻井还需真硬汉，名闯将，景阳钟。

注：南朝齐武帝以宫深不闻端门鼓漏声，置钟于景阳楼上。宫人闻钟声，早起装饰。后人称之为“景阳钟”。唐·李贺《画江潭苑》诗之四：“今朝画眉早，不待景阳钟。”宋·贺铸《更漏子》词：“迤逦黄昏，景阳钟动，临风隐隐犹闻。”

1958年初，玉门矿务局为贯彻“努力发挥老油田潜力，积极勘探开发新油田，发挥基地作用”的战略部署，组织一批先进队“大战白杨河”。当时几个著名的标杆队参加了这场钻井大战。力图在解决“钻井速度低”这个老问题上有个大突破，而像王进喜的贝乌5队这样“一般的”先进队则被安排在“大战”之外。

1958年7月，石油工业部组织了以“优质快速钻井”为中心的劳动竞赛。坚韧不拔，无难不克是铁人王进喜的鲜明品格。这种良好的意志品格在玉门油田“争上白杨河”这件事中就充分地表现出来。“七一”过后，一向不服输的王进喜主动请缨，争上白杨河。他找大队长和局长请战，但都没有同意。时任石油部部长的“独臂将军”余秋里听说了这件事，在他视察贝乌5队之后，亲自指示说：“王进喜是半路杀出的程咬金，堪当大任，要全力支持他，让他放开手脚干！”玉门市委刘长亮书记看到王进喜决心很大，同意让贝乌5队去试一试；最后，在市委书记刘长亮的支持下才闯进了白杨河大战。

到白杨河以后，王进喜提出了“月上千，年上万，祁连山上立标杆”的目标。后来，为迎接石油部克拉玛依现场会，王进喜又将目标改为“月上五千，钻透祁连山，快马加鞭进军吐鲁番”。为了实现这个目标，王进喜一天24小时都待在井上；他还打破常规，通过优化钻井参数、开双泵等措施，大大提高了钻井速度，贝乌5队被命名为“钢铁钻井队”。正是有了老君庙白杨河大战，才有了在实战中磨炼出的这支铁的队伍。

（图片来源：玉门铁人王进喜纪念馆）

大战白杨河

为去豆腐队，全天滚井旁。

白杨河大战，紫燕雨春光。

故友空风望，家人想断肠。

陀螺催自转，钉子钉秋凉。

1958年7月，上任不到半年的石油工业部余秋里部长来到玉门，动员群众解放思想，苦干巧干，开展技术革新和技术革命。听了关于王进喜争上白杨河、“大闹”调度会的汇报以后，非常高兴，亲自到刚刚搬到白杨河的贝乌5队井场视察。余部长见了王进喜说：“你这个名字好哇！进喜，进喜，叫咱们的石油部也进点喜嘛！”[1]1958年9月，贝乌5队创造了月进尺5009.47米的全国钻井最高纪录，成为当时中国中型钻机最高标杆单位。石油部命名贝乌5队为“钢铁钻井队”，王进喜被誉为“钻井闯将”。10月8日，在克拉玛依全国石油工业现场

[1] 梅兴无：《独臂将军余秋里：政治干部的杰出代表》，《炎黄春秋》2018年第3期，第51页。

会上，石油部余秋里部长、康世恩副部长把一面“钻井卫星”红旗颁发给贝乌5队。

（图片来源：玉门铁人王进喜纪念馆）

忆秦娥·荣誉战

荣誉战。祁连钻透东风唤。

东风唤。风餐露宿，白杨河畔。

白杨河畔全天战。玉门关上红旗展。

红旗展。标杆永立，马踏飞燕。

注：铜奔马，又名“马踏飞燕”“马超龙雀”等，为东汉青铜器，国宝级文物，1969年10月出土于甘肃省武威市雷台汉墓，现藏于甘肃省博物馆，为甘肃省博物馆镇馆之宝。马踏飞燕，意思是奔马正在作凌空掠过燕背的飞驰；飞燕是用来比喻良马之神速。马是古代陆地上速度的象征，而燕子是天空中速度的象征。马踏在飞燕身上，有一种“天马行空，无所羁缚”的感觉，体现了充满自由与开放！马踏飞燕具有的蓬勃生命力和一往无前的气势，更是中华民族的象征！

在玉门油田工作10年，他创造了多项石油钻井行业的第一，留下了许多让人难忘的回忆。为了大战白杨河，王进喜暂别老母，参加会战，“王进喜全天滚”的故事便是其中之一。“全天滚”是王进喜自己起的名字，就是全天24小时不离开井场。为了实现钻井新目标，王进喜天天围着钻台转，像鱼儿离不开水一样。工作累了就在值班房里睡一下，天暖和时就睡在钻井旁。看起来他是在睡觉，但脑子里想的还是钻井进尺和机器运转的情况。有一次，他在钻台上侧着耳朵听井下的情况，觉得声音不对头，判断是牙轮要掉了。他急忙叫司钻停机，起钻，钻头上来了一看，真的是牙轮要掉了。

大到生产组织、泥浆配制、钻头使用，小到钻杆摆放、丝扣抹油、要车领料，王进喜事事都管，像一个上足劲的陀螺一样围着钻井工作转个没完。没时间吃饭，就叫徒工从食堂带，啥时有时间啥时吃；随时掌握钻机运转的情况。

（图片来源：西安石油大学铁人王进喜纪念馆）

玉门打井人

钢筋铁骨玉门人，司钻如今美梦真。
刹把轻拂柔入水，目光炽热势冲云。
兴邦为易千峰险，创业维艰万木深。
吃苦耐劳承雨露，埋头苦干动星辰。

就这样，王进喜像钉子一样钉在了井场上，只用了13天就打井1191米，提前实现了“月上千”的目标。不甘示弱的王进喜又向“月上5千”冲击，他依然“全天滚”，天天围着钻台转。到1958年9月，贝乌5队当月钻井进尺达到5009.47米，创造了全国最高、世界少有的钻井纪录。苦干实干为玉门油田带来了大发展，也为王进喜带来了荣誉。王进喜自担任钻井队队长起，就特别注意学习钻井的新知识、新技术，每到一处，他都能虚心地扎扎实实地学，每到一地，他总感受到人上有人、天外有天的哲理。他把先进队的经验、新技术，在自己的笔记本上画了许多记号，他把先进队的新思想、新技术，变成了自己钻井队的财富。由于王进喜的勤奋好学，不断地进步，他的事迹不断在油田传颂。王进喜钻井队的高成绩、高纪录，让竞赛对手也大吃一惊。新疆的张云清听到这个消息以后，摸着头说：“怎么又冒出来一个王进喜，怎么又冒出来一个先进！”

（图片来源：西安石油大学铁人王进喜纪念馆）

破阵子·吃苦耐劳无悔

吃苦耐劳无悔，标杆勇立祁连。
钻井工人多气派，奉献石油打井欢。丹心青骨天。
源自秦腔笑话，扫盲识字搬山。
雪映梅香书夜静，纵使顽石滴水穿。三千击浪帆。

作为玉门油矿的代表，王进喜心里憋足了劲，叫着号表决心，要和新疆局最先进的1202钻井队（张云清任队长）打擂台。他喊出来年进尺83000米的高指标，并立下“标杆焊在祁连山”的誓言。

据王文超所著2021年3月出版的《石油师人》一书记载：“比武、打擂，本是热血男儿杀敌出征前最重视的仪式。让勇武者热血沸腾，令怯懦者平添锐气。谁英雄谁好汉擂台之上比比看——在将要为国建功立业、名垂青史的关键时刻，人人立志，个个争强，谁不想当英雄呢？这就是石油师党组，或者说是余秋里的最终意图。”

王进喜从石油工业部部长余秋里将军手中，接过了那面“钻井卫星”的红旗。当时，余秋里将军说：“你就是王进喜吧，干得不错啊，拿了个全国第一！”王进喜笑着说：“余部长，我还想拿个世界第一呢！”余秋里将军被逗笑了，说：“有这个想法很不错啊！”[1]

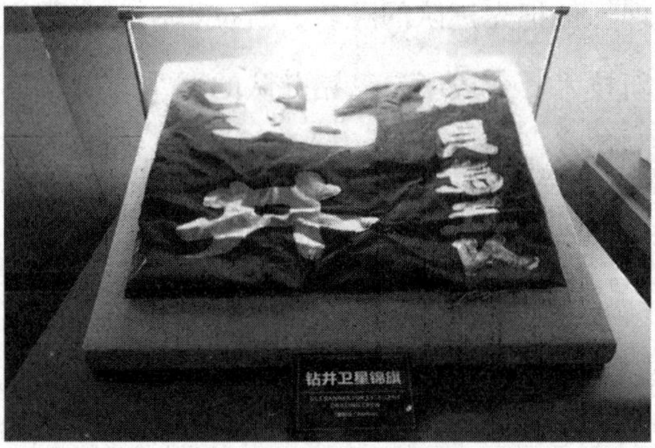

（图片来源：玉门铁人王进喜纪念馆）

如梦令·钻井卫星

竞赛第一进尺，钻井卫星确立。
授予自将军，响彻干云豪气。
同喜。同喜。比武交流锦鲤。
放却豪言翌日。大庆重逢同忆。
决胜竟难分，会战一鸣双子。
留史。留史。创造世间奇迹。

至今张云清还感慨地回忆说：“1958年那场钻井大战，王进喜是中途杀出来的一匹黑马。他的出现，搅得玉门不得安宁，也在我们新疆屁股后面烧了一把火；王进喜的出现，把整个钻井生产提高了一截。”余秋里后来在他的回忆录中曾这样评价1958年的王进喜：“王进喜不

[1] 王进喜为什么被称为“铁人”？https：//www.sohu.com/a/444881391_247380。

安于现状，不拘于常规，奋发思变，带领自己的钻井队，创造了全国中型钻井的最高纪录，总结出一套成功经验，带动了全国钻井事业的发展。”

有第一就争，见红旗就扛，这是王进喜的一贯工作作风。1958年10月，石油工业部召开克拉玛依现场会。王进喜在会上做了“打个最高纪录向毛主席报喜”的发言。克拉玛依张云清钻井队和玉门王进喜钻井队同台比武打擂（下图前排左一为王进喜，左二为张云清，两人中间为张文彬）。

（图片来源：西安石油大学铁人王进喜纪念馆）

戴红花

黑油山上戴红花，钻井卫星难顾家。

坐论白杨河进尺，笑谈戈壁路吹笳。

云清比武来年见，进喜应约在天涯。

一语成谶双子座，石油会战漫天霞。

注：吹笳指吹奏胡笳。胡笳是我国古代北方少数民族的一种乐器，形似笛子，可用于独奏、合奏或乐队伴奏，是富有浓郁民族色彩的吹奏乐器。

王进喜和张云清两位玉门出身的石油铁汉，竞相为祖国的多打井、快打井在各自的岗位上奋战。在新疆这段时间，王进喜不放过任何学习的机会。他一有时间就找张云清钻井队请教学习，而且学到了不少新技术、新管理方法，比如钢丝绳“死绳”的固定方式、泵身和底座的焊接以及值班人员的管理等。1959年国庆节，张云清和王进喜一道，肩并肩出席了“全国群英会”，受到毛泽东主席的亲切接见，并获得由周总理亲自签发的“劳动英雄”奖牌，为新中国的石油人挣足了荣誉。

铁人文化低，但他渴求知识，讲究科学，以顽强的毅力刻苦学习。在工作中，王进喜感到没有文化开展工作很困难，便积极参加扫盲班，27岁从认字开始，学文化，学技术，学社会发展史。尤其是当了钻井队队长之后，拜机关干部为师，边学认字，边学知识，边学毛主席著作，抓紧一切机会学文化。他曾感慨地说：“我学会一个字，就像搬掉一座山。我要翻山越岭去见毛主席。”表达了他下苦功学文化的决心和信心。经过刻苦努力，王进喜认识了一千多个字，可以独立地看报、读文件、学“毛选”，还可以记笔记，有的字不会写，就画上各种自己创造的符号、图像，过后再请教老师补上。他不仅学认字，还练习写。有时一封信要写五六遍甚至十来遍，慢慢地他还学会了查字典。

在收获知识的同时，王进喜的思想也跃入了新的境界。就是凭着这种“识字搬山”的刻苦精神，经过两年多的努力，王进喜能够独立地看报、读文件和学习毛主席著作。同时不仅能写信、记笔记，还可以列简单的发言提纲了。他说：“我写一封信浑身疼，再疼也得写。笔杆再沉也得拿，只有勤学苦练才能脑子聪明心眼灵，痛痛快快打好井。”

（图片来源：玉门铁人王进喜纪念馆）

识字搬山

战天斗地为人先，华夏石油进喜篇。
识字搬山清梦近，埋头苦干美名传。
光阴易逝勤学早，岁月由人不在天。
日暮祁连山外雪，一声怒吼响河山。

王进喜勤快、吃苦耐劳、从不抱怨；而且他善于做职工思想工作，把大家团结在一起。他曾说：“党把我们当主人，主人不能像长工那样磨磨蹭蹭、被动地干活。”王进喜是吃苦耐劳的实干家，也是科学求是的典范。在科技领域，他以“识字搬山”的意志克服意想不到的困难，刻苦学习，带领工人们以创造性的劳动，创出一个又一个优异的成绩。

（图片来源：西安石油大学铁人王进喜纪念馆）

忆秦娥·纪录破

纪录破。白杨河畔千帆过。
千帆过。钻井闯将，名响云彻。
初心永铸自风篚。贝乌5队精神硕。
精神硕。松辽会战，青史卓荦。

据了解，当年张云清带领的克拉玛依油田1202钻井队，与王进喜带领的玉门油田1205钻井队多次打擂比武。王进喜在玉门提出了“月上300米”的目标，张云清就在克拉玛依喊出“月上500米”的口号；王进喜在玉门挂上了“月上800米”的横幅，张云清则在克拉玛依发出了“月上千，年上万”的誓言……尽管两人的比武难分胜负，谁都不服谁，可都在心里给对方竖起了大拇指。[1]这哥儿俩带的钻井队，就是当年石油战场的“双子星座”，粉丝无数不说，还带动了一波又一波的竞赛高潮，搅起了中国石油会战的滔天巨浪，引无数英雄竞折腰。

据说王进喜到了大庆，先问了一句：“新疆的谁来了？张云清来了没有？”回答说来了，王进喜说：“来了就好，我要和他们好好比一比，创它几个高纪录。”下图是两人在井场交流快速钻井经验，左二为王进喜，左三为张云清。

（图片来源：《铁人传》）

醉花阴·经验交流

经验交流荒野处，打擂凭提速。
井架立苍穹，择善从流，胜负香如故。
找油豪迈青云步，回望祁连路。
大漠鬼魔城，戈壁黑金，超越常青树。

玉门油田，一个不朽的名字；一部凝固的历史；一首创业的史诗。新中国成立的前10年，油田累计生产原油52万吨，占当时全国石油产量的95%以上。1952年底，玉门油田原油产量达14.26万吨，成为新中国最大的油田，其开发建设被列入我国第一个“五年计划”的156项重点建设项目中。

1957年12月，新中国宣布第一个石油工业基地。从20世纪60年代起，玉门油田担负起

[1]《追忆那激情燃烧的岁月》，《克拉玛依日报》A10版，2021年1月8日。

“三大四出”（大学校、大试验田、大研究所，出产品、出人才、出经验、出技术）的历史重任，先后会战大庆，南下四川，跑步上长庆，二进柴达木，三战吐鲁番，曾先后向全国各油田输送骨干力量10万多人、各类设备4000多台（套）。玉门油田被誉为中国石油工业的“摇篮”。

最好的给了别人，剩下的自然是困难和紧张，坚持“人走精神在，人减干劲增”“慷慨无私支援别人，历尽艰辛发展自己”，不抱怨，不张口，不伸手。利用现有条件，不等不靠，在艰难中崛起，形成传承至今的“一厘钱”“穷搞鼓”“找米下锅”“小厂办大事”“再生厂”五种精神，集中体现了中国石油工人的优秀品质，形成以“三大四出”为主要特征的玉门精神，是中国石油企业文化的优秀基因，同时也铸就了玉门石油人必须肩负的历史使命。从玉门油田走出并成长为省部级领导干部、两院院士的就有22人，工人阶级的杰出代表铁人王进喜就是从玉门的石油河畔奔赴大庆、享誉全国的。

铁人上井“三件宝”

在玉门油田工作时的王进喜有上井“三件宝”：笔记本、炒面袋，还有一件羊皮袄。王进

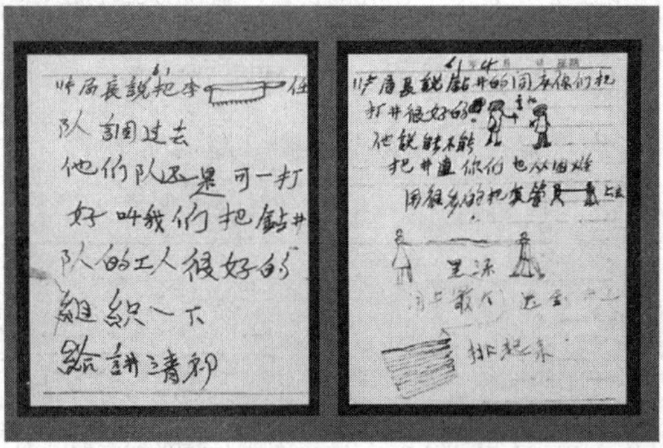

（图片来源：西安石油大学铁人王进喜纪念馆）

笔记本

埋头苦干爱国情，忘我拼搏践悟行。
创业求实怀往事，无私奉献慰平生。
红旗赤羽青云下，碧血丹心紫气迎。
大众哲人惊现世，只缘五讲辨思明。

注：赤羽指赤色旗帜。《孔子家语·致思》：“由愿得白羽若月，赤羽若日，钟鼓之音上震于天，旍旗缤纷下蟠于地，由当一队而敌之，必也攘地千里，搴旗执馘，唯由能之。”唐·高适《送白少府送兵之陇右》诗：“军容随赤羽，树色引青袍。”明·汤显祖《上之回》诗：“翠华中极驾，赤羽上之回。”

五讲指铁人“五讲”，即1966年10月4日，铁人王进喜给北京人民文工团青年演员李光复题写了“讲进步不要忘了党，讲本领不要忘了群众，讲成绩不要忘了大多数，讲缺点不要忘了自己，讲现在不要割断历史”的题词，被誉为铁人“五讲”。

喜为抢时间工作、学习，随身不离这“三件宝”。

王进喜的笔记本是随时记、随时学、随时用的。他身上带笔记本，当石油工人时是识字、学文化、学技术的；当了领导以后是用来记事情、记工作的。这个笔记本，记载了王进喜的所思所想，寄托了为国争光、为民族争气的爱国情怀；记载了王进喜的所见所闻，映照出独立自主、自力更生的精神境界；记载了王进喜的所学所用，体现了讲究科学、“三老四严”的求实作风；记载了王进喜的所作所为，诠释了胸怀全局、为国分忧的奉献精神。他埋头苦干，无私奉献，用生命践行了“甘愿为党和人民当一辈子老黄牛”的铮铮誓言，树起百万石油人代代相传的精神旗帜。

困难时期，粮食定量，铁人王进喜就叫爱人把苞米面炒好，炒面袋装着炒熟的苞米面用来充饥，不为井队增负担。出门时背上，走到哪儿，遇上开饭时间，抓把炒面用开水冲一缸子，就是一顿饭。队干部和工人们看不过眼，打饭打菜让他吃，他一筷子都不动。他说：“粮食一人一份。我吃了你们吃什么？”有时炒面袋没在身边，他就借故离开，饿上一顿。下图是王进喜使用过的炒面袋。

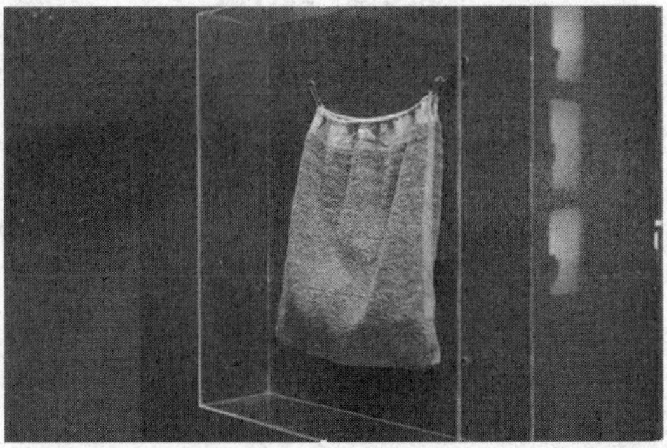

（图片来源：玉门铁人王进喜纪念馆）

醉太平·炒面袋

水冲炒面。情深意远。

井前吃饭自家碗。少食腰腿软。

冰原苞谷高粱晚。黑土地，春光暖。

地冻人勤雨耕缓。袋中乾坤满。

羊皮袄又当衣来又当被。羊皮袄穿上暖和，还耐磨，缝一件花不了多少钱，可以穿上十年八年没问题。铁人王进喜白天把它当衣穿，晚上当被盖。有时打一口井，从头到尾十多天甚至几十天，他都在井上“全天滚”。羊皮袄挡风顶雪，陪伴铁人王进喜多年如同伙伴。

王进喜穿过的羊皮袄
（图片来源：玉门铁人王进喜纪念馆）

渔歌子·老羊皮袄

老羊皮袄暖北国。
油城欣貌百泉泽。
行大道，上高阁。
栉风沐雨不蹉跎。

1960年3月，王进喜带领贝乌5队奔赴松辽平原，参加大庆石油会战。他把笔记本、炒面袋、老羊皮袄这三件宝带到了大庆，一如既往，持之以恒地践行一个共产党人的初心。在1960年的“五一”万人大会上，康世恩总指挥表扬铁人王进喜“背炒面袋上井”的情况时说：“这种艰苦奋斗、吃苦耐劳的精神是革命的传统、延安的作风，值得人人学习，大大发扬。”[1]

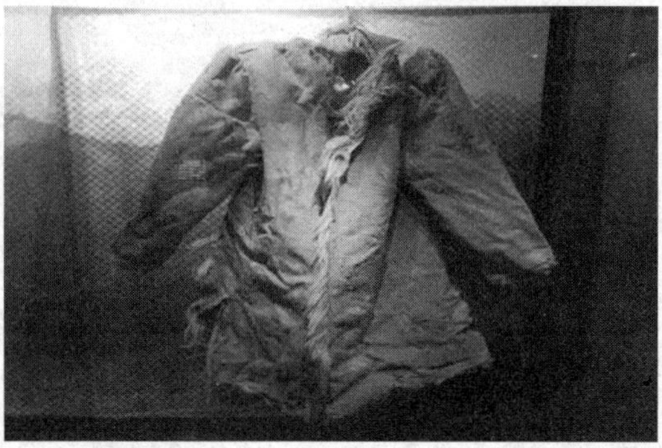

（图片来源：玉门铁人王进喜纪念馆）

饮马歌·三件宝

传承三件宝。意蕴人间少。
远峰夕阳照。却说祁连好。
避风寒，晓月残，汗透羊皮袄。
仰天笑。

赴京参加“群英会”

1959年9月，王进喜参加甘肃省劳模大会。大会期间劳模分组发言时，王进喜习惯地

[1]《“铁人”王进喜：公家的东西一分也不沾》，甘肃廉政网，2016-09-19。

把两只袖子撸起来，按照与钻井总工程师彭佐猷交流后所列的“玉门形势好；大家干出来的成绩；党的领导和培养；放牛娃当劳模，社会主义好”31个字的提纲，足足讲了2个小时，语言生动活泼，故事有情有理，环环相扣。这个大组210多人，代表们听得深受感动，交口称赞。在甘肃省劳模会上，工人阶级的代表王进喜享受到了最高荣誉。大会上王进喜被选为全国劳动模范和参加全国“工交群英会”代表，并前往北京参加国庆10周年观礼。去北京前，组织上特意给他量身定做了身中山装和前进帽。这身新的行装，让王进喜容光焕发，精神抖擞。

10月1日，庆祝中华人民共和国成立十周年大典在天安门广场隆重举行。王进喜同来自祖国各地的代表一起站在观礼台上，观看游行队伍。王进喜的目光在大部分时间里，始终盯在天安门城楼上。他终于见到了毛泽东主席，这也是他第一次幸福地见到了日夜想念的毛主席，心情异常激动兴奋。参加完国庆观礼，回到了北京饭店。王进喜激动得睡不着觉，他写下了平生第一首诗：“北京见到毛主席，浑身是劲精神抖，满怀豪情干革命，永生永世不回头。”

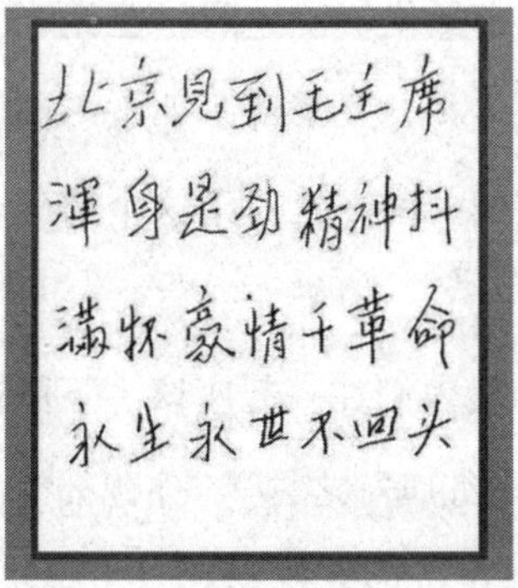
北京見到毛主席
浑身是劲精神抖
满怀豪情干革命
永生永世不回头

（图片来源：西安石油大学铁人王进喜纪念馆）

首见毛主席

首望群英会，英明领袖亲。
身前千米远，心里百花新。
干劲冲天起，精神抖擞魂。
豪情怀万里，革命不回身。

1959年10月26日至11月8日全国“工交群英会”在北京举行，周恩来总理举行宴会，招待全体代表。11月8日大会闭幕，周恩来总理向各代表团授奖旗。下图是在全程参加全国“工交群英会”期间，出席全国“工交群英会”石油系统先进经验交流会的王进喜（左二）和钻井队队长孙德福（左一）、钻井队队长孙玉亭（右三）、克拉玛依矿务局钻井处副处长张云清（右二）、克拉玛依三八钻井队钻井员卡一霞（右一）一起交流。

（图片来源：玉门铁人王进喜纪念馆）

群英会

钻井交流在北京，群英荟萃众志城。
家国一体身多感，天下兴荣泪有情。
风沙克市千帆过，霜雪祁连一片莹。
岁岁黑金出大漠，年年喜报入京城。

王进喜第一次来到北京，能作为石油工人代表参加国庆观礼和“工交群英会”，他一直处于兴奋、激动与幸福之中。但不久之后，王进喜的这种轻松、愉快的心情，逐渐被沉重和愁闷所替代。

原来，在全国“工交群英会”上，各地代表们都提到因为缺油，他们那里的汽车停了、部队坦克也停了，甚至有人说用油还得像粮油副食品一样定量供应。此时，已经当了十年新中国石油工人的王进喜，有点不明白。他在玉门打了那么多井，采了炼了那么多油，玉门油田的石油工人为石油而战，干得轰轰烈烈，怎么大家都还喊少油呢？对于这个情况，王进喜在参观北京十大建筑时，才感同身受，得以了解清楚。

1959年10月，王进喜参加全国“工交群英会”期间和代表们在一起座谈。下图左起依次为薛国邦（玉门油田综合三队队长，大庆会战初期的“五面红旗”之一）、孙德福（玉门油田3219队队长）、张云清（玉门油田贝乌2队队长，1957年赴克拉玛依任1219钻井队队长）、王进喜（玉门油田贝乌5队队长）。

（图片来源：西安石油大学铁人王进喜纪念馆）

论国是

玉门钻井英雄聚，国是共商笑语欢。
莫道香枝飞暮雨，须知苦干在边关。
京城雨雪红楼泪，戈壁风霜大漠滩。
愿得同人长携手，但闻老友笑开颜。

注：同人指志同道合的朋友。唐·陈子昂《偶遇巴西姜主簿序》："逢太平之化，寄当年之欢，同人在焉，而我何叹？"元·陈高《岁首自广陵入高邮舟中作》诗："孤舟无同人，相依唯仆夫。"清·俞樾《茶香室三钞·明季社事缘起》："号召同人，创为復社。"朱德《党的统一战线成功》诗："统战成功同人悦，孤立敌人动不得。"

1959年在北京参观十大建筑时，王进喜看见了行驶的公共汽车上背着的煤气包。他就问其他同志，那个汽车哪个国家造的？人家说就是普通的汽车。王进喜问，为什么上面背个气包？那个包、那个家伙是干什么？人家说是气包，没有汽油，烧的煤气。这话像锥子一样刺痛了他，让王进喜感到一阵羞愧。这种挂着"煤气包"的公交车深深地刺痛了他的心，国家缺油的窘迫让这位西北汉子蹲在大红楼街头失声痛哭。作为一名从事石油开采的工作人员，他觉得他有义务让每一个祖国人民坐上烧汽油或者柴油的公交车。王进喜后来说："北京汽车上的煤气包，把我压醒了，真真切切地感到国家没有石油的压力。我们更是要自觉地替国家承担这个压力，因为这是我们石油工人的责任。"

（图片来源：西安石油大学铁人王进喜纪念馆）

泪洒沙滩

煤气驱车君涕泪，神伤华夏石油荒。
一心打井山河志，双眼生辉日月光。
大庆疾风催战鼓，祁连晴雪理征装。
松辽入梦天涯远，万里奔波客路长。

注：客路指旅途。唐·戴叔伦《江干》诗："予生何濩落，客路转辛勤。杨柳牵愁思，和春上翠裙。"宋·苏轼《次韵孙巨源见寄》诗之三："应知客路愁无奈，故遣吟诗调李陵。"元·方回《江行大雨水涨》诗："客路由来但喜晴，山深何况舟更行。"明·徐熥《寄弟》诗："春风送客翻愁客，客路逢春不当春。"

1958年3月，松基三井井位选定被提到日程上。7月，石油工业部根据张文昭、杨继良、钟其权和邱中建的提议，审查批准了松辽石油勘探局编制的第二个五年规划和1959年的工作安排，把松基三井列为核心工作。9月4日，由张文昭、钟其权拟定井位意见书，松辽石油勘探局呈报石油工业部，并同时阐述了拟定此井位的5点依据。石油工业部地质勘探司认为，松基三井井位报告依据的资料不够充足，必须补充资料。钟其权、张铁铮接到任务后马不停蹄地奔赴长春物探大队收集资料，了解最新地震反射资料。9月24日，由钟其权拟稿，松辽石油勘探局以松油勘地（58）字第0152号文件，向石油工业部汇报补充松基三井井位选定的依据。10月，钟其权、朱自成等人根据长春物探大队提供的地震资料，到现场勘探，并在高台子镇附近初步确定了松基三井井位。之后，钟其权等人又根据明水县物探大队地震队提供的高台子地区构造图，对原定井位作了微调，钟其权更是亲自打下了井位木桩。

承担钻井任务的是松辽盆地第一支石油深井钻井队32118钻井队。接到任务后，队长包世忠带领全队冒着严寒作打地基，安装井架设备，挖泥浆池等钻前准备。钻井队于1959年4月11日在那里开钻，从井深1050米处开始，连续在6个井段取出粉砂岩和细砂岩岩心，都见到了油浸和含油现象。专家经过研究，决定用原钻试油。到1959年9月26日下午4时，松基三井喷出了工业油流。这口井成为松辽盆地的第一口喷油井，成为发现大庆油田的标志。

1990年，松基三井被大庆市人民政府命名为市级青少年教育基地；2001年，松基三井被国务院文物局列为第五批全国重点文物保护单位，成为共和国最年轻的文物；2004年4月，松基三井被评为中国石油天然气集团公司企业精神教育基地；2005年6月，松基三井被中共黑龙江省委、黑龙江省政府评为第四批省级爱国主义教育基地。

松基三井喜喷油流
（图片来源：西安石油大学铁人王进喜纪念馆）

松基三井

松基三井喜喷油，大庆诞生万古流。
国庆松辽来献礼，荒原雪地起高楼。
高歌会战阳关曲，笑看肇州日暮秋。
岁岁乡音思梦远，年年故地万人游。

注：阳关曲为中国十大古琴曲之一，是中国古代传统民族音乐作品中的精品，千百年来被人们广为传唱。这首乐曲产生于唐代，是根据著名诗人、音乐家王维的名篇《送元二使安西》谱写而成的。因为诗中有“渭城”“阳关”等地名，所以又名《渭城曲》《阳关曲》。

肇州县隶属大庆市管辖，位于黑龙江省西南部，松花江之北，松嫩平原腹地，背靠大庆油田，东部与肇东市比邻，西部与大同区交界，南部与肇源县接壤，北部与安达市相连，是长春、哈尔滨、大庆、齐齐哈尔黄金经济带上的一个重要县。

大庆会战　未雨绸缪

很快，机会来了。王进喜听闻大庆发现了石油，他更是一刻也不想等了，他知道祖国实在是太需要石油了，他要尽快将大庆油田拿下，让更多的人可以坐上烧汽油或者柴油的公交车。他激动万分，立即跑到石油部，向领导请战，参加大庆石油会战。石油部的领导康世恩让王进喜先回玉门油田等待通知。

群英会后，王进喜应邀到山东、河南等地传授经验。1959年12月2日，返回玉门油田。有数百名职工群众在玉门城夹道欢迎载誉归来的英雄们，可是人群中看不到王进喜。原来他直接从火车站去了贝乌5队的井场参加劳动。当晚玉门市召开隆重的联欢文艺晚会，王进喜也没有去，他召集全队，拿出群英会发给5队的奖状，向大家传达了国庆观礼时，见到毛主席的幸福情景和大会精神。他特别讲述了北京的公交车背煤气包和全国各地缺油的状况及要油的呼声。他说："不出门不知道外边有多大，也不知道全国石油有多缺。咱们以前蹲在老君庙的山沟里，以为石油多得不得了。这一出去才知道，祖国建设大发展，到处都喊油不够用，就连首都也缺油，首都那是毛主席、党中央住的地方，油都不够用。咱们这打井采油的，还有啥脸去参加群英会，可真是臊死人……"说到这儿，王进喜有点说不下去了，眼里含满了泪花。"怎么办呀？"他停了一会儿接着说，"地种不上找农民，火车开不动找铁路，国家缺油问谁去？"队长停了一会儿大声说，"问我们，是咱们的责任。从今往后咱们要借群英会东风，再加一把劲，多打几口井，多采一些油，以新的成绩向毛主席报喜。"❶

不久，玉门油矿很快得到了石油工业部的批准，调兵遣将准备去大庆参加石油会战。1960年初，石油工业部部长余秋里点将，调玉门王进喜等钻井队赴松辽参加石油大会战。玉门油矿紧急组织调拨人员、设备等，以王进喜为代表的一万八千名玉门石油工人，即将奔赴大庆参加会战。出征前，中共玉门市委和玉门石油管理局举行了隆重的欢送仪式，大会场面热烈，群情激昂。王进喜在玉门动员大会上发言，请求尽快开赴大庆。王进喜作为第一批出征大庆会战的玉门钻井队，带领1205钻井队37名队员，高举"更高标杆立祁连"的锦旗奔赴大庆的动人场面，成为历史的定格。

❶ 薛涛：《秦人吼　解读铁人王进喜》，大连出版社2010年版，第9页。

（图片来源：西安石油大学铁人王进喜纪念馆）

出征动员大会

大会发言提士气，跪别老母去松辽。
玉门奋战明星起，大庆拼搏北斗高。
大漠十年磨一剑，荒原万里竞天骄。
风吹四野枯枝雪，草远连天翠柳遥。

注：跪别老母是指王进喜参加大庆会战前夕发生的故事。1960年3月的一天，王进喜一进门就兴奋地对母亲说："妈，我参加石油大会战了，这就要去大庆了。"谁知母亲却说："你走了，全家9口人可怎么吃饭呀？"王进喜顿时哑口无言，愣在原地。可王进喜用坚定的眼神看着母亲，母亲看出了儿子必走的决心，她清楚儿子是怎么从苦工一步一步成为石油工人的，那一刻母亲心软了，她拍着儿子的肩膀说："家里我来照顾，你去了好好打井，不要给咱玉门人丢脸。"王进喜听完扑通一声跪到地上，给母亲磕了三个响头，含着泪走了。不久，王进喜带着玉门油矿贝乌5队的37名钢铁汉奔赴松辽荒原。

兵马未动，粮草先行。王进喜绝不仅仅是苦干之人，他心思缜密，善于未雨绸缪。他在率队出征之前，意识到职场会战是一场苦仗、一场硬仗。因此，在人员上、物质上和精神上都作了充分的准备。

一是人员选配。司机、司钻、副司钻、井架工、内外钳工的人选，王进喜和孙永臣、郭继贤几个人扳着指头算，一个一个仔细地过。想到这次去东北，都是抛家舍业，家家都有事，王进喜和孙永臣决定，还得做细致的思想工作。就这样，钻井队的"四梁八柱"齐活了。王进喜突然想起去大庆要求自己起火的吃饭问题，就跑到钻井大队部，做食堂老炊事员庞万金的思想工作。精诚所至，金石为开。45岁的庞万金师傅被王进喜所感动，随着王进喜的钻井队奔赴大庆。

二是物资准备。从玉门带走了"三件宝"，其一是一根美国制造的方钻杆，这是他从别的钻井队要来的，8米多长正好打一个单根，中型钻机都能使用。这根方钻杆重量轻、钢质好、有韧性，打起钻来不弯不摆，打得直。其二是美国制造的B型大钳一对，这是王进喜用苏式大钳送回库房换回来的，钻工们都非常喜欢，用起来轻、方便、抗拉、抗扭，接单根起钻时用起来灵活方便。其三是美国制造的单臂吊环一副，是从别的钻井队换来的。这三件东西，王进喜喜欢，全队职工也都喜欢，所以管它们叫“三件宝”。参加大庆会战自然一件也不能少，全部带上。此外，贝乌5队带走的还有美国、德国产的吊卡一对、水龙头一个、油壬一个、6寸烟袋锅式套筒扳手一副。这些零配件不仅在大庆石油会战初期发挥了重要作用，而且在1964年，年上十万米以及打“三一”井中都作出不可磨灭的大贡献。

三是托运好摩托车。1959年初，鉴于玉门的油田面积小，散布在戈壁滩上，祁连山下，路多线长。井上若出个小故障，要配件取工具，要动用大队的道吉大卡车，浪费、费时又不及时，玉门局决定给大家买批摩托车，规定的是给大队干部买。摩托车是匈牙利产的“贝尔-125型”，俗称“小黑兔”。王进喜知道了也非要买一辆，为的是上井方便。车价是500多元，大队给出200元，个人掏300多元，王进喜拿出了个人全部存款又借了一些钱买了这辆“小黑兔”。王进喜是私人买车公家用，天天骑着它上井队，用于跑料、办事、接人等一切事项。这回要去松辽会战，王进喜认识到，新油田那是在大荒原上，地广人稀，跑井、办事，开会、运料更是离不开它。所以“小黑兔”被包裹好，小心翼翼地装箱上车，跟随铁人王进喜一起征战大庆石油会战。

四是带着一套三卷本《毛泽东选集》。这套《毛泽东选集》是王进喜1959年参加全国“工交群英会”时的奖品之一，他无比珍爱。王进喜文化不高，但是经过上识字班、夜校和自学，他能看报纸和小唱本之类的书。自从有了《毛泽东选集》，王进喜就开始了他的自学生涯，而且收获不少。在那个全国人民学“毛选”的年代里，毛主席的著作也是他每天必须要学习的课程。这次从玉门到大庆，他将这套心爱的《毛泽东选集》带在身上，方便有空时随时随地学习。

王进喜对贝乌5队所获得的荣誉特别珍惜，锦旗、奖状等都注意保管，绝不乱丢乱放。这次要离开玉门，他特别安排人把这些锦旗和奖状清点好，专门留出一面“更高标杆立祁连”的锦旗。他要高举着这面旗帜，带领玉门的贝乌5钻井队去参加松辽会战。

1960年3月15日，玉门闯将王进喜带领1205钻井队从玉门乘火车出发。经历了整整10天的劳苦奔波，穿越了大半个中国，从雪域祁连的大西北来到广袤平原松辽大地。3月25日，在位于松嫩平原中部的萨尔图火车站下车，王进喜高举“更高标杆立祁连”的大旗，汇聚群贤好汉，揭开了他大庆石油会战的序幕。

在那激情似火的年代，王进喜这样一位普通的石油工人，他没有什么学问，出生于贫穷人家。但尽管如此，他却拥有着一颗炽热的爱国之心。为了能够加快国家的石油开采速度，他将自己的力量发挥到淋漓尽致。真可谓：凡人之躯，钢铁意志。

王进喜带领1205钻井队到达萨尔图火车站
（图片来源：玉门铁人王进喜纪念馆）

望梅花·雪中征

喜闻油旺雪中征。
赴大庆、寒冬厚雪，雪润祁连云纵横。
梅雪正寒风。飞雪荒原刺骨疼。
踔厉雪中行。

注：这首《望梅花·雪中征》词中，句句都有“雪”字。一方面描写当时的天气及自然环境的艰苦，表达铁人王进喜的大无畏的英雄气概；另一方面“雪”“血”同音，借此表达铁人王进喜浴血奋战的苦干实干，进而凸显铁血男儿对国家的一腔赤血忠诚。

自王进喜成为新中国的钻井工人以来，他哪里是在打井？他简直是在用自己的鲜血和生命换取石油！在那战斗最紧张的日子里，他成日成夜地奋战在井场上。这名石油工人将自己的全部献给了国家的石油事业，更是长年以来带病工作，即便领导们多次劝说其注意身体，但他轻伤不下火线。他受伤住院，趁着医护不备跑回井队，甚至在齐齐哈尔住院还是如此，更让人心疼的是连在北戴河的疗养都半途而废。这名石油工人“我行我素”，最终在自己的岗位上奋斗到最后一刻，他就是当时轰动一时的石油工人，更是被人们称为“铁人”的王进喜。

每个人生来便有家人，于是就有责任。有的人一生为小家奔波劳苦，只求一方平安；有的人舍小家为国家，毕生奉献人民，奉献祖国。自古以来，就有埋头苦干的人，有拼命硬干的人，有为民请命的人，有舍身求法的人，他们是中国的脊梁。生来不为己，只求把身献。人们以为的无上辉煌实则是那些人舍弃了很多东西，奉献了热血甚至生命换来的。铁人王进喜就是其中的优秀代表，“宁肯少活20年，拼命也要拿下大油田”。王进喜把一生献给了祖国的石油工业，时刻都在践行着自己的铮铮誓言。

第二章

自力更生　艰苦创业

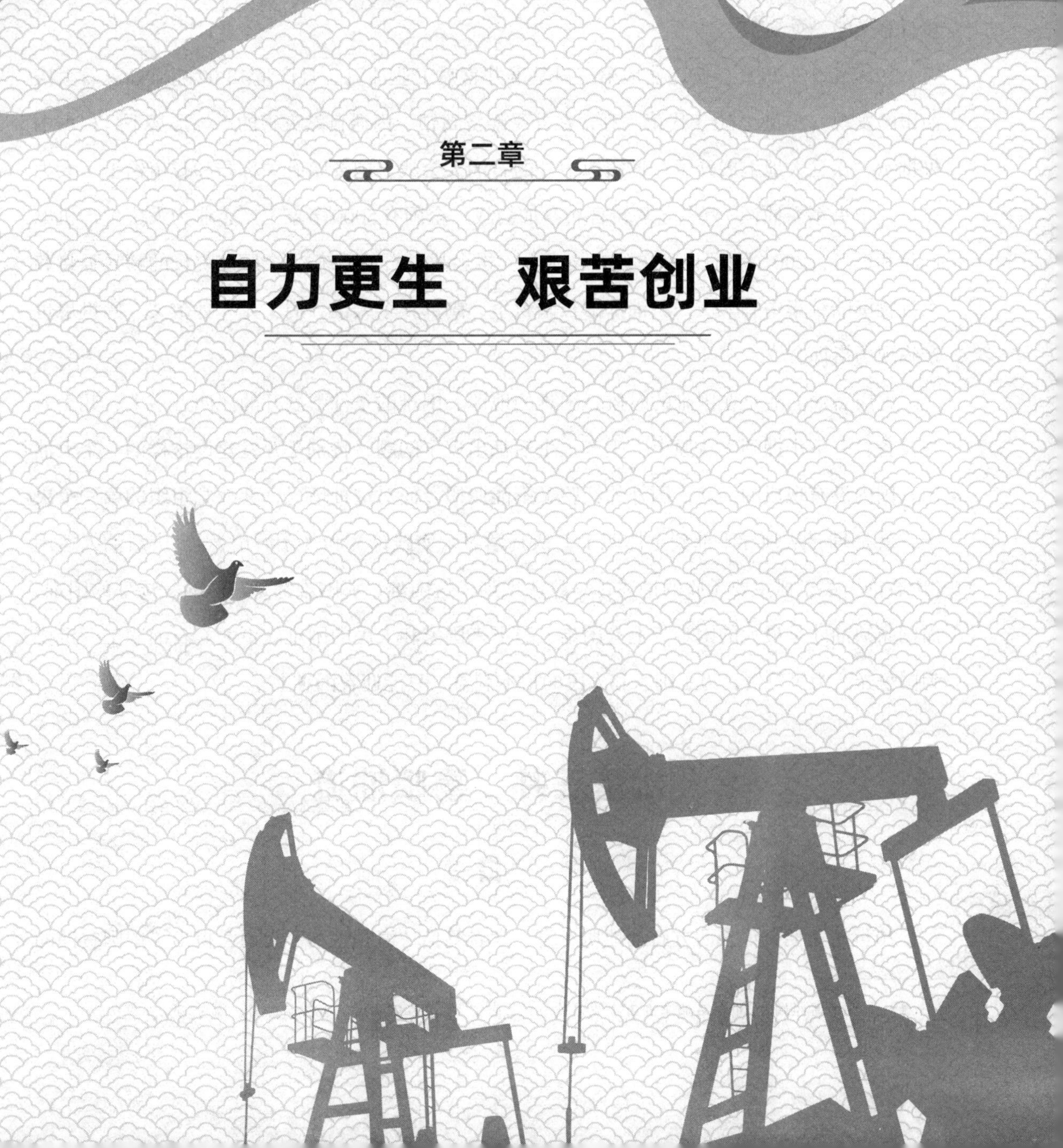

新中国成立之初，我国的石油工业形势十分严峻，因为缺油，首都北京长安街上的公共汽车背上了沉重的煤气包，河南等地的汽车烧起了酒精、“老白干”和木炭，许多工厂被迫停产，飞机、坦克不能正常工作，就连国防部队执勤、训练也受到了影响，举国上下对石油的渴望、希求和期待是千言万语也难以表达的。

1958年2月，邓小平在听取石油工业部的工作汇报时指出，石油勘探工作应当从战略方面来考虑的问题。1959年9月，在松辽平原勘探发现大庆油田是新中国石油勘探上的重大突破，标志着中国现代石油工业开始崛起。大庆石油会战，翻开了中国石油开发史上具有历史转折意义的一页。❶

1959年9月26日，松辽盆地第三口基准井喜喷工业油流，日产量13.02吨，标志着大庆油田的发现。20世纪60年代第一春，在外受经济封锁、内遇自然灾害的严峻形势下，根据中央批示，松辽大地上展开了一场震惊中外的石油大会战。国务院有关部委和省市给予了大力支持，中央军委抽调3万多名复转官兵参加会战。全国有5000多家工厂企业为大庆生产机电产品和设备，200个科研设计单位在技术上支援会战，石油系统37个厂矿院校的精兵强将和大批物资陆续集中到大庆，石油部部长余秋里，副部长李人俊、周文龙、孙敬文、康世恩也亲临现场指挥会战。

大庆石油会战是在困难的时候、困难的地区、困难的条件下展开的。四万多人，几十万吨设备，一下子拥到大草原上，生产、生活都出现了问题，特别是开发建设这样的一个大油田，国内没有现成的经验，国外的经验又不能照搬。面对这种情况，会战党组织的第一个决定，就是号召从领导干部到全体职工，认真学习《实践论》和《矛盾论》。大庆石油人运用《矛盾论》关于抓主要矛盾的论述，一致认识到，这困难、那困难都是暂时的、局部的困难，而国家缺油才是最大的困难。上有困难，退下来国家和人民的困难就更大。石油职工一定要为国争光，为民争气，为了国家和人民的根本利益，只能迎着困难上。

松基三井　喜喷油流

20世纪中期，许多西方石油地质专家、学者笃信“海相生油”学说，得出了中国贫油的

❶ 本书编写组编：《中国石油工业百年发展史》（上册），中国石化出版社2021年7月，第57页。

结论。我国著名地质学家李四光大胆提出“陆相生油”理论，为大庆油田的发现作出了重大贡献。从1954年开始，地质部在全国范围内开展了大规模的石油普查勘探工作。在李四光的指挥下，根据地质力学的理论，在一些辽阔的中、新生代沉积盆地中，在20多万平方千米的面积内进行了程度不同的石油普查，打了3000多口普查钻井，总进尺120多万米。李四光从所取得的大量地质资料中，不仅初步摸清了我国石油地质的基本特征，而且证实了我国有着丰富的天然石油资源。

李四光从自己多年来的实地调查中作出一个大胆推测：东北松辽平原和华北平原的地质结构跟亚细亚平原的相似，都是沉降带地质结构。亚细亚平原蕴藏着大量的石油，松辽平原和华北平原也应该蕴藏着大量的石油。

1955年1月，寒冬中的东北松辽平原，一支考察队正在进行地质勘探。这支队伍的带领者，就是年已66岁的李四光。那时，我国已经开始实施第一个“五年计划”，但“工业血液”——石油依然十分短缺。一年前，李四光在《从大地构造看我国石油勘探远景》报告里指出，柴达木盆地、四川盆地、华北平原、东北平原等地是最有可能含油的地区。可惜，东北地广人稀，自然条件复杂，三年过去了，漫长的勘探还是没有取得实质性进展。

通宵达旦的研究与不舍昼夜的勘查，让李四光患上了肾病，中央决定暂时让他到杭州疗养。就在李四光动身的前一晚，中央忽然接到石油勘探前线的报告。一些勘探队的同志准备把普查队伍拉到外省，与此同时，另一些队员依然坚信李四光的推断，坚守东北平原。李四光当

李四光在松辽盆地进行地质调查
（图片来源：西安石油大学铁人王进喜纪念馆）

地质之光

地质之光照大千，多才多艺珞珈山。
历经苦困归国去，为问新生拜表还。
努力向学头角露，蔚为国用咏歌娴。
石油勘探明方向，后世师表万众传。

注：地质之光指我国爱国科学家李四光，他用实际行动，为新中国建设事业倾尽所有、奉献一生，成为根植于大地的一面旗帜，在中国人心中散发出耀眼持久的“地质之光”。

珞珈山原名罗家山，亦名落袈山。现在珞珈山这个名字，是国立武汉大学首任文学院院长闻一多先生改的。珞，是石头坚硬的意思；珈，是古代妇女戴的头饰。“落驾”与“珞珈”二字谐音，寓意当年在落驾山筚路蓝缕、辟山建校的艰难。本诗中指武汉大学。

即推掉了去杭州的计划，回到他的勘探队。这支队伍的长期驻扎，带动了越来越多地方干部、青年的加入，广阔的东北大地上形成了我国第一支石油探测尖兵。1955年8月，地质部东北地质局派出5人小分队向松辽平原进军。不久，传回好消息：松辽踏勘采集到的泥页岩中有荧光反应和浓重的油味，说明松辽盆地含油！随后石油战线实行“战略东移”，集中人力物力，加快了大庆油田的发现。1958年4月，松辽石油勘探迎来第一道曙光：501号钻机打出油砂！

1959年4月11日，“松基三井”正式开钻。9月13日，钻工们开始在地下1357米至1382米之间的三个油层进行射孔。此间，渗水的原油从孔内渐渐涌出。9月26日，黑色原油如巨龙一般终于从千米地下喷涌而出，第一股“工业血液”直冲蓝天，挺起了共和国的油脉脊梁。

新中国成立之初，石油工业形势十分严峻。石油作为国家建设的血脉，时刻牵动着国家领导人的心。第一个五年计划结束时，我国石油自给率仅达40.6%。1959年进口原油64.4万吨、成品油267万吨，耗用外汇4.8亿元，是进口物资中花钱最多的一项。“一五”计划结束时，石油工业部是各工业部门中唯一没有完成任务的部门。坦克因缺油不得不停止了国防训练。1959年全国石油探明储量仅有5000多万吨。在经济较为发达、消费较大的东部地区一个油田也没有。拖拉机因缺油不得不闲置起来。1959年全国煤油和柴油库存量较上年分别下降了15%和24%，高级航空燃料全部依赖进口，飞机因缺油不得不停飞。石油不仅事关民生，更关系着新中国国防。1953年，朱德对康世恩说：“现代战争打的就是钢铁和石油，有了这两样，打起仗来就有了物资保障。没有石油，飞机、坦克、大炮不如一根打狗棍。我要求产一吨钢铁，就产一吨石油，一点不能少。康世恩同志你要完成石油供应的任务，这是给你的命令。”1958年2月11日，第一届全国人民代表大会第五次会议通过决定，任命余秋里为石

（图片来源：西安石油大学铁人王进喜纪念馆）

石油短缺

恰逢交困闹油荒，外境外援自立勋。
工业民生缺血脉，国防建设少安强。
铁人泪洒沙滩地，领袖心牵暖北疆。
尽日凭栏多少恨，明朝有酒送夕阳。

油工业部部长。中央领导同志在讲话中多次强调了发展我国石油工业对于加强经济建设、国防建设的重要意义。毛泽东主席说:“要进行建设,石油是不可缺少的,天上飞的,地下跑的,没有石油都转不动啊!”

1958年,当时主管石油工业的副总理邓小平随即决定:石油勘探要实行战略东移。1958年2月27—28日中共中央总书记邓小平听取石油工业部汇报,提出:“对松辽、华北、华东、四川、鄂尔多斯五个地区,要好好花一番精力,研究考虑。”还说:“真正有希望的,如东北、苏北和四川这三块搞出来,就很好。”3月初,石油工业部贯彻邓小平指示,决定战略东移,并把松辽盆地作为主战场。

4月17日,地质部普查大队在位于松辽盆地的吉林前郭发现含油砂层,证明松辽盆地生油。4月中旬,石油工业部松辽勘探大队成立。5月16日石油工业部成立松辽勘探处,宋世宽任处长。

6月26日,《人民日报》在显著位置刊登“松辽盆地有石油”的消息,“松辽平原不久将成为我国重要的油区之一”。6月27日,为加强松辽勘探力量,先后从西安、玉门、青海等地调来1000多名职工。改松辽勘探处为松辽勘探局,李荆和任局长兼党委书记。

7月9日,位于黑龙江省安达县任民镇的松基一井开钻。8月6日,位于吉林省前郭旗的松基二井开钻。9月初至14日,松辽局向石油工业部提出松基三井方案及补充依据。10月上旬,松辽局基准井研究队确定了位于黑龙江省肇州县大同镇的松基三井设计井位。11月11日,松基一井于井深1879米处遇到变质岩,证明无油层,完钻。11月29日,石油工业部正式批准松基三井井位。12月,苏联石油地质专家布罗德到松辽盆地考察,确认松辽盆地是石油勘探最有利地区。

1959年1月底至2月初,石油工业部领导对松基三井的有关资料再行审查。2月24日,地质部、石油工业部联合批准1959年松辽盆地勘探总体设计。3月22日,松基一井固井试油,未见到油流。4月11日,32118钻井队到松基三井就位,开钻。

7月初至20日,松基三井取心,见到含油砂层,含油饱满,气味浓烈。7月22日,康世恩同苏联专家米尔钦柯、安德烈耶柯到哈尔滨了解松基三井的情况,他决定在1416.76米处完钻、试油。

7月底至8月初,彭佐猷、赵声振、邱中建、蒋学明等试油、固井专家到松基三井现场指挥射孔、试油。8月29日，松基三井固井完毕，经电测各项指标合乎要求。

9月6日，松基三井在高台子层进行射孔，开始试油。9月26日，松基三井喷出工业油流，发现大庆油田，拉开大庆会战序幕。

（图片来源：玉门铁人王进喜纪念馆）

战略东移

战略东移目标明，中央掌舵正乘风。
松基三井黑金涌，会战松辽大庆行。
莫道雪乡春柳少，知君到处雪梅迎。
苍天不负韶华志，破浪扬帆四海平。

注：梅花色白，故称雪梅。唐·孙逖《宴越府陈法曹西亭》诗："雪梅初度腊，烟竹稍迎曛。"唐·杜牧《代人作》诗："斗草怜香蕙，簪花间雪梅。"宋·范成大《代儿童作立春贴门诗》之一："雪梅同雪鬓，相对两凌寒。"

1955年1月，地质部召开全国第一次石油普查会议，研究讨论石油普查的战略选区，制定《地质部石油普查工作方针》，组织专业石油勘探队伍，在全国各地展开工作。东北地质局根据《关于松辽平原石油地质踏勘的工作方法》迅速组成石油地质踏勘组，制订踏勘计划，布置沿第二松花江顺流而下、哈沈铁路两侧以及沈阳—阜新三条踏勘路线，开展东北平原的石油地质踏勘工作，对其含油远景做出了肯定性的评价，"松辽盆地可以找到油气，建议进一步开展油气普查和物探工作"。

1956年1月下旬，地质部召开第二次石油普查工作会议，在《地质部第二次石油普查工作会议决议》中指出："广阔的松辽平原的大地构造轮廓与华北平原相似，其中堆积着很厚的新沉积……可能有含油岩系……选择适当地点准备打基准井，并提出初步钻探设计……为完成上述任务，特决定组成松辽平原石油普查大队，下设地质三队，浅钻一队，重磁力一队，电测深二队。"松辽平原的大规模普查由此开始。同年5月地质部党组遂做出关于石油勘查战略重点向东转移的决定。1957年冬，将原在新疆、青海等地进行油气勘查的地质技术骨干及物探队伍陆续调到华北、松辽、华东等地区，以充实这些地区的油气普查工作。

在地质部前期工作的基础上，石油部于1957年着手进行松辽平原的野外地质调查和综合研究，对松辽盆地及周边地质、物探资料进行综合研究并踏勘盆地边缘地质。

6月22日，松辽平原专题研究队赴辽宁绥中，开展野外地质调查，结果显示，“松辽平原石油地质基本条件优越，是一个含油远景极有希望的地区”，专题研究队随即建议“1958年在松辽平原钻2~3口基准井，井位可在5号、6号重力高地上选择”，其中的“5号重力高地就是后来大庆长垣的葡萄花油田”。

1955年至1957年的石油普查，进一步肯定了松辽盆地的良好远景，“区域勘查的重大成果表明，松辽盆地具有良好的含油气远景”。为随后的石油勘探战略东移提供了坚实的地质资料支撑。

1958年2月底，石油部向主管石油工业的邓小平汇报石油工业的形势、各地区勘探开发的情况以及“二五”期间的石油勘探部署。邓小平听后，从指导思想、发展方向、战略布局等方面对下一阶段的工作进行了阐述。石油部、地质部按照“战略东移”的指示，调整部署，对松辽盆地展开大规模勘探。石油勘探的隆隆炮声唤醒了沉睡的松辽大地。

（图片来源：西安石油大学铁人王进喜纪念馆）

石油勘查

松辽大地炮声隆，和璧隋珠久卧龙。

勘探石油怜赤子，长驱剑戟问苍穹。

此时劳苦云天外，他日功高烟雾中。

旷野荒原期梦远，白山黑水书飞鸿。

注：和璧隋珠联合式语法，作宾语。和璧指和氏璧，隋珠指古传说中的夜明珠。比喻极珍贵的东西。出自《韩非子·解老》：“和氏之璧，不饰以五采；隋侯之珠，不饰以银黄；其质之美，物不足以饰之。”

白山黑水，意思是长白山和黑龙江，泛指我国东北地区。出自《金史·世纪序》：“生女真之地有混同江、长白山。混同江亦号黑龙江，所谓‘白山黑水’是也。”

松基三井，即松辽平原第三口基准井。松基三井是大庆油田发现井，于1958年9月勘探，位于黑龙江省大庆市大同区高台子镇永跃村旁。进尺1461.76米，松基三井标志着发现了高台子油田，为松辽盆地找油勘探找到了首个落脚点，为开启松辽石油大会战立了大功。

为了确定松基三井位置，一大批地质专家们夜以继日地分析研究，决心把基准井井位定在油气远景最好的地区，既兼顾地层又探油气，争取做到“一箭双雕”。他们翻阅了大量资料，发现电法资料上显示在大同镇高台子附近有个隆起，重力图上也有重力高带显示。这个重力高带正好位于26万平方千米坳陷区的中央，是生油层最厚的地方，又是凹中隆起，对油气生成、运移、聚集最为有利。

专家们经过反复研究，认为这是一个最有把握找到油气的位置，初步确定了井位。1958年，由张文昭、钟其权等地质专家拟定的《松基三井井位意见书》上报石油部。在随后做的地震大剖面上发现地震资料也证实所选井位是个高点，遂向石油工业部再次补报了《补充松辽盆地松基三井井位选定依据》报告，1958年11月29日石油工业部批复同意了松基三井井位。松基三井是大庆油田最早的出油井。

最初在井侧建了一座“松基三井完钻喷油纪念碑”。1986年该碑被定为黑龙江省重点保护单位，1999年重修后改称为“松基三井纪念地”。它设在一个高0.9米的平台上，东边是松基三井所用的大罗马型采油树，两横一竖3根3寸管上有6个节门，绿色的管，红色的节门手轮。

采油树西侧是一个用30吨重不规则六面体天然花岗岩建造的“松基三井”纪念碑，寓意在大庆油田发现30周年时所建。碑形似卧虎，正面向东，象征我国石油工业如东方红日蓬勃向上。碑体正面阴刻“大庆油田发现井——松基三井”，背面阴刻松基三井打井过程的碑文，两侧阴刻油砂体示意图及庆祝的灯笼和井口喷发的油花。

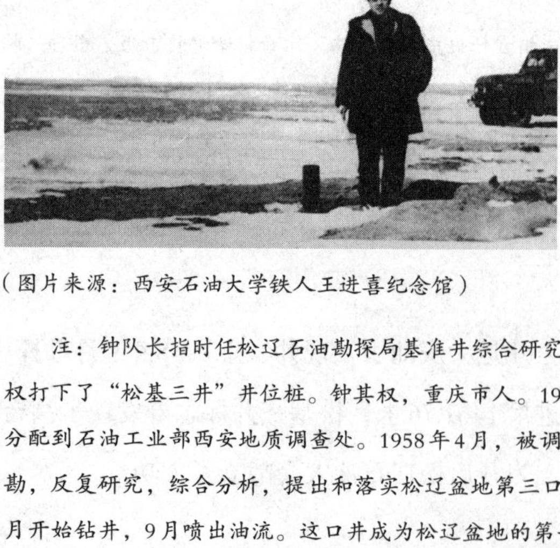

（图片来源：西安石油大学铁人王进喜纪念馆）

松基三井

历史定格钟队长，松基三井喜喷油。
喜逢大庆十年重，献礼中华青史留。
会战荒原揭序幕，奠基大庆满神州。
青山处处鸿鹄志，飞雪兴安苦作舟。

注：钟队长指时任松辽石油勘探局基准井综合研究队队长钟其权。松辽石油勘探局基准井综合研究队队长钟其权打下了“松基三井”井位桩。钟其权，重庆市人。1933年出生，1952年考入西北大学地质系，1954年毕业，当年分配到石油工业部西安地质调查处。1958年4月，被调到松辽石油勘探局，任基准井综合研究队队长。经过初步踏勘，反复研究，综合分析，提出和落实松辽盆地第三口基准井的井位。1958年10月，亲手打下井位木桩。1959年4月开始钻井，9月喷出油流。这口井成为松辽盆地的第一口喷油井，成为发现大庆油田的标志。1979年11月，钟其

权被调往南海石油会战指挥部工作，在欢送会上，他豪情满怀，即兴赋诗一首：“记忆出关时，迤逦正当年。暴雨松江水，飞雪大兴安。倏然二十载，余年复向南。行行去去间，草木惊泪弹。更敬一杯酒，高歌贺来年。”

新中国成立10周年大庆前夕，“松基三井”喜喷油流的特大喜讯，迅速传遍松辽盆地，传向哈尔滨、长春，又以最快的速度传向北京，为新中国成立10周年献上一份厚礼。松基三井喷油的第二天，1959年9月27日，松辽石油勘探局黑龙江石油勘探大队党委书记关耀家带着油样向黑龙江省委报捷，省委第一书记欧阳钦、省长李范五等人非常激动。欧阳钦书记说：“在我们黑龙江省内找出了石油，这是一件大好事。石油对国家的工业化和农业机械化，都有极其重要的意义。我们黑龙江省一定要全力以赴，支援石油勘探。”

11月7日，欧阳钦书记带领省委省政府人员到松基三井慰问，看了井口喷油。在返回大同镇的途中，欧阳钦提议：松基三井在新中国成立10周年大庆前夕出油，是向党和祖国献上了一份大礼。这口井位于肇州县大同地区，为了避免将来建成油田后，与山西省的大同煤矿重名，建议把大同镇改为大庆区。之后，黑龙江省人大作出决定，把大同镇改为大庆特区，划归安达县管理。石油部和地质部也都认为，“大庆”这一名字很有意义。

石油工业部领导在研究松辽油田勘探、开发方案时，一致同意将这个新发现的油田命名为大庆油田。随后，决定将松辽盆地发现的出油构造命名为大庆长垣。从此，大庆这个响亮的名字闻名中外，成了新中国石油发展史上不可磨灭的印记。

（图片来源：西安石油大学铁人王进喜纪念馆）

命名大庆

双喜临门秋尽染，欧阳大庆首提名。
苍原野岭惊雷起，铁马冰河卷雪鸣。
会战松辽荒草地，云集东北百湖诚。
冲天一气逍遥上，万古流传不世功。

注：欧阳指欧阳钦。欧阳钦（1900—1978），号惟亮，湖南宁乡人。1919年赴法国勤工俭学，1924年加入中国共产党。从新中国成立初期到20世纪60年代，欧阳钦同志长期担任中共黑龙江省委第一书记和东北局第二书记。他胸怀宽广，顾全大局，在国家遭受严重自然灾害时，他提出“顾全大局、服从整体，厉行节约、分担困难”的口号，从黑龙江调出大量粮食支援全国，受到中共中央和国务院领导人的赞扬。他坚持真理，实事求是，原则性强。在

“文化大革命”中，他更表现出铮铮铁骨，与林彪、“四人帮”进行了坚决斗争。原东北局和黑龙江省委的干部都说：“欧阳钦同志在‘文化大革命’中，为我们作出了榜样。”“他是一个真正的共产党人。”有人赋诗称赞他道：“荦荦大端侪辈少，铮铮铁骨几人同。”

松辽会战　全国支援

1960年1月，石油工业部党组召开扩大会议，准备加快松辽地区勘探和油田开发，集中石油系统力量，来一个声势浩大的“大会战”。

当年2月13日，石油工业部向中共中央提交了《关于东北松辽地区石油勘探情况和今后工作部署问题的报告》。2月20日，中共中央批准了这一报告，石油会战由此开始。1960年2月21日，石油工业部在黑龙江省哈尔滨市召开了大庆石油会战第一次筹备会议。会上确定全国石油系统玉门、四川、新疆、青海等地的37个石油厂矿、院校、科研部门，由其主要领导干部带队，组织人员，并自带设备到大庆参加石油会战。

全国支援大庆石油会战队伍情况

序号	支援单位	支援人数
1	玉门石油管理局	2000余人
2	四川石油管理局	2000余人
3	新疆石油管理局	1500余人
4	青海石油管理局	500余人
5	松辽石油勘探局	5000余人
6	石油基建安装力量	2000余人
7	科学研究、设计机关、石油院校	2000余人
8	沈阳军区	15000人
9	南京军区	10000人
10	济南军区	5000人
11	全国各地转业军官	3000人
	合　计	48000余人

注：以上资料出自1960年3月9日《石油工业部党组关于松辽地区大庆油田的目前情况和勘探工作部署向薄一波副总理的汇报提纲》。这次会战由石油工业部党组亲临前线，直接指挥，部机关干部将近一半前往参战。抽调玉门和新疆两个石油管理局局长，新疆、青海两个局的总工程师，并从各厂矿及科学研究、设计部门，抽调各种工程技术干部，加上石油学院、石油学校的教员和应届毕业生共组成将近四千人的技术队伍参加会战。由各石油厂矿抽调各种技术工人一万余人，其中有钻井标杆队20个。此外，尚有转业军人两万，三月底前也可到达，还有一万三千名转业官兵陆续到达。

（图片来源：大庆铁人王进喜纪念馆）

注：以上资料出自1960年3月9日《石油工业部党组关于松辽地区大庆油田的目前情况和勘探工作部署向薄一波副总理的汇报提纲》。这次松辽石油会战由石油工业部党组亲临前线，直接指挥，部机关干部将近一半前往参战。抽调玉门和新疆两个石油管理局局长，新疆、青海两个局的总工程师，并从各厂矿及科学研究、设计部门，抽调各种工程技术干部，加上石油学院、石油学校的教员和应届毕业生共同组成将近四千人的技术队伍参加会战。由各石油厂矿抽调各种技术工人一万余人，其中有钻井标杆队20个。此外，尚有转业军人两万名，3月底前陆续到达的还有一万三千名转业官兵。

石油会战期间的组织领导工作，由石油工业部部长余秋里到第一线主持，并组成大庆石油会战领导小组，由康世恩、唐克、吴星峰等13人组成，康世恩任组长。筹备会后，参加石油会战的各路石油队伍，于三四月间相继抵达大庆地区。当年退伍的3万名解放军战士和3000名转业军官，也分别从沈阳部队、南京部队和济南部队来到大庆，参加石油会战。国务院各部门和黑龙江省支援石油会战的干部和工人，也陆续到达大庆地区。

1960年3月25日至27日，在哈尔滨市召开了大庆石油会战第二次筹备会议。余秋里部长在会上宣布：石油会战领导机关立即迁往第一线办公。到4月上旬，石油工业部机关党委、各司局领导干部和松辽石油勘探局相继搬迁到黑龙江省安达县，组成了石油会战的指挥机关。据当年4月的统计，参加石油会战的人员已达4万多人，其中总工程师、总地质师、大学教授、工程师和地质师等各类工程技术干部达1000多人。全国人民支援大会战的各类物资也源源不断地运往大庆，各种器材、设备已有几十万吨。这样，在这片只有百十户人家的茫茫荒原上，轰轰烈烈地打响了一场艰苦卓绝、波澜壮阔的石油大会战。东北发现大油田的喜讯，让全国石油系统职工群情激奋，纷纷请缨参加新区开发。下图是甘肃兰州石油职工在请战。

（图片来源：西安石油大学铁人王进喜纪念馆）

决心台请战

疾书请战赶帮追，会战听从党指挥。
大庆梅花拂雪落，金城柳絮漫天飞。
奔雷岸势黄河去，涌雪涛声黑水归。
高举决心疏落影，群英荟萃映春晖。

注：金城是甘肃兰州的别称。隋朝以前，本来没有兰州这一名称。据史书记载：汉昭帝始元六年（公元前81年），以边塞阔远、取天水、陇西、张掖郡各二县，置金城郡（后增至十三县），治所允吾（音铅牙，在今市辖区内）。隋开皇初，置兰州总管府，至此，兰州之名，始见于史册。大业初，府废，改为金城郡。从此，人们就把金城、兰州并称了。关于取名金城之义，《汉书·地理志·注》应劭曰：初筑城得金，故曰金城；臣瓒曰：称金，取其坚也；师古曰：以郡在京师之西，故谓金城，金，西方之行。这三种解释，以瓒说于义较胜。“筑城得金”，可能有其事；然而以金名城，未必取义于此。因为历代帝王于一城一地之命名，无不寄托边防巩固、内部安定、立万世基业的希望。所以，“称金，取其坚也”。贾谊《过秦论》“金城千里”，《汉书·蒯同传》“金城汤池，不可攻也”，都是

用来喻城之坚固的。何况，金城砺山带河，形势险要，东接陇原，西控阳关，南临巴蜀，北砺朔方，乃当时的西陲重镇，名曰金城，自是合情合理。

1960年初，玉门石油局成立“支援松辽会战办公室”，并于2月8日召开参加松辽会战动员大会。会议要求参战人员要不负玉门人的重托，把玉门油田的红旗高高插在松辽盆地上。玉门油田的工人们摩拳擦掌，决心大打一场石油工业的翻身仗。根据大庆石油会战迫切需要，石油部急电频频，抽调玉门油田的精兵强将，玉门油田先后有18000名职工奔赴大庆。在支援松辽会战中，玉门石油人全力以赴，队伍是成建制地调，设备是配套地走，参战人员都是今天通知明天走，克服困难不停留。

大庆急需固井技术力量，点名让彭佐猷去，玉门油田这方面的人才也很少，但还是让彭佐猷带着一批固井骨干和设备赶赴大庆。玉门油田的两个标杆队——王进喜钻井队和薛国邦采油队登上了隆隆东去的列车。为了竭尽全力支援大庆会战，玉门油田的地质队全部走光了；玉门油田一共49台钻机，就给了大庆48台……玉门油田一批又一批的骨干力量，像割韭菜似的一茬又一茬地奔赴大庆，一台又一台的设备像拔萝卜似的一套又一套地送往松辽平原。1960年3月12日，玉门石油局局长焦力人带领一个分指挥部、一个运输处、王进喜钻井队等1286人分批奔赴松辽参加会战。25日，参战人员全部到达战区。玉门油田在支援新区会战后，出现了历史上最为艰难的岁月。具有优良传统的玉门石油人，发扬玉门精神，凭着一种骨气、志气和士气，默默地承受着数不清的压力，无怨无悔地克服了一个又一个困难，创造了属于玉门人的骄傲！

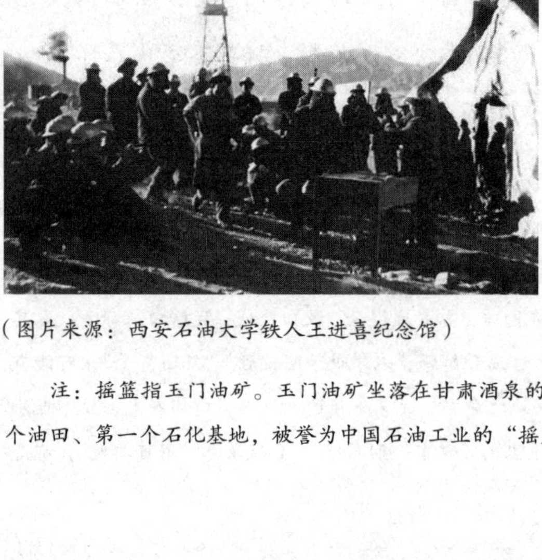

（图片来源：西安石油大学铁人王进喜纪念馆）

玉门石油摇篮

创业步维艰，中油一半天。
荒原学大庆，戈壁守桑田。
奉献精神在，求实聚散安。
石油开钻处，哪会少摇篮。

注：摇篮指玉门油矿。玉门油矿坐落在甘肃酒泉的戈壁腹地，祁连山下，这里诞生了新中国第一口油井、第一个油田、第一个石化基地，被誉为中国石油工业的“摇篮”。

1959年秋，一个振奋人心的消息——松辽发现了大油田，迅速传到各个油田，传遍全国。当时在新疆克拉玛依日夜奋战的1202钻井队的全队职工都为这一喜讯欢呼雀跃。他们激情高昂、摩拳擦掌，巴不得能立马到松辽大油田一显身手。

1960年3月，新疆石油管理局领导向全队职工传达了石油工业部的命令，隆重召开支援大庆石油会战动员大会。1960年3月，新疆石油管理局决定让1202钻井队队长马德仁、支部书记韩荣华带队，作为首支代表新疆石油管理局到松辽参加石油大会战的队伍。命令一下达，他们就立即整理行装出发。经过几天几夜的长途跋涉，4月1日凌晨到达新的战场。

据统计，在1960年至1961年，新疆石油管理局共抽调5600余名精兵强将奔赴松辽平原，参加大庆石油会战。

（图片来源：西安石油大学铁人王进喜纪念馆）

克拉玛依动员大会

扬眉吐气大油田，厚积薄发去草原。

自力更生千物足，勤俭持家百业艰。

号角频吹鸣战鼓，征衣再振聚荒滩。

旌旗映日迢迢路，横空剑戟杳杳天。

注：征衣再振指克拉玛依钻井工人又一次披上战袍，参加大庆石油会战。明·甘学《游喷玉岩》："息履岩头再振衣，千秋回首忆同谁。"明·储巏《九日同诸公登幕府山次樊川韵》："平生剩有登高兴，千仞冈头再振衣。"

国家各部委和全国各省市，都对大庆石油会战给予了大力支援，各省市及500多家工厂、企业支援的物资、设备被陆续运往大庆，200多个科研、设计单位和高等院校提供了技术上的支援。

石油系统科研单位的技术人员要求参加新油田开发，一代代科研人员以"超越权威、超越前人、超越自我"的干劲，使大庆主力油田采收率比国内外同类油田采收率高出10~15个百分点，建成了全球最大的三个采油基地。1960年，大庆发现了大油田，4月拉开了石油大会战的序幕。北京石油学院欢送首批师生赴东北参加石油会战，王启民被分配去油田实习，担任葡田井试油队技术员。

1961年8月，王启民响应国家号召，一毕业就奔赴大庆石油会战战场。1961年，王启民怀着一腔献身祖国石油事业的热血，重返“荒原一片篝火红”的大庆油田会战现场，开启了攀登油田开发科技高峰的艰辛征程。

（图片来源：西安石油大学铁人王进喜纪念馆）

科研人员参战

科研系统争参战，唤起精英碧血情。
万众雄心额首庆，千人毅魄俯身行。
眉飞色舞三江怒，喜笑颜开四海腾。
亘古荒原千载雪，而今华夏一帆风。

当时，油田正处于极端艰难的创业时期。有外国专家断言：像大庆含蜡这么高的油田，中国人根本没能力开发。刚刚分到油田地质指挥所的王启民，内心受到极大震动。在铁人王进喜“宁肯少活20年，拼命也要拿下大油田”钢铁誓言激励下，他和所里几个同学写下了一副气势豪迈的对联：“莫看毛头小伙子，敢笑天下第一流”，横批为“闯将在此”。他们还特意将“闯”字中的“马”字写得大大的，突破了门框。

王启民说：“我们就是要靠自己的力量，闯出中国自己的油田开发之路！”1963年，油田出现了注水三年，一半油井被水淹，采收率仅5%的严重局面。王启民和同志们一起，在阴冷潮湿的帐篷中，反复实验，最后得出结论：油田开采的关键是保持压力，不能怕见水就不注水。

1970年，为摸清油田高产稳产规律，王启民和科技人员一起又住进了中区西部试验区，进行调查、分析、比较以确定调整采取措施的井号层位，编制施工设计方案。1975年，试验区主力油层产量下降幅度增大，油井平均含水率上升到54%，油田命运又面临新的考验。王启民同4名同事，顶朔风、冒飞雪坚持在工地。经过不懈努力，1976年，大庆油田年产原油达5030万吨，跨入了世界特大型油田的行列，开创了中国石油工业发展的新纪元。大庆石油出口量也成倍增长，最高年份全国每100元换汇就有大庆人创造的14元。1978年，王启民光荣地加入了中国共产党。

1985年，大庆第一个稳产10年的目标胜利实现了，油田领导又提出第二个稳产10年的奋斗目标。1991年初，在油田开发技术座谈会上，全油田科技工作者，各抒己见、献计献策。王启民及时提出了“三分一优”结构调整原则和“挖液稳油”的新模式，经集体科学论证后，领导决定在全油田实施“稳油挖水”战略，并很快在全油田推广。1996年底，大庆实现了5000万吨连续21年稳产，创造了世界油田开发史上的奇迹。

“虽然我头发白了、岗位退了，但作为一名共产党员的初心没有变，‘宁肯把心血熬干，也要让油田稳产再高产’的誓言没有变。”85岁的大庆“新铁人”王启民如是说。

（图片来源：西安石油大学铁人王进喜纪念馆）

科技报国

久有报国志，燕路入云端。

闯将留名处，新人傲世言。

熬干心血尽，奉献鬓毛斑。

赤子石油梦，凤凰浴火欢。

注：燕路特指通往燕昭王招贤台的道路。亦借指招贤之地。汉·孔融《论盛孝章书》：“向使郭隗倒悬而王不解，临难而王不拯，则士亦将高翔远引，莫有北首燕者矣。”唐·李商隐《自桂林奉使江陵途中感怀寄献尚书》诗：“人皆向燕路，无乃费黄金。”

凤凰浴火取自“凤凰涅槃，浴火重生”。传说中，凤凰是人世间幸福的使者，每五百年，它就要背负着积累于人世间的所有痛苦和恩怨情仇，投身于熊熊烈火中自焚，以生命和美丽的终结换取人世的祥和与幸福。凤凰投入火中，浴火重生，其羽更丰，其音更清，其神更髓，成为美丽辉煌永生的火凤凰。此典故寓意不畏痛苦、义无反顾、不断追求、提升自我的执着精神。

西安石油学院肇始于1951年创立的西北石油工业学校，隶属于中央燃料工业部。1958年，为了适应石油工业发展，在原有西北石油工业学校基础上成立西安石油学院。1960年、1961年、1963年，学校共有200多人次参加大庆石油会战。下图为欢送师生出征，参加大庆石油会战誓师大会。

成绥民教授20世纪50年代毕业于西北石油工业专科学校（现西安石油大学），参加四川、青海、大庆、胜利、塔里木、吐哈等油田会战，兼任工人、技术员、综合采油队长，是石油部油田开发工作组成员。

1958年，北京石油学院领导正为支援西安石油学院建设的人选发愁时，张绍槐教授自告奋勇报名前往；且当时川中石油会战急需一名“厉害”的钻井队长，他又成为不二人选。于是，张绍槐教授住进一个与猪圈为邻的乡间泥巴房子里。在这里，他创下了自己六天六夜不下钻井平台的人生纪录。张绍槐教授1959年正式调入西安石油学院钻井教研室。20世纪60年代参加大庆石油会战，张绍槐教授与老朋友铁人王进喜紧密合作，传出不少佳话。铁人干活儿绝对是一把好手，总是冲锋在前，啥都不怕，但最怕开会发言，一听要发言就发愁。张绍槐教授就帮他组织发言稿，而他自己也从王铁人那里学到了中国石油工人的许多好品德。1990年，张绍槐教授服从组织调动，再次回到西安石油学院任院长，直至1998年退休。（摘自：西安石油大学新闻网，2019年7月8日）

林壬子教授，1994年奉命调任西安石油学院院长。1961年林壬子赴大庆参加艰苦卓绝的石油会战，积极参与大庆研究院生油研究室的创建，并成为大庆陆相生油理论研究的主要骨干。20世纪70年代初转战江汉油田，从事石油地球物理综合研究工作。1996年调入中国石油大学（北京），从事教学与科研，并担任博士生导师。

（图片来源：西安石油大学铁人王进喜纪念馆）

热血师生

热血师生气焰高，纷纷请战壮云霄。
莘莘学子扬帆去，衮衮诸公破浪淘。
大庆寒霜遮望眼，长安曲水竞折腰。
飞花落絮灞桥柳，鸿雁征程万里遥。

注：鸿雁比喻兄弟、亲人。唐·杜甫《舍弟观赴蓝田取妻子到江陵喜寄》诗之一：“鸿雁影来连峡内，鹡鸰飞急到沙头。”仇兆鳌：“《礼记》‘雁行’比先后有序，《毛诗》‘鹡鸰’比急难相须，故以二鸟喻兄弟。”

1955年成立的石油工业部，一向资金紧缺。搞大会战，集中财力尽最大努力也只能挤出1亿~2亿元，还有很大缺口。周总理让石油工业部给经委打报告并找邓小平同志，邓小平同志同意由国家计划外给予解决。1960年2月20日，中共中央批准在松辽盆地组织会战，强调指出："积极地、加快地进行松辽地区的石油勘探和开发工作，对于迅速改变我国石油工业的落后状况，有着重大的作用。"1960年3月21日，国家经委向毛主席写报告汇报大庆会战准备情况，正式提出给大庆增加投资2亿元，解决钢材38万吨，会战按年产2000万吨原油安排工作。在国家计划投资和物资已经分配完了的情况下，给大庆特别追加投资和钢材，这是国家对会战最有力的支持。全国的钢铁企业，如鞍钢、首钢、武钢、包钢等都加班加点为大庆会战轧制所需钢材。各大钢厂的冶金工人为大庆会战生产急需的各类型材，大庆油田使用的采油管即产自鞍钢无缝钢管厂。

（图片来源：西安石油大学铁人王进喜纪念馆）

钢铁支援

一吨钢铁一吨油，冉冉高炉铁水流。

唯恐型材拖后腿，只缘钻井立前头。

风机劲鼓千寻塔，井场轰鸣百尺楼。

淬炼成精争志气，高屋远虑早分忧。

注：诗中千寻塔并非位于云南大理县城西北崇圣寺的中塔，而是指很高的塔，寻是中国古代长度单位，八尺为一寻。

百尺楼泛指高楼。唐·王昌龄《从军行》之一："烽火城西百尺楼，黄昏独上海风秋。"宋·苏轼《次韵答邦直子由》之四："恨无扬子一区宅，懒卧元龙百尺楼。"明·陈汝元《金莲记·量移》："身凭百尺楼，目断千山秀。"

国务院把大庆油田的勘探开发作为国家重点建设项目。3月9日，国务院召开有关部门及东北协作区有关人员参加的支援松辽会战会议，部署支援松辽会战的工作。各部委中，除地质部抽调队伍积极参加会战外，农垦、机械、冶金、建工、电力、铁道、林业、商业等部门，对大庆石油会战同样给予了大力支持。对会战的支援是全国性的，参与的部门和单位之多，涉及项目之广，人们介入程度之高，投入的人力、物力之大都是空前的。会战初期，全国有500多家工厂为大庆生产机电产品和设备，比如，会战所用各种机电设备，是由全国500多家企业研制的。这类设备专用性强，质量要求高，有一些国内没有。很多厂家就组织技术人员专门攻关，边设计边试验边生产，甚至建立专门的生产车间。野外用的活动锅炉、油田专用的各类仪表、节能水泵、变压器，就是由长春、沈阳、上海等地厂家专门研制的。下图为上海机加行业为支援石油大会战，加班加点生产油田急需的装备。

（图片来源：西安石油大学铁人王进喜纪念馆）

上海支援

上海机加昼夜忙，通宵达旦为国昌。

千方百计挖潜力，万众一心战油荒。

斗转星移天地阔，白驹过隙日月光。

风吹柳絮丝丝乱，雪打梅枝点点香。

这种支援实实在在，成效显著。单以油田所需物资为例，1960年就支援钢材7万多吨、木材5万多立方米、水泥7万多吨、机电设备5万多吨、地方建筑6万多吨，长春一汽还支援大庆会战汽车。

林业部支援大庆会战的木材从萨尔图火车站卸下火车。但是毕竟国家给的木材少，大批“干打垒”墙打完了，因没有木头，上不了盖、安不上门窗，还是不能住人。副省长陈剑飞到油田检查工作，亲眼看到妇女把孩子生到苇帘子里。

当情况汇报到省长李范五那里，他立即召集有关人员研究，决定从省计划外指标中拨给大庆木材3万立方米。下令小兴安岭发出的木材，到南岔编组站一律换牌直接转运大庆。同

（图片来源：西安石油大学铁人王进喜纪念馆）

支援会战

木材下火车，韩信点兵多。

隆冬犹会战，君听鼓角歌。

风餐高鸟路，露宿近冰河。

大庆群英会，支援碧海波。

时，还决定让大庆自己组织车队到山上往回运“困山材”（困山材指森林中因自然原因掉落或死亡长期在山林中没有被运出的树木及树枝）。

按照经委给毛泽东主席报告的要求，大会战一上马就按年产2000万吨原油的规模安排工作。这不仅需要大量的钢材、水泥、交通工具、机电设备，还需要有充足的供电、通信、道路等基础条件。

针对这种困难局面，在薄一波副总理主持下，国家经委、计委、建委责成三名副主任，抽调一大批工作人员，成立领导小组和办公室，立即动员组织有关部门和省市以实际行动支援大庆会战。1960年3月3日“三委”给冶金、水电、农机、外贸、交通、一机各部和上海、黑龙江省计委、经委发出电文，要求迅速调集各种物资，支援大庆。各单位见文后立即行动，很快有1.8万吨钢材、6000千瓦发电机组、100辆载重汽车、60台45马力的拖拉机、50台车床、2台压路机、1万吨固井用水泥、4000套轴承，运往大庆。还特别强调木材由黑龙江省就地解决。

这次会议以后，一场支援会战的人民战争就在全国范围内正式打响了。石油会战所需的各类物资，源源不断运抵大庆。全国各地、各行业支援大庆的物资摆满料场。

（图片来源：西安石油大学铁人王进喜纪念馆）

人民战争

号角东风劲，人民战争期。
全国兵马聚，各地物资集。
铁路沿线满，荒原料场积。
小城烟火气，大庆美名宜。

自力更生　兴建基地

在大庆石油会战队伍进入这片茫茫大草原之前，这里并没有多少人居住，因此，也没有多少房屋可以借用。由于附近没有城市做依托，在寒冷的冬季，4万多人一下子涌来，单单住就是个大难题。用康世恩的话说，一等旅馆是牛棚，二等旅馆是帐篷，三等旅馆是地窝子。要是能找到一间民房，那就是特殊化了！[1]没有房子住，广大职工住的都是帐篷、板房、地窝子，天气又寒冷，冬天到了零下40摄氏度，滴水成冰。会战职工自己动手搭建“地窝子”。

（图片来源：西安石油大学铁人王进喜纪念馆）

地窝子

安居无小事，搭建地窝子。

奋战为家国，清歌扬皓齿。

荒原暴雪时，大庆寒风日。

柳絮漫天飞，春风清斗室。

1960年，大庆石油会战打响，快速提高会战人员的石油生产知识，把地下油层情况搞清楚，是会战指挥部面临的紧迫任务。

同年4月9日，在油田召开的第一次技术座谈会上，石油工业部副部长康世恩，提出了办“地宫”的想法。用实物、模型、图表及文字，形象介绍松辽盆地的局部状态，让石油工人了解石油勘探开发的基本方法和主要技术手段。

会战初期，干部和工人深入基层，把取得的地下资料和油井生产动态数据，画成各种图表，制成各类模型，使人们看了以后对深埋地下的油层情况有个形象化的了解。这种地质资料的陈列室，大家叫它“地宫”。

薛国邦的采油队最先建立了地宫。建井史资料，绘制采油综合曲线、油层相互连通栅状图、井身结构图、油层模型，这便是最初的“地宫”的雏形。随后，矿场建立了地宫。各大队制作了全套的地质图件、模型及分井井史卡片。

同年8月2日，由地质指挥所主办的油田“地宫”，在萨尔图油田正式开放（第一采油厂“地宫门”）。油田“地宫”，把生产试验区的地下状态缩小比例，临摹到室内。看不见摸不着的地下

[1]《党之盛典　国之大庆》，大庆油田官微，2021-05-27。

油层，被制作成立体模型，井位布在何处、钻到什么深度、采的是哪层油，油水过渡带的环状分布，配以真实的岩心、油样标本、井下打捞工具等，使人一目了然，打破了油藏的神秘感。

康世恩在“地宫”参观了2个小时，给予了很高的评价。他说：“地宫不仅反映了以往勘探工作的地质成果，更重要的是，为认识油田、掌握油田和高速度、高水平地开发油田，提供了最可靠的科学依据。”

在2个月的时间里，全油田各小队、大队、指挥部，办起了353个“地宫”。通过办“地宫”，培养了一批油田地质人员和油井分析能手，改变了采油工人过去只管井口和地面“量油测气、清蜡扫地”的局面，提高了油井管理水平和油田勘探开发水平。

（图片来源：西安石油大学铁人王进喜纪念馆）

地宫初建

井下模型动态图，油层资料说明书。

地宫宝藏黄金阙，茅舍柴门破草庐。

室内临摹成立体，量油测气蜡清除。

松辽盆地新分布，功业汗青在玉壶。

注：黄金阙比喻月宫。宋·欧阳修《内直对月寄子华舍人持国廷评》诗：“水精宫锁黄金阙，故比人间分外寒。”玉壶比喻高洁的胸怀。唐·王昌龄《芙蓉楼送辛渐》诗之一：“洛阳亲友如相问，一片冰心在玉壶。”金·元好问《赠萧炼师公弼》诗：“春风和气在眉宇，玉壶冰鉴藏胸臆。”清·陈梦雷《赠臬宪于公》诗：“玉壶澄凛冽，乔岳耸嶙峋。”

1960年3月，一场关乎我国石油工业命运的大规模石油会战在大庆揭开了序幕，在“我为祖国献石油”的高歌中，千千万万名青年才俊投身祖国石油工业建设，掀开了中国找油找矿历史上值得大书特书的光辉篇章。

会战集结了整个石油系统精兵强将，一是“拔萝卜”，点名抽调一批标杆钻井队；二是“割韭菜”，将整个队伍成建制调出；三是“切西瓜”，把原队伍一分为二，调一半留一半。一时间，千军万马赴大庆。那是激情燃烧的岁月，石油系统从上至下，都以能参加大庆会战为荣。[1]

[1] 李寿生：《铿锵脚步——新中国成立70周年石油和化学工业发展纪实》，化学工业出版社2019年版。

自1960年2月党中央批准石油工业部组织大庆石油会战的请示以来，大批来自陕、甘、青、川、新等省区石油系统参战的干部职工向荒原萨尔图会聚。

以铁人王进喜为代表的石油工人、科学技术人员和干部，吃大苦、耐大劳，公而忘私、奋勇拼搏，在极其困难的条件下，挖“地窝子”、建“干打垒”，用人拉肩扛、破冰取水、人拌泥浆池的大无畏精神，仅三年多就“高速度、高水平”地建成了大庆油田，创造了世界上石油勘探开发史上的一个奇迹，在石油产量和品种上基本实现了自给，一举摘掉了中国“贫油”的帽子。

其间形成的大庆精神、铁人精神，成为中华民族精神的重要组成部分和社会主义核心价值体系的重要内容，大庆油田成为我国工业战线的一面光辉旗帜，大庆石油会战谱写了中国石油工业史上最壮丽的胜利凯歌。

（图片来源：西安石油大学铁人王进喜纪念馆）

石油工人参战

石油系统早动员，背起行囊去草原。
万众明知山有虎，一心偏向雪云帆。
红旗招展拂江燕，画角高亢动人寰。
钻井精英多雪域，采油能手陕青川。

注：画角乃古代乐器名，相传创自黄帝，或曰传自羌族。形如竹筒，以竹木或皮革制成，外加彩绘，故称“画角”。一般在黎明和黄昏之时吹奏，相当于出操和休息的信号，发音哀厉高亢，古代军中常用来警报昏晓，高亢动人振奋士气。

困难时期，国家实行“调整”政策，大庆要大干快上，这就难上加难。当时面临的困难不仅是资金短缺、物资匮乏、粮食和副食供应严重不足，还有几万人一下子涌到毫无依托的大荒原，没有住处、缺医少药、没法安家、子女无处上学，各方面压力都很大。

大庆石油会战的领导对形势有清醒的认识，对困难采取在战略上藐视，在战术上十分重视的科学态度。一方面动员职工学“两论”学铁人，艰苦创业，有敢于战胜困难而不被困难所压倒的精神气概；另一方面，就是全面关心和改善职工生活，千方百计地解决各种实际问题。

（图片来源：西安石油大学铁人王进喜纪念馆）

会战苦

铁锨作大勺，烙饼不言焦。
老树云光远，枯藤火焰高。
铁锅江水煮，土灶野田烧。
会战方知苦，黑金日月骄。

由于条件所限，在野外就餐就成了家常便饭。铝盔成为饭盒，树枝成为筷子，就是这些克服重重困难的老会战们点燃了震惊中外的石油会战烽火。人拉肩扛，盆端桶提，老一辈石油人，用艰苦卓绝的斗志，开采出了滚滚石油，输送到祖国的四面八方。

（图片来源：西安石油大学铁人王进喜纪念馆）

野　餐

铝盔当饭盆，回首望孤坟。
朗朗碧霄上，明明落晓云。
恨别花溅落，迎客鸟啼闻。
大庆溶溶水，百湖燕燕群。

注：百湖指黑龙江省大庆市。大庆别称油城、百湖之城，是黑龙江省下辖的地级市，位于黑龙江省西南部，是黑龙江省省域副中心城市。百湖之城，大庆人给自己的城市起了一个水灵灵的名字。大庆市区没有天然河流，属于平原闭流区。大庆市有自然水面29.27万公顷，水源来自嫩江、松花江和天然降水。大庆湖泡数量很多，有名的、没名的大小泡泽湖泊星罗棋布。面积在100亩以上的有284个，总面积接近3000平方千米。成百上千的大小湖泡，似群星溅落，像串串明珠，景色分外秀丽。之所以被誉为百湖之城，是因为大庆市辖区拥有天然湖泊150多个，具有地理学名称的天然湖泊百个以上。一座城市拥有了一个湖，它就拥有了灵气与风雅；一个湖拥有了文明与经济的外延，它就拥有了文脉与灵魂。

“困难时期”生活上最大的困难是吃不饱。大庆会战一开始，就处于粮食供应不足，副食很少的状态。到1960年9—10月，东北粮仓黑龙江粮食储备越过了“危险线”，职工定量大幅度下降，最严重时只能“五两保三餐”。而到1961年5—6月出现了断粮，不得不靠挖野菜、捡白菜帮、打草籽、卖手表衣物买高价粮充饥度日。职工体力明显下降，大批出现浮肿病人，最多时已达到5600余人。

在困难面前怎么办？是坐等苦熬，还是动手苦干？著名劳动模范32139队队长孙德福、铁人王进喜等看到油田土地肥沃，有大片荒地可开，就在驻地附近带领工人开荒种粮种菜，1960年当年就有了收获。

会战领导根据他们的经验，组织职工讨论“是苦熬还是苦干”，大家一致认为要变苦熬为苦干，发扬南泥湾精神，自己动手度饥荒。在总结时，余秋里说：“究竟是苦熬好，还是苦干好？我说，如果只是苦熬过日子，等待全国丰收，那是把嘴挂在国家和地方身上。”“与其苦熬，不如苦干。自己动手生产农副业产品，才是积极的办法。”

最后决定从1961年开始，在油田区域内开始有计划、有组织地开荒种地，建立农副业基地。按照毛主席“自己动手、丰衣足食”的教导，搞一个农副业大生产运动。1961年1月29日，召开全油田农副业生产动员大会，全面部署下达了全年的开荒种地、搞好农副业生产的任务。会后各单位立即行动起来，选好地块，制订开荒计划、准备种子、制造农具，开始积肥，到附近农场、农村借农具，学习经验，学习农副业生产知识，掀起了一个油田备耕的小高潮。1961年，受自然灾害影响，职工粮食定量低，最严重时“五两保三餐”，靠野菜充饥。为了让工人吃饱肚子好会战，王进喜率先组织人马开荒种地，大搞农副业。下图为王进喜参加积肥劳动。

（图片来源：西安石油大学铁人王进喜纪念馆）

积 肥

五两保三餐，充饥野菜鲜。
积肥黑土地，开垦井边田。
苦干加实干，无言胜有言。
铁人来现场，共苦闯难关。

注：五两保三餐是指1960年到1962年，是国家连续3年遭受自然灾害时期，也是大庆石油会战的困难时期。有一段时间，每个职工一天只有5两粮食。职工吃不饱肚子，还要拼命大干快上。面对这一困难，会战工委要求各级

领导，要善于调动和保持职工的积极性，同时，也要注意职工身体，保证职工睡够8小时，只有5两粮食也要想方设法叫职工填饱肚子，当时叫“五两保三餐”。为了解决粮食的不足，各单位发动就餐人员上下班时顺路采野菜、捡冻白菜和甜菜叶子，就近开荒地，种些菜、豆，炊事人员想尽办法，提高出饭率。早餐用1两玉米面熬野菜糊糊，午餐、晚餐用青菜或野菜攥团滚上玉米面蒸成菜团子，外加一锅野菜汤。

1969年8月，应王进喜的提议，组建了油田第一支废旧物资回收队——钻探指挥部“铁人回收队”。

他带领工人们风里雨里，为国家回收散失的废旧物资。王进喜带领回收队职工，到各个施工场地回收废旧器材，连一颗螺丝钉、一块废钢铁都不放过，足迹遍油田。有些人对此不理解，说什么“搞回收没出息，不光彩”。王进喜对大家说：“现在条件虽然好了，但艰苦奋斗的传统不能丢，把散失的材料捡回来，重新用来建设社会主义，意义大得很！”

在“铁人回收队”的带动下，油田许多单位相继建立起回收队，开展废旧物资回收利用活动，自1961年到1983年，平均每年回收废旧物资550吨。仅“铁人回收队”，十年就回收上缴钢铁1.73万吨、管材19万多米。用回收来的旧料装配大型钻机井架5部，自制和修复了大量的设备和零部件。仅水龙头组装机一项，就提高工效几十倍，一年可修复水龙带300根，价值达150万元。

大庆油田的回收队不仅为国家节约了大量的物资，而且解决了生产建设中的急需。后来，回收修旧成为油田物资管理工作的一项重要任务。回收队精神指大搞废旧物资回收利用的勤俭节约精神，是大庆艰苦创业的“六个传家宝”之一。

（图片来源：西安石油大学铁人王进喜纪念馆）

回收队

铁人回收队，旧物丝丝汇。
风中跑油田，雨里修零碎。
勤俭立家风，精神传世贵。
空闻艰苦时，妄议黄花水。

注：黄花水指长江水。因其春夏暴涨，故名。宋·陆游《南唐书·后主纪》：“每岁，大江春夏暴涨，谓之黄花水。”

3月的萨尔图天寒地冻，气温零下20多摄氏度。初入松辽草原，西北风呼呼叫，刮得窗户纸呼呼啦啦响，风卷着雪花吹进屋来。王进喜和工友们在四面漏风的马棚做了一首脍炙人口的诗歌："北风当电扇，大雪是炒面，天南海北来会战，誓夺头号大油田。干！干！干！"

大庆会战初期，晴天一顶星星亮，荒原一片篝火红。生活及多方面条件都十分艰苦，而铁人王进喜却充满了乐观主义精神，他在石油会战中创作了许多充满乐观主义精神的诗句，"石油工人一声吼/地球也要抖三抖/石油工人干劲大/天大困难也不怕"。艰苦而有价值的劳动，是铁人王进喜最大的享受和快乐。下图为难得一见的铁人王进喜悠然休息时的场景。此时的王进喜满脸笑容，右手夹着香烟，他心胸开阔，积极向上，乐观从容。

（图片来源：西安石油大学铁人王进喜纪念馆）

休息抽烟

常年不得闲，难见手中烟。
谈笑心胸阔，从容眼界宽。
红尘无倦路，碧落有青山。
铁汉拳头马，豪杰肚里船。

注：拳头马引自"拳头上走得马，臂膊上立得人"谚语。比喻为人清白，作风正派，过得硬，光明正大。肚里船化用"宰相肚里能撑船"，指为人处世豁达大度，待人处事宽厚仁慈。

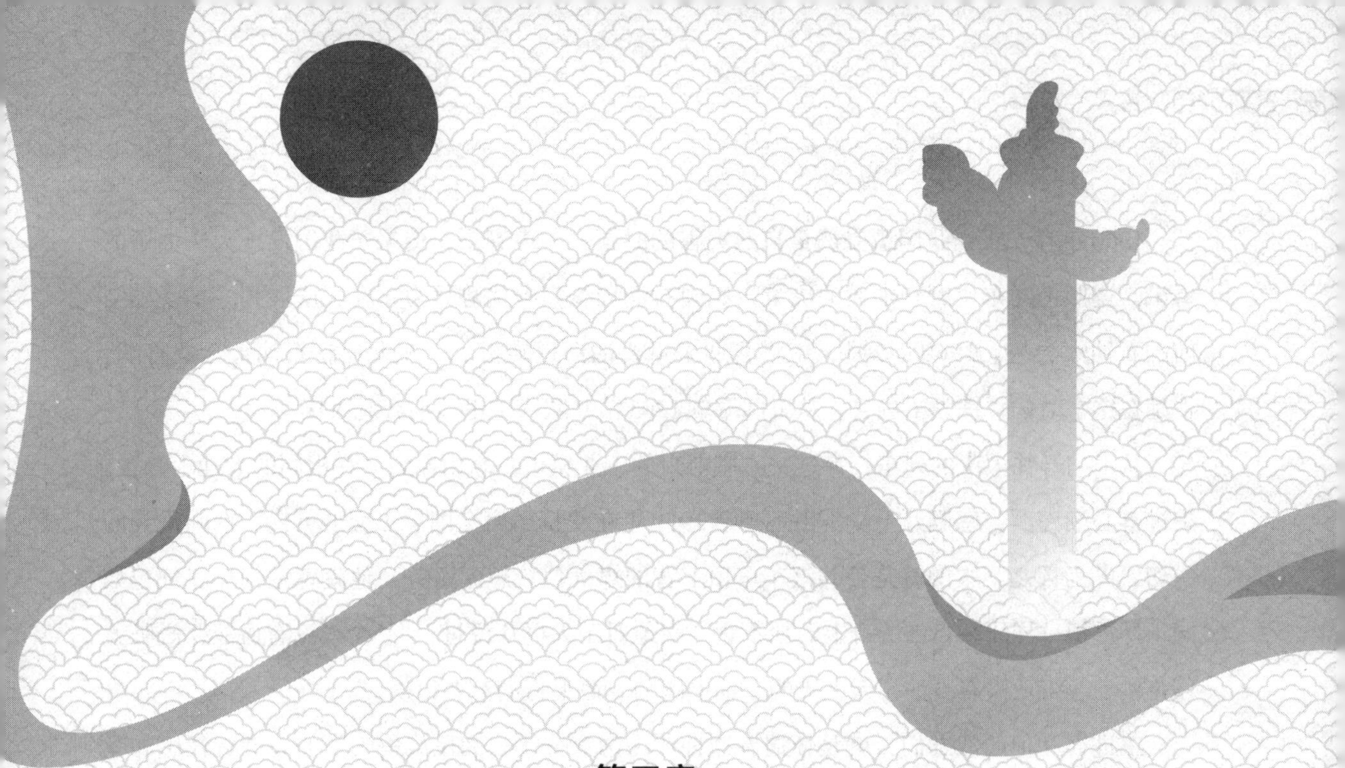

第三章

忘我拼搏　首战告捷

1960年春，正当我国遭受严重自然灾害的时候，一声春雷，传来了我国发现大庆油田的喜讯。遵照毛泽东主席和中央的决策，我国石油战线集中优势兵力，在大庆展开一场规模空前的石油大会战。1960年2月，王进喜迎来重要的命运转折点。东北松辽石油大会战打响。正是在这个时候，铁人王进喜，从玉门率领1205钻井队，千里迢迢奔赴大庆。

从玉门开往大庆的列车，穿过一座座新兴的工业城市、高山原野，在祖国的大地上奔驰。王进喜心潮澎湃，感慨万千。不由地想起1959年在北京出席全国“工交群英会”期间见到的一切，尤为挥之不去的就是公共汽车车顶上背的煤气包。想起这些，他就感觉到那煤气包如同千斤重担一样压在自己的身上。他不止一次地对工人群众说过：“一个人没有血液，心脏就停止跳动。工业没有石油，天上飞的、地上跑的、海上行的都要瘫痪。”

王进喜和他的战友们，就是怀揣着这种“为国家分忧，为民族争气”的高度责任感和爱国之情，来到了大庆。到了萨尔图，他看到了铁路沿线摆了几十里长的堆积如山的设备器材，看到了天南海北前来参加会战的几万名战友。此时此刻那股高兴劲，让这个性格刚强的老工人，激动之情溢于言表，当即立下了雄心壮志；让这个西北汉子，内心燃起了熊熊之火，浑身充满了奋进的力量。站在大荒原上，王进喜扒开厚厚的积雪，从地上抓起一把黑乎乎的泥土，感慨万千！他仿佛已经看到在这黑乎乎的黑土地下流动着汹涌的黑金。

眼看全国石油战线千军万马会师大庆，一场开创中国石油工业广阔前景的大会战，就要在这里打响了，这个钻井闯将高兴得像个孩子。他恨不得一拳头砸开地层，让乌黑发亮的原油哗哗地喷涌而出……

他撩开身上的老羊皮袄，大声地对大家说：“看，这儿就是大油田，这回咱们可掉进大油海里了！同志们，摆开战场，甩开钻机干吧！把石油落后的帽子扔到太平洋里去！”

初到荒原　下车三问

1960年3月25日，王进喜一行来到萨尔图。下车后，眼前的景象让他们大吃了一惊。头顶青天，脚踩杂草，广袤荒原，远处有一座只有十来户村民的小村子。除此之外，再也没有看见别的东西了，这是一片还没有开发的大草原。然而一下了火车，王进喜一不问吃，二不问住，逢人就问三句话：“钻机到了没有？井位在哪里？这里钻井的最高纪录是多少？”王进喜的目标只有一个，尽快开钻。

（图片来源：玉门铁人王进喜纪念馆）

下车三问

下车三句话，志向与天齐。
井位不知处，钻机未到急。
问询高纪录，意欲抢红旗。
唯恐一言误，荒原日渐西。

3月的萨尔图草原，白雪皑皑，朔风呼号，天寒地冻，滴水成冰。

王进喜和他的1205钻井队是作为玉门油田支援大庆石油大会战到位的第一批工作队。他们顶着寒风，饥肠辘辘，向北走了20多千米路，来到出入草原的第一个驻地——马家窑。

大北风呼呼叫着，刮得窗户纸哗哗地响，吹进屋来的风还带着冰冷的雪花，房檐下的冰溜子像倒栽着的大葱。老乡热情地腾出自家的牛棚，指导员孙永臣赶忙带领大伙儿清理牛棚，大家动手去割野草把地面铺了厚厚的一层。然后坐下来啃干粮、吃面包。没有水，有的就抓一把雪就着吃，有的敲下一根冰溜子咯嘣咯嘣吃起来，这是他们到萨尔图的头一顿饭。

37个来自西北的汉子，你挤我、我挤你，肩并肩、背靠背，挤在废弃的破牛棚里，没有床铺，就在地上铺一层草，没有被子就再搞一垛草铺在身上。睡觉的时候，他们一个挨一个，互相挤着取暖。王进喜带领1205钻井队，一连好几个晚上，都围着篝火讨论怎样对待和克服

（图片来源：腾讯视频）

初入大庆

石油会战松辽行，寒冬风雪住牛棚。
三十七名英雄汉，一二〇五扬美名。
长夜沉沉天破晓，荒滩蔓蔓草横生。
不曾忘下车三问，萨尔图万丈豪情。

这些困难。工人们异口同声地说：拿下大油田，哪能没有困难？但是，这困难那困难、国家缺油才是最大的困难。我们决不能在困难面前低头，有天大的困难，也要高速度、高水平地拿下大油田。王进喜向战友们说：“我们工人阶级就要有这样的雄心。现在我们流点汗，吃点苦，为的是快快把我们国家建设得更强大，只要国家有了油，咱们再苦再累也高兴。”

曾在“铁人”王进喜身边工作过，今年已经80多岁的孙宝范老人回忆道，“几万人一下集中到大荒原上，生产生活遇到极大困难。没有住房，有的住在牛棚马厩里，有的干脆扯张篷布往地上一躺；粮食短缺，就捡冻白菜帮子”。他至今难忘老战友当年的那份豪迈——“这困难、那困难，国家缺油才是最大的困难”“有条件要上，没有条件创造条件也要上”。王进喜和来自祖国四面八方的大庆石油工人们，就是这样在困难的时期、困难的地区、困难的条件下，开始了轰轰烈烈的史无前例的夺油大战。当时1205队钻机还没有运到，王进喜天天派工人到车站去等。

在从玉门运来的1205钻井队的钻机到达之前，王进喜、孙永臣组织的1205钻井队成了“义务装卸队”。他们帮助新疆、四川等钻井队，把他们的钻机及设备，一件件地卸下火车，整齐地摆放在铁轨外侧的空地上。

王进喜只穿了一件衬衣，却汗流浃背，后背在寒风中冒着热气。他一边喊着号子，一边用撬杠撬、绳子拉，工人们在他的带领下拉的拉、撬的撬。手磨破了，没有人叫一声苦；绳子拉断了，没有人喊一声累。饿了就到附近买碗面条，渴了就喝一碗凉水，大家一鼓作气，齐心协力，连续作战数昼夜。终于把新疆、四川运到大庆的钻机等设备全部卸完。铁轨腾出来了，大家脸上也露出了欣慰笑容。

（图片来源：西安石油大学铁人王进喜纪念馆）

扫地舞·装卸工

钻井队。装卸队。物资运来齐聚会。
直下北。积铁轨。地冻天寒星欲坠。晓河碎。
你也累。我也累。你忙我忙义务美。
兵尽锐。死不悔。顾影飞花清月对。大无畏。

注：晓河指拂晓时的银河。南朝·梁·何逊《和萧谘议岑离闺怨》："晓河没高栋，斜月半空庭。"唐·李商隐《板桥晓别》诗："回望高城落晓河，长亭窗户压微波。"

顾影也写作"顾景"，原意指自顾其影，有自矜自负之意。诗中指相互照看、招呼。《后汉书·南匈奴传》："昭君丰容靓饰，光明汉宫，顾景裴回，竦动左右。"宋·王安石《明妃曲》之一："低徊顾影无颜色，尚得君王不自持。"

人拉肩扛　拖运钻机

1960年4月2日，1205钻井队的钻机终于到了。钻井队所用的这部GY-40型中型钻机、泥浆泵、柴油机、绞车、变速箱、发电机房、高架油箱、泥浆罐等，大大小小设备四五十台装满了7节火车皮，总重有60多吨。其中最重的泥浆泵重达7.5吨，轻的也都有上百公斤。可是，没有吊车、拖拉机，汽车也不足，怎样才能把60多吨重的钻机从火车上卸下来、运往井场呢？王进喜说："大会战也像打仗一样，只能上，不能等。"下图是王进喜和大家一起研究卸车办法。

（图片来源：西安石油大学铁人王进喜纪念馆）

海棠春·卸车

天寒车少征途染。西北汉、心牵宏愿。

惜会战光阴，急钻机来晚。

忙忙铁路，熙熙小站。等靠抛开不怨。

进喜誓言出，汗水唯飞溅。

注：小站指萨尔图火车站。该站始建于1902年，1903年7月建成营业，为五等站，成为中东铁路33个营业站之一。"萨尔图"为蒙语，意思是月亮升起的地方。1946年2月7日，东北民主联军解放萨尔图，萨尔图站从此回到人民手中，站长第一次由中国人担任。新中国成立后，萨尔图站隶属于中长铁路，直到1952年12月31日，中长铁路无偿归还中国，萨尔图站才彻底回到了祖国的怀抱。1959年9月26日，松辽油田松基三井喷出工业油流，成为大庆油田发现的标志，一场规模空前的石油会战随即在大庆展开。萨尔图站全体职工献工献时，精心组织，接待陆续到达的会战大军3万多人，装卸钻井设备40万吨。"铁人"王进喜带领1205钻井队从玉门出发赶到萨尔图站，在站台上组织职工用人拉肩扛的方法，把五六十吨重的钻机部件卸下火车，运往井场，拉开了大庆油田第一口井钻探的序幕。1960年6月1日，大庆油田第一列原油列车从萨尔图站正点发出。有关领

导亲自指挥编组，机务、车辆也派出了精兵强将。随着工作量的猛增，萨尔图站也由四等站晋升为二等站，职工由14人增加到174人。他们在平凡的岗位上为大庆石油运输默默地奉献着，洒下了辛勤的汗水。1977年1月1日，易名大庆站。

为了解决这个问题，钻井队党支部开会进行研究。王进喜说："没有吊车，咱们有'宝贝'，照样干！"有人问："啥宝贝？"王进喜说："大活人！天大的困难也要上，退下来算个啥呀！"也有人说："人是活的，抬也好，搬也好，总之要上，决不能让钻机在车站待着。"王进喜果断地对大家说："没有吊车，咱们37个人就是37台吊车；没有汽车，咱们37个人就是37台汽车！就是靠大绳拉、肩膀扛，也要把钻机卸下来，运到井场上安装起来！"

王进喜甩掉老羊皮，抄起撬杠，一场人与钢铁的搏击开始了。1205队37名铁汉，把大棕绳、铁撬杠、方木、枕木、扁担，凡是能撬、能抬、能扛的东西集中起来，组织队员把整部钻机拆散化整为零，一件一件从火车上卸下来，又把大部件挪到能够滚动的钻杆上。"咱们一声吼呀！地球也发抖啊！"成为会战职工心中迸发出的春雷。

（图片来源：西安石油大学铁人王进喜纪念馆）

生查子·大庆春雷

大庆响春雷，心底一声吼。
万人会战忙，地球惊三抖。
拿下大油田，方饮高粱酒。
霜雪映残阳，风寒视刍狗。

注：刍狗，古代祭祀时用草扎成的狗，以供祭祀之用，用毕则弃之。后借以比喻无用之物。魏源本义："结刍为狗，用之祭祀，既毕事则弃而践之。"《庄子·天运》："夫刍狗之未陈也，盛以箧衍，巾以文绣，尸祝齐戒以将之；及其已陈也，行者践其首脊，苏者取而爨之而已。"《老子》第五章问曰："天地不仁，以万物为刍狗；圣人不仁，以百姓为刍狗。天地之间，其犹橐龠乎？虚而不屈，动而愈出。多闻数穷，不若守于中。"

大家一鼓作气，从清晨干到太阳偏西，硬是用大绳拉、撬杠撬、木块垫、铁杠滚，手上肩上磨出了血泡，没人喊苦。靠着这种顽强的作风，一寸一寸、一尺一尺地把60多吨重的钻井设备一件件从火车上卸下来。在1205钻井队历史上，事不过夜是坚实的传统。孙永臣叫炊事班蒸好足够的窝窝头，烧好开水，送到车站现场。王进喜则请汽车司机帮忙，一定要在今晚连夜把井架和底座运到井场。司机都是玉门来的，知道1205队打井不要命，所以他们毫不犹豫地答应了。

（图片来源：西安石油大学铁人王进喜纪念馆）

喝火令·运钻机

惊喜钻机到，可怜运具妨。人拉杠滚又肩扛。

挥汗松辽黑土，旗帜永飘扬。

井架荒原上，巍巍万古长。中流击水竞翱翔。

晓看星稀，晓看月天霜。

晓看野狼三顾，青史暗藏香。

安装钻机也不是件容易的事，卸火车是从高处到低处，安装钻机要从低处搬上2米高的钻井平台。在没有吊车的情况下，怎么办呢？

1960年4月3日凌晨3时，队长王进喜一声令下，1205钻井队37号人全部起床，奔赴井

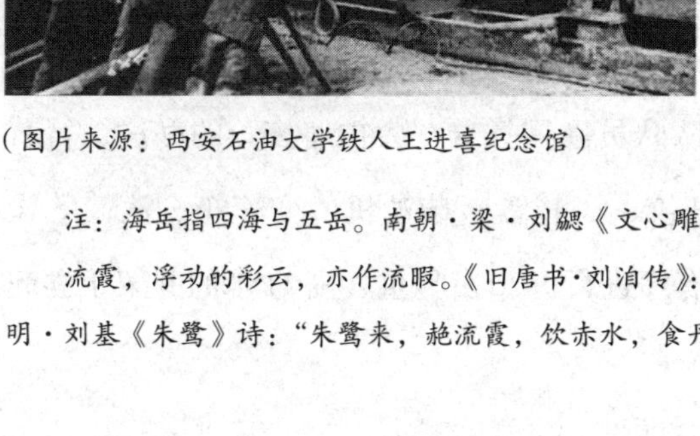

（图片来源：西安石油大学铁人王进喜纪念馆）

绞车爬

绞车向上爬，何惧口吞沙。

撬杠后边撬，大绳前面拉。

拼搏倾海岳，奋斗为国家。

晚照流霞处，梅香伴雪花。

注：海岳指四海与五岳。南朝·梁·刘勰《文心雕龙·时序》："海岳降神，才英秀发。"

流霞，浮动的彩云，亦作流暇。《旧唐书·刘洎传》："综宝思於天文，则长河韬映；摛玉字於仙札，则流霞成彩。"明·刘基《朱鹭》诗："朱鹭来，拖流霞，饮赤水，食丹砂。"

场。在井场，王进喜又进行了战前动员，他说："现在，先到的钻井队已经开始打井了，同志们都在向前抢。咱们的设备现在也运到了井场，要赶快就位，赶快安装，力争早日开钻。今天，咱们要一鼓作气，安装好钻机底座，立起钻机。"王进喜又接着给大家鼓劲说："咱们靠双手能把钻机从火车上卸下来，就能把钻机拖到钻台上去。"

在王进喜的鼓舞下，工人们热血沸腾。他们找来几根钻杆当滚杠，在绞车的前部拴牢大绳，从后边底座插入撬杠。王进喜站在钻井平台上，统一指挥，给大家喊着号子，一起发力拉绞车。

当绞车这个重达6吨的大家伙一离开地面，王进喜又跳下钻井平台，迅速地将撬杠插入底座，弓下腰，用肩膀扛住，竭尽全力往上顶。

（图片来源：西安石油大学铁人王进喜纪念馆）

长相思·拉绞车

这困难，那困难，国家缺油大困难。

学习两论观。

天犹寒，地犹寒。棒撬人拉冷月残。

绞车拉向前。

注：两论指毛泽东主席所著《实践论》和《矛盾论》。1960年4月10日，大庆石油会战一开始，大庆会战领导小组以石油部机关党委的名义作出学习两论的决定。油田广大职工通过学习两论，认识大庆油田的具体实际和开发建设的规律，分析和解决了会战中遇到的各种问题。

大家也像王进喜一样，用肩膀扛住钻机，咬紧牙关，把钻机使劲往上顶，钻机一寸一寸地慢慢向上爬。人心齐，泰山移。王进喜的号子越喊越响，越喊节奏越强，大家也是越拉越有劲，绞车一点一点爬上了2米多高的钻台。全队队员硬是靠着"人拉肩扛"的办法，冒着危险，在与钢铁搏斗，在向人体的极限挑战！把绞车、转盘、柴油机、变速箱、滚筒等设备，一件一件地拉上钻台。井场热火朝天，却是有序进行。20多吨重、高41米的井架子立起来了！

王进喜带领大家，凭着苦干实干的精神，让40多米高的井架终于在荒原上矗立起来。茫茫草原，高大的井架矗立在坚实的大地上。钻井工人们“头戴铝盔走天涯，莽莽草原立井架”，实现“雾深处把井打，地下原油见青天”的夙愿。在人和钢铁的较量中，铁人们凭借钢铁般的意志，以大无畏的精神，迸发出无穷的活力，体现了“人定胜天”的豪迈精神。用鲜活的事实向世人展示了玉门油田的钻井工人天不怕、地不怕，不怕苦、不怕死的英雄气概。

（图片来源：西安石油大学铁人王进喜纪念馆）

临江仙·立井架

松辽自古春来晚，巍巍井架空灵。
灞桥疑是柳芽青，北疆依旧惹寒风。
斗地战天挥汗水，雪坚冰固难融。
初心碧血自含情，贫油甩掉践真行。

注：灞桥位于西安城东12千米处，是一座颇有影响的古桥。灞桥建于汉代，是座木梁石柱墩桥，它用四段圆形石柱卯榫相接（中间还加石柱）形成一根石柱，由六根石柱组成一座轻型桥墩，墩台上加木梁并铺设灰土石板桥面，是石柱墩的首创。

灞桥一直居于关中交通要冲，它连接着西安东边的各主要交通干线。《雍录》上指出：“此地最为长安冲要，凡自西东两方而入出峣、潼两关者，路必由之。”唐朝的王昌龄在其《灞桥赋》中也说：“惟于灞，惟灞于源，当秦地之冲口，束东衢之走辕，拖偃蹇以横曳，若长虹之未翻。”但是，灞河上建桥的历史则要追溯至春秋时期。当年秦穆公称霸西戎，将滋水改为灞水，并于河上建桥，故称“灞”，这也是我国最古老的石墩桥。王莽地皇三年（公元22年），灞桥水灾，王莽认为不是吉祥之兆，便将桥改为“长存桥”。

破冰取水　力保开钻

在打第一口井（萨-55井）时，为解决供水不足，王进喜带领工人破冰取水，用“盆端桶提”的运水方法保证钻机开钻。眼看就要打井了，开钻需要大量的水。可是，水管线没有安好，水罐车也没有来。会战初期供应钻井的水罐车很少，因为能够调动的水罐车就那么多，几十个钻井队都需要。如果等水罐车来保证钻井用水，那根本保障不过来，所以就只能等。但等水罐车送水要排到3天以后，开钻没有水怎么行？真的等吗？在井场不知是谁说了一句，可以到附近的“水泡子”里去端水，王进喜觉得这是个好办法。但马上有人指出，这是瞎胡闹，钻一口井要50多吨的水，仅仅靠盆和桶来运水，得打多少盆、多少桶水？现场也有人质问：“哪个国家是用手端水打井的？”王进喜坚定地说：“就是我们国家！”王进喜说：“还是那句话，有也上，无也上，创造条件也要上。”

王进喜的回答赢得了多数人的赞成，大家觉得与其空着手干等，不如轰轰烈烈大干一场。就这样统一了思想，行动随之开始了。在王进喜的带领下，工人们找来了水桶、脸盆、铝盔甚至灭火器的空筒子，这些都成了运水保开钻的工具。王进喜振臂一呼，带领工人凿冰取水。附近的老百姓和闻讯而来的机关人员，很快也汇入这支凿冰运水大军中。一场运水大战开始了。下图是王进喜带领队员们，来到1千米外的水泡子，凿开厚厚的冰层取水。

（图片来源：西安石油大学铁人王进喜纪念馆）

凿冰取水

开钻偏缺水，行船妄叹息。
凿冰来运送，化水抢戎机。
指令一声下，长行众志齐。
千军听号角，万马啸风疾。

注：戎机指战机；用兵的时机。明·刘基《复用韵荅严上人》：“诛暴保民黄石略，将军莫自失戎机。”杜鹏程《保卫延安》第二章：“你指挥的空军，务令其星夜返回，支援蟠龙镇，毋误戎机。”

长行是指高尚的行为。《韩非子·难二》：“长行徇上，数百不一人；喜利畏罪，人莫不然。”洪诚等校注：“长行，高尚的行为。”

王进喜带着队员破冰取水、盆端桶提，甚至用铝盔装，硬是靠人力取水，确保按时开钻。

（图片来源：西安石油大学铁人王进喜纪念馆）

清平乐·白山黑水

白山黑水，开钻群英会。
飞雪寒冬银河碎，盆续长龙可贵。
百湖南燕纷归，石油号角劲吹。
奋战铁人犹在，精神日月同辉。

王进喜身先士卒，他积极组织职工到附近的水泡子破冰取水。在他的带领下，大家用脸盆端、水桶挑，人们排成长龙运水保开钻。经过艰苦的奋战，钻井工人硬是靠人力在一千米外的水泡子取水50多吨，保证了按时开钻。

（图片来源：西安石油大学铁人王进喜纪念馆）

盆端桶提

雪地盆端起，冰天水桶提。
寒烟无野雀，落日有云梯。
苦干热情满，埋头做事宜。
三言并两语，霜老染青丝。

为保开钻用水，当时不仅仅是我们所熟知的破冰取水、盆端桶提运水保开钻。为了提高运水的效率，工人们可是充分发挥聪明才智，想尽了办法，有人提议直接将冰块运回井场，然后再融化成水。工人们从冰冻的水泡子里凿出大块大块的冰，通过人背的方式运送到一千米之外的井场，然后把冰块投到水池子里融化成水。工人们凿冰的凿冰、背冰的背冰、融冰的融冰，为开钻忙碌不停。

历经三天三夜，50多吨打井用的水硬是靠着广大干部职工的齐心协力给端够了。为顺利钻井提供了前提和保障，这种破冰取水、盆端桶提运水保开钻，就是不等不靠，就是为了拿下大油田，豁出命来干。所以铁人讲，宁肯少活20年，拼命也要拿下大油田。

（图片来源：西安石油大学铁人王进喜纪念馆）

水调歌头·凿冰化水

说罢盆端水，又见运冰人。

期期开钻，恰恰缺水五十吨。

强将云集会战，群众蜂拥助力，一片赤诚心。

豪情波翻海，壮志气凌云。

朝无怨，夕无悔，有精神。

何言苦楚，革命理想动乾坤。

风扫荒原野径，雪满苍松翠柏，傲雪看青筠。

大漠祁连外，天下俱识君。

注：云集形容从四面八方迅速集合在一起。汉·贾谊《过秦论》：“斩木为兵，揭竿为旗，天下云集响应，赢粮而景从，山东豪俊遂并起而亡秦族矣。”唐·刘知幾《史通·杂述》：“虽复门千户万，波委云集，而言皆琐碎，事必丛残。”宋·苏轼《答李宝文启》：“舟车云集，惠通秦楚之商。”

1960年4月14日，一轮红日从东方升起，天气格外晴朗，巍然的井架披着金色的霞光，井场上一片繁忙。井场中间摆放着一个一人多高的包装箱，是开钻典礼的主席台。包装箱上面放了一块小黑板，在上面用彩色粉笔写着：“庆祝萨-55井胜利开钻！”包装箱两边还用大红纸写了一副对联贴在上面。

上联：誓夺班进尺五百三天上千，五天打完一口井

下联：深入开展六大运动，力争高速度高水平高质量

横批：向党报喜

这是大庆会战指挥部非常重视的日子，他们要借1205队在萨–55井开钻之机，在井场上开一个向铁人王进喜学习的现场会。来大庆参加会战的各石油管理局的先进钻井队都派出自己的观察员，亲临1205队现场，学习他们的经验。萨中会战指挥部党委书记兼指挥宋振明领着大家参观了一圈。王进喜首先讲话："我们队的工作没做出什么，今天热烈欢迎领导和各兄弟队代表来检查我们的工作！""我一到大庆就想开钻，恨不能一拳头砸出一口井来！黑天盼，白天盼，这一天终于到了，我们一定要狠狠地打、细心地打，不吃饭、不睡觉也要把萨–55井打好，创出一个全国高纪录，向党报喜！"随后王进喜站在高处，领着大家振臂高呼："打响第一炮，迎接大会战。"王进喜大步跨上钻台，握住冰冷的刹把，纵情地大喊一声："开钻了！"[1]这声音威武雄壮，气吞山河！正像王进喜在一首诗中所写的那样："石油工人一声吼，地球也要抖三抖！"这一天必将载入大庆会战的史册。

（图片来源：西安石油大学铁人王进喜纪念馆）

卜算子·萨-55井

热泪洒沙滩，战鼓催征响。
杠撬人拉干劲大，号子惊天昶。
三问露痴情，争气分忧爽。
桶运盆端保开钻，自喷黑金淌。

萨–55井于4月14日开钻，4月19日上午，萨–55井胜利完钻。在整个钻进的过程中并非一帆风顺，钻进70米时遇到漏层、指重表失灵、井场停电等情况，但是王进喜带领大家克服种种困难，只用5天零4个小时就打完大庆会战的第一口井。该井进尺1200米，实现了"三天上一千，五天完钻"的目标，创造了大庆会战的最高纪录。

[1] 薛涛：《秦人吼　解读铁人王进喜》，大连出版社2010版，第127页。

（图片来源：西安石油大学铁人王进喜纪念馆）

开　钻

巍巍井架入云端，冽冽冬风刺骨寒。
数日辛劳诸事备，一声开钻有余欢。
埋头苦干石油汉，举目求实血脉传。
托付惊鸿捎尺素，哀思无尽又凭栏。

注：尺素指书信。《文选·古乐府〈饮马长城窟行〉》："客从远方来，遗我双鲤鱼。呼儿烹鲤鱼，中有尺素书。"吕向注："尺素，绢也。古人为书，多书于绢。"《文选·陆机〈文赋〉》："函绵邈于尺素，吐滂沛乎寸心。"刘良注："素，帛也。古人用以书也。"

经过电测、下套管、固井、射孔、安装采油树、接油管等一系列必不可少的程序，到4月28日，萨–55井正式喷油。这一天，井场上来的人很多，处处洋溢着欢歌笑语。试喷开始了，只见一股黑色油柱像一条长龙，喷薄而出。整个井场立刻欢声雷动，大家蹦跳着互相拍打着、跳跃着。王进喜更是笑得合不拢嘴，钻井工人还有附近的群众围在井场周围，眼看着那高高喷起的油柱兴奋得忘掉了一切，一个劲地高呼："毛主席万岁！"这封闭千年的大油田啊，终于乖乖地打开了大门。5月20日，大庆第一口生产油井萨–55井正式投产，小油嘴控制日产19吨，据记载，萨–55井最高日产曾达到113吨。

萨–55井喜喷工业油流
（图片来源：西安石油大学铁人王进喜纪念馆）

天门谣·一口井

松嫩和风畅。渺星汉、铁人豪放。西北望。
看风流神爽。
待完钻油喷波荡漾。打鼓敲锣新月朗。心滚烫。
一口井、今昔传唱。

注：一口井指铁人王进喜率1205钻井队来大庆参加石油大会战时，打下的第一口详探井——萨-55井，又被称为“铁人一口井”。它的“诞生”，仅用了5天零4个小时，创造了当时石油钻井速度的最高纪录；它的身上，深深地烙着铁人印记，它是铁人精神的发源地。

经过5天零4个小时的连续奋战，萨-55井胜利完钻，而且质量达到全优。自投产以来，萨-55井最高日产量曾达到113吨。这在我国石油工业发展史上，创造了一个前所未有的新纪录。

自从萨-55井喷出了石油，王进喜就更没有白天和黑夜之分了。他那满腔赤诚，为国争光、为民族争气，立志甩掉“贫油”的意志之火熊熊燃烧。他身体力行，吃住在井场，与工友们在现场交流。吃饭则由同事带到井场，至于住，那就更简单了。王进喜在油井旁边的土地上挖了一个大坑，上面铺点草，就是一个简易住所。当他实在累得受不了时，才去躺一躺，睡一会，休息一下。

（图片来源：西安石油大学铁人王进喜纪念馆）

现场交流

五天五夜不回家，油井旁边地窖挖。

立雪行泥居现场，栉风沐雨闯天涯。

无私奉献通银汉，有道青春映彩霞。

唤起求实提干劲，子孙检验自光华。

注：银汉指天河，银河。宋·苏轼《阳关词·中秋月》：“暮云收尽溢清寒，银汉无声转玉盘。”清·纳兰性德：“茫茫碧落，天上人间情一诺。银汉难通，稳耐风波愿始从。”

百姓赞誉　铁人诞生

王进喜带领1205队在大庆石油会战时，住在房东赵大娘家。有一天，赵大娘发现自从井队开钻王队长一连十天都没回来睡觉、吃饭。用全家舍不得吃的一点白面擀了面条，把刚刚开始下蛋的老母鸡杀了，做成汤，赶往井场。大老远，大娘就看到王队长和工人们在忙碌，忙三火四像打仗一样。

到了跟前，吓了一跳，王队长胡子拉碴的脸，瘦了一大圈，变了模样。“大娘，你咋来了？”王进喜伸出满是老茧的大手迎上来，大娘抚摸着这双手，心疼哽咽地说：“王队长，一连十天不回村，夜里在哪里睡觉啊？”一位工人指着泥浆槽里的一件老羊皮袄，这就是咱队长住的地方。老人明白了，原来王队长盯在工地连轴转，睡的是泥浆槽，枕的是铁疙瘩，盖的就是老羊皮啊！赵大娘唏嘘不已地说：“王队长，你这么不吃不睡拼命干，真是个铁人哪！”赵大娘一句肺腑之言让“王铁人”这个名字飞出马家窑。

“铁人”的称号很快在当地传了出去，连小孩都知道石油队里有个王铁人。余秋里得知后，连声称赞大娘叫得好。在第一次油田技术座谈会上，余秋里号召会战职工“学铁人、做铁人，为会战立功，高速度、高水平拿下大油田！”1960年4月29日，万人誓师大会上，王进喜成为大会战树立的第一个典型，成为大会战的一面旗帜。战区迅速掀起了“学铁人、做铁人”的热潮。

（图片来源：央视CCTV4）

铁人由来

进喜大娘夸，铁人名号佳。
英名同日月，早露映朝霞。
妇孺皆知晓，乾坤尽赞花。
精神承大庆，传唱到天涯。

老百姓质朴真情的道白，基层干部的敏锐捕捉，高层领导的果敢决策，孕育了具有鲜明时代特色的铁人王进喜，并且就此诞生了让中国石油工人传诵至今、永远传承和发扬的铁人精神。萨–55井后来又被称为“铁人第一口井”，是铁人王进喜于1960年4月19日率1205钻井队到大庆后打的第一口油井。这口井位于大庆市红岗区解放村以西3千米处，目前由大庆油田第二采油厂管理。这口井属于详探井，井深1200米。60多年来，这口井一直保持自喷状态。

这口井与原铁人王进喜纪念馆一道，先后被授予“全国首批百家爱国主义教育示范基地”“全国青年文明号”等荣誉称号。1999年，这口井被列入黑龙江省文物保护单位。2004年“铁人第一口井”被中国石油天然气集团公司命名为首批“企业精神教育基地”。这口井具有特殊意义，已被收入《中华名胜词典》，与故宫、长城等同列为国宝级文物。名列第二批国家工业遗产名单，成为大庆油田首个入选国家工业遗产名单的项目。

（图片来源：大庆网）

铁人第一口井

大庆建功勋，泽被后世孙。
今天朝圣地，昔日铸油魂。
不见三秋月，空留一片云。
群星参北斗，草木染烟尘。

王进喜在石油大会战中舍生忘死，冲锋在前。1960年4月29日天刚亮，王进喜在指挥工人放井架准备往第二口井搬家时，不小心被滚落的钻杆砸伤了右腿，当即昏了过去。醒来看到工人们在哭，他说："不要紧，我又不是泥捏的，哪能碰一下就散了。"他不顾伤痛继续指挥，让大家替他保密。当天，他带伤参加了万人誓师大会，在万人誓师大会上，王进喜披红戴花，骑着大马进了会场。"向铁人学习，向铁人致敬，人人争当铁人，向先进学习，人人创

（图片来源：西安石油大学铁人王进喜纪念馆）

首战受表彰

首战初捷获表彰，铁人名号溢荣光。
红旗手握红旗在，重任肩担重任扛。
锣鼓喧天添异彩，旌旗招展送梅香。
群星闪耀云追月，曲水流觞夜未央。

注：曲水流觞，是中国古代汉族民间的一种传统习俗，后来发展成为文人墨客诗酒唱酬的一种雅事。夏历的三月上巳日人们举行祓禊仪式之后，大家坐在河渠两旁，在上游放置酒杯，酒杯顺流而下，停在谁的面前，谁就取杯饮酒，意为除去灾祸不吉。据南朝·梁·吴均《续齐谐记》："昔周公卜城洛邑，因流水以泛酒，故逸《诗》云'羽觞随流波'。"

夜未央意思是长夜没有到高点，子时以前。"未央"取自《诗·小雅·庭燎》的诗句："夜如何其？夜未央。"汉高祖刘邦将自己的统治中心以"未央"命名，其用意是和秦嬴政自称"始皇"，以便"传之万世"的愿望相一致的。

造新水平”的口号响彻草原。在比武打擂上，铁人王进喜发言，他忍着腿疼大声地说：“盼了多少年，大油田终于找到了。我们1205队一定要创造条件快安装，早开钻。没有水，尿尿也要开钻，石油工人一声吼，地球也要抖三抖！我们要把地球钻穿，让大油海翻个，把大金娃娃抱出来！人活一口气，拼死干到底，为的是把贫油落后帽子摘掉。”这时他摘下前进帽举过头顶，高声说：“宁肯少活20年，拼命也要拿下大油田！”王进喜和1205队的先进事迹，迅速传遍了整个大庆油田，“铁人”这个称号也被传开了。石油大会战万人誓师大会上王进喜被树立为大庆石油会战的第一个典型，成为大会战的一面旗帜。

1960年4月29日，石油大会战万人誓师大会在萨尔图广场召开。各探区和会战总部的广大石油工人、地质部的代表、当地人民公社的农民、地方工业的工人、民兵，以及商业工作者、学校教师、学生、文艺工作者，共计一万多人。大会树立了王进喜、马德仁、段兴枝、薛国邦、朱洪昌五位标兵，领导亲自为他们披红戴花。余秋里部长在会上带头高呼：“向铁人学习，人人争做铁人。”

（图片来源：西安石油大学铁人王进喜纪念馆）

万人誓师大会

胸戴红花受表彰，铁人名号自传芳。
云兴霞蔚千岩秀，挂彩披红万水泱。
气壮山河争早树，峥嵘岁月溢流光。
荒原战鼓惊天响，玉露金石铁骨锵。

铁人王进喜代表5万多名石油会战职工，面对万人吼出了“有条件要上，没有条件创造条件也要上”“宁肯少活20年，拼命也要拿下大油田”的钢铁誓言。轰轰烈烈的石油大会战很快取得了显著成果，1个月后首列挂着21节油罐的火车，就从萨尔图火车站装油外运。1963年年底，大庆油田累计生产原油1166.2万吨，占同期全国原油产量的51.3%，对我国实现石油基本自给起到了决定性作用。

（图片来源：央视CCTV4）

踏莎行·誓师大会

会战犹酣，红旗正艳。艰辛创业谋实干。
群英振臂爱国情，陈兵百万石油战。
华夏贫油，九州硬汉。黑金汩汩晴空暗。
渔舟唱晚醉斜阳，梅花傲雪青春献。

惊天一跃　制服井喷

开完万人誓师大会回来后，王进喜的伤腿肿得碗口粗，尽管全队上下都替他保密，可还是被检查工作的领导发现了。领导派人强行把他送到了当地的医院治疗。可他在医院没待多久，腿刚包扎好，就拄着拐杖，深一脚浅一脚地从医院偷偷跑回了井场。回到了钻井队后拄着拐杖，指挥打井。

（图片来源：西安石油大学铁人王进喜纪念馆）

坚守井场

今滑钻杆腿砸伤，忍痛隐瞒历雪霜。
打井指挥天大事，出油打败野心狼。
今朝甩去贫油帽，他日迎来富矿藏。
一口乾坤天地气，至今回荡在胸膛。

王进喜在大庆住院“不守院规”的事情被领导知道后，为让王进喜安心养伤，领导决定派人把他送到150千米以外的齐齐哈尔住院，目的是让他能够静心治疗，好好休养几天。可就在两天后的深夜，王进喜冒着大雨又跑了回来。看着队长浑身沾满泥水，腿上的纱布也不知去向，大家心疼地流下了眼泪。王进喜却说："你们别急，我挺好的。这里是高压区，容易井喷，我坐着看你们干，觉得放心！"

（图片来源：西安石油大学铁人王进喜纪念馆）

住院逃归

心牵会战又偷回，不守凡人住院规。
五次三番逃看护，三言两语笑医追。
齐齐哈尔养伤去，井队荒原又夜归。
唯有英雄钢铁汉，黑金喷涌燕高飞。

王进喜右腿被砸伤，但他心中念念不忘的是井场、是钻机、是打井，是他的工友们。就这样，他拖着伤腿在井场坚持工作，真的无愧于"铁人"称号。林海瑛是大庆铁人王进喜纪念馆的第一批解说员，从2006年开馆一直到现在。林海瑛回忆："曾经有一批外国游客来参观，听到'铁人'这个称号时，问我'铁人'是用铁做的吗？"当她通过翻译把"铁人"二字的含义解释清楚的时候，这些外国朋友都竖起了大拇指，并用刚学会的汉语说："了不起！"

1205队来到松辽新井位以后，王进喜就把防漏防井喷当作重点。在地处高压区打井，应预防井漏和井喷。为此王进喜带领工人先挖了两个100平方米的大池子储备了足够的水。开钻前他说："打光屁股井（指不下套管）容易井喷。"提出要用重晶石粉，可惜，暂时无货没有送来，先送来的是500袋固井用的水泥。

王进喜就是在打第二口井（中7—11井）搬家时，右腿被砸伤。这个时候，王进喜理应到医院看病或者在一旁休息，但是他不顾身边人的劝阻，执意去井场，继续打井。这是铁人带领的队伍打的第二口井，一开始还比较顺利，不幸的是，在打井过程中，由于地层压力过大，在打到700多米时，忽然发现泥浆里有大量的气泡出现，发生井喷。井喷的时候连泥带石头，带着水气整个从地壳喷出来了，喷出来以后地下压力锐减，地表就会塌陷，会把整个钻机包括四十多米高的钻塔都吸入地下。井喷一旦难以控制，不仅整个油田会受到损坏，连周围人的安全都会存在隐患。如不及时压住，就会发生井毁人亡的重大安全事故。

（图片来源：西安石油大学铁人王进喜纪念馆）

捣练子·铁骨硬汉

患重病，腿砸伤。
塞外天寒留雪霜。
铁骨钢筋迎紫气，
战天斗地黄花香。

井喷的危急关头，王进喜没有丝毫犹豫。他扔掉拐杖，带头跳进水泥浆池，用身体搅拌水泥浆，最终制服了井喷。在大庆铁人王进喜纪念馆里，记录这一历史时刻的照片共有五张。

第一张照片是井口发生险情。当打到700多米深的时候，从地下返上来的泥浆越来越多，还带有大片的油花和气泡，这就是严重井喷的预兆。地处高压区的第二口井突然发生井喷，强大的气流裹着泥浆冲出井口，蹿起20多米。突然，“轰”的一声，钻机上30多公斤重的方瓦被冲起十几米高，井喷的迹象出现了。如果这个情况不及时制止，那些被大地压抑了上千万年的天然气、原油就会夹杂着大量沙石像火山一样喷射出来，大大小小的井眼就会越冲越大，整个几十米高的井架和钻机都将被吞入地层。

（图片来源：西安石油大学铁人王进喜纪念馆）

浪淘沙令·井喷

意外井喷急。现场危急。
沉着应战水泥堤。往复奔突身外物，人满熙熙。
燕去云天低。归路长迷。
职工干部两相依。落日苍炎舟去晚，汗冷戚戚。

第二张照片是王进喜和工人师傅们一起搬水泥。当时的情况是井场没有重晶石，只有固井用的水泥。王进喜的腿上因钻杆砸伤的伤还没有完全好，此时调运重晶石来不及，王进喜只有选择用水泥加大泥浆密度进行压井作业。按照常规，在井喷即将发生的时候，应该加重晶石粉把井喷压下去，但当时现场并没有重石晶粉，要从几十千米外的地方才能弄到，时间根本来不及。情况紧急，有人提出在泥浆里掺土，加大泥浆的密度。忙活了一阵之后，大家发现泥浆里掺的土都沉淀了，根本没有起到任何作用。“加水泥！”关键时刻，王进喜做出了一个冒天下之大不韪的决定。他之所以敢作这个决定，是因为他知道当地的水碱性大，只要抢得快，水泥短时间内凝固不了；虽然用这个办法可能会使钻探设备受损害，自己也可能受处分，但是可以压住井喷。

（图片来源：西安石油大学铁人王进喜纪念馆）

第三张照片是铁人和队员们一起来回奔跑、搬运水泥。当时的情况万分危急，工人们迅速行动起来，一袋又一袋的水泥被倒入泥浆池。当七八十袋水泥倒入之后，黄土、沙子也被填入泥浆池中。但是，问题接踵而来，现场又没有搅拌机，倒进泥浆池的水泥沉入水底，比重提不上来；加之上水管又被水泥糊住，井喷更厉害了。

（图片来源：西安石油大学铁人王进喜纪念馆）

在这千钧一发之际，王进喜忘记了自己的伤腿，不顾泥浆里含有高碱水会烧伤人，扔掉双拐，当机立断，纵身跳进泥浆池中。他用手划脚蹬和身体搅拌泥浆，又钻入水下去清理上水管线的莲蓬头。在这张照片中，我们能够清清楚楚地看到王进喜那顶标志性的帽子、棉袄，但看不清的是他跳下之前扔掉了拐杖。下图这张模模糊糊的照片就是铁人王进喜的惊天一跃。

（图片来源：西安石油大学铁人王进喜纪念馆）

柳梢青·一跃天惊

一跃天惊，危难急险，只为油封。
铁汉雄姿，虎躯搅拌，伤病全轻。
井喷酣战无情，忘我处、家国赤诚。
创业维艰，鞠躬尽瘁，无悔人生。

人人皆知的那个场面是定格历史的第五张照片，铁人用身体在泥浆池里搅拌。在井喷的危急关头，王进喜不顾腿伤，甩掉拐杖，“扑通”一声跳进冰冷刺骨的泥浆池中，用带伤的血肉之躯搅拌泥浆。队长的行动就是命令！司钻戴祝文、丁国堂、钻工许万明、杨天元、张志训紧跟着跳了下去，北京石油学院实习女生段功武，被眼前英雄的壮举震撼了，也纵身跳入泥浆池。大家奋力划动双臂搅拌泥浆，终于泥浆管畅通了，泥浆比重提升起来，高比重泥浆

满庭芳·压井喷

打井平常，井喷突现，玉门往事尤横。
当机立断，不教再重逢。
石破天惊壮举，尽长忆、铸就传承。
纵身跃，爱国爱党，豪气贯长虹。
凌云飞骨气，几翻青史，仰望苍穹。
碧云冉，痴情妙语书中。
万古精神咏颂，春风里、漫说英雄。
祁连雪，何时归去，砥柱笑峥嵘。

（图片来源：西安石油大学铁人王进喜纪念馆）

在两台高压大泵的怒吼声中被强力注入地下。

王进喜忍着碱性泥浆对腿伤的灼痛，用血肉之躯奋力搅拌泥浆，他英雄的壮举定格为精神的永恒。

1960年5月，为遏制即将发生的井喷，王进喜忍着碱性泥浆对腿伤的灼痛，用血肉之躯奋力搅拌泥浆；泥浆齐腰，每迈一步都很吃力。大家看到的只是一瞬间，实际上，铁人和队员们在里面搅拌了3个多小时，皮肤都被泥浆里的火碱烧红了，手腕、足踝部被烧起一个又一个大水泡。井喷被压住了，钻井开始恢复正常，大家扶着王进喜爬出了泥浆池，可是他的腿疼得动不了，一下子扑倒在地上；但他们并没有休息，为了保证钻杆不被水泥凝固住，在井喷被制服后，铁人又和队友们立即把井里含有水泥的泥浆全部更换掉了。

就是这样一幕感天动地的历史瞬间，曾经也被一些人质疑。所以，铁人纪念馆布展时在这一组5张照片下方作了说明，解释当时“为什么会发生井喷”“王进喜为什么要跳进泥浆池”。“我们不能站在今天的生产条件下去苛求几十年前的生产方式，这是没有道理的，我们要尊重历史、还原历史，一定要在当年的生产条件下来体味‘铁人精神’到底强大在哪里、感人在哪里。”正是为了尊重历史、还原历史，铁人王进喜纪念馆布展时特意增加了一个名单“当年与‘铁人’一起跳入泥浆池的人员”——戴祝文、丁国堂、许万明、杨天元、张志训。他们的名字虽然不像“铁人”那样赫赫有名，但他们和“铁人”的功绩一并镌刻在了共和国的历史丰碑上。

（图片来源：玉门铁人纪念馆）

破阵子·石油魂

大庆石油奋战，铁人一跃惊魂。
为有牺牲多壮志，留取丹心千古存。
钻工天下闻。
蜡炬成灰烟月，胡杨卧地星辰。
漫道风寒流雨汗，回看十年尽华芬。
钻台曳紫云。

初战告捷　原油外运

1960年4月29日，万人誓师大会召开后，石油工业部作出决定，于6月1日向锦西石油五厂发出第一列原油列车，向党中央、向毛主席、向全国人民报喜。于是，全战区“大战红五月”，掀起轰轰烈烈的生产竞赛高潮。下图是王进喜和队友们在大庆打井。

（图片来源：西安石油大学铁人王进喜纪念馆）

鹧鸪天·壮鸿猷

井架高高入地球。当年拼命甩贫油。
天寒地冻星河碎，野旷云低霜雪羞。
战风雪，壮鸿猷。誓师励志大江流。
今朝把酒余欢尽，对月空樽几度愁。

进入5月后的阴雨天连绵不断，月降水量创下高达历史最高纪录的107毫米，油田大部分地域遭水浸泡，车走人行都很困难，使刚刚开始的第一战役举步维艰。为了保证原油生产，从钻井前线到后勤保障单位，大家都以铁人为榜样，喊出“不怕天公降暴雨，英雄妙法胜天公”，无雨特干，小雨大干，大雨猛干，最终战胜了雨季，站稳了脚跟！广阔的油田上，井架

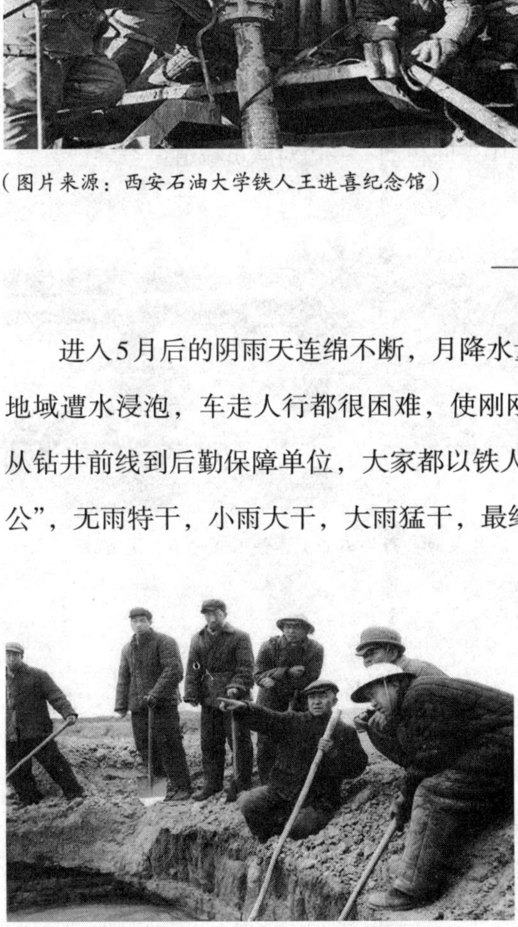

（图片来源：西安石油大学铁人王进喜纪念馆）

十六字令

欢。苦干翻身生紫烟。鸿鹄志，力钻透祁连。
艰。快马加鞭吐鲁番。雄心壮，戈壁战沙滩。
丹。一跃惊天难上难。忠诚展，大庆立标杆。

林立，钻机轰鸣，高奏起开发大油田的战歌。正在兴建的东油库工地上，工程二大队正在为第一列车原油装车外运奋力争抢工程进度，要求必须在5月21日前完工，给原油上车留出足够的时间。工人们每人每天要挖土10立方米，回到宿舍已经是半夜了，第二天天不亮就又要上工地继续奋战。经过20多天抢建，东油库顺利完工！看到崭新的油池、蒸汽锅炉、临时栈桥，大家心里都乐开了花。

原油装车的重任，落在了来自玉门的全国劳动模范、大庆油田第一位采油队长、“五面红旗”之一的薛国邦肩上。当时没有储油罐，凝固了的原油都在大坑里。薛国邦带着工人，用蒸汽管刺，用铁锹搅，再拿抽油泵往罐里送，苦战4昼夜才装满7个油罐。到27日，时间剩下了最后3天。

5月27日夜晚，气温突然急剧下降，土油池里的原油变得愈来愈稠，蒸汽盘管又到不了油池中间。水泥车的泵机打不动稠油，发出了哼哼的叫声，压力逐渐上升，油打不上来了。可光是站在油池边上着急是解决不了问题的，设备是死的，但人是活的，看了看池边的蒸汽盘管，薛国邦立即赤手拉起，跳进油池，一边在油池中来回移动，一边对队员喊道：“今晚任务紧，天气冷，油池大，蒸汽压力小，熔化的油满足不了泵的进口，要完成任务必须下油池！”随着薛国邦的一声大吼，队里的其他人也跳了进来，他们就在没腰的油池里不断努力着，哪怕是腿冻僵了、手烫坏了，仍坚持着、坚持着……最终原油的温度终于升高了，水泥车的泵机又和谐而有节奏地响了起来。

（图片来源：西安石油大学铁人王进喜纪念馆）

21节油罐，600吨原油，7天7夜的奋战，5月31日夜里最后一节油罐终于装满。薛国邦的“突击队”几天没合眼，薛国邦真累了，队员们也真累了，一回到住地，谁也不顾脱掉沾满原油的衣服，找个地方倒下就睡。装饰一新的专列火车头，开到了东油库铁道线上。首车原油从萨尔图火车站外运，标志着大庆石油会战初战告捷，大庆油田的原油从此源源不断地汇入了祖国石油工业的大动脉。

（图片来源：西安石油大学铁人王进喜纪念馆）

初战告捷

原油外运众人观，喜聚东油车马喧。
济世游龙长万里，兴邦翥凤久千年。
列车长啸徐徐动，细雨朦胧切切绵。
热血豪情天际远，驰骋铁轨草依然。

1960年6月1日早上，萨尔图万人广场集聚了3万多人，欢庆队伍在锣鼓声中向萨尔图火车站方向进发。足有一千米长的道路变成了彩旗的海洋，人们高呼着“欢庆第一列原油外运”的口号奔向东油库。放眼望去，伏在油库铁道线上的油龙亮丽抢眼。那车头像一只开屏的孔雀栩栩如生。它的正中是毛主席像，后方是巨大的齿轮模型，上方和左右是红花和彩旗。一条长长的红绸带在车头前横悬在铁轨上空。8时30分，石油工业部地质勘探司司长唐克代表会战领导小组讲话：“第一列原油外运，是广大会战职工‘两论’起家、艰苦创业的辉煌战果，这仅仅是取得胜利的开始，我们还会夺取更大的胜利，向党、向毛主席、向祖国献礼！”

时间定格在6月1日8时45分，康世恩走向两条铁轨中间，操起剪刀，庄严地剪开彩绸。这一刻，整个东油库沸腾了，人们的欢呼声达到了高潮。石油工人们眼含热泪，握手、相拥，将帽子高高抛向天空。在高亢的《社会主义好》的乐曲声中，列车一声长啸，徐徐启动，滚滚油龙，冲破蒙蒙细雨，源源不断地为祖国输送工业血液。

（图片来源：西安石油大学铁人王进喜纪念馆）

鹊桥仙·原油外运

汽笛长啸，人群雀跃，首次原油外运。
世恩剪彩火车发，破雨雾、游龙滚滚。
原油凝固，气蒸锹搅，前夜国邦受损。
一腔热血报国情，折灞柳、开怀畅饮。

注：世恩指康世恩，时任石油部副部长，大庆石油会战总指挥。是我国工业战线杰出的领导人、新中国石油工业和石化工业卓越的开拓者之一，为社会主义现代化建设事业，作出了重大贡献。1995年年初，康世恩同志在弥留之际，仍念念不忘石油，在写字板上写下了一个大大的“油”字。被世人称为“石油赤子”。

国邦指薛国邦，大庆会战“五面红旗”之一，大庆油田第一位采油队长，大庆第一个区队油田“地宫”的创办者。

第四章

科学求实　率先垂范

伴随着20世纪60年代气壮山河的大庆石油会战而诞生的大庆精神、铁人精神，其内涵概括为“爱国、创业、求实、奉献”。求实则是做好一切工作的基础，是实事求是、讲求科学的工作态度；是开拓创新、蜕变升华的坚实地基；是严格管理、“三老四严”的工作作风。

在大庆石油会战中，科学求实提供了决策的依据，贯穿了油田发展的全过程；科学求实提供了认识油田自然规律、指导油田开发建设的方法，促进了科学技术的不断创新；在科学求实的基础上，形成了科学管理的经验，成为广大职工共同遵循的行为规范，构成独具特色的大庆企业文化。科学求实孕育了一个国有特大型企业，创造了大庆油田开发建设的奇迹，为共和国作出了巨大的贡献[1]。

在大庆石油会战中，吸取了以前石油会战（比如川中石油会战）的教训，更加注重科学分析与决策。首先是要解决认识论和方法论问题，解决指导思想问题，用科学的理论来指导大庆油田开发和建设实践。按照党中央和周恩来总理的指示，在余秋里的直接领导下，石油部党组决定组织职工学习《实践论》《矛盾论》，并以“两论”为武器，结合大庆油田的具体实际，分析和解决在石油会战中的各种矛盾，各种困难，各种问题。

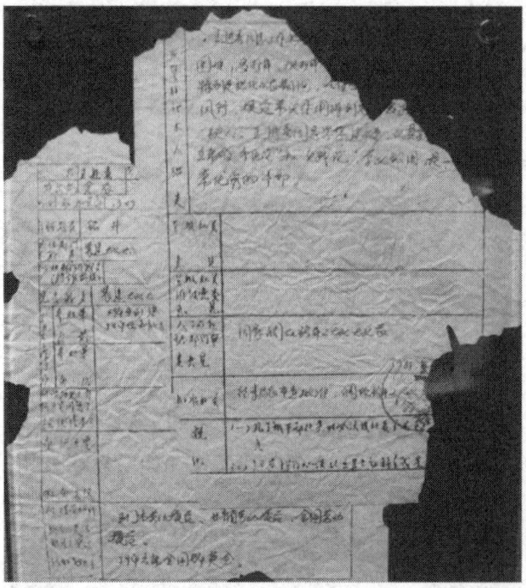

王进喜大队长任命文件
（图片来源：西安石油大学铁人王进喜纪念馆）

唐多令·大队长

美誉满神州。誓言抖地球。映雪梅、急鼓飞舟。
会战军团梅雪竞，实践论、百年谋。
大庆老黄牛，祁连烟雨楼。破浪帆，砥柱中流。
万里雪山西北望，人不悔、岁千秋。

注：抖地球，取自铁人王进喜的“石油工人一声吼，地球也要抖三抖”的诗句，进行化用。

梅雪，梅与雪。唐·李商隐《莫愁》诗：“雪中梅下谁与期？梅雪相兼一万枝。”宋·欧阳修《蝶恋花》词：“腊雪初消梅蕊绽。梅雪相和，喜鹊穿花转。”宋·卢梅坡：“梅雪争春未肯降，骚人阁笔费评章。梅须逊雪三分白，雪却输梅一段香。”

---

[1] 郑晓春：《科学求实是大庆油田发展进步的不竭动力》，《大庆社会科学》2013年第5期，第4页。

几万名职工学习“两论”，收到了巨大的效果，这是马列主义、毛泽东思想的一次大普及；也是一次思想的大解放，打破了人们头脑中旧的条条框框，提高了领导水平和工作能力。对做好各项工作，夺取会战的胜利，起到了重要作用。[1]

铁人王进喜是学习“两论”的典范，更是科学求实的践行者。1960年7月，王进喜晋升为钻井工程师，10月被任命为钻井指挥部装建大队大队长。1961年初，大庆油田钻井指挥部成立两个钻井大队。2月王进喜被任命为钻井指挥部生产二大队大队长。当了干部的他坚持靠前指挥，身穿羊皮袄、带着炒面袋、骑着摩托车，一个井队一个井队地跑，为基层解决实际问题，坚持“三老四严”标准，践行“四个一样”，发扬“干工作要经得起子孙万代检查”“为革命练就一身硬功夫、真本事”的科学求实精神。

含泪填井　铭记教训

大庆石油会战初期，工作重速度、轻质量。会战领导多次批评和提醒，但施工中不注意质量的问题还是时有发生。1961年1月到3月，共钻井23口，其中有4口误射孔、5口固井质量不合格、4口井底冲洗不干净、5口油层浸泡时间过长。当时，王进喜领导的1205标杆钻井队也打了一口斜度超过3度半的井。作为总指挥的康世恩，再也不能沉默了，他横下一条心，非把干部职工“马虎、凑合、不在乎”的坏作风整顿过来不可。1961年4月19日，康世恩召开油田质量大会，人称“难忘的四·一九”。

会议开始，康世恩让采油的代表从生产角度揭露钻井的问题。听了几个同志讲井斜超标对油井产油量的影响以及修井的困难，康世恩越听越生气，越听越激动，便指名叫钻井指挥部党委书记李云、指挥李敬、副指挥总工程师王炳成三人上台，站着向大家亮相，接受批评。康世恩指着他们说：“你们提出的快速钻井的高指标是脱离实际，是急躁情绪假干劲。”

台上正在批评，大队长王进喜进来了。王进喜去得晚了，门口有人叫他快趴下。他坦率地说：“披红戴花的时候，你让我抢着往头里走；批评了，就叫我悄悄趴下当狗熊？我不当这个狗熊！”

他没有坐下，径直向台上走去。会场上的人们为之一震，纷纷投来或惊疑或同情或不理解的目光。康世恩语调严厉：“王进喜呀！咱们钻井队不能光管在地球上戳窟窿，我们吃不重

[1] 余秋里：《余秋里回忆录》，人民出版社2011年版，第524页。

视第一手资料的亏还少吗？要想站住脚，不单要克服生活上的困难，工作上也要高水平！作风上粗粗拉拉等于自己把自己打倒！”他指出：“全体职工一定要牢固树立严字当头，好字第一，为油田负责一辈子的思想。要有一股干一件事就要干好，干不好就要推倒重来的作风。这一点从今天做起，首先决定将这一口井斜超过3度半的油井报废，重新在旁边打一口高质量的新井。”接着，康世恩一连向钻井指挥部领导鞠了三个躬，希望他们把队伍带到以质量为中心的管理轨道上来。这三个躬，鞠得钻井指挥部领导满头冒汗，恨不得找个地缝儿钻进去。[1]

铁人王进喜勇于担当，敢于负责，乐于奉献，崇尚科学，求实实干。为了使全队牢记这一惨痛的教训，会后铁人王进喜带领全队，让人人背上水泥，填掉了这口井。当时一些队友不同意填井，认为只是井斜大些，不影响用，填了会给1205队队史抹黑。铁人王进喜斩钉截铁地回答：“没有这一页，队史就是假的。这一页不仅要记在队史上，更要记在每个人心里。关键要对油田负责任。不是一般地负责，要负责一辈子。”铁人王进喜说：“要让后来的人都知道，我们填掉的不单纯是一口废井，而是填掉了低水平、老毛病和坏作风。”

（图片来源：西安石油大学铁人王进喜纪念馆）

填坏井

质量上台阶，成效讲科学。

填掉斜直井，拔除坏毒疖。

求实行大道，浮夸自此绝。

一朝规矩立，即日百年约。

深入一线　求真务实

王进喜干工作不仅仅是一个“拼命三郎”，更讲究过硬的本领和科学求实的态度。一次，他骑摩托车路过一个钻井现场，通过钻机声判断钻头牙轮松动了，就停下车让工人起钻。工

[1]《跟着官微学传统》，大庆油田官微，2018-09-28。

人们半信半疑，起出钻头一看，果然如铁人王进喜说的那样。学习铁人精神，一定要学习铁人实事求是的科学态度，学习他求真务实、注重实效的精神。铁人王进喜带领1205钻井队，含泪把不合格的井填掉，坚决“推倒重来”，表现的正是铁人求真务实的科学态度。做好基层工作，一定要大力弘扬铁人精神，引导深入学习铁人“不唯上、不唯书、只唯实”的求实精神，做事一丝不苟、认真负责，不图虚名，不做虚功，按章办事，确保干事创业顺利推进。

（图片来源：西安石油大学铁人王进喜纪念馆）

踏莎行·无私奉献

大漠荒原，风餐露宿。春秋冬夏油魂筑。
夜深荒野梦中人，登高望远来时路。
创业求实，餐风饮露。拼搏奉献群芳妒。
埋头苦干要躬行，方知实干兴邦故。

注：餐风饮露的意思是形容旅途或野外生活的艰苦。明·王守仁《瘗旅文》：“餐风饮露，无尔饥兮。”

王进喜教育干部职工，干工作要高标准、高质量、严要求，要经得起子孙后代的检查。

（图片来源：西安石油大学铁人王进喜纪念馆）

最高楼·科学求实

花枝俏，梅雪盼春归。填井自独悲。
泪涟涟地埋油井，气昂昂地敞心扉。
恨当初，三度半，损酋魁。
井是命、从头来再战。铁骨傲、雨摧秋葵艳。
山黛远、草葳蕤。
夕阳照晚霞天漫，长空雁叫欲南飞。
铁人魂，天幕远，映红梅。

注：酋魁即头领。

井是命，王进喜的战友曾经对王进喜有“井是铁人的命，油是铁人的魂”的评价和赞誉。

秋葵指秋天的向日葵。

王进喜一生都在不断地进行技术创新，管理创新。早在玉门油田时就创造了“整拖搬家”新工艺，开创了中国石油钻井史上钻机整体搬家的先河。在大庆会战期间，这一技术又得到广泛应用，节约钻机搬迁时间，提高了钻井的效率。

（图片来源：西安石油大学铁人王进喜纪念馆）

整体搬家

整体搬家铁马拖，提高绩效报家国。

玉门首创千钧弩，大庆推行万象歌。

井架拆开时不少，汽车倒运几天多。

荒原刚好显身手，一马平川意气夺。

注：铁马指拖拉机。

千钧弩，三十斤为一钧，千钧即三万斤。宋·释宗演《颂古二十四首》：“阿呵呵，较些子，发机须是千钧弩。”元·吴讷《李将军歌》：“前锋不见李将军，何人为发千钧弩。”

万象歌是指开拓创新、万象更新的凯歌。

钻头的强度、硬度直接关系到钻井的速度和质量。在玉门油田时，有一段困难时期，很多钻机因为没有钻头而停钻。王进喜拜访技术专家咨询后，决定组织青年突击队，从废料堆里找旧钻头，修修配配，拼装成可用于打井的钻头。到大庆后，王进喜经常和技术人员分析钻头使用情况，革新改造钻头。他认为提高钻井效率就是要依靠钻头好，只要有闲暇就研究钻头。他用西瓜皮、萝卜等制作钻头模型进行研究，工人们都称他为“钻头迷”。

王进喜追求的是一种最高目标，不是靠体力，不是靠蛮干，而是靠技术，他的绝招就是问计于民。大庆油田会战那个时候，油田上钻井队就是一排一排地打井，到了晚上，天上繁星满天，地下一个一个的灯柱都是钻井队。王进喜就一个井队一个井队地去了解。这个队是钻具组合怎么组合的？怎么配置的？你开钻的时候是清水开钻还是泥浆开钻？你用的什么钻头？打到多少米的时候，用的什么钻压？到多少米的时候，机械钻数是多少？王进喜把收集的参数都掌握了，看钻井队在同样的地层，用什么钻头，什么钻具组合，多大钻压，多大的泥浆比重速度最快。将这些经验集中消化理解，然后应用到1205队，所以1205钻井队的钻井速度比其他钻井队要快。

（图片来源：西安石油大学铁人王进喜纪念馆）

钻头迷

革新创业钻头迷，改造升级强度提。
萝卜根圆时入梦，西瓜皮厚露沾衣。
常蹲井场朝夕论，独处蜗居坐忘机。
理论还须实践验，黄泉碧落有归期。

注：萝卜根、西瓜皮是当时的钻头模型。铁人王进喜痴迷于钻头研究，经常用萝卜根、西瓜皮来制作钻头模型，进行模拟实验。

黄泉指地下泉水，古代认为天地玄黄，而泉在地下，所以称为黄泉。一说为中国以黄河流域为中心，泉水因黄土而变黄，故称为黄泉。《乐府诗集·卷七十三·杂曲歌辞十三·古辞·焦仲卿妻》：结发同枕席，黄泉共为友。

碧落指天上，道家称东方第一层天。此指天宫。唐·白居易《长恨歌》："排空驭气奔如电，升天入地求之遍。上穷碧落下黄泉，两处茫茫皆不见。忽闻海上有仙山，山在虚无缥缈间。"

王进喜是吃苦耐劳、敢打硬仗的实干家，更是坚持把冲天革命干劲和严格科学态度结合起来的典范。他率领1205钻井队艰苦创业，打下了大庆油田第一口油井，并创造了年进10万米的世界钻井纪录。

"道虽迩，不行不至；事虽小，不为不成。"实干之基在于执着前行。奋斗的道路从来不是坦途，在成就历史伟业的道路上遇见挑战是常态。很多事情因有意义而坚持，同时也因不懈坚持才有了意义。一个实干的人，必实实在在，且勤勤恳恳，其看问题的眼界，面对问题的心境，处理问题的思路，抓工作的力度，总是给人以"放心"之感，同时又释放出一种人格魅力。在这个意义上讲，实干不仅是一种作风，更是一种高尚品行。铁人王进喜就是这样的人。新中国成立后，27岁的王进喜成了我国第一代石油工人。他以"识字搬山"的意志，科学求实、攻坚克难，克服难以想象的困难，始终践行"我为祖国献石油"的初心使命。

1963年，王进喜所在的二大队分配了一批大中专毕业生，学生们怕脏怕累怕吃苦，有个学生还提出了“四不干”：天冷不干，黑夜不干，肚子饿了不干，累了也不干。王进喜找他们谈心，给他们讲自己的体会，他说：“马列主义就是理论和实践的结合，干，才是马列主义！不干，半点马列主义也没有！”大庆油田一次创业时，面对复杂的地质情况、艰苦的自然环境、落后的勘探技术，以铁人王进喜为代表的石油工人发扬“跨过洋人头，敢为天下先”的可贵探索精神，在技术、管理和文化等方面进行全面创新，解决了一个又一个技术难题。纵观铁人王进喜的一生，他一贯注重学以致用，扎实工作，始终保持着共产党人的优秀品质，闪烁着实干精神的光芒。

（图片来源：西安石油大学铁人王进喜纪念馆）

临江仙·打井

打井松辽身舍去，平凡尽显英雄。

鞠躬尽瘁力拔松。清心筋骨硬，进尺满堂红。

棉帽驱寒皮袄裹，求实春日东风。

一声怒吼看情浓。贫油脱困梦，都付苦干中。

注：清心指纯正之心。《晋书·列女传·王凝之妻谢氏》：“顾家妇清心玉映，自是闺房之秀。”五代·王定保《唐摭言·怨怒》：“峻节清心，高迈流俗。”

所谓泄密　子虚乌有

现在网络上依然充斥着“王进喜照片泄密案”、一张照片引发的“泄密”案、全球著名泄密事件……传言，这是一则屡被提起的“旧闻”，却也让广大石油人哭笑不得。

在此不妨细查究竟，还铁人王进喜和摄影者一个“清白”。所有文章无外乎都是这样一个情节：1964年《中国画报》封面刊出了一张照片。大庆油田的铁人王进喜握着钻机手柄眺望远方，在他身后散布着高大井架。日本情报专家据此解开了大庆油田的秘密，他们根据照片上王进喜的衣着判断，大庆油田位于齐齐哈尔与哈尔滨之间；又通过照片中王进喜握手柄的姿势，推断出油井的直径；从王进喜所站的钻井与背后油田间的距离和井架密度，推断出油田的大致储量和产量。当中国政府向世界各国征求开采大庆油田的设计方案时，日本人一举中标。

张彬从《中国画报》封面是否刊登过这张照片，①从王进喜的衣着判断，只有在北纬46°至48°的区域内，冬季才有可能穿这样的衣服，因此推断大庆油田位于齐齐哈尔与哈尔滨之间；②王进喜握手柄的架势，推断出油井的直径；③从王进喜所站的钻井与背后油田间的距离和井架密度，推断出油田的大致储量和产量；④20世纪60年代，日本真的给中国出口石油设备等方面进行详尽释疑和论证，证明所谓的"王进喜照片泄密案"纯属谣言。近些年来，网上网下总有一些人披着"还原真相"的外衣，肆意歪曲历史、抹黑先烈、污损英雄，种种无耻言论好比精神世界的雾霾，挑战正义和良知的底线，冲击社会的价值判断，扰乱人们对历史的正确认知！散布所谓的"铁人"泄密照片的言论也是一样的。[1]

一个有希望的民族不能没有英雄，一个有前途的国家不能没有先锋。也许是出发太久，让我们时常忘记来路。尊崇英雄，理当是一个民族最基本的价值观，天地英雄气，千秋尚凛然。纵然战争创业的硝烟已经远去，英雄的功勋永远与世长存，不愿忠骨染尘埃，不许历史被曲解，面对诋毁和质疑，需要我们慧眼明辨是非；面对攻击和侮辱，需要我们勇敢挺身而出。共同维护历史的尊严、捍卫民族的未来！

所谓的"泄密照"
（图片来源：西安石油大学铁人王进喜纪念馆）

赞铁人

手扶刹把大风流，会战松辽竞上游。
露饮风餐生铁骨，穴居苇铺枕钻头。
爱国奉献二十载，创业求实日月遒。
壮志未酬啼碧血，铁人就是老黄牛。

[1] 张彬：《以铁人名义告诉世界"泄密"这个锅咱不背！》，《石油知识》2020年05期。

1960年4月29日，大庆石油会战万人誓师大会在萨尔图广场（现大庆23中）召开。大会由张文彬主持，石油工业部部长余秋里做动员报告，副部长康世恩发布第一战役战斗令。会上，铁人王进喜被立为油田会战的第一个标杆。在石油大会战誓师大会上，铁人王进喜代表5万多名石油会战职工吼出了“宁肯少活20年，拼命也要拿下大油田”的钢铁誓言，标志着艰苦卓绝、气吞山河、震古烁今的大庆石油大会战正式打响。在当时，这困难、那困难，国家没有油用才是最大的困难。在铁人王进喜的心中，国家缺油是最大的困难。铁人的声音仍然回响在每个石油人的心中，今天的大庆油田，以高质量振兴发展为己任，继续传承着铁人王进喜的志愿，用永远向党的红心，续写“我为祖国献石油”的忠诚奉献。

（图片来源：西安石油大学铁人王进喜纪念馆）

山亭柳·杨柳出新

杨柳出新，三点定乾坤。

开大会，有佳音。

怒吼气凌沧海，铁人声入青云。

五面红旗引领，奋战唯辛。

数年勘探功劳显，今朝喜讯又缤纷。

激昂处，越楼林。

壮志如虹虎啸，不妨咏唱阳春。

永世繁华锦绣，千载英魂。

注：大庆油田会战初期，萨66井、杏66井和喇72井相继喷出高产油流，初步显现出大庆长垣的含油轮廓，史称“三点定乾坤”。

楼林形容层层叠叠的山林。北魏·郦道元《水经注·渐江水》：“涧下白沙细石，状若霜雪，水木相映，泉石争晖，名曰楼林。”

全力以赴　支援新区

1964年1月22日，石油工业部党组向中央书记处呈报《关于组织华北石油会战的简要报告》。1月25日，中共中央批转这个报告，同意组织华北石油勘探会战，指出“这是继松辽石油会战之后的又一次重要的会战”。在大庆石油会战取得决定性胜利以后，石油勘探队伍开始进入渤海湾地区。在天津以南，山东东营以北的沿海地带，开展了华北石油会战，以大港油田为主，包括现在的冀东油田、华北油田。石油工业部抽调大庆、青海、新疆、玉门等油田的2万多名职工，在南部的济阳坳陷和北部的黄骅坳陷两个主战场，同时展开石油勘探会战，并开始组建队伍在渤海海域开展海上物探和钻探。

据原石油工业部张文昭撰写的《中国石油勘探的回顾》，有关江汉油气勘探这段历史，他是这样回顾的：“为了扩大江汉盆地的油气勘探，1965年12月成立了江汉石油勘探指挥部，江汉盆地油气勘探工作全面展开。1966年上半年，在王场、钟市二构造又钻了一批井，分别在潜深4井、潜深5井获日产201吨和533吨的高产油流，到年底初步控制了两个构造的含油面积和地质储量。之后，相继在广化寺、光明台、黄场等构造，获工业油流。到1969年，初步探明王场、钟市和广化寺油田的面积和储量。1969年6月26日，经国务院批准在江汉地区开展300台钻机的石油会战。”

石油工业部随即组织大港、江汉、长庆等油田的3.6万职工，1970年3月22日，兴4井场红旗招展，锣鼓喧天，辽河会战筹备小组在这里召开誓师大会，写有“纪念鞍钢宪法诞生十周年暨加速下辽河石油勘探誓师大会”的会标挂在3241和32145两支钻井队井架上，标志着辽河石油会战开始。

1970年年初，为了加快吉林油田开发，吉林省和石油工业部决定，组织力量进行吉林油田会战，全面开发吉林扶余油田。早在1959年9月29日，石油工业部松辽石油普查大队在扶余3号构造钻探的扶27井获得工业油流，由此发现吉林油田。由于石油工业部当时集中力量组织大庆石油会战，扶余油田的勘探开发移交吉林省管理。由于资金、技术力量所限，进展比较缓慢，至1966年生产原油仅10.7万吨。1970年4月29日，第一批5000人，如期抵达；5月，在今天的实验中学院内，召开了规模浩大的大会战誓师大会，70大会战正式拉开序幕，这就是油田历史上著名的7000人大会。当时，喊出的口号是：宁可筋骨断，誓夺一百万！

当我国发现新油田的喜讯传来，意味着另一场石油会战就要开始的时候，王进喜兴奋得彻夜难眠，恨不得立即带领队伍去摆开新的战场。在大庆油田讨论支援新油田建设的会议上，他激动地说："快快拿下新油田，这是有关国家战略方针的大事，我们要选精兵强将，把最优秀的队伍开上去。我主张：给人，要给思想觉悟高的；给物，要给优质的；给设备，要给成套的。保证调出的队伍，开上去就能打硬仗，打胜仗。"同志们一致赞同铁人王进喜的意见，着手准备人员队伍，整合机械设备。在大庆石油会战指挥部的领导下，很快便组织了一支支优秀的队伍，同时配备成套设备送到新油田，参加会战。下图是王进喜亲自检查支援新油区的设备。

（图片来源：西安石油大学铁人王进喜纪念馆）

支援新油区

放眼油区新建设，工人设备物资足。
亲查亲检无眠月，实干实操透视图。
物好支援寒水玉，人优钻进夜明珠。
石油工业大发展，了却闲愁万事舒。

不久，石油工业部紧接着又在北京召开第二批支援新油田会战的会议。这一次，大庆油田担负的支援任务比第一次更繁重。这时，有的同志扳起指头一算，如果全力支援新油区，大庆油田的人员、设备将大量减少，而大庆油田本身的建设还要迅速扩大，担心将来完不成建设任务。铁人毫不犹豫地鼓励大家说："担子越重越光荣，困难越大越有闯头，有毛主席、党中央的领导，就是千斤重担也敢挑。我们要把建设大庆、开发新油田的任务都承担起来。"英雄的大庆工人说到做到，他们坚决地完成了党交给的光荣任务，组织优秀队伍、精良设备奔赴新油田参加会战。

1970年春，王进喜受大庆油田委派，率领代表团到江汉新油田慰问。新油田丰富的资源和沸腾的景象，使王进喜非常激动。他抱病带领大家深入各个井队、车间、工地，开座谈会，找老工人谈心，征求对支援工作的意见，日日夜夜都在紧张和兴奋之中。有一天，他到一个钻井队，遇到了过去的老战友，他把大衣一撂，大步走上钻台，接过刹把就干起来。

王进喜兴奋地对老战友说："我们要想办法争取大钻机一个月在地球上钻它五个窟窿。会有那么一天，打着打着，钻头咕咚一声掉下去，掉到地下大油库里……"铁人王进喜的话说得老战友和工人们心里开了花，井场上一片欢笑。慰问结束后，王进喜带领慰问团的同志立即赶回大庆。有个同志抱怨说："老铁太不理解我们的心情了，路过北京，也没叫看一看。"王进喜拍着他的肩膀说："小伙子，你不理解我的心情，快快拿下新油田，咱们可是一分钟也不应该耽误呀！"王进喜回到大庆以后，很快又派出"不卷刃的尖刀"1202钻井队和大批物资，再一次支援了新油田建设。

1970年，大庆油田虽然人员设备都减少了，新建的生产能力却大大超过了前一年，原油产量提高30%以上。下图是大庆油田举办欢迎支援新油区队伍凯旋大会。

满庭芳·凯旋佳音

凯旋佳音，歌行别去，故园雪后春迟。
学习马列，贵在践中思。
处处呼风唤雨，钢铁队、碧树琼枝。
庆功酒，英雄当饮，草木挂游丝。
青云风借力，酬勤天道，尽是求实。
莫开口，旌旗猎猎参差。
锣鼓声声催晓，欢迎会、飒爽英姿。
东风劲，佳期如梦，破浪正当时。

（图片来源：西安石油大学铁人王进喜纪念馆）

注：游丝是指飘动着的蛛丝。南朝·梁·沈约《三月三日率尔成篇》："游丝映空转，高杨拂地垂。"唐·李白《赋得鹤，送史司马赴崔相公幕》："珍禽在罗网，微命若游丝。"唐·皎然《效古》："万丈游丝是妄心，惹蝶萦花乱相续。"明·王錂《春芜记·感叹》："见游丝荡漾，残红堆拥。"

前事不忘，后事之师。对英雄楷模最好的致敬是尊崇英雄。历史的洪流滚滚向前，新时代的中华民族蓄势待发。铁人王进喜，是中国工人阶级的杰出代表，是中国共产党的优秀党员，是顶天立地的民族英雄。他为我国石油事业立下了汗马功劳，成为中国工业战线一面火红的旗帜。崇尚英雄才会产生英雄，争做英雄才能英雄辈出。铁人王进喜虽然远去了，但他的精神永存，永远激励着我们每一代人努力拼搏。

王进喜敢于坚持原则，严格要求，对工作中的质量问题，他一个也不放过。当了大队长的王进喜常年坚持“跑井”，深入基层，调查研究，为井队解决生产、生活、技术等实际问题。他十分注重安全生产，文明生产，经常深入工人中了解情况，为工人讲授安全知识，帮助解决实际问题。为提高工人的技术本领，王进喜经常回到1205钻井队，向工人传授钻井技艺。

当了领导干部的王进喜，始终保持工人阶级的本色不变，为掌握第一手的生产动态，王进喜不仅经常深入基层参加劳动，还经常到井场交流传授钻井技能，他甘愿为党和人民当一辈子“老黄牛”，艰苦奋斗一辈子。

（图片来源：西安石油大学铁人王进喜纪念馆）

一生奋斗

号称十斤半喜忧，贫家寡业又添愁。
童时乞讨牵盲父，十五打工苦作舟。
青少玉门迎解放，中年大庆建功侯。
为油奋斗二十载，铁人精神万古秋。

王进喜带领1205钻井队“人拉肩扛”运钻机，“破冰取水，盆端桶提”保开钻，为保住钻机，不顾左腿重伤跳进泥浆池，用身体搅拌泥浆，奋战3个多小时制服井喷；他被房东赵大娘誉为“铁人”。1960年石油会战万人誓师大会之后，“王铁人”的称号传遍了油田并通过新闻媒介的宣传响彻了全中国。王进喜是工人阶级的优秀代表，以强烈的主人翁责任感，立足本职，忘我劳动，积极进取，争创一流，集中展示了当代中国工人阶级的时代风貌和崇高品格。在群众心里，劳模就是一面旗帜，就是一颗螺丝钉，他们办事认真，埋头苦干，踏实工作，不计较个人的利益得失，不变的目标就是无私奉献。他立足生产实际，常年深入生产、生活一线，一是宣讲交流“两论”心得体会；二是培养队伍严细认真的工作作风；三是访贫问苦，解决职工群众的急难愁盼的问题。

（图片来源：西安石油大学铁人王进喜纪念馆）

一线交流

深入基层硬作风，立足实际好政工。
畅谈严细求实路，苦干践行傲雪松。
宿舍祥和生暖气，钻台凛冽战寒冬。
醍醐灌顶琼浆露，茅塞顿开警世钟。

注：醍醐灌顶中的“醍醐”指酥酪上凝聚的油，“灌顶”指用纯酥油浇到头上。佛教指灌输智慧，使人彻底觉悟。比喻听了精辟高明的意见，受到很大启发。唐·顾况《行路难》诗：“岂知灌顶有醍醐，能使清凉头不热。”

自1960年5月开始，集中全国石油部门的人力、物力，经过三年多的艰苦奋斗，成功勘探开发了大庆油田。到1963年，大庆油田的油产量达到600万吨，国家投资已全部收回。1963年12月，周恩来总理在第二届全国人民代表大会第四次会议上庄严宣布：“我国需要的石油，现在可以基本自给了。”1964年，毛主席向全国发出“工业学大庆”的号召。

大庆石油会战锻炼出一支有一定技术素养、有组织有纪律、能吃苦耐劳的石油工业队伍，“铁人”王进喜是这支队伍的优秀代表。王进喜干工作处处从国家利益着想，重视调查研究，依靠群众加速油田建设；艰苦奋斗，勤俭办企业，有条件上，没有条件创造条件也要上；建立责任制，认真负责，严把油田质量关。1966年，经中共中央组织部批准，王进喜任大庆石油会战指挥部副指挥。

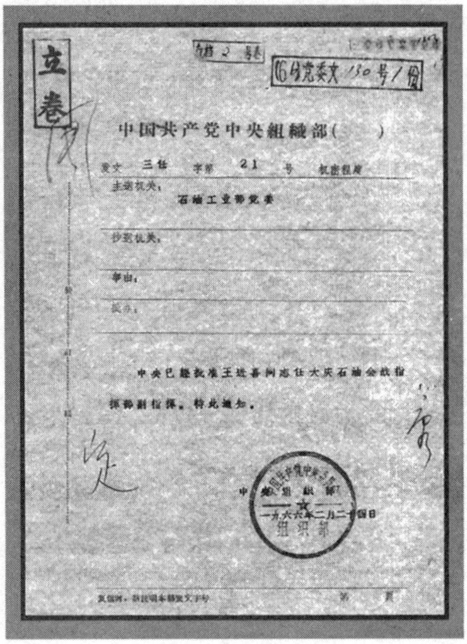
立卷

中国共产党中央組織部（　　）

主送机关：

石油工业部党委

抄送机关：

事由：

附件：

中央已经批准王进喜同志任大庆石油会战指挥部副指挥。特此通知。

组织部

（图片来源：西安石油大学铁人王进喜纪念馆）

位高不骄

担当副指挥，责任大如堆。

生产生活乱，一升两降危。

原则多打井，立场少孤睽。

柳叶逢秋落，梅花落雪晖。

注：孤睽意思是乖离分散。汉·扬雄《法言·重黎》："秦失其猷，罢侯置守。守失其微，天下孤睽。"李轨注："睽，犹乖离也。"汪荣宝义疏："孤睽双声连语，乖离分散之意。单言之则曰睽。"宋·苏洵《兵制》："兵强，故末大不掉；兵弱，故天下孤睽。"

民族脊梁　不曾忘却

王进喜，十年玉门创业树"标杆"，十年大庆奋战成"铁人"，他用终身实践为我们树立了一个做人的楷模、学习的榜样、廉洁的表率，为祖国石油工业的发展和社会主义建设立下了不朽功勋、创造了巨大的物质财富，也给我们留下了宝贵的精神财富——"铁人精神"。

新中国成立40周年之际，王进喜与雷锋、焦裕禄、史来贺、钱学森一起被中共中央组织部命名为"新中国成立以来在群众中享有崇高威望的共产党员优秀代表"。2019年9月25日，被评选为"最美奋斗者"。铁人精神是崇高人格的升华、钢铁意志的锤炼、奉献境界的彰显，是中华民族的精神脊梁。

对于纪念铁人，学习铁人精神，周总理曾在1971年1月31日大庆革委会政治部给燃化部报送的《关于追悼和学习铁人王进喜同志活动的情况简报》上批示："铁人是个英雄，值得纪念；铁人精神，值得学习记载。"可见，总理对王进喜的评价之高。

为纪念铁人王进喜，1971年大庆油田钻井指挥部在铁人一口井旁开始筹建铁人王进喜英雄事迹陈列室。1971年7月1日，位于大庆市红岗区解放二街8号“铁人王进喜同志英雄事迹陈列室”建成，大庆油田第一座铁人事迹陈列室对外开放。该陈列室占地300平方米，旁边就是王进喜到大庆后打的第一口油井——萨-55井。

大庆油田钻井指挥部特意在王进喜生前工作过的1205队抽调了两名老同志，负责管理陈列室，并配备了两名专职讲解员。“西哈努克亲王、徐向前、华罗庚，还有大寨的陈永贵，都来这里参观过。”1971年通过招工进入大庆油田，1991担任“铁人王进喜事迹陈列馆”馆长的刘仁这样介绍。此后，铁人王进喜事迹陈列室分别在1974年、1991年、2006年进行过三次扩建。从未见过铁人的刘仁对其事迹与精神如数家珍，称自己如今思想比较充实全是“受惠于铁人”。

（图片来源：西安石油大学铁人王进喜纪念馆）

风入松·不曾忘

铁人寥远雾霾晴。黑水遐凝。
松辽草木齐垂首，雾凇烟、井架悲鸣。
红日乘龙东望，紫云驾鹤西行。
祁连飞雪落冬青。雨泪飘零。
惊天一跃当年事，不曾忘、赤胆忠情。
两袖清风归去，一身正气长亭。

注：雾凇俗称树挂，是在严寒季节里，空气中过于饱和的水汽遇冷凝华而成，是非常难得的自然奇观。雾凇非冰非雪，而是由于雾中无数零摄氏度以下而尚未凝华的水蒸气随风在树枝等物体上不断积聚冻粘的结果，表现为白色不透明的粒状结构沉积物。

惊天一跃指王进喜率队到大庆参加石油大会战，在打第二口井时突然发生井喷，当时没有压井用的重晶石粉，王进喜决定用水泥代替；没有搅拌机，他不顾腿伤，带头跳进泥浆池里用身体搅拌，经全队工人奋战，终于制服井喷，避免了一起重大安全事故。

长亭，古时于道路每隔十里设长亭，五里设短亭，供行旅停息。

1975年5月，大庆市在儿童公园北侧，建成了铁人展览馆（即大庆展览馆）。10月，铁人王进喜同志英雄事迹展览馆正式对外开放。

（图片来源：西安石油大学铁人王进喜纪念馆）

浣溪沙·传承

雨打风吹四序开，传承千古自今来。
一生无我系心怀。
明月不识人世意，曦光照晓远云白。
上天入地不徘徊。

铁人王进喜纪念馆原址位于黑龙江省大庆市解放二街8号，是1989年大庆油田发现30周年之际，大庆市决定在“铁人王进喜同志英雄事迹陈列室”旧址上新建的，全馆总占地面积5.4万平方米。于1991年11月15日，铁人王进喜逝世21周年之际开馆。整个建筑象征铁人王进喜钢铁般的意志和不屈不挠的精神，荣获1999年全国建筑优秀设计奖。

（图片来源：西安石油大学铁人王进喜纪念馆）

苏幕遮·铁人馆

铁人馆，实干路。砥砺人间、自晓知勤笃。
翠柏苍松含玉露，山映斜阳、春柳轻烟曙。
桂飘香，梅竞骛。鱼跃龙门、大庆祁连树。
血脉传承宗旨筑，油海扬帆、梦起沙滩处。

注：勤笃，勤奋专一。北齐·颜之推《颜氏家训·勉学》：“锄则带经，牧则编简，亦为勤笃。”北齐·颜之推《颜氏家训·杂艺》：“王肃、葛洪、陶侃之徒，不许目观手执，此并勤笃之志也。”

竞骛的意思为争驰。晋·张协《七命》：“车骑竞骛，骈武齐辙。”唐·沉传师《次潭州，酬唐侍御、姚员外游道林岳麓寺题示》：“樛枝竞骛龙蛇势，折干不灭风霆痕。”宋·苏轼《论齐侯卫侯胥命于蒲》：“春秋之时，诸侯竞骛，争夺日寻。”

2003年2月，由大庆地区石油石化企业、中共大庆市委、市政府协商，中共黑龙江省委、省政府的支持，经中国石油天然气集团公司批准，决定迁建铁人王进喜纪念馆。铁人王进喜纪念馆位于让胡路区世纪大道和铁人大道交会处，在管理局办公楼和铁人广场对面。为大力弘扬铁人精神，2003年铁人80周年诞辰之际，大庆油田决定迁建铁人王进喜纪念馆。馆区占地面积11.6公顷，主体建筑面积2.15万平方米，展厅总面积4790平方米，展线总长度917延长米。主体建筑外形为“工人”二字组合，鸟瞰呈“工”字形，侧看为“人”字形，象征这是一座工人纪念馆。主体建筑高度47米，正门台阶共47级，寓意铁人47年不平凡的人生历程。建筑顶部为钻头造型，象征大庆油田奋发向上，积极进取。2006年9月26日，大庆油田发现47周年纪念日举行新馆开馆仪式。

铁人王进喜纪念馆的4个展厅，分布在一层和二层，三层和四层是工作人员办公的地方，游人不得上去。楼上与楼下之间有自动扶梯和直梯相通，同层展厅之间有回廊相连，总体展线呈顺时针方向走势。整个陈列以铁人王进喜生平事迹为主线，以大庆石油发展历史为副线，内容丰富翔实，形式多样，除了采用照片、文字、电动图表等传统的展示手段外，还采用了硅胶像、沙盘、场景复原、多媒体等现代展示手段，可以从多方面了解王进喜以及中国石油事业的奋斗史，集中展示了铁人王进喜的生平业绩及用终身实践所体现出的铁人精神。

（图片来源：西安石油大学铁人王进喜纪念馆）

浣溪沙·民族脊梁

丽日连天青松峰，炊烟袅袅九天灯。
寒风刺骨铁人征。
忠魂怀咏情千载，群英自照泪无声。
冰心马列玉壶清。

第五章

一面红旗　永立标杆

王进喜是从白杨河大战中“半路杀出来的一匹黑马”，王进喜是“有条件要上，没有条件创造条件也要上”的人拉肩扛、破冰取水、跳泥浆池血肉之躯压井喷的引领者，王进喜是房东赵大娘眼中“人与钢铁较劲，拼命也要为国家多打井”的铁人。

“铁人”这个极普通的称呼，发自于人民心中，“铁人”这个极普通的称呼是人民给予王进喜的封号，是来自一个普通的老百姓对石油工人的爱；铁人王进喜的名字就是这样诞生了。赵大娘做梦也没有想到，她一语惊天。王进喜得“铁人”的称号，美名天下传。赵大娘做梦也没有想到，她会给一种民族精神冠以“铁人”之名，从此代代相传。这似乎是一个历史的偶然，其实恰恰是一个历史的必然。

在大庆石油会战刚开始不久，余秋里讲了一句令人称慕，也一直有着历史温度的话，他说：“王进喜代表着大会战的方向，铁人就是我们的旗帜。”[1]这句话充分肯定了铁人王进喜在大庆石油会战中表现出来的具有无穷力量的榜样作用。1950年，王进喜成为新中国的第一代钻井工人，在玉门奋战10年，在大庆奋斗10年，1970年离开了我们，他为新中国的石油工业艰苦奋斗了20年。铁人王进喜身上体现出来的“大会战的方向”，这不是一时的表现，而是他一生的积累。

方向是从形象中一点一点地积累起来的。铁人王进喜在为国家石油事业不懈拼搏当中，树立了光辉形象，不仅惊奇了民族的目光，也惊奇了整个世界的目光。我们厘清了这个形象不断被打磨定型的历史脉络，就读懂了“王进喜代表大会战的方向”这句话。[2]

当时大庆石油会战工委敏锐地抓住这个典型，决定树立王进喜为大庆会战的第一个标兵，发出了“学习铁人王进喜，人人做铁人，为大会战立功”的号召，一时间，一个学铁人做铁人的热潮在油田蓬蓬勃勃地开展起来。从此“铁人”和王进喜、和石油精神、和中国精神紧密联系在一起。

实至名归　学做铁人

为了宣传石油大会战，凝聚人心，鼓舞士气，余秋里等石油工业部领导决定创办《战

❶ 大庆油田铁人传写作组：《铁人传》，中央文献出版2009年版，第144页。

❷ 肖铜，马英林：《大庆精神（铁人精神）：镌刻在历史丰碑上的辉煌》，国家行政学院出版社2022年版，第111页。

报》。王进喜来到大庆后，下车三句话、人拉肩扛运钻机以及房东赵大娘称赞他为“铁人”的事迹，被工作组反映到大队书记李玉生那里，李玉生又汇报给了萨中指挥部党委副书记李光明。

了解情况的李光明和李玉生一起在党委会上作了汇报，第三探区党委书记兼指挥宋振明听完后果断地说：“大娘叫得好，王进喜当之无愧！我们立即向上级汇报！”宋振明报告的这个好消息，确实让余秋里部长喜出望外。他正在考虑树一个先进典型做会战样板的时候，三探区就涌现出了一个“端着刺刀带头往前冲的猛将”，余秋里不由得心花怒放。尤其是听宋振明讲到王进喜说“有也上，无也上，天大的困难也要上”的会战决心时，这与余秋里的想法不谋而合，虽然和平建设时期没有了“刺刀见红”式的流血牺牲，但是敢于和敌人拼刺刀的战斗意志不能丢！王进喜的做法正是他要倡导的会战开局，于是余秋里当即表态：“这是松辽石油会战的第一个英雄，要树这个典型，称号就叫‘王铁人’”。[1]余秋里明确指示宋振明：你要亲自到这个钻井队了解情况，好好总结王进喜的先进事迹。下图是宋振明（左）到1205队蹲点，了解、核实、总结提炼王进喜的先进事迹。

（图片来源：西安石油大学铁人王进喜纪念馆）

实至名归

春夏影移间，荒原醉柳烟。
累累枝上果，熠熠眼含欢。
回首英雄事，念兹会战艰。
鸿鹄鸣远志，旭日挂晴天。

余秋里指示要大力宣传王进喜的事迹，让全体会战职工都知道石油会战的队伍出了个带头大干的铁人。他吩咐秘书李烨，通知刚成立的《战报》编辑部，马上派记者下去采访，如果情况属实，尽快报道王进喜这个典型。

余秋里认为：一个民族要有民气，一支队伍要有士气，一个人要有志气。而要树立这三

[1]《共产党人王进喜》编委会：《共产党人王进喜》，石油工业出版社2021年版，第68页。

股气，一要靠领导严格要求和不断培养，二要有好的典型来带动。过去打仗时每次战役都会出现一批带头往上冲的杀敌英雄，一个好典型比领导做100次报告还管用。这场大会战面临的不是一般的困难，需要全体职工拿出战争时期那种不怕死，不怕苦，勇于舍命往上冲的牺牲精神，有一种敢于压倒一切敌人而不被敌人所压倒的英雄气概。

大庆石油会战队伍主流是好的，但也存在不少问题。有的干部一下火车不问任务，不管队伍，先打听招待所在哪里、小灶在哪里？有的井队遇见困难不是想办法自己克服，而是坐等条件，等吃、等住、等吊车、等拖拉机、等材料、等钻头、等专业队伍配合……王进喜这种“有也上，无也上，天大的困难也要上”的精神，正是现在石油会战所需要。

1960年4月9—11日，油田会战指挥部召开第一次油田技术座谈会，王进喜参加了这一次会议。在会议快要结束时，余秋里突然高声喊道：“王进喜来了没有？”王进喜坐在后排，紧张地喊道：“我来了。”余秋里让他走到前排，站在自己身边，把他到大庆后下车三句话、人拉肩扛运钻机、破冰端水保开钻，以及房东大娘称王进喜为“铁人”的事迹一一讲述给大家听。余秋里说，会战刚刚开始，几万名石油职工一下子集中到这片荒原上，很多条件还不具备，没吃的、没住的，生产和生活困难重重，国家这么缺油，可有些人还在等，等这等那……他一口气数了18个“等”字。[1]余秋里讲完王进喜的故事后，带头在会场上高呼口号：“向铁人学习！人人争做铁人！”在口号声中，王进喜被大家高高抬起，绕会场传递了一圈。最后，余秋里激动地高声说：“我们每个队、每个单位、每个人都要向铁人王进喜学习。像他那样保持革命战争时期那种敢于冲锋陷阵、英勇牺牲的精神和压倒一切困难而不被困难所压

（图片来源：西安石油大学铁人王进喜纪念馆）

酒泉子·学铁人

争做铁人。潮涌大街小巷。
饭前说，餐后讲。鸡司晨。
松辽大地和风畅。麦田翻波浪。
看英雄，学榜样。雁留痕。

[1] 郭岗彦：《铁人印记》，石油大学出版社2021年版，第52页。

倒的英雄气概。要人人学铁人，人人做铁人，高速度、高水平拿下大油田！”[1]

1960年4月29日，在大庆石油会战“五一誓师大会”上，铁人王进喜身披红戴花，骑上高头大马，绕场一周。余秋里部长在会场带头高呼：“向铁人学习！人人争做铁人！”会战指挥部号召参战的全体职工都要向铁人王进喜学习。在这次会议发言时，王进喜郑重地对着万人宣誓：“宁肯少活20年，拼命也要拿下大油田。”王进喜成为大会战树立的第一个典型，全战区迅速掀起了“学铁人、做铁人，为会战立功”的热潮。

在大庆会战初期，在油田掀起了一场轰轰烈烈的“学铁人、做铁人”活动，从机关到基层，从钻井到油建，各单位、各部门、各工种都积极开展“学铁人、做铁人”热潮。油建工人发扬“铁人”的“人拉肩扛”精神。下图为正在往井场抬运装备，确保油田基本建设。

（图片来源：西安石油大学铁人王进喜纪念馆）

做铁人

一旗高举万旗红，会战荒原九尺龙。
掩映曦光含远黛，参差草木笑峥嵘。
兄弟齐心金可断，铁人共力月当空。
重温旧照遥相忆，日照千山砥砺风。

注：九尺指汉尺，1汉尺=0.231米，传说关羽身高九尺。九尺龙指参加大庆石油会战的石油工人。诗中铁人为泛指，意为“学铁人、做铁人”的石油工人。

一个“铁人”前面走，千百个“铁人”跟上来。大会战出现了“前浪滚滚后浪涌，一旗高举万旗红”的喜人局面！1960年，王进喜的1205钻井队连续创出了好成绩，半年多时间，共打井19口，完成进尺21258米，接连创造了6项高纪录，轰轰烈烈的石油大会战很快取得了显著成果。值得一提的是，1960年6月1日，大庆油田首车60吨原油外运，到1960年年底，大庆油田生产原油97万吨。工人们不畏严寒坚持打井。当中国经济建设急需石油的时候，以

[1] 郭岗彦：《铁人印记》，石油大学出版社2021年版，第53页。

王进喜为代表的一批石油人，凭借着艰苦奋斗、无私奉献的精神开发建设了当时全国最大的油田，大庆油田为国家源源不断地输送着石油。1963年年底，我国所需要的石油基本实现了自给，中国人从此结束了依赖洋油的日子。

（图片来源：西安石油大学铁人王进喜纪念馆）

水调歌头·雪润千山翠

雪润千山翠，风过百花香。
云集松嫩，荒原雷起震八荒。
不惧天灾人祸，勇闯狂风巨浪，百舸济汪洋。
红日自东照，紫气伴吉祥。
祁连柳，荒原雪，竞群芳。
分忧争气，华夏兴旺续辉煌。
笑看风云变幻，坐对钱潮起落，后起继津梁。
万古长城在，西北射天狼。

注：津梁指渡口和桥梁，比喻能起引导、过渡作用的事物或方法。《魏书·封轨传》："吾平生不妄进举，而每荐此二公，非直为国进贤，亦为汝等将来之津梁也。"《敦煌变文集·维摩诘经讲经文》："若要抛离生死乡，须知内外作津梁。"《中国近代文论选·新世界小说社报发刊辞》："文化日进，思潮日高，羣知小说之效果捷於演说报章，不视为遣情之具，而视为开通民智之津梁，涵养民德之要素。"

五面红旗　群星闪耀

一

1960年4月16日，《战报》创刊第四天，发表了三探区指挥部指挥宋振明的署名文章《"铁人"王进喜　是我们劳动和生活中的一面红旗》，同时配发《学习"铁人"王进喜　人人做"铁人"》的社论。自此"学铁人、做铁人"的热潮在大庆油田轰轰烈烈地开展起来了。不久之后，《战报》又对马德仁、段兴枝、薛国邦、朱洪昌的先进事迹进行了集中报道，分别为《战斗里成长起来的一把尖刀——介绍1202钻井队队长马德仁同志的先进事迹》《南征北战的红旗军——记段兴枝、陈茂汉和1274钻井队的英雄事迹》《红色英雄到处红——记采油战线的标兵薛国邦》《基本建设战线上的一面红旗——朱洪昌》。会战临时党委趁热打铁，将这5人命名为全战区的“五面红旗”，发起了向“五面红旗”深入学习的号召。在1960年7月1日的万人大会上，“五面红旗”披红挂彩，骑着高头大马绕场接受表彰，点燃了会战大军“把贫油的帽子甩到太平洋里”的光荣与梦想。1960年7月28日，大庆石油会战初期党的临时办事机构石油工业部机关党委命名作出《关于开展学习“王、马、段、薛、朱”运动的决定》，称赞他们是全战区的“五面红旗”，号召全体参战职工向他们学习。“五面红旗”骑马戴花，探区领导亲自为英雄牵马引镫，这是石油大会战期间最高的荣誉。

（图片来源：西安石油大学铁人王进喜纪念馆）

牵马引镫

引镫多荣耀，铁人又戴花。
英雄当上坐，领导马前夸。
五面红旗立，三生青史华。
青春须奋斗，何妨走天涯。

在上图中当年牵马引镫的领导：（右起）张云清、田亮德、李云、孙燕文、刘万宝。“五面红旗”分别是1205钻井队队长王进喜、1202钻井队队长马德仁、1206钻井队队长段兴枝、采油队队长薛国邦、水电指挥部副大队长朱洪昌。“五面红旗”先进榜样的树立，对于加快油田开发，夺取石油大会战的胜利，产生了巨大推动作用，经过全体职工三年多的顽强拼搏，终于拿下了大油田。大庆会战初期的“五面红旗”中的四面来自玉门油田。

马德仁，大庆石油会战“五面红旗”之一，1960年3月，他带领1202钻井队从玉门油田到大庆参加石油会战。在极端困难的情况下，他常常几天几夜不离井场，每一口井从搬家、开钻、完钻、再搬家。1963年，他发动职工认真总结经验，不断树立新的奋斗目标，继续扩大战果，向新的高峰奋力攀登，又打出了“三一”优质试验井，创造了钻机月钻井进尺4615米，及日进尺1080.26米的全国最高纪录。他所领导的1202钻井队先后被授予“卫星钻井队”“钢铁钻井队”“永不卷刃的尖刀”等称号。

段兴枝，石油会战初期“五面红旗”之一。1960年到大庆参加石油会战，任1206钻井队队长。1960年春，为早日开钻，在没有运输设备的情况下，组织职工人拉肩扛安装钻机，竖起井架，与各钻井队展开劳动竞赛。当竞赛进入高潮时，1203队突然发生了井喷，急需用泥浆压井，而他们泥浆池里的泥浆已经用完，1203队职工非常着急。段兴枝知道后，立即亲自带领工人去支援，并把本队的重晶石粉送给了兄弟队，使井喷很快得以解除。他率领的钻井队多次创出优异成绩，被会战指挥部授予“钢铁钻井队”的光荣称号。

1960年，薛国邦率领采油队从玉门油田来大庆参加石油大会战。1960年3月18日。大庆油田第一任采油队队长薛国邦来到了萨尔图，接收了管理油井的任务。当生产试验区的第一口油井——萨-66井完钻后，他带领采油队的同志接管了这口井。薛国邦是大庆油田第一个采油队长，第一个攻克清蜡难关，第一列原油外输的生产和装车任务也是薛国邦采油队完成的。

朱洪昌，石油会战初期“五面红旗”之一。1960年由甘肃到大庆参加石油会战，朱洪昌担任三大队一中队的中队长和督导员。一次喷灯喷油过多，机车四周燃起大火。他不顾危险，甩掉衣服，冲上去奋力扑打，手和脸烧起串串燎泡，他被送进了医院。可他不顾医生的劝阻，伤势稍有好转就出了院。供水管线通水试压时，发现有一处焊缝冻裂漏水时，为不影响全线试压，他决定带压带水补焊。他不顾身上旧伤未愈，跳进水中一边用手把漏缝的水抹干，一边让焊工补焊。朱洪昌工段在输水管线上冒着大雨进行试压，出口处第一个阀门被冲坏了，水流往外喷出很高。在这千钧一发之际，朱洪昌第一个跳进了冰冷的水沟中，在他的带动下，几个钳工、管工也跟着跳了下去，坚持奋战了3个多小时，终于解除危险。他的事迹鼓舞着整个战区的干部工人，人们称赞他是钢铁施工队长，永不褪色的红旗。他所带领的工段连续7次获得油田建设“一级红旗”，并荣获“油田建设标杆队”“钢铁突击队”等光荣称号。

（图片来源：西安石油大学铁人王进喜纪念馆）

标杆榜样

五面红旗大庆飘，雄师百万竞折腰。
德仁大庆洪昌立，进喜国邦兴枝骄。
榜样拼搏能量大，标杆引领喜眉梢。
石油会战惊寰宇，甩掉贫油志气高。

20世纪60年代石油会战初期，在艰苦奋斗的环境中，造就了一支以王、马、段、薛、朱“五面红旗”为代表的石油铁军。“英雄铁人打头阵，马段薛朱紧相跟，比学赶帮争上游，铁人头上出钢人。”“一面红旗红一点，五面红旗红一片，百面红旗迎风飘，红遍松辽大油田。”就是当时的真实写照。60多年前，数十首类似的诗歌，在松辽平原这片土地上激情回荡。时至今日，读起来仍然令人激情澎湃。

“五面红旗”中的每一个人身上都有许多感人至深的故事。

铁人王进喜，1205钻井队队长。当他的母亲何占信老人听说王进喜要奔赴松辽参加大会战时，不仅担心儿子远行，也惦记着家里其他人的吃饭问题。她问王进喜：“你这一走，全家人靠什么吃饭啊？”王进喜捧住母亲的手说：“这场石油会战是一场大仗，要是打赢了，更多的中国人就能有饭吃。”母亲说：“娘不懂啥大道理，但知道咱家的事儿再大对于国家来说也是小事，国家再小的事儿也是大事。你干的是为国家、为老百姓造福的事儿，在国家大义上，娘支持你去大油田干上一场，为国家争气，为石油工人争光……”母亲的深明大义，让王进喜泪流不止。跪在母亲面前，给老人家磕了三个响头。带领37条铁汉奔赴萨尔图之后，下车三问、人拉肩扛运钻机、破冰取水保开钻、不顾腿伤跳进泥浆池，用身体搅拌泥浆压井……发生在铁人王进喜身上的故事不胜枚举。

马德仁1202钻井队队长，更是个拼命三郎。“火车要想跑得快，全凭车头带。”他深知这

（图片来源：西安石油大学铁人王进喜纪念馆）

旗帜引领

王马段薛朱，铁人最特殊。
知恩能苦干，识字可知书。
五面红旗立，八匹骏马图。
传承无姓氏，授受有公孤。

注：公孤，公指三公，《周礼》以为太师、太傅、太保为三公；孤指少师、少傅、少保。后泛指重臣，本诗中是指英雄。清·魏源《默觚下·治篇十二》：“至治之世，士在公孤；小康之世，士在僚采。”清·朱大韶《实事求是斋经义》卷一：“天子每日常朝，但有公孤无诸侯。”

句话的分量。1958年，他自从开钻，就和职工们一起摸爬滚打在井场，是个把井场当成家的人。当钻井工作进入正常轨道时，他累得实在熬不住时，就把头伏在膝盖上闭闭眼或者躺在钻杆上睡一会儿，这就是他当时最大的享受了。在他的带领下，全队创造了月钻井“五开四完”“六开五完”等新纪录，用八个半月的时间打井22口，实现了钻井进尺上双万米。1961年，他带领全队职工用九个半月时间打井28口，实现了钻井进尺31700米，超过了苏联格林尼亚功勋钻井队的水平，刷新了世界钻井进尺纪录。实现了全年安全生产无事故，使口口井质量合格，全年机械利用率达到99%，创造了全国中型钻机月完钻井数、月进尺、日进尺、班进尺、钻头使用、低成本等21项全国高纪录。

段兴枝，时任1206钻井队队长，是个“点子大王”，善于把冲天的革命干劲和严谨的科学态度结合起来，当时，被人们誉为“智勇双全的钻井队队长”。他带领职工大搞技术革新，把大钻机小鼠洞接单根的工艺移植到BY-40钻机上，提高了工作效率；同时首创了冲鼠洞的新工艺，在全油田和全国石油系统推广。为了克服拉运设备少、完井后等钻机搬迁的难题，段兴枝带领全队职工反复试验，创造了“钻机自走”的新方法。他们仅用了18分钟时间，在不用拉运设备辅助的情况下，就将钻机整体移动250米，并且安全准确地到达新井位……这在中国石油史上是一个创举，这一创举对大庆石油会战队伍提高劳动效率所起的作用是前所未有的。

薛国邦，大庆会战期间曾任大庆油田上第一个采油队队长。他领着采油队，开进了一片被芦苇淹没的沼泽地管理萨-66井。为取全取准这口油井的资料，薛国帮总在采油树跟前转来转去，摸摸这儿，听听那儿，看看压力，分析记录下来的数据。大庆油田就是从薛国帮接管的这第一口油井开始，首先取全取准了20项数据资料，准确地掌握了油层情况，为石油大会战的全面展开创造了条件。他工作勤勤恳恳，任劳任怨，从不计较个人得失和安危，曾多次冒着生命危险抢救发生事故的油井。有一次供油管线脱扣，他奋不顾身地用胸膛顶住喷着原油的管口，高压原油的强大压力打得他周身麻木。几乎失去知觉，但他以顽强的毅力，坚持到底，终于保住了油井。

朱洪昌，在大庆石油会战初期担任三大队一中队的中队长和督导员，负责承建17.2千米大口径、长距离输水管线。托管机履带板被钢丝绳卡住变形，如果不及时处理，施工进度就要受到影响。工人们用喷灯加热使钢板变直，可在操作过程中，喷灯喷油过多，机车四周顿时燃起大火。危急关头，朱洪昌脱掉衣服，冲上去奋力扑打，手和脸烧起串串燎泡。火扑灭了，他却被送进了医院。经过医生紧急治疗，朱洪昌脱离了危险，可刚刚有点儿好转的他又偷偷跑回工地指挥生产。

在那令人血脉偾张的创业年代，以王进喜为代表的“五面红旗”，不论哪一面“红旗”，都把爱国奉献深深融进了骨子里。“五面红旗”的故事，穿越半个多世纪，依然历久弥新、催人奋进，让人眼眶发热。[1]

老一辈的石油人心怀国家，为国分忧，为民族争气，用自己的血肉之躯撑起了新中国石油工业的脊梁。

（图片来源：西安石油大学铁人王进喜纪念馆）

浪淘沙令·五面红旗

五面红旗。东北莺啼。

日出天际晓晨曦。

王马段薛朱涌聚，神爽云低。

海汇云积。示范灵基。

北辰闪耀众星齐。

坤络四维张宇宙，天地祯祺。

注：灵基原意王业，此处指石油基业。南朝·梁·江淹《萧上铜钟芝草众瑞表》：“今懋历启图，灵基再固；顷岁以来，祯应四塞。”唐·张说《徐高御挽歌》：“公卿传世范，仁义续灵基。”

坤络，坤指乾坤；络指联络。此处指相互联系的万事万物。

四维在词中泛指时空。

祯祺意思是吉祥。《旧唐书·音乐志三》：“顾明德，吐正词，烂遗光，流祯祺。”

榜样引领　战天斗地

以王进喜为代表的新中国石油工人，从苦难的旧社会解放出来，在新社会表现出强烈的主人翁意识。王进喜率领的1205钻井队从1953年到1959年7年间，共完成钻井进尺71000

[1]《“五面红旗”红在哪儿》，《大庆日报》2022年1月29日。

米，等于旧中国1907年到1949年42年钻井进尺的总和。铁人王进喜在技术上肯钻研。他曾带领工友用20世纪40年代的老钻机，克服技术困难，打出全油田第一口斜度不足半度的直井，创造了用旧设备打直井的先例。他还与工友一起琢磨，实现了钻机整体搬家、钻头改进、快速钻井等多项技术革新，对改进钻井工艺作出了突出贡献。1960年7月1日被油田党委授予“工人工程师”的称号。“这困难，那困难，国家缺油是最大的困难”“我们有能力找到大油田，也一定能够开发好大油田”，以铁人王进喜为代表的中国石油工人和科研工作者，头顶蓝天、脚踏荒原，克服艰难困苦，挥洒激情，披肝沥胆建设大庆油田，为新中国的石油工业无私奉献，为国家的发展输送“血液”。

（图片来源：CCTV4）

工人工程师

翻身喜做主人翁，苦练勤学技术升。
整体搬家唯首创，钻头改进立新功。
泥浆压力体温计，钻井工人洞底松。
此事感恩新社会，改天换地不卑躬。

1960年4月11日在召开大庆油田技术座谈会上，石油工业部部长余秋里说：“玉门的王进喜队长，来到这里四五十个小时不睡觉，用人力把钻机抬了上去。为了工作，他自己买了一辆摩托车跑配件。这是工人阶级的高度觉悟，井队所在地区人民称他为‘铁人’……”从

（图片来源：西安石油大学铁人王进喜纪念馆）

战严寒

滴水成冰站钻台，
顶风冒雪地天白。
巍巍井架冬霜满，
莽莽荒原百草衰。

此，学“铁人”运动轰轰烈烈展开。工人们冒着零下40多摄氏度的严寒，战斗在滴水成冰的钻台上。学铁人见行动，钻井工人在冒雪打井。

从1960年6月1日大庆运出第一批原油，经过三年多的艰苦奋战，铁人王进喜和会战的战友们交出了可喜的答卷。1963年年底，大庆已开发建设了146平方千米的油田，建成年产原油600多万吨，当年生产原油450万吨，对我国实现石油的基本自给发挥了决定性的作用。1963年12月，第二届全国人民代表大会第四次会议召开，周恩来总理向世界庄严宣告：“由于大庆油田的发现和建成，我国经济建设、国防建设和人民需用的石油，过去大部分依靠进口，现在不管是在数量上还是在品种上，都已经基本自给了。”

1964年1月25日，在中南海会客室，毛泽东、周恩来、陈云、邓小平、李富春、李先念等中央领导同志听取石油工业部部长余秋里关于大庆石油会战情况汇报。汇报后，毛泽东主席说：“我看这个工业，就要这个搞法，向你们学习嘛！要学大庆！”1964年2月5日，中央发出《关于传达石油工业部〈关于大庆石油会战情况的报告〉的通知》，“工业学大庆”运动由此在全国展开。“大庆”成为中国工业战线的一面旗帜。

（图片来源：西安石油大学铁人王进喜纪念馆）

鹧鸪天·做铁人

高举红旗马列真。无私奉献醉春阴。

钻开黑土方知玉，吹尽黄沙始见金。

学大庆，做铁人。中华儿女梦同魂。

北国刹把今犹在，井场白杨绕瑞云。

注：井场特指铁人一口井的井场，为纪念铁人王进喜，20世纪70年代从玉门运来白杨树栽种在萨-55井场旁，现已绿树成荫，环抱着铁人一口井。

1964年2月13日，在春节座谈会上，毛泽东主席再次发出了号召，要鼓起劲来，要学解放军，学习石油工业部大庆油田的经验，学习城市、乡村、工厂、学校、机关的好典型。

据1964年的有关资料显示，这一年毛泽东主席对“工业学大庆”作出了23次讲话、批示、谈话，对大庆石油会战的成功探索、大庆石油会战所提供的宝贵经验和实践，给予了高度的肯定和赞扬。毛主席非常高兴，于1964年发出“工业学大庆”的号召。

1964年4月20日，《人民日报》在第一版《学习大庆经验，把革命干劲和科学精神结合起来》的通栏标题下，发表了记者袁木、范荣康写的长篇通讯《大庆精神，大庆人》。配发的编后语《崇高的榜样》中讲道：“大庆精神，就是无产阶级的革命精神。大庆人，是特种材料制成的人，就是用无产阶级革命精神武装起来的人。这种精神，这种人，就是我们学习的崇高榜样。”

华罗庚著名数学家，20世纪50年代后，致力于把数学应用于生产实际，倾力推广“优选法”“统筹法”，被誉为“人民的数学家”。在1972年12月曾写了一首《敬向王进喜同志学习》的诗篇，1973年5月28日，华罗庚教授到大庆讲统筹法。钱学森说，他的第三次激动是看到中央组织部把他和雷锋、焦裕禄、王进喜、史来贺一起，列为解放40年来在群众中享有崇高威望的共产党员优秀代表。他的激动不是因为个人的荣誉，而是因为得到了群众的认可。[1]他曾说：“当得知中央组织部把雷锋、焦裕禄、王进喜等和我并列为共产党员的优秀代表时，我心情激动极了，我现在是劳动人民的一分子了，而且与劳动人民中最先进的分子连在一起了。人民说我为国家、民族做了点事，就是最高奖赏！”

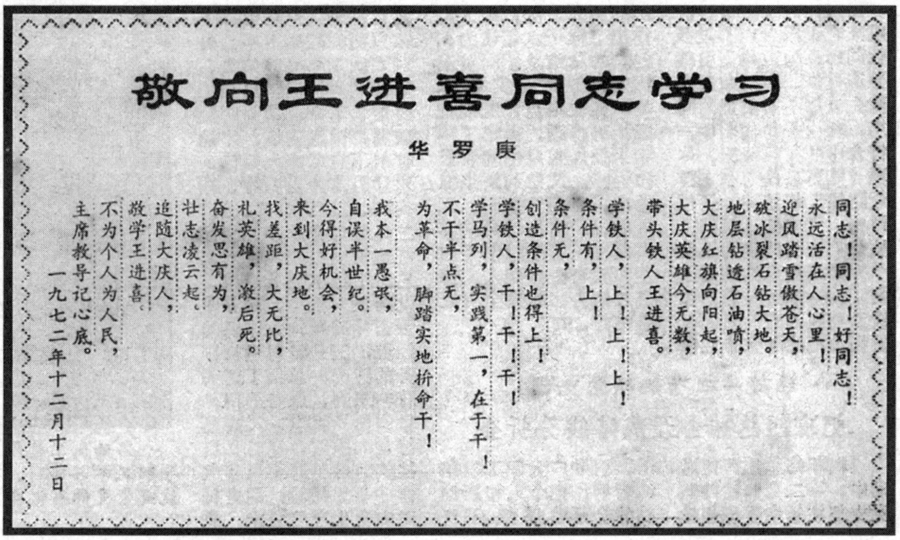

敬向王进喜同志学习

华罗庚

同志！同志！好同志！
永远活在人心里！
迎风踏雪傲苍天，
破冰裂石钻大地。
地层钻透石油喷，
大庆红旗向阳起，
大庆英雄今无数，
带头铁人王进喜。
学铁人，上！上！上！
条件有，上！
条件无，
创造条件也得上！
学铁人，干！干！干！
学马列，实践第一，在于干！
不干半点无，
为革命，脚踏实地拚命干！
我本一愚氓，
自误半世纪。
今得好机会，
来到大庆地。
找差距，大无比，
礼英雄，激后死。
奋发思有为，
壮志凌云起。
追随大庆人，
效学王进喜，
不为个人为人民，
主席教导记心底。
一九七二年十二月十二日

（图片来源：西安石油大学铁人王进喜纪念馆）

[1]《钱学森自述：我一生中有三个最激动的时刻》，昆仑策网，2021-06-17。

人物背景

1. 余秋里

余秋里（1914—1999），江西庐陵（今吉安）县人，中将军衔，中国共产党优秀党员，共产主义战士，无产阶级革命家，新中国石油工业的创建者，经济工作的杰出领导人，中国人民解放军卓越的政治工作领导者，国务院原副总理，中共第九届、十届、十一届、十二届中央委员，第十一届、十二届中央政治局委员，书记处书记，中共中央原顾问委员会委员、常委，中央军委原委员、副秘书长，中国人民解放军原总政治部主任。曾获二级八一勋章、一级独立自由勋章、一级解放勋章。余秋里在1958年2月至1965年2月期间，任石油工业部党组书记、石油工业部部长，与几万大庆人共同战斗，按照毛泽东思想和党的优良传统，组织大庆油田的开发和建设，为中国根本改变依靠“洋油”过日子的情况，为国家石油工业和国民经济的发展，作出了重要贡献。会战中，提出了“有条件要上，没有条件创造条件也要上”的口号，发现、宣传和培育了先进典型铁人王进喜。

2. 宋振明

宋振明时任第三探区党委书记兼指挥，先后任玉门矿务局运输处处长、采油厂厂长、大庆石油会战指挥部副指挥、大庆党委书记、石油化工部副部长、石油工业部部长、国家能源委员会副主任、中原油田会战领导小组组长等职。中国共产党第十届、第十一届全国代表大会代表，第六届全国人民代表大会代表；1990年6月13日于黑龙江省大庆市逝世，享年64岁。宋振明同志在石油部门工作38年，参加过我国第一个石油基地玉门油矿的建设，参加和领导过著名的大庆石油会战，是建设和发展大庆油田的领导人之一，是我国石油战线上的一位优秀的领导干部。他为新中国石油工业的发展，呕心沥血，艰苦奋斗，付出了毕生的精力，建立了不可磨灭的业绩。在大庆石油会战期间，宋振明同志常年在第一线组织指挥生产建设，亲身实践并身体力行“三老四严”“四个一样”的优良作风，培养“铁人”式的职工队伍。宋振明在临终前，坚决要求回到他魂牵梦萦的大庆。“生为大庆人，死为大庆魂。骨灰埋大庆，何须立碑文。”在生命的最后时刻，宋振明让他的战友们、工友们扶着他将当年与大家浴血奋斗的大庆会战场地一一重游，并在病榻上写下了著名的长篇叙事诗《万人广场作证》。

第六章

心系群众　廉洁自律

大庆会战是一部艰苦创业史，是一部辉煌的创业史。1960年初春的萨尔图地区，上面青天一顶，下面草原一片，人烟稀少。几万人的石油会战队伍一下子涌到这片荒原上，又是天寒地冻季节，吃住都很困难。余秋里部长深有感触，他回忆道："没有到现场，已经估计到有各种困难和矛盾；到了现场，才知道困难和矛盾比预料的多得多。"

1960年3月到5月，4万多人的石油会战队伍在短短3个月的时间里，一下子集中到荒无人烟的大草原上，居住条件十分困难。在如此严寒的地区，集中了众多的会战职工和大量的仪器设备，若没有可靠的御寒手段，就可能冻伤大批的职工，甚至会冻死人；也可能冻坏大量的仪器设备，甚至可能使会战陷入全局瘫痪。当时黑龙江省委第一书记欧阳钦向石油部的余秋里和康世恩建议，搞东北老乡那种"干打垒"。这种房子，一可以就地取材，二可以人人动手，三可以节省木材，四是冬暖夏凉。所谓"干打垒"，就是北方农村都有的、最简便的、用土作为原料建筑的房子。

1960年冬，天寒地冻，正是石油大会战最艰难的时候，几万人一下子来到千里冰封的大草原，不要说找油打井，就是衣食住行，也遇到数不清的困难。莽莽平原上一片荒芜，数万人的队伍面临着极为艰难的生活环境。刚开始，职工们只能住在牛棚、羊圈或者地窝子中；到了天寒地冻之时，住房问题就成了当务之急。按原先的规划，如果在油田盖砖瓦房，需要一年时间，花费6000万元。这对于处于困难时期的国家来说，是一笔不小的开支，而且还会耽误油田的开发进度。指挥部决定建设"干打垒"来解决居住问题。"干打垒"是东北的简易筑墙方法，在固定的木板中间填入黏土筑墙盖房。有着造价低廉，就地取材，施工简单的优点。

（图片来源：大庆油田"漫说"大庆精神，穿越去看干打垒）

唐多令·干打垒

干打垒墙头。万人争上游。六十年、砥柱中流。

家属职工齐上阵，历四月、意清遒。

浩气满神州。荒原壮志酬。忆今昔、一笑回眸。

雪雨风霜经岁月，终不悔、立千秋。

注：清遒即清新有力。元·刘祁《归潜志》卷五："诗笔清遒，字画严峻，为一时所称。"刘师培《论近世文学之变迁》："且江南之地，词曲尤工，哀怨清遒，近古乐府。"

从1960年6月起，大庆油田掀起了建筑“干打垒”的热潮。所有干部、工人上班采石油，下班盖“干打垒”，干得热火朝天。仅用四个月时间就盖成了65栋约30万平方米的“干打垒”，形成了群英村、解放村、友谊村等一个个“干打垒”建筑群，抢在入冬之前实现了“人进屋、机进房、车进库、菜进窖”的目标。这些“干打垒”房屋，都有火墙火炕取暖，用天然气做饭，电灯照明，并装有公用的自来水龙头，基本保证了生活需要，保证了石油大会战的进行。

油田职工面临的第二个生活问题是吃饭问题。因为生活物资供应滞后，整个油田连锅碗瓢盆、油盐酱醋都买不到。会战初期，每位职工一天的口粮只有五两米，这对于从事重体力劳动的石油工人来说无异于杯水车薪。许多在野外作业的工人经常靠野菜充饥，4000多人因饥饿得了浮肿病，以至于大庆盖的第一座楼房就是职工医院。但是油田职工发扬不等不靠精神，1962年以薛桂芳为代表的职工家属带头在平原上开荒种地，近3000名职工家属随后加入。当年年底，收获粮食33万公斤，基本上解决了“饿肚子”的问题。在会战工委的支持下，共产党员鄢长松等3名转业战士和5名职工家属，在两栋破牛棚里办起了缝补组。1963年，扩大了生产规模，正式办起了缝补厂，主要为生产前线修旧利废以及加工“两旧一新”棉工服。大庆石油人在党的领导下，就是在“困难的时期，困难的地区，困难的条件”下，集中兵力打歼灭战，采取了“边勘探、边开发、边建设”方针，在这片古老的黑土地上吹响了石油会战的号角。充分发挥独立自主，自力更生的优良传统，开启了战天斗地、充满激情的壮丽诗篇。

气壮山河的大庆石油会战，最终战胜了各种困难，取得了伟大胜利。在中国石油工业发展史上谱写了光辉夺目的篇章，取得了三大历史性贡献。一是大庆会战创造了巨大的经济价值，有力地支持了我国国民经济度过20世纪60年代初期严重的经济困难；二是大庆石油会战创造的集中兵力打歼灭战的会战模式，是在当时经济体制下对中国工业化道路的探索；三是大庆石油会战中形成的“爱国、创业、求实、奉献”的大庆精神、铁人精神和“三老四严”“四个一样”的优良作风，激励和培育着一代代石油人，成为中国石油工业发展的强大精神力量。铁人王进喜成为石油人的楷模，大庆精神成为石油人的共同价值观。

2017年，全国工业学大庆会议召开40周年之际，大庆油田文化集团展馆管理中心专题举办“珍惜荣誉　高举旗帜　开创未来——全国工业学大庆历史回顾展”。此次展览一共分为中央批准石油大会战、毛泽东发出工业学大庆号召、全国工业学大庆会议召开、中央科学概括大庆精神内涵及大庆就是全国的标杆和旗帜五个部分。展览以珍贵的文献资料、深入的史实研究、详尽的数据论证、丰富的图片实物，用清晰的脉络、准确的逻辑、客观的表述，首次系统真实、全景再现了全国工业学大庆运动的壮阔历程，梳理了大庆油田在国家不同历史时期勇立潮头的担当与贡献，寻觅了大庆听党话、跟党走，创造了中国石油工业发展之路，探索出了中国特色的新型工业化道路的坚定足迹，解读了“大庆就是全国的标杆和旗帜”的历史积淀与现实意义，表达了大庆石油人当好标杆旗帜、建设百年油田、弘扬大庆精神、推进振兴发展的信念与决心。[1]

方便生活　有利生产

1961年年初，大庆油田钻井指挥部成立了两个钻井大队，王进喜被任命为钻井指挥部生产二大队大队长。他带领二大队在一个叫“白玉生窝棚”的地方安营扎寨，还起了个新名字叫“解放村”。二大队刚组建时，地无一垄、房无一间，生活尤其困难。钻井二大队驻地离市镇比较远，工人和家属买粮、邮信、看病都不方便。1961年是三年困难时期最严重的一年，刚刚成立的钻井二大队生产生活极其困难。在王进喜看来，搞好生产就包含着必须搞好生活，于是暗下决心，无论如何也得让工人们先有个“窝儿”。当了大队长的王进喜带领工人们自力更生建起生活基地，当时急需解决的就是吃住问题，没房住，就和泥、脱坯、抹墙，盖起“干打垒”；缺少粮食吃不饱，就开荒种地。

经王进喜多方奔走，在二大队的驻地后来又相继办起了商店、邮局、储蓄所、托儿所、理发室、修鞋铺、公共浴池、卫生所、发电房、锅炉房、豆腐坊、养猪场，最后还建起了一座小礼堂。仅仅两年光景，王进喜带领职工和家属靠三间菜窖起家，硬是把荒原一片的二大队建设成了一个“工农结合、城乡接合、有利生产、方便生活”的钻井生活基地。在当时，这个生活基地甚至可以说是一座应有尽有、设施功能齐全的小镇。职工们的住房问题、缺粮问题、少菜问题、就医出行问题、子女上学问题等诸多问题都急需解决。为进一步改善职工和家属的生产生活条件，王进喜响应会战工委号召，发扬“南泥湾精神”，先解决吃住问题。

[1] 资料摘自：大庆油田微博，2017-04-17。

（图片来源：西安石油大学铁人王进喜纪念馆）

建基地

荒原一片起寒风，菜窖三间雨打棚。

创业唯坚基地建，生活改善众家兴。

今朝苦干埋头处，明日求实适意诚。

故道犹存花间醉，草庐不见蔓草生。

注：适意为适合心意。晋·葛洪《抱朴子·行品》："士有颜貌修丽，风表闲雅，望之溢目，接之适意……然心蔽神否，才无所堪。"宋·苏轼《上皇帝书》："小不适意，则有飞扬跋扈之心。"

草庐指简陋的草屋。《后汉书·周燮传》："有先人草庐结于冈畔，下有陂田，常肆勤以自给。"本处指当时建设的"干打垒"。

随着会战的进行，不少职工家属们也找来了。儿女找爸爸，媳妇找老公，老太太找儿子。那时王进喜当了大队长，有一辆吉普车，用来在油田各地跑井、开会。跑着跑着，在荒原上就会遇见来寻找亲人的老老少少。每次王进喜都停下车，让这些老人们上车，送他们到目的地。车里都坐不下了，他还要塞人。他对同行的同志们说："有啥事都先放一放，先给这些老人们办事情。"他说："屎一把尿一把地把你养大了，多不容易啊。他们来油田，都是来找子女来了，你不好心好意地伺候，这怎么行？"但是，随着家属大批量的到来，给原本生活窘迫的大庆油田职工的生活带来了巨大压力。

王进喜起早贪黑，带领职工和劳动家属开荒种地、烧砖割苇、盖"干打垒"住房，让职工和家属"吃饱肚子去会战""回来有个窝"。

钻井二大队刚成立时最缺的是房子，王进喜组织职工利用业余时间自己动手盖"干打垒"。当地自古流传一首民谣："萨尔图，三件宝，白芦苇，青羊草，沙土打墙墙不倒。"沙土打墙就是"干打垒"房子，它就地取材，筑法简单，冬暖夏凉，虽然低矮土气，却可以遮风挡雨。

王进喜觉得这个办法好，便请来当地老乡作指导，在打井任务极其繁重的情况下，还抽出一个钻井队组成基建队。起初从打井前线撤下来的钻工们，非常不情愿放下刹把去拿榔头，他们情绪低落。

建房子的事儿在当时是当务之急，必须马上提上日程，关乎职工们的住房和过冬问题。王进喜带着大家从指挥部运来了建筑材料，并召集全队在工地上，手里拿着这把木榔头，语重心长地说："同志们，可不要小瞧了这把木榔头，今年咱二大队过冬就全靠它了。你们知道吗？二大队十几个井队一多半住在牛棚、地窖、地窝子里，机关也只有几栋'木刻楞'，怎么过冬？家属来了没地方住，四五家挤在一间房里……咱们能看着不管吗？说句实话，我也不愿意离开钻台。手扶刹把一声吼，地球也要抖三抖，多痛快多威风啊！可眼下没有个窝怎么行啊，希望大家安心甩木榔头多盖'干打垒'。"接着他对两位队干部说："只要你们领着大家盖起房子，我就给你们叩头上香！"说完，他跳上土墙抡起榔头就一下一下地打起来。在队长的鼓励和带头下，工人们也都操起家伙一起干起来。

那一阵，解放村"干打垒"工地上，锤声阵阵，号子声震天，电锯声划破夜空……生产大院、生活大院、机关大院，慢慢地显出雏形。诚如歌中所唱："飞起你的夯，抡起你的锤，架上那木板打好桩，我把那泥土垒，一座座土房是大庆的里程碑。"过往的钻工们，看到那散发着泥土、原木、芦苇芳香的一栋栋新"干打垒"，个个心花怒放，充满希望。

到1961年年底，荒原出现了灿如繁星般的村落，袅袅的炊烟升上蓝天，让石油人在这片大油田上扎下了根。而王进喜所在的解放村基地，经过半年多的建设，也初具规模。夜晚，远处近处的采油井上，升起万点灯火，宛如天上的繁星；低矮的职工宿舍里，简朴的俱乐部里，不时传出阵阵欢乐的革命歌声，在沉寂的夜空中回荡。下图是王进喜组织钻井二大队的干部、职工、家属在建职工住房"干打垒"。

（图片来源：西安石油大学铁人王进喜纪念馆）

干打垒

盖房干打垒，群力克时艰。
四进目标定，千军少有闲。
职工发动早，干部干在前。
因陋就简策，照明取暖全。

注：四进指大庆油田会战指挥部提出要求，在冬天来临前"人进屋、机进房、车进库、菜进窖"的目标。

“干打垒”精神是大庆艰苦创业的“六个传家宝”之一，是石油会战的重要见证。到过延安的同志，看着眼前的一切，怎么能不想起当年闪亮在延水河边的窑洞灯火？有诗为证：“延安人人挖窑洞，今朝处处‘干打垒’。革命精神辈辈传，艰苦奋斗最光荣。”这首打油诗刊登在当时的《战报》上。“干打垒”在石油大会战中立了大功。它为4万多将士避风御寒，解决了住的问题，保证了石油大会战的顺利进行。王进喜带领干部职工因陋就简建基地，“干打垒”的房屋建成之后，解决了住的问题。为了防止屋顶因雨雪汇集而漏水，他组织广大干部职工对屋顶进行处理，一是用原油和黑土混合抹在屋顶，夏天防雨，冬季的积雪融化也不会渗透屋顶；二是屋顶钉油毡，既保暖又防潮防水。为了确保“干打垒”房屋保暖，王进喜又继续组织职工打草帘子，在门窗处加装草帘子，可以遮风避雨挡雪。王进喜带工人奋战，保证了会战职工的基本生活需要，成为“工农结合、城乡接合、有利生产、方便生活”的典范。

（图片来源：西安石油大学铁人王进喜纪念馆）

修屋顶

生产生活两手抓，修房修路顶呱呱。
上高下低榔头舞，挡雨挡风挡雪花。
福地为邻安乐户，洞天共筑太平家。
高歌一曲离人醉，此处曾经聚月华。

注：离人指离别或离开家园、亲人的人。晋·陶潜《赠长沙公族祖》诗：“敬哉离人，临路凄然。款襟或辽，音问其先！”宋·魏夫人《菩萨蛮》词：“三见柳绵飞，离人犹未归。”

月华指月光、月色。南朝·梁江淹《杂体诗·效王微〈养疾〉》：“清阴往来远，月华散前墀。”唐·张若虚《春江花月夜》诗：“此时相望不相闻，愿逐月华流照君。”

1961年，由于自然灾害，加之石油职工家属来矿的人数越来越多，大庆会战职工粮食短缺，最严重时“五两保三餐”。为了填饱肚子，家属们挖野菜填补主食。为了让工人吃饱肚子好会战，铁人王进喜组织人马自力更生，艰苦奋斗。面对诸多困难，王进喜不等不靠不绕道，秉承“只要思想不滑坡，办法总比困难多”，自己动手，开荒种地，大搞农副业。王进喜一刻也不闲着，住的问题解决了，他又开始操心吃的问题。对他来说，这没啥难的。这里的难题和玉门相似，不同的是这里是一马平川。他决定，马上种地！让队员没想到的是，王进喜拿起锄头来了一句，“我先比画一下……”习惯了比拼的队员不想在起跑线上落后。王进喜的一句话让摩拳擦掌的队员们泄了气，不满挂在队员脸上。“队长，咱谁不是种地出身，这点事儿还用教？再不快点一会儿就让别的队落下了。”王进喜没接茬，低头一边忙活，一边对身后的队员说：“看好了，我怎么种，一会儿严格按我这个样子来。不一样我就叫他返工。”看着王进喜认真的样子，队员们还是不以为然，胡乱应承着按照分工锄地、放种子。太阳西落，很显然，在种地速度上，王进喜他们落后了。这一次王进喜没有着急，在他心里，踏踏实实走好第一步，才能收获更多。

一转眼收获的季节到了，王进喜带着队员查点自己的收获，二大队当年收获粮食和蔬菜40万斤，给每个职工补助的粮食比全战区平均水平高出一大截，这个结果王进喜是满意的。让王进喜更为得意的是，有一天他接到了余秋里部长的电话。电话里，余部长声音爽朗：“听说你王铁人搞农副业也是第一名，好啊！我要去看看，好好表扬表扬你们。”

听说余部长要来“看看”，王进喜赶紧让人杀了一只二大队自己养的鸡，招待余部长。那顿饭有豆腐、豆芽、白菜。余秋里高兴地说：“真丰盛，像过年。这样抓就对了，石油工人不但要会打井、搞油，还要会种地、打粮，这不和当年的延安一样嘛。有了巩固的后方，前方才能打胜仗。”

（图片来源：西安石油大学铁人王进喜纪念馆）

积肥劳动

铁锹飞舞战寒霜，众志成城为米粱。
除草积肥新气象，开荒种地久辉光。
锄耕唯恐居人后，火种方能共我长。
塞外笳声难入夜，心魂始定不还乡。

注：笳声指胡笳吹奏的曲调，亦指边地之声。唐·钱起《送王相公赴范阳》诗：“代云横马首，燕雁拂笳声。”

唐·郑愔《送金城公主适西蕃应制》诗："下嫁戎庭远，和亲汉礼优。笳声出虏塞，箫曲背秦楼。"

心魂指心神，心灵。南朝·梁·江淹《杂体诗·效左思〈咏史〉》："百年信荏苒，何用苦心魂！"宋·苏舜钦《和菱溪石歌》："画图突兀亦颇怪，张之屋壁惊心魂。"

会战初期，钻井二大队的职工为了购买粮食要去十多千米之外的萨尔图，非常不方便。王进喜看在眼中，急在心上，他与大队部的领导商量，下大决心解决职工买粮难的问题。铁人王进喜经过多方联系，积极协调，破天荒地在钻井二大队的驻地办起了粮店，极大地方便了职工、家属生活。

（图片来源：西安石油大学铁人王进喜纪念馆）

办粮店

基地无粮店，奔波萨尔图。
齐心无远塞，聚力有通途。
革命热情起，工人干劲足。
生活无小事，日暖卷云舒。

20世纪60年代，大庆油田公路还很少，交通车也很少，职工出行基本靠步行，十分不便利。有一大，王进喜照例坐着自己的车去跑井。天还下着雨，眼看着天就要黑了，雨却丝毫没有停下的意思。泥泞的道路上，一顶黑色的雨伞正在坠落的雨点中迅速移动。透过车窗望去，一个身着工服的人，像一把剪刀豁开了淹过小腿的积水。等他到近处再仔细一看，他旁边还有一个抱着孩子的女人。

王进喜赶紧让司机把车停在他们身边，问"去哪？"夫妇俩看见是王进喜，像看见了救星。两人加紧脚步跑到王进喜的车前，半个身子探过车窗焦急地喊："老铁，孩子高烧。""上车！"

王进喜打开车门，夫妇弓着身子收起了雨伞，钻进车里。"快开！"王进喜一边嘱咐司机，一边问："这么急的事，怎么不跟队里要个车？"丈夫深吸了一口气道："雨太大了，从战区到医院又没有路，车开不出来，我们快走了一天了。”王进喜从后视镜看了看抱着孩子的女人。女人的脸始终挨着孩子的额头，噙着眼泪一言不发，脸上的水滴不断滑落，分不清是刚才的雨水还是女人的泪水；襁褓里的孩子连一声哭声都没有。

王进喜收回目光，对司机说了一句：“再快！”汽车尖叫着冲开封闭的雨帘，一路狂奔，终于停到了医院门口。女人抱着孩子冲下车，直奔医院。男人扭头匆匆说了一句：“谢谢你啊，老铁。”

王进喜不放心，跟着冲进医院，刚一进医院的门就听见女人撕心裂肺的哭声。男人抬头看见跟着冲进来的王进喜说：“时间太长了……”王进喜呆住在门口。外面铺天盖地的雨声也遮不住女人的哭泣声，一声声哭泣把王进喜的心搅碎了。他能想象到夫妇俩是怎样一步一步从泥泞小路走过来的，在雨中整整走了一天。他的心头涌上一团团酸涩的味道，手足无措地转过了身去，用颤抖的手指掠掉了腮边的水珠。

为了让职工安心会战，国家从北京调来了医生，成立了医院。那个孩子不是没有医生救，是因为没有路而耽搁了救治时间。为了这样的人间悲剧不再发生，王进喜下定决心修路，他组织干部职工修建了一条从八百垧到张铁匠村的砂石公路。通车以后，王进喜看到没有候车室，就动员“五七干校”的学员们，在张铁匠村和八百垧分别盖了简易候车室，为广大候车职工、家属遮风挡雨、防暑避寒。

（图片来源：西安石油大学铁人王进喜纪念馆）

盖候车室

修建砂石路，两地喜通勤。
小小候车室，融融凝炯心。
朝发八百垧，暮至铁人村。
春夏秋冬树，风花雪月云。

注：炯心指忠诚的心；光明的心地。唐·李白《感兴》诗之六：“高节不可夺，炯心如凝丹。”唐·杜甫《祭外祖祖母文》：“捧奠迟迴，炯心依属。”

王进喜在跑井时，看到冬天施工的一线工人的工服不保暖，大家经常挨冻。特别是钻井工人由于操作时动作大，加之工服裤腰不高、不厚，工人们常露着腰在工作。王进喜就一刻不停地跑到缝补厂，建议把职工的棉工裤后腰加高加厚；同时提议为了冬天施工保暖，给工人们做皮背心和皮护膝。缝补厂的领导采纳了铁人王进喜的建议，加班加点赶制加高加厚的棉工裤，及时送到一线职工的手中；同时按照铁人的建议，制作了大批皮背心和皮护膝，这些成了一线石油工人们的标配。

（图片来源：大庆网综合 2017-05-06）

改造工服

针线穿梭缝补情，裤腰加厚雪中行。

勤俭节约春色醉，衣冠保暖晚天晴。

工服改造人心暖，护具新成月夜明。

井架千重登望远，凭栏百丈又长征。

注1：护具指为了野外作业保暖，特别给石油工人制作皮背心、皮护膝。

铁人办学 利国利民

铁人王进喜纪念馆中，有这样一个场景让许多参观者肃穆而立：一座不大的土房里面，几张简易的课桌，铁人王进喜和4名小学生在亲切交谈，这就是前身为“土窝窝”学校的大庆油田第一所小学——钻井二大队小学，也就是后来的铁人学校。

1961年，会战职工家属陆续来到油田。钻工子女没处上学，整天在荒原上玩耍，他内心焦急、难受、自责。“让广大油田子女去上学，让每一个娃娃都有书读”是当时油田办学最朴素的宗旨。职工孩子上学成了王进喜最惦记的事。在跑井的时候，王进喜经常能看见在油田小路上疯跑的孩子。看见王进喜的车经过，孩子们通常站在路边露出笑容，这笑容落进王进喜的眼睛里，却像锥子一样。淘气的孩子追着王进喜的车喊：“老铁，老铁……”王进喜叫司机停下车，“你们认识我？”一个拖着鼻涕的孩子说：“认识，你是老铁，是战区的大英雄。这是我的弟弟妹妹……”孩子很大方地介绍着。“你们跑出来，爹娘知道吗？”王进喜弯下腰问。“不知道，爹娘跟你一样都在会战。我带着弟妹出来玩儿，老铁，让我们坐坐你的车吧……”孩子们嬉笑着，王进喜却灵魂出窍般呆滞了，一张张脏兮兮的小脸绽放如此美丽的笑容，看起来幸福又知足。王进喜想起自己，他曾经大字不认识一个，硬是从头开始学习了“两论”，这才开了眼界。可我们的下一代是未来的主人，不能是睁眼瞎！不能让孩子重走先人的老路，孩子们应该站在先人的肩膀上走得更远。铁人王进喜十分重视教育，看到钻井职工子女没处上学，只能在荒原上玩耍，就会想起小时候没能念书，成了睁眼瞎所受的苦。为此他心情很沉重，深感自己这个大队长没当好。他对大家说：“种庄稼耽误了是一茬子，教育孩子耽误了是一辈子。我们再困难，也要先把这件事办好。”大家听了，都表示支持他的意见。

1961年6月，为了解决会战职工子女上学难的问题，铁人王进喜亲自带领工人在解放村附近挖了一个面积5平方米的土窝窝，支起一顶帐篷。王进喜和其他大队领导研究，安排专人逐一落实老师、教室、桌椅和黑板。没有桌椅，铁人带领大家垒起3个土台子，搭上木板当课桌，学生自带凳子上学；没有教师，铁人多次和钻井指挥部干部科联系要人，请来3名工人当教师；没有教材，铁人组织工人编写；没有体育器械，铁人从钻井队背回粗绳给学生拔河用……最初这个学校只有7名学生，分4个班级。学校一面临公路，一面是草原，学生到处乱跑不安全，王进喜叫基建队用铁丝网围起一道墙。油田工人看着孩子们像小鸡儿一样站在一起，就开玩笑说：“这哪是学校啊？好像个鸡笼子。把这个还没命名的小学干脆就叫‘鸡笼子小学’。”王进喜说：“管它鸡笼子、鸟笼子，只要娃娃们有学上就行！”

（图片来源：大庆铁人王进喜纪念馆）

鸡笼子小学

土台木板课桌横，亲为校长讲人生。
鸡笼玩笑师资少，蚁穴求真意气铮。
老铁诚心谋教育，儿童笑口问栽成。
紫云旭日来灵气，西落斜阳映晚红。

注：栽成原意裁剪制成。如《文选·谢瞻〈张子房诗〉》：“神武睦三正，裁成被八荒。”引申为栽培，教育而成就之。清·汪弘隆《寄谢同门曹翼宸》诗：“岂信质分薄，栽成寡良师。”

王进喜担任第一任校长，亲自给孩子们上了开学第一课。他回忆了旧社会的苦难，讲了文化低的弊端，最后深情地对孩子们说：“娃娃们，我们不要嫌人少条件差，一定要跟上老师好好学习文化，长大了做一个有知识、有本事的人，不要像我一样，一写字就打叉叉，画圈圈。”他教孩子们的第一个字就是“人”字，告诉孩子们做人的道理。他用浓重的西北话领读：“人，工人的人；人，高尚的人！”随后，他带人盖“干打垒”建起了第一所由基层大队成立的职工子弟小学。教室搬进“干打垒”以后，他发现采光不是很好，就叫人在房顶开天窗；天窗漏雨，又堵上天窗安了个大灯泡；大灯泡太刺眼，大队买了日光灯管，他叫电工先给学校安装上。在会战时期“评功摆好”时，有人写诗称赞铁人办学：“心中唯有责任感，铁人队长有高招。办个学校像鸡笼，钻工打井干劲高。”就这样，大庆石油会战的第一所基层大队职工子弟小学帐篷小学——钻井二大队小学诞生了。这是大庆第一所由大队一级办起来的职工子弟学校，该职工子弟小学1968年曾经改名为“管子站小学”。1970年11月，铁人逝世后，大庆油田党委为了纪念铁人王进喜，将学校改为“铁人学校”。铁人王进喜办学，也成了大庆油田办教育的开端。

（图片来源：西安石油大学铁人王进喜纪念馆）

子弟小学

子弟小学校，垂髫儿女来。
休嫌棉瓦破，应笑子识白。
历历晴川树，煌煌碧汉开。
草堂秋色好，此处有奇才。

注：垂髫指儿童或童年。髫，儿童垂下的头发。《三国志·魏志·毛玠传》：“臣垂齠执简，累勤取官。”晋·陶潜《桃花源记》：“黄发垂髫，并怡然自乐。”清·戴名世《姚符御诗序》：“符御与余垂髫相识，稍长，各游学四方。”

识白取自《老子》第二十八章：“知其白，守其黑，为天下式。”意思是对是非黑白，虽然明白，还当保持暗昧，如无所见。虽然守在黑暗中，但心中有光明，知道光明一定会来到的意思，教人在绝境中勿绝望，守得云开见月明之意。本诗中识白是指认识文字，进而明白做人做事的道理。

廉洁奉公　自立家规

王进喜对自己和家人要求非常严格，家中有10口人，弟妹子女都要上学，为了维持全家生计，他叫老母亲管账，精打细算过日子。他说："咱们工作要高标准，生活要低水平。"他从自身做起，省吃俭用，吃最简单的饭菜，穿最便宜的衣服，还要省下来钱资助队里的困难职工。王进喜可以享受每月30元的"长期补助"，但他自己从来不花，而是把这些钱都补助给了困难职工，连大队派人给他家送去的猪肉和面粉，他都一律拒收。

王进喜当上大队长后，领导的部门多了，手中有了一定的权力，找他办事的人也多了。组织上考虑要照顾一下日夜奔忙、顾不上家、更顾不上自己身体的王进喜。在这种情况下，王进喜同母亲商量后对全家定下一条家规："公家的东西一分也不沾，有谁送东西，一样也不准收。"这条家规被全家人一直严守着。王进喜的母亲身体不好，有的干部工人就想法给弄点儿羊肉和土特产送到家里，王进喜一概谢绝。对于极个别的实在不好拒绝的，事后他一定会把钱补给人家。

（图片来源：西安石油大学铁人王进喜纪念馆）

立家规

律己紧三尺，一分也不沾。
家规严似铁，守诺重如山。
公正无私语，廉洁自律言。
和风吹细雨，白日暖荒原。

会战工委和各级党组织都想尽办法对困难职工给予补助，像王进喜这样的情况可以享受每月30元的"长期补助"，但王进喜自己从来不领，他把这些钱都补助给困难职工了。大队派人给他家送去猪肉和面粉，他都一律拒收。工人们想把他家铺炕用的苇草换成席子，他老母亲也不让。王进喜对钻工关心有加，工人的事就是天大的事，他一定会想方设法解决。有一天，当一个钻工的家属突然出现在油田的时候，王进喜还在琢磨盖房子的事儿。当那位钻工站在王进喜面前时，却是等着他解决户口和粮食关系。王进喜听完来意，张嘴就骂："你个驴日的。你连招呼都不打就把家属接来了。滚蛋，赶紧把人安顿下。"钻工不死心，继续问："那咋办吗？"王进喜不耐烦道："滚！滚！滚！赶紧滚！"说完，门在他身后砰的一声摔上了。下午，这个挨过一顿骂的钻工再看到王进喜的时候，又领了第二顿骂："你个驴日的，给！"钻工低头一看，正是自己家属的户口和粮食关系。❶

王进喜甘愿一辈子当党和人民的"老黄牛"，树立了廉洁奉公、无私奉献的公仆形象。在困难时期，粮食定量，铁人王进喜就叫爱人王兰英把麸皮面炒好，出门时随身背上，走到哪个队，遇上开饭时间，抓把炒面用开水冲一缸子，就是一顿饭。队干部和工人们看不过眼，打来饭菜让他吃，他一筷子都不动。他说："粮食一人一份。我吃掉了，你们吃啥？"有时干粮袋没在身边，他就借故离开，饿上一顿。时间长了，工人们都说："铁人上井三件宝：笔记本加炒面袋，还有一件羊皮袄。"在五一万人大会上，铁人王进喜背"炒面袋"上井事迹受到康世恩总指挥的高度赞扬，号召石油会战工人发挥艰苦奋斗、吃苦耐劳的革命的传统。

王进喜对己公正无私、廉洁自律，但他却心存百姓，总是千方百计为职工家属解决落户和就业困难。自己的妻子转正的事，从玉门老家来的亲戚找他给安排工作的事，他一件也没给办。王进喜的妻子王兰英在玉门的时候就是"长期临时工"，相同情况的家属来大庆后基本都转为正式工了；而王兰英一直没转正，被王进喜安排在二大队烧锅炉、喂猪。有人劝他给王兰英调岗，王进喜说："喂猪咋了？有啥不好！能把猪喂好也不错，一样都是革命工作。"从玉门老家找来的侄子、外甥他也不管，没有给安排招工指标；反倒是给不少工人家属办了户口和安排招工。

（图片来源：西安石油大学铁人王进喜纪念馆）

无我利人

钻工生产忙，落户跑无妨。

就业先家属，亲朋靠两旁。

心怀万众苦，身绕百花香。

秋雁南归去，野梅北傲霜。

❶ 宋明珠：《三代铁人英雄谱｜愿得此身长报国——铁人王进喜》，《中国作家》2021年第6期。

王进喜患有严重的关节炎，上级给他配了一台威力斯吉普车，但王进喜很少坐，而是用来给井队送料送粮送菜，拉职工家属看病，甚至职工的孩子也可以乘坐、开洋荤，这辆车完全成了地地道道的公用车。钻井二大队全大队上下都知道上级配给王进喜的那台小吉普车，“干部能坐，工人能坐，甚至顺路的陌生人都能坐，唯独王进喜的家人不能坐”。油田来了秦腔剧团，老母亲想去看戏，也是坐板儿车去的。

无论春秋寒暑，位于大庆油田的铁人王进喜纪念馆里，来自全国各地的参观者总是络绎不绝。尤其是陈列在纪念馆第三展厅中的一幅画前，总是成为无数参观者久久驻足之处。“铁人的老母亲生病，是他的大儿子用自行车推着奶奶去的卫生所看病，而在他们身旁几米远，就是组织上配给王进喜的吉普车”，每每听讲解员讲解到此，参观者无不被铁人廉洁自律、公私分明的事迹所触动，有人沉思，有人落泪。[1]

（图片来源：西安石油大学铁人王进喜纪念馆）

专车公用

吉普本专车，无衣更作罗。
拉粮兼送料，病母伴白鹅。
世有亲疏理，家规自律苛。
为公犹恨少，奉献不嫌多。

注：无衣是诗经中的篇名，即《秦风·无衣》：“岂曰无衣？与子同袍。王于兴师，修我戈矛。与子同仇！岂曰无衣？与子同泽。王于兴师，修我矛戟。与子偕作！岂曰无衣？与子同裳。王于兴师，修我甲兵。与子偕行！”

作罗，制作轻软的丝织品；罗为丝织品，本诗中指工服。宋·张俞《蚕妇》：“昨日到城廓，归来泪满巾。遍身罗绮者，不是养蚕人。”

1960年4月29日，天蒙蒙亮，王进喜在井场上指挥工人放井架“搬家”，忽然一根几百斤重的钻杆滚下来砸伤了他的腿，王进喜痛得昏了过去。等他醒过来一看，井架还没有放下，

[1]《看铁人王进喜如何公私分明》，中国纪检监察杂志网，2020-11-02。

几个工人在围着抢救他。王进喜急了，对大家说：“我又不是泥捏的，哪能碰一下就散了？”说完，猛地站起来，举起双手，继续指挥井架，鲜血从他的裤腿和鞋袜里浸了出来。王进喜在井场受伤后，要求大家保密，并带伤参加“五一”万人誓师大会，回到井场坚持指挥生产。

一天，还是被检查工作的宋振明指挥发现，宋指挥望着他肿起来的右腿，心痛得流出了眼泪，派人强行把王进喜送到萨尔图人民医院。王进喜住进医院后，心里惦记着队上的生产。没过半天，他趁医护人员不注意，偷偷回到井场。医生跟着追到了井队，逼他回院治疗。王进喜笑着说：“人又不是泥捏的，哪那么娇贵。再说，干惯活儿的人躺不住。”

王进喜不守院规，经常偷偷从医院跑回井场，工友劝、医生找都不管用。领导知道后，把他送到150千米以外的齐齐哈尔住院，就这样也无法阻止他半夜冒雨跑回井队。

望着队长腿上的纱布沾满泥水，大家都心疼得哭了。王进喜说：“你们别急，我挺好的。这里是高压区，容易井喷，我坐着看你们干，觉得安全放心！”铁人也是血肉之躯，长期艰苦劳作严重损害了身体健康。

1960年，余秋里部长强行让王进喜到北京进行全面体检，医生说王进喜病得很重，交给他一张休息疗养3个月的病假证明。王进喜偷偷在长安街上把病假条撕掉，没有告诉任何人自己的身体状况。

1961年5月下旬，由于劳累过度，王进喜患了严重的胃病和关节炎，医生让他休息，他不听。大庆会战指挥部指挥康世恩得知这个情况，强制让他去北戴河疗养。

1961年5月20日，王进喜来到北戴河疗养，这次疗养期为3个月。在疗养院，王进喜想着生产吃不好、睡不安，在疗养院，他只住一个多月就跑回了油田，回到工作岗位。这次去北戴河疗养是铁人一生唯一的一次疗养。下图为王进喜在北戴河疗养时在姜女庙望夫石前留影。

（图片来源：西安石油大学铁人王进喜纪念馆）

望夫石留念

北戴河东海，凤凰山上诗。

前瞻姜女庙，后顾望夫石。

大庆鸡鸣早，祁连日落迟。

油田忙会战，万里动归思。

注：北戴河姜女庙又叫贞女祠，位于山海关城东约6千米的凤凰山上，相传始建于宋朝以前。孟姜女的故事是中国民间四大传说之一，后人景仰孟姜女的忠贞，感叹她的忠烈而建此庙。相传当年孟姜女寻夫来到这里，由于天色已晚，城门已经关闭，孟姜女无法过关，只好站在这块石头上往远处望，希望能够看到自己的丈夫。可是夜色茫茫，她什么也看不见，于是她焦急地站在石头上来回地走来走去，没想到一夜之间，她的脚印都深深地印到了石头里。后人为了纪念孟姜女的真情，便给这块石头起名“望夫石”，上面这三个大字由顺治年间山海关通判白挥所题。相传孟姜女寻夫哭至卫辉池山段长城，感动天地，哭塌长城，露出丈夫尸骨。反映了人民对封建暴政的痛恨和对自由幸福生活的渴望与追求。此处一副对联“海水朝朝朝朝朝朝朝落；浮云长长长长长长长消”被称为天下第一奇联，虽然表面看是文字游戏，却包含着人生哲理，让后人产生无限遐想。

第七章

识字搬山　勤学两论

会战初期，条件极其艰苦。国内正值三年困难时期，吃不饱饭；国外实施技术封锁，孤立无援。在东北松辽平原发现了石油。但是石油具体的面积、储量还是个未知数，为此集中兵力打歼灭战，采取边勘探、边开发、边建设的战略方针。面对重重矛盾和困难，靠什么来解决？当然是靠党的理论，毛泽东思想。解决什么？统一思想、坚定信心。毛泽东所著的《矛盾论》和《实践论》是公认的马克思主义辩证唯物主义哲学中国化的两部最著名的经典之作。大庆油田，“两论”起家，是会战大军拿下大油田的取胜之道。从军心不齐、调度混乱，到行伍严整、勠力作战，全体将士们用它来武装思想，拼命也要拿下大油田。为什么要学“两论”，因为当时乱不仅生产乱，思想也乱。会战刚开始，几万人的队伍一下子涌到仅有几处牧场、几百户人家的萨尔图草原，人和物资几天都疏散不开。职工队伍思想上也存在怕艰苦、怕受累、挑工种、讲待遇的情况。如果这些思想作风不解决，大会战就会真的变成大混战，好油田也得建成差油田。

1960年4月10日，石油部党组和会战领导小组以石油部机关党委的名义，作出了《关于学习毛泽东同志所著〈实践论〉和〈矛盾论〉的决定》，并且号召非党员职工都来学习这两本著作，用这两本著作的立场、观点、方法来组织石油大会战的全部工作。余秋里半天工作，半天把自己关在屋子里，学习《矛盾论》《实践论》，并要求会战领导小组的同志也要学习。几天后，会战领导小组一致认为，将油田以最快的速度开发好，就要在实践中摸索规律，找到规律按规律办事，就要抓住主要矛盾，解决主要问题。同时强调，学习“两论”，不能停留在一般性的号召上，要由党的组织作出正式决定，对党员、团员和干部群众提出明确要求。4月13日，在战报（大庆战报）创刊号上全文刊载了石油工业部部长余秋里一字一句修改过的《关于学习毛泽东同志所著〈实践论〉和〈矛盾论〉的决定》，这是大庆石油会战中的第一个决定。会战工委关于“两论”学习的《决定》下发后，全战区掀起了轰轰烈烈的学“两论”热潮。一时间，干部读，技术人员读，工人也读，有文化的读，没文化的就听别人读。最有名的要数“篝火学两论”的故事了，每到夜幕降临，人们便围着篝火学习。

识字搬山　苦学文化

在十五岁的时候，王进喜为了生活进入了玉门油矿，他的家人曾经想过要让他去读书，他自己也曾经想要去学习文化，由于旧社会的苦难，铁人没有上过一天学。

1950年春天，王进喜通过考试成为新中国第一代钻井工人，参加了玉门油田举办的识字扫盲班。当了贝乌5队的队长之后，他越发感到文化的重要性。没有文化，工作上寸步难行，王进喜暗下决心从认字开始，刻苦地学习文化、学习技术。一开始困难很大，他立下愚公移山之志，用卡片、画符号等办法识字，以“识字搬山”的顽强意志攻克了“文化关”。没过多久，他就能顺利读书、看报了。

新中国成立后王进喜成了国家的主人，而且还当了干部。他深知自己的文化知识和专业技术水平与承担的繁重任务有很大差距。他如饥似渴地刻苦学习，一边学文化，一边学专业，一边学毛主席著作。用铁人的话说：“我学会一个字，就像搬掉一座山，我要翻山越岭去见毛主席。”

由此可知，铁人学习的难度有多大，决心有多大，毅力有多大。由于铁人锲而不舍，苦钻苦学，他的文化、专业技术和政策理论水平提高又大，进步又快。他能看书读报，写心得，作记录，还被破格晋升为钻井工程师。他的演讲能力强，政治水平高，不但经常给干部和群众讲话，而且还多次登上讲台，甚至应邀到首都高校给教授专家和大学生们作报告，讲得十分精彩。所以，铁人精神也是识字搬山的苦学精神。[1]

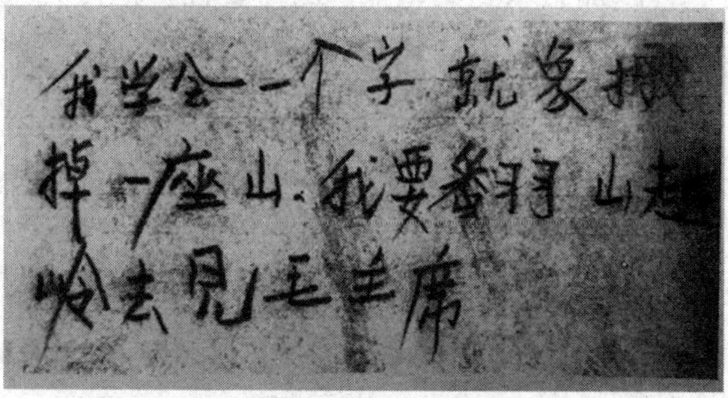

（图片来源：中国石油官微 2019-12-09）

折桂令·识字搬山

贫穷苦难童年。文化奢求，解放情欢。
皑皑祁连，灼灼大庆，戈壁荒原。
孤影青灯夜寒。众贤红日春烟。
学海无涯，识字搬山，月树高轩。

注1：月树指月中桂树。唐·卢照邻《益州至真观主黎君碑》：“栽松莳柏，与月树而交轮；刻角雕甍，共星楼而接翼。”唐·李峤《乌》诗：“联翩依月树，迢递绕风竿。”

注2：高轩指高车，贵显者所乘，亦借指贵显者。南朝·陈·徐陵《与杨仆射书》：“高轩继路，飞盖相随。”金·刘迎《上施内翰》诗：“正以高轩肯相过，免教书客感秋蓬。”明·李东阳《得文敬双塔寺和章招之不至四叠韵奉答》：“浡险真停疋马迎，情深屡枉高轩顾。”

[1] 徐俊德：《精神家园·铁人精神研究论文》，中央文献出版社2013年版，第8页。

随着“两论”的深入学习，王进喜越发感到自己的文化水平太低。学习实在是困难，简直就是一种痛苦。但王进喜决心要过文化关，他如饥似渴地学习科学文化知识，用科学的理论指导工作。他深感没文化开展工作困难，拜机关干部为师，抓紧一切机会学文化。为了学认字，王进喜开会硬着头皮记笔记，在笔记本上面画满了一些类似象形字的符号。

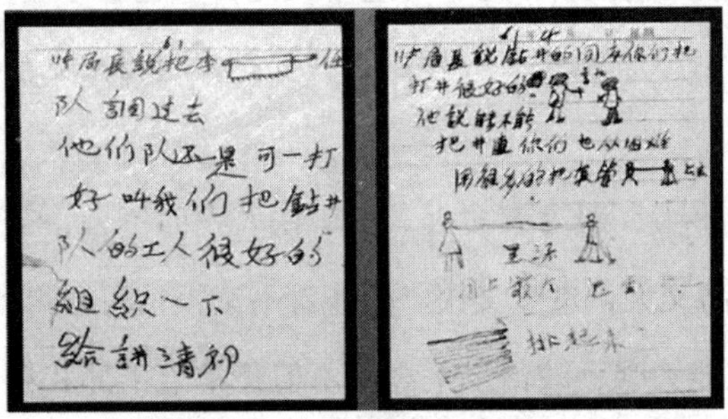

（图片来源：西安石油大学铁人王进喜纪念馆）

勤　学

缘由文化低，画字创神奇。
技术交流会，科学进步梯。
天高云去远，草绿月来急。
油海无涯路，思贤自奋蹄。

当了钻井指挥部生产二大队大队长后，王进喜越加意识到文化知识的重要性。他拜大家为师，请他们帮助自己学认字、学毛主席的著作。团总支干部卢泽洲、行政秘书廖兴礼、生产部技术员明清碧和刘显义等，都曾当过王进喜的文化教员。

1965年，他已经读完了《毛泽东选集》一至四卷的大部分文章，还写了一些心得体会，其中一些文章学习过多遍，有的多达二三十遍。为人的理论和思想在他身上起到了潜移默化的作用，其中最为深刻的还是在人生观方面的变化。在学习《在延安文艺座谈会上的讲话》后，他对大家说：“毛主席教导我们要学习鲁迅，当‘孺子牛’。我从小放过牛最摸牛的脾气。牛吃草，马吃料，牛的享受最少，出力最大。我也要当一头‘孺子牛’，不过不是给自己儿子当，而是按毛主席教导的，给无产阶级和人民大众当。我甘愿为党和人民当一辈子老黄牛，艰苦奋斗一辈子！”[1]

1966年5月，周恩来总理第三次来到大庆，对于大庆油田工人学习毛主席著作，学习

[1] 陈立勇：《铁人精神　艰苦创业写忠诚》，《中国教育报》2021年7月1日第72版。

“两论”给予了充分肯定。他当着随行记者，满怀感情地背诵起大庆工人写的诗：“没有经验靠实践，遇到困难学毛选，专家大家是一家，排山倒海力量大。”周总理背诵的这首诗，不但是当时大庆工人学习“两论”的生动写照，也说明大庆人学习“两论”的深度和广度，体现了那个时期大庆人用“两论”武装头脑的思想成果。当年的许多新闻报道都提到“大庆人有文化，工人讲起话来都像知识分子，知识分子干起活来都像工人”，说的就是当年大家学“两论”的一种状态。

（图片来源：西安石油大学铁人王进喜纪念馆）

醉花阴·熬夜读书

自晓学习增智慧，钻井水平睿。
忙里又偷闲，毛选勤读，浅饮书香醉。
求教能人传技术，莫道光阴倍。
滴水竟穿石，铁棒磨针，瀚海天云汇。

王进喜拜机关干部为师学习文化，拜技术人员为师钻研钻井技术。每天，王进喜把不认识的字画在纸上，随身携带，一有空就拿出来向工友或者身边的文化人请教。无论平日工作多忙，他都要挤出时间学知识，学钻井理论，学“两论”学“毛选”，一学就学到了深夜。甚至有人开玩笑道：“你又不是学生，干吗那么认真？”他回答道：“学习也像打井一样，井要一尺尺地打，字要一个个地认，不认真哪行？”

铁人王进喜就是靠着无比的热情、顽强的毅力、刻苦的学习，翻越过文化关，翻越过理论山，在思想上见到了毛主席。铁人王进喜不断学习毛主席的著作，使自己的世界观、人生观和价值观上升到了一个新高度。

（图片来源：西安石油大学铁人王进喜纪念馆）

忆秦娥·学文化

常备纸。长身自带书生气。
书生气。日积月累，持守非易。
帐篷妙笔多增智。井边故道勤学技。
勤学技。北风呼啸，学海游弋。

注：长身指竹。宋·苏轼《题过所画枯木竹石》诗之三：“惟有长身六君子，依依犹得似淇园。”清·钱谦益《题画竹》诗之二：“年来小劫如风雨，赖有长身共岁寒。”

持守指坚持操守。宋·董弅《闲燕常谈》：“圣意匪独俛同韦布之士，留神经术，仰见竞竞图治，不安持守之深意，天下幸甚。”清·魏源《杨子慈湖赞》：“龙溪持守不如敬仲真，希元、悟修皆非敬仲之匹。”宋·朱熹答符复仲：“且就此持守，自见功效，不须多疑多问，却转迷惑也。”

妙笔指书画或文字的高手。宋·梅尧臣《观杨之美盘车图》诗：“子虔与贤皆妙笔，观玩磨灭穷岁年。”元·虞集《题范德机诗后》诗：“玉堂妙笔交游尽，投老江南隔死生。”

勤学两论　统一思想

理论学习激发干事创业热情，大会战锻造出大庆精神、铁人精神。大庆的干部职工们读

（图片来源：西安石油大学铁人王进喜纪念馆）

天下乐·学两论

井场站旁玉雪润。野地里、学两论。
松辽平原放眼韵。谁来试、解决疑问。
月似水、夕阳竟不困。月似水、坚如盾。
热情似火千古训。在心头、多振奋。

注：玉雪指白雪。南朝·梁·萧统《锦带书十二月启·黄钟十一月》：“形云垂四面之叶，玉雪开六出之花。”宋·杨万里《送邹元升归安福》诗：“我昔见子卢谿南，炯如玉雪照晴岚。”明·杨慎《谢同乡诸公寄川扇》诗之二：“自觉金风爽仙驭，谁将玉雪洒人寰。”

原著、学原文、悟原理，自觉把学习政治理论、组工传统、业务知识与工作实际结合起来，知行合一、学以致用。会战大军仅用3年时间就拿下了大油田，一举改变了我国石油工业落后的局面，把“中国贫油”的帽子甩进太平洋。王进喜文化不高，但爱读毛主席的书。他组织1205队职工认真学习“两论”。通过认真学“两论”，他认识到：“这困难，那困那，国家缺油是最大困难；这矛盾，那矛盾，国家没油是最主要矛盾。”朴实的语言却闪烁着冲天的豪气和智慧的光辉。

全战区出现了“晴天一顶星星亮，荒原一片篝火红；人人手里捧毛选，‘两论’学习方向明”的动人画面。当时的学习之风极盛，工作之余的闲暇时间大家都在学习，边学边议成了很常见的事情。以“两论”为指导，统一思想认识，组织各项工作，大庆石油会战在学习“两论”的热潮中全面开展起来。“两论”的学习，为取得会战的最终胜利奠定了坚实的思想基础。

（图片来源：西安石油大学铁人王进喜纪念馆）

《创业》插曲歌词摘录

晴天一顶星星亮，
荒原一片篝火红。
石油工人心向党，
满怀深情望北京。

职工白天上班时把“两论”带在身边随时学，晚上则集中学习。“两论”的学习，让参加会战的将士们获得了一个目标、一种梦想、一份力量，也让他们看到了实现理想的指路明灯、奋斗指向。从那个时候起，“两论”已经深入会战职工的内心，增强了大庆职工战胜困难打好会战的决心和信心，并且一直延续至今。广大干部职工认真阅读学习《矛盾论》《实践论》，所取得的成效也越来越显著。大家都讲：“我们的会战是靠‘两论’起家的。”“两论”就是大庆油田会战指挥者为会战大军找到的一个思想武器，依靠“两论”起家的大庆油田，由此探索出了一条自主开发的道路。石油大会战的辉煌胜利和大庆油田的发展历程都雄辩地证明，这一决定不但正确，而且它的意义极其重大和深远。石油部给每个工人配送了毛泽东所写的《实践论》和《矛盾论》，形成日日学习的制度。当时的石油部部长余秋里提出："毛泽东思想是我们全部工作的指针，'两论'是会战的灵魂。这两篇文章一定要很好地读，反复地读。读了毛主席的著作，就会感到头脑清醒，浑身是劲，就有办法；离开了毛泽东思想，就什么事情也搞不成。""两论"起家是大庆油田基本经验的灵魂，也是大庆油田独有的经验和做法。学"两论"是石油大会战的一个辉煌起点。在"两论"指导下，石油大会战开始了新的征程。

（图片来源：西安石油大学铁人王进喜纪念馆）

柳含烟·矛盾论

人如铁，立荒原。芦苇葳蕤负雪。
有无条件战冬寒。鼓征帆。
老虎绣花矛盾论。振臂高呼传信。
春风早度玉门关。柳含烟。

注：老虎绣花出自"猛如老虎，细如绣花"。大庆石油会战一开始，会战工委就强调，拿下大油田在于狠，开发大油田在于细；讲干劲要猛如老虎，讲细劲要细如绣花。

"识字搬山"是指铁人王进喜在会战时期积极主动学习，勇于战胜学习中遇到的困难和挑战而形成的一种学习能力。结合知识经济的要求，发扬铁人"识字搬山"精神，归纳了"自我超越、与时俱进的刻苦学习精神"；结合经济全球化的形势，践行铁人"不干，半点马列主义也没有"的誓言，归纳了"追求卓越、勇于探索的开拓创新精神"；结合构建和谐社会的要求，牢记铁人"当了干部，还是工人"的教诲，归纳了"以人为本、诚信友爱的和谐团队精神"，形成了新时期铁人队伍的八种精神。感受铁人王进喜勇于克服困难、坚持学习的精神。他说："学会一个字，就是搬掉一座山，我要翻山越岭去见毛主席。"他不仅学认字，还练习写。有时一封信要写五六遍甚至十来遍。有的字不会写，就画上各种自己创造的符号、图像，过后再请教老师补上；慢慢地他还学会了查字典。就是凭着这种“识字搬山”的刻苦精神，经过两年多的努力，王进喜不仅能独立地看报、读文件和学习毛主席著作，还能写信、记笔记和写简单的发言提纲了。这段学习识字的经历对王进喜影响至深，他认识到识字、读书、学文化的重要性，这也成为他后来坚持在大队部办“鸡笼子”小学的原始动力。❶

（图片来源：玉门铁人王进喜纪念馆）

长相思·识字难

识字难。打井难。识字搬山业务娴。
活学两论观。
路寒寒。地寒寒。雪打夕阳催战帆。
创新开拓前。

理论飞跃 思想升华

沧海横流，方显英雄本色。从某种意义上说，荣誉本身也是一种考验，一种比艰难困苦更大的考验。因为伴随荣誉而来的往往是鲜花与赞美、金钱与桂冠等，而这些能诱使一些人背弃初衷。经受住荣誉的考验，不躺在已有的成绩上，继续不懈地进取，荣誉也才会再次降临。掌声鲜花更能彰显英雄的境界。

大庆石油会战在改变我国石油工业面貌上起到了里程碑的作用。铁人王进喜在这场大会战中立下了不可磨灭的功绩，党和人民也给了他极高的荣誉。他在不同场合反复地说：“不管我当了什么，首先还是个工人！”始终保持一个普通劳动者的本色。

王进喜不仅经受住了艰难困苦的考验、个人利益的考验，更经受住了荣誉、地位、掌声、鲜花的考验。事实证明了铁人是个真英雄、好公仆、党和人民的老黄牛。最能反映铁人这种

❶ 大庆油田铁人传写作组：《铁人传》，中央文献出版社2009年版，第58页。

思想境界和高尚品德的，是他在笔记本上，提笔写下的两段话：讲成绩不要忘了党；讲成绩不要忘了大多数；讲缺点不要忘了自己。我是个普通工人，没啥本事，就是为国家打了几口井。一切成绩和荣誉都是党和人民的，我自己的小本本上只能记差距。

这朴素的语言，是铁人精神的闪光点，是铁人思想的亮点，也是他伟大品格的真实写照。[1]

1964年初，全国掀起学大庆热潮。为保持清醒头脑，大庆会战工委及时号召全油田干部职工开展了“全国学大庆，大庆怎么办？”的大讨论。当年12月，铁人在北京出席三届一次人民代表大会时被邀请参加了毛主席71岁的生日晚宴，毛主席在宴会上和劳模们交谈时，希望他们“不要翘尾巴，要夹着尾巴做人”。王进喜始终牢记毛主席的话，更加谦虚谨慎。

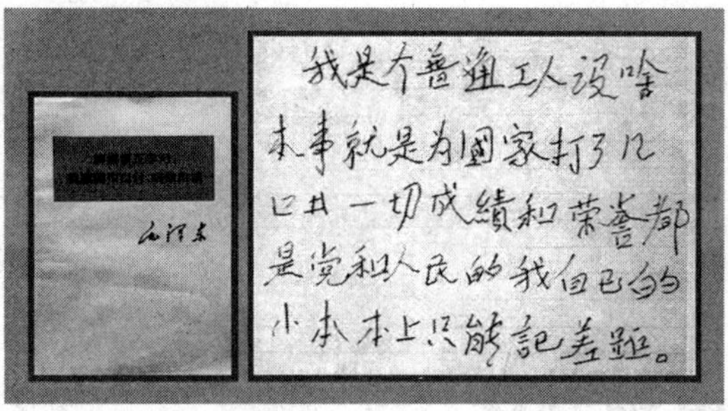

（图片来源：西安石油大学铁人王进喜纪念馆）

差 距

本领归群众，成长尽党功。

谦虚学两论，差距记心中。

三讲英雄气，一腔赤子情。

春山着暖色，冬草历枯荣。

注：三讲指王进喜在笔记本上写的三句话，即：“讲成绩不要忘了党，讲成绩不要忘了大多数，讲缺点不要忘了自己。”被称为“铁人三讲”。

一个故事胜过一打道理，下面是一个关于铁人王进喜的小故事。“什么是马列主义？”当一位满身污浊的工友求问王进喜时，王进喜告诉他：“你看我们冬天打井，零下30多度，胡子冻成了冰葫芦，顶着刀子一样的西北风，推着几百斤重的大钳，使出浑身的劲，‘咔嚓’一声就打进去了，这里就有马列主义。不干，半点马列主义也没有。”当时大庆宣传工作者可以说是勤练脚力、眼力、脑力、笔力，走近基层、走进群众，触摸到铁人的温度，记录那个时代最发人深省的好故事。

没上过什么学的王进喜对马列主义有着自己的理解，他只用一个“干”字诠释马列主义，以朴素的话语讲出了马列主义的精髓。一个平凡的人，用不平凡的人生，给中国人留下了他

[1] 大庆油田铁人传写作组：《铁人传》，中央文献出版社2009年版，第321页。

理解、践行马列主义的闪光足迹。或许，现在有些年轻人不知道也不能理解，在中国还有这么一位石油工人，只用一个字诠释马列主义。

一部《资本论》，马克思写了40年，马克思用自己的实践告诉全世界无产者，《资本论》是干出来的。我们这个世界，从来不是先有理论后有实践，王进喜作为无产阶级一员站在中国共产党党旗下，用生命的全部，凝聚成一个“干”字。于“干，才是马列主义”中涵养“道虽迩，不行不至；事虽小，不为不成”的实干精神。王进喜被誉为新中国石油战线的铁人，是中国工人阶级的先锋战士；同时也是吃苦耐劳的实干家。他以“识字搬山”的意志克服许多意想不到的困难，带领工人们不断从实际需要出发搞技术创新，用脚踏实地的工作干劲和学以致用的深学笃行创出一个接一个优异的成绩，为我国石油事业立下了汗马功劳。

“经验是实践的总结，本领是实践的磨炼。”王进喜不是马列主义经典理论家，他用一个“干”字写成的大庆精神、铁人精神，向世人展示了一名中国共产党党员对马列主义的理解，成为我国社会主义建设事业的宝贵财富，也是他奉献给共产主义事业的壮丽经典。

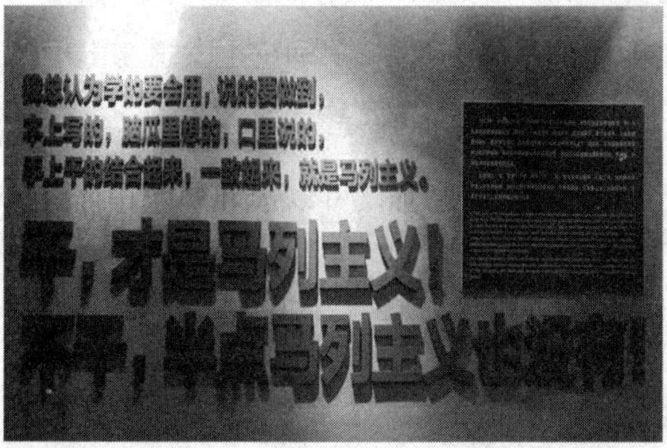

（图片来源：玉门铁人王进喜纪念馆）

点绛唇·干

马列真经，说千道万。苦实干。

无私奉献。北斗中天辨。

两论多读，原著学思践。朝霞灿。

历经锤炼。革命精神焕。

注：苦实干是指苦干实干的缩语。苦干实干一直是铁人王进喜所秉承和倡导的革命精神和革命作风。

中天指天空，天顶。《列子·周穆王》：“王执化人之祛，腾而上者，中天迺止。”唐·杜甫《后出塞》诗：“中天悬明月，令严夜寂寥。”

—— ✪ ——

铁人“四讲”最早见于1966年8月25日的《工人日报》，在第三版“大庆人笑谈纸老虎”一文中刊登了铁人王进喜提出的“四讲”。1966年10月1日，王进喜在天安门城楼观礼时，不时地被观礼代表们围住，请他签名题字。王进喜开始总是婉言谢绝，可是几个解放军代表非要他签不可。王进喜就在他们的小本上端端正正地写上“向解放军学习”六个大字。

这时又来一位代表说：“请铁人同志给写几句大庆的豪言壮语吧！”拗不过，王进喜写道：“讲进步不要忘了党，讲本领不要忘了群众，讲成绩不要忘了大多数，讲缺点不要忘了自己。”

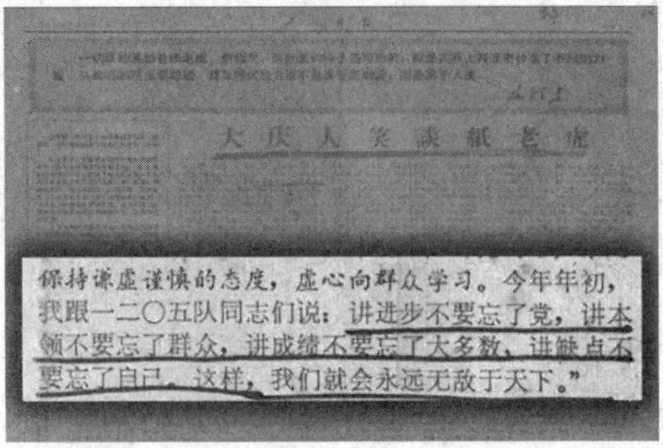
保持谦虚谨慎的态度，虚心向群众学习。今年年初，我跟一二〇五队同志们说：讲进步不要忘了党，讲本领不要忘了群众，讲成绩不要忘了大多数，讲缺点不要忘了自己。这样，我们就会永远无敌于天下。”

（图片来源：西安石油大学铁人王进喜纪念馆）

铁人四讲

四讲铁人情，铿锵悟践行。
家国常念念，自己少声声。
马列唯实干，真知恰世逢。
京城着锦色，油井映花红。

“两论”是马克思主义中国化的经典之作，它是大庆石油会战大军拿下大油田的取胜之道。1966年1月2日，人民日报发表社论《中国工业化的正确道路》，从理论上、道路上阐述大庆的成功。社论提出“大庆的经验，纵有千条万条，最根本的一条就是老老实实地照毛泽东思想办事。大庆‘两论’起家进一步有力地证明了毛泽东思想不仅可以管革命，而且同样可以管建设。”

余秋里在回忆学“两论”这段历史时说道：“几万职工学习‘两论’收到了巨大的效果，这是马列主义毛泽东思想的一次大普及，也是一次思想的大解放，打破了人们头脑中的条条框框，提高了领导水平和工作能力，对于做好各项工作，夺取会战胜利起到了重要作用。”“两论”就是会战指挥者为会战大军找到的一个思想武器，依靠“两论”起家的大庆油田由此探索出了一条自主开发的道路。

辩证法是让人智慧和聪明起来的学问，“两论”给后人带来诸多的思考，其中重要的一条就是要用党的科学理论武装头脑，要学会辩证的思维，要学会学习、要善于学习，并把学到的东西运用到实践中去。

铁人王进喜学习文化知识，学习“毛选”，正是在“两论”的系统学习中，才逐步从一名基层钻井队长成长为大庆油田会战指挥部的主要领导；也正是“两论”的学习，使王进喜的哲学思想逐渐走向成熟，并且学以致用，有了对马克思列宁主义“干，才是马列主义，不干，半点马列主义也没有”的深刻体悟。

第八章

创新力行　钻工本色

苦干、实干、玩命干，这是很多人对王进喜的认识。实际上，铁人还有不为人所熟悉的一面——巧干。王进喜善于把群众的积极性和创造性调动起来，进行科技创新，从而找到解决问题的方案。

铁人说："只要我们把敢于胜利的革命精神与扎扎实实的科学态度结合起来，就什么事都可以办得成，办得好。"他是这么说的，更是这么做的。早在1956年，为了减少油田钻机的搬家时间，王进喜将过去钻井分离搬迁变为整体搬迁。这项被称为"整托"的工作方法，在大庆会战期间该方法得到了推广应用。到如今，该项技术在大庆油田的钻井队仍然应用着。

1961年大庆油田"419质量大会"后，王进喜开始意识到当时油田的主要矛盾是生产进度与施工质量间的问题。许多干部职工为了片面追求速度，而忽视了质量，造成了井斜超标，这对后期油井的采油将会产生严重后果。为此，他经过反复考虑，产生了一个大胆的想法，想通过改变钻具结构来找到一个更好的"防斜打直"办法。他和技术人员一起经过多方查找资料，在办公室里度过了无数个不眠的夜晚，发明了"填满式钻具结构"，经过在钻井队反复实验，打出了最大井斜只有0.6度的笔直井。

王进喜善于钻研，把创新热情和科学求实的态度结合起来。他组织科技攻关，带领科技人员反复试验，成功地发明出"填满式钻井法"，极大地提高了钻井质量。铁人提出的"小钻头大钻具""填满式"钻井法，经过多口井的改进和实验，证明这套"填满式"钻具组合是保证又好又快把井打直的有效办法。王进喜努力开拓，不断创新，为提高钻井质量和速度，铁人和队员们一起研究钻头。在纪念馆中有一面"钻头墙"，展示了从大庆油田会战至今，钻井使用过的不同类型的钻头。他坚持靠前指挥，整天身穿羊皮袄、带着炒面袋、骑着摩托车，为解决实际问题，奔波于井场井队。在王进喜的带动下，全油田的领导干部都以他为榜样，坚持"工人三班倒，班班见领导"。在大庆油田会战中形成的"三个面向、五到现场""工人身上有多少泥，干部身上就有多少泥"等优良传统，始终是大庆油田干部职工团结一心夺取胜利的法宝。

身体力行　求实创新

铁人坚持做到深入基层、深入一线，以良好的干部作风和形象凝聚员工群众，不断提升基层队伍的战斗力、凝聚力、执行力。王进喜注重科技创新，在“干中学，学中干，逐步提高”，不断改进钻井工艺和革新钻井设备。正是在这“干”中，王进喜带领工友们发明“钻机整体搬迁”技术，并在会战期间得到广泛应用；改革了游动滑车，有效提升了进度；研究改进了泥浆泵，为解决高压易喷井找到了办法；发明出“填满式钻井法”，从而用20世纪40年代的老钻机打出了当时全油田第一口斜度只有2度多的直井，创造了打直井的宝贵经验；研究出一整套不同地区不同地层采用不同方法的打井“四段法”；改革了钻头钻具，取得事半功倍之效。一项项的发明创造，解决了当时多个世界级的钻井难题。下图是铁人王进喜和技术人员研制控制井斜的“填满式钻具结构”。

（图片来源：西安石油大学铁人王进喜纪念馆）

力 行

凝聚职工笃力行，集思广益定输赢。
贫油唤起强国志，打井催归爱党情。
端坐荒郊学两论，对谈野外辨分明。
欢声笑语心中溢，继往开来永世承。

铁人王进喜绝不是光苦干蛮干，他常常告诉大伙，多打井、快打井、打好井，光是猛打猛冲不行，还要善于动脑子。他经常说：“三国有个张飞还粗中有细呢，我们打的是科学仗，一定得有个细劲儿。”在工作中，真做到“猛如老虎，心如绣花”。王进喜在多年的钻井工作

（图片来源：西安石油大学铁人王进喜纪念馆）

技高一筹

苦练基本功，钻机诊断明。
钻机新技术，井下老医生。
巧干朝夕去，实操日夜精。
花开红日远，柳绿紫烟晴。

中摸索出一套高超的“钻井绝技”，只要手握着钻杆听一分钟，就能判断出钻孔是不是打直了；而且能够根据井下的声音来判断钻头磨损情况。这得益于王进喜多年的勤学苦练和实践积累。他在一线工人中有着很高的威望，被工人亲切地称为“钻机医生”。上页图是王进喜在井场和工人们修理钻机。

铁人王进喜把冲天革命热情和科学求实的作风相结合，实干、苦干、巧干，是大庆石油会战的标杆和旗帜。他尊重知识，刻苦学习，勤于思考，勇于创新，取得一系列技术革新成果，推动了钻井技术和工艺的发展。他善管理、求实效，苦练硬功夫，用丰富的知识和经验指导打井实践，确保工程质量，为油田负责一辈子。为打好高压易喷井，制服“气老虎”，王进喜和工友们研究改进泥浆泵，为解决高压易喷井找到了办法，提高了功效，保障了安全生产。

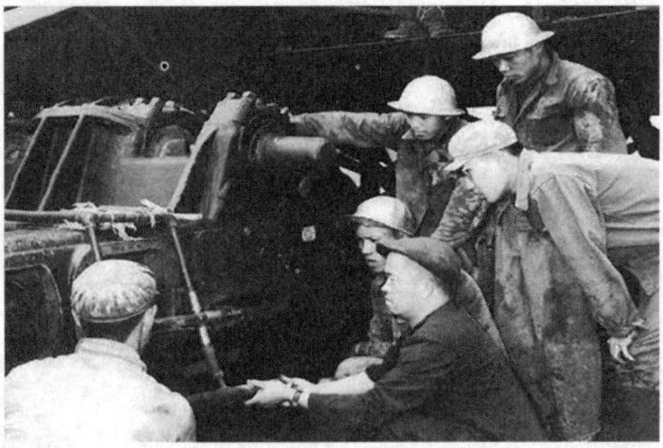

（图片来源：西安石油大学铁人王进喜纪念馆）

创新求实

干劲冲天靠大家，求实驱动战荒沙。
研究改进泥浆泵，思考琢磨钻井佳。
苦干求实严似虎，创新指导细如花。
荒郊处处皆学问，落日时时映彩霞。

注：“严似虎、细如花”化用“猛如老虎，细如绣花”之意，是大庆油田“三老四严”中的“自觉从严，好字当头，严细成风”的通俗解读。时至今日，掩映在绿树丛中的“三老四严”的发源地——大庆油田采油一厂三矿中四队，在它的办公楼的楼顶仍然高悬“高度觉悟，严细成风”八个大字，伴朝阳落日，历风吹雨打，依然格外坚挺，熠熠生辉。

创新是一个民族进步的灵魂，是国家兴旺发达的不竭动力。一个没有创新能力的民族，难以屹立于世界先进民族之林。王进喜爱岗敬业、敢于创新。他身为大庆油田1205钻井队队长、钻井指挥部副指挥、会战指挥部的副指挥，率领1205钻井队开动脑筋，积极探索，用更实用、更高效的钻井方法为祖国开采石油。在技术上，他是一个完美主义者，不断追求钻井技术，精益求精。

位高不骄　钻工本色

铁人王进喜从普通工人成长为领导干部，铁人的地位虽然变了，但他工人阶级的劳动本色却没有变。1964年12月，王进喜被选为第三届全国人大代表，出席大会并作了发言，会议期间受到周恩来总理的亲切接见。在12月26日受邀参加毛主席71岁生日宴。1965年王进喜任大庆会战指挥部钻井指挥部副指挥。1966年王进喜被任命为会战指挥部副指挥，这一年他领导的几支钻井队实现年钻井10万米的优异成绩，超过了苏联功勋队、美国王牌队，受到石油部的嘉奖。

铁人王进喜位高不骄，“当了干部还是钻工”“决不搞特殊”的崇高风范，为大庆会战党员、干部、职工乃至家属都树立了光辉的榜样。王进喜敢于坚持原则，严格要求。队伍好不好，关键在领导；班子行不行，先看前两名。正是这种干部的“严”传身教，带出了队伍的过硬作风。

1966年5月3日，周总理第三次视察大庆油田。据时任石油工业部党委书记的康世恩回忆：当总理到1202和1205钻井队时，听说两个队当年都要打井5万米。总理非常高兴地对我

（图片来源：西安石油大学铁人广场）

声声慢·钻工本色

钻工本色，野旷平台，荒原奉献终生。
位高依然前线，展翅鲲鹏。
刹把手扶严峻，目灼灼、穿透岩层。
会战苦、立青天一顶，且聚群英。
犹记祁连往事，大比武、白杨河畔明星。
大漠孤烟飞草，万里鹏程。
井场铁人自若，上平台、操作轻盈。
勇知耻、道存求实路，破浪长风。

注：勇知耻源于“知耻近乎勇”，语出《礼记·中庸》，意为知道羞耻就接近勇敢了，明白自己错了就最终到勇敢的时候了。儒家把“知耻近乎勇”“好学近乎知”“力行近乎仁”一起，构成对知、仁、勇“三达德”的一种阐发。

们说："他们两个队，如果每个队打井上5万米，国务院要鼓励他们。"随后总理又登上正在打井的钻台，钻井大队长铁人王进喜同志手扶刹把，给总理演示起钻、下钻和接钻杆的操作。当铁人说今年保证上5万米时，总理高兴地举起双手说："要告诉我，给我发电报。"王进喜领导的1205钻井队不负众望，创年进尺10万米的世界钻井纪录，超过了美国王牌钻井队和苏联功勋钻井队。

王进喜在玉门是劳模，大庆会战是"铁人"，是人民群众给他的荣誉称号，是名副其实、当之无愧的。铁人干活时的那股子冲劲儿、待人的那份热情、对工作一丝不苟的态度让大庆石油人念念不忘。王进喜崇尚实干，善于学习，没有钻井任务时在井场与其他钻井队进行交流。王进喜身上充满了创业激情，在各个工作岗位上始终践行肯干、实干的优良作风。"把石油落后的帽子甩到太平洋里去"的豪迈气概，体现了铁人"干，才是马列主义；不干，半点马列主义也没有"的实干精神。在钻井一线，他不怕苦不怕累，可以几天几夜不睡觉，不畏流汗流血；当了干部，他仍把自己当作钻工，深入一线，参加劳动不做样子，继续"实打实地干"。对待没有干过的事情，他一是不怕，敢于在思想上藐视一切困难；二是敢于创新，胆大心细，对症下药，科学求实；三是干工作、处理问题，他坚持"严细成风"。正是因为铁人王进喜的苦干、实干成就了宏伟事业，也正是因为铁人王进喜的巧干、实干，造就了灿烂人生。可以说正是这苦干实干加巧干，支撑着一个国家石油工业的崛起。铁人精神集中体现了中华民族和中国工人阶级的优良传统和优秀品质，是激励我们在新时期继续奋斗，建设富强、民主、文明、和谐、美丽的社会主义现代化国家的强大精神动力。

（图片来源：西安石油大学铁人王进喜纪念馆）

技术交流演示

虎步龙骧跨钻台，信心满满雪梅白。
登高望远风流去，意气风发放逸来。
铁马萧萧迎料峭，金戈振振战阴霾。
当仁不让英雄气，忘我拼搏唱咏怀。

注：龙骧虎步，意思是像龙马昂首，如老虎迈步；形容气概威武雄壮。龙指高大的马，古称八尺以上的马为

龙；骧是马高昂着头的样子。三国·魏·嵇康《卜疑》："将如毛公蔺生之龙骧虎步，慕为壮士乎？"《三国志·魏书·陈琳传》："今将军总皇威，握兵要，龙骧虎步，高下在心。"南朝·陈徐陵《陈公九锡文》："公龙骧虎步，啸吒风云，山靡坚城，野无强陈，清妖氛于灨石，灭诊气于雩都，此又公之功也。"《宋书·高祖纪》："龙骧虎步，啸咤风云。"

咏怀是指用诗歌来抒发情怀，寄托抱负。《隋书·隐逸传·李士谦》："士谦平生时为咏怀诗，辄毁弃其本，不以示人。"唐·温庭筠《寄渚宫遗民弘里生》诗："未肯睽良愿，空期嗣妙音。他时咏怀作，犹得比南金。"

他牢记党的宗旨，密切联系群众，功高不自傲，满腔热忱地帮助职工解决实际困难。他对自己和家人的严格要求，一辈子甘当党和人民的"老黄牛"，为我们树立了勤政廉洁的公仆形象。当了干部的王进喜，仍把自己当成一名普通钻工，心不离井场，身不离劳动。为掌握第一手的生产动态，王进喜经常深入基层与钻工们交流，并深入一线井场参加劳动。

（图片来源：西安石油大学铁人王进喜纪念馆）

武陵春·位高不骄

鸿雁南飞千载故，举目望天骄。
钻井平台亲自教，工友喜眉梢。
进喜此时居要位，凡事尚亲操。
苦练勤学技术高，哪怕屡折腰。

1965年王进喜任钻井指挥部副指挥。他说："我当了干部，仍然是个钻工。"坚持深入基层，坚持参加生产劳动，不脱离实际，不脱离群众。他依然保持着"跑井"的老习惯，到现场去解决生产、技术和后勤服务等问题。

为了方便“跑井”，王进喜在玉门油田时，自费购买的由匈牙利产的“确贝尔-125型摩托车”。1960年参加大庆石油会战，他把心爱的摩托“小黑兔”千里迢迢从玉门带到大庆。即便是当了副指挥的王进喜仍然坚持下基层，参加打扫钻台卫生、清洗钻杆丝扣等一线工作，工人们都把王进喜当成自己的好朋友、好战友，知心人、贴心人。在荣誉面前，铁人王进喜一直谦虚谨慎，不骄不躁。他说：“成绩完全属于党，我们小本上只能记差距。”下图为铁人王进喜在井场打扫钻台卫生。

（图片来源：西安石油大学铁人王进喜纪念馆）

海棠春·功高不傲

功高不傲基层颂，进井场、不离劳动。

一辈是工人，两地唯群众。

雨歇日暖青烟笼。大庆处、金鳌玉蝀。

卧雪蜡梅花，不忘石油梦。

注：金鳌指神话中海中金色巨龟。唐·王建《宫词》：“蓬莱正殿压金鳌，红日初生碧海涛。”宋·柳永《巫山一段云》词：“几回山脚弄云涛，彷佛见金鳌。”金鳌玉蝀是桥名，在北京市北海和中海之间，东西走向。东西两端立两坊，西坊题“金鳌”，东坊题“玉栋”，原名金海桥、御河桥。在此比喻引领者。

人们说，铁人身边有件宝——《毛泽东选集》（以下简称《毛选》）。这件宝使他永远充满翻天覆地、压倒一切的革命气概，使他永远迎着困难上，冲锋陷阵，勇往直前。毛主席的著作也是他每天必修的课程。学习《矛盾论》，王进喜不会写“矛盾”两个字，就在本子上画一个贫农，代表自己，画一个地主，代表曾经的压迫，用它们表示“矛盾”。1960年3月，王进喜从玉门油田赶赴松辽平原时，随身只带了一套《毛选》，这是他在北京参加群英会时得到的奖品。对于学习《毛选》，铁人王进喜有着独特的领悟和体会，他曾经写下“石油工人学《毛选》，字字句句记心间。牢记昔日苦和难，永葆今日幸福年”的朴实诗句。

正是《毛选》的学习，让他更为深刻地理解群众路线是党的生命线和根本工作路线。在自己的工作中坚持一切为了群众，一切依靠群众，从群众中来，到群众中去，把党的正确主张变为群众的自觉行动。1970年初，已经成为大庆主要领导的王进喜还是一如既往地与工人们打成一片，一有时间就往井队跑，和工人一起在油田奋战，有着良好的群众基础。

（图片来源：西安石油大学铁人王进喜纪念馆）

忆秦娥·石油汉

石油汉。玉门大庆皆实干。
皆实干。求真成事，做实唯践。
登高望远青山炫。战天斗地精神焕。
精神焕。星参北斗，领航头雁。

注：头雁指的是征雁中的领头的大雁，头雁是领导者、组织者，掌握着大方向和飞行速度。征雁指迁徙的大雁，多指秋天南飞的大雁。大雁在飞行时，前面总会有一个领袖，这个领导者被称为领头雁。比喻在群众眼里有一定的号召力和领导能力，具有榜样力量的人。在这首词中头雁指铁人王进喜。南朝·梁·刘潜《从军行》："木落雕弓燥，气秋征雁肥。"唐·李涉《送魏简能东游》诗之二："燕市悲歌又送君，目随征雁过寒云。"宋·秦观《忆秦娥》词："愁如织，两行征雁，数声羌笛。"明·高启《送张员外从军越上》诗："秋声万里随征雁，南北长江竟谁限？"

1960年年初，决定调王进喜为队长的1205钻井队参加会战。他把自己省吃俭用攒的钱买的那辆摩托车带到大庆来。有人问王进喜买这摩托车干啥？他说："到大庆会战，人多，交通也不便，大草原，干啥都要跑远路。我听到有材料了，或者别的队打井有好办法了，就可以骑着摩托去，不用等车，节省时间。"1965年4月，王进喜被任命为大庆会战指挥部钻井指挥部副指挥，他一如既往地下基层、跑井队，实实在在将自己当一个钻井工人干实活。下图是

（图片来源：西安石油大学铁人王进喜纪念馆）

跑井队

堂堂副指挥，跑井步如飞。
丝扣基层洗，凉风野外吹。
玉盘珠溅落，热气雾生辉。
道在分身术，功成万古垂。

王进喜在井场热洗钻杆丝扣。

铁人王进喜明埋头苦干，艰苦创业，实干加巧干，在大庆创造了一个又一个奇迹；他科学求实，坚持严字当头、严细成风，讲究科学、依靠科学，狠抓第一手资料，提高钻井工艺和技术；他爱国奉献，用自己的生命在打井，谱写了一曲曲英雄壮歌。

高度自觉　严细成风

“三老四严”作风是大庆会战工作委员会委员张文彬等领导在三矿四队蹲点，调查研究，总结出来的。三矿是会战工委领导张文彬、焦力人、宋振明等常年联系点。他们经常到三矿调查研究、指导工作。

在会战中大庆采油一厂中四队曾发生过这样的故事，一名学徒工由于操作失误，挤扁了刮蜡片，隐瞒不报，队长辛玉和知道了这件事后，组织全队在这口井前召开事故分析现场会，进行深入的讨论。

1962年年底，党支部发动全队职工对所管的油水井、站进行了详细认真的检查。技术员傅孝余逐井逐站认真细致地检查验收。除夕晚上，他检查到最后一口油井时，发现套管法兰缺了一个螺丝，这时已是晚上9点钟了。为了装上这个螺丝，他从一个井排找到另一个井排，从材料库找到维修队，终于找到一个适用的螺丝，然后回到井上把它配好。

老工人李广志，在西七排3井检查闸门池的设备时，发现回压闸门下面有颗亮晶晶的油珠。他反复检查了各个闸门，并无渗漏，也不像是外面沾上的。晚上，他把情况向井长做了汇报。第二天，井长和他一道来到井场，顺着油痕的地方，一段一段挖出管线，接着又擦干净，逐段检查。经过4天紧张奋战，终于查出了油珠的来历，原来是干线穿孔渗漏出来的。通过这番检查，他们及时消除了一个重大的事故隐患。

有一次，队里小尹家来了客人，喝了两盅酒。接班时，被19岁的徒工小李闻出来了。小李不准他接班，叫他在井场上铲草，等酒味没有了再来接班。小尹无可奈何，只好拿着锄头铲了两个小时的草。

“三老四严”的提法，最早出现于1962年，到1963年就形成了完整的表述。即：“对待革命事业，要当老实人，说老实话，办老实事；对待工作，要有严格的要求、严密的组织、严肃的态度、严明的纪律”。1964年2月，余秋里部长在石油工业部局、厂领导干部会议上，专门表扬了大庆，肯定了大庆的经验，并号召全系统“必须认真地学它的精神实质，并且要创造性地学，只能学好，不能打折扣”。回到大庆张文彬传达完会议精神后，便到三矿四队蹲点。三矿四队由一位部队转业的班长辛玉和带领12名工人在一块荒地上建立起来的。全队在日常生产工作中，干部对干部要求严，干部对工人要求严，工人对干部要求严，干部工人执行规章制度严，形成了严细作风，涌现出一批先进人物。从1962年9月到1964年2月，近一年半的时间里，他们所管辖的12口井全部投产，全部油井实现五好，全部岗位达到一类，全部设备台台完好，3万多个油井资料数据齐全准确无一差错，545天安全生产无事故，月月超额完成配产计划，被大庆工委命名为“五好标杆采油队”。

（图片来源：大庆油田中四采油队“三老四严”展厅）

严细成风

三老四严代代传，高歌一曲绕梁环。
白杨戴月着花露，油海翻波伴柳烟。
严细成风来大庆，求实化雨自祁连。
风流雨打风吹落，创业唯坚续曩篇。

注：曩篇意思是前人的名篇佳句，此处特指“三老四严”的工作作风与精神。曩篇出自晋·陆机《文赋》：“必所拟之不殊，乃暗合乎曩篇。虽杼轴于予怀，怵他人之我先。”

1964年2月20日，大庆采油三矿四队在石油部召开的全国油田电话会议上介绍经验。大庆会战工委作出《关于开展向采油三矿四队学习的决定》。全油田迅速掀起了“学三矿四队、赶三矿四队、超三矿四队”的群众运动。

1964年5月24日，石油部第一次政治工作会议把他们在实践中摸索并创造的一些经验，概括为“三老四严”的革命作风。授予大庆油田采油三矿四队为“高度觉悟，严细成风”的石油部标杆单位，石油部领导还为全队职工每人胸前戴上大红花。

把三矿四队创立的“三老四严”作风推向全国石油战线，从而使“三老四严”作风成为石油战线的行业作风。“三老四严”作风提出以后，经过两年的实践，涌现出一大批“自觉从严、好字当头”“高度觉悟、严细成风”的基层站队，好作风逐步深入人心，形成群众的自觉行动。铁人王进喜有空就去三矿四队交流，学习管理经验。

（图片来源：西安石油大学铁人王进喜纪念馆）

现场交流

严细成风学四队，
交流经验粟千钟。
优良传统发源地，
三老四严百世功。

1978年4月22日，邓小平在《全国教育工作会议上的讲话》中指出：“要极大地提高科学文化水平，没有‘三老四严’的作风，没有从难从严的要求，没有严格训练，也不能达到目的。”在继承中创新，在创新中求实，以科学求实的意识、科学求实的管理、科学求实的操作，把高度觉悟体现在高度敬业上，把严细作风体现在大量的日常工作上，严在成本管理上，严在新技术应用上，严在队伍作风上。

60年来，我国石油工人始终坚守初心使命，胸怀报国之志，恪尽兴油之责，创造了建设“西部大庆”“海外大庆”等新的奇迹。以“苦干实干”“三老四严”为核心的石油精神，在继承优良传统的同时不断吸纳新的营养，赋予新的内涵，彰显了不竭的生命力和战斗力。石油精神饱含着忠诚于党、产业报国的赤子情怀，传承着不畏艰险、战天斗地的红色基因，体现着实事求是、求真务实的思想作风，代表着爱岗敬业、甘于奉献的崇高品格。石油精神产生于我国石油工业最困难时期，石油工人攻坚克难、接续奋斗。苦干实干、艰苦奋斗，既是石油工业永葆青春活力的秘诀，也是石油精神的精髓。弘扬石油精神、铁人精神，就是要教育引导党员干部坚守初心使命，把理论武装的成效转化为指导实践、推动工作的实际行动。始终保持一种敢做善成的勇气，吃苦在前，实干在前，百折不挠，勇往直前，在艰苦环境中经风雨见世面，磨砺为人民服务的真本领。

（图片来源：西安石油大学铁人王进喜纪念馆）

井场测斜

研究钻井测斜术，
卡片精读细谨中。
直上青云高望处，
栉风沐雨月照松。

"四个一样"是1963年，李天照担任井长期间，在大庆油田第一采油厂第二油矿五队5-65井组时的首创。"四个一样"的内容为："对待革命工作要做到：黑天和白天一个样；坏天气和好天气一个样；领导不在场和领导在场一个样；没有人检查和有人检查一个样。"

"四个一样"得到周总理的高度赞扬，与"三老四严"一同写入当年颁布的《中华人民共和国石油工业部工作条例（草例）》，作为工作作风的主要内容颁发。"四个一样"是党的优良作风和解放军的"三大纪律八项注意"同油田会战具体实际相结合的产物，是大庆油田广大职工自觉坚持标准、严细成风的真实写照。

（图片来源：西安石油大学铁人王进喜纪念馆）

踏莎行·一个样

领导牵肠，工人挂肚。时时刻刻兴油路。
日斜树远少人烟，秋凉月冷朝华露。
北斗天心，中流砥柱。长长久久精神伫。
永生永世不回头，东风柳絮花千树。

王进喜敢于坚持原则，科学求实，对工作中的质量始终坚持高标准、高质量、严要求。在工作中讲究细、讲究实、讲究准，讲究严，讲究精，讲究新。铁人王进喜"有条件要上，没有条件创造条件也要上”的爱国豪情凝聚的是敢于担当的不朽力量。作为“精神楷模”，靠的不是“空喊口号”“不切实际”，靠的是艰苦奋斗、自强不息。“空谈误国，实干兴邦”，好干部是勤劳肯干，求真务实的，好的干部对待工作非常谨慎，对自己要求严格，尽心把任何一件事办好，所以好干部能够经得起历史和人民的考验。担当就是责任，好干部必须有责任重于泰山的意识，坚持党的原则第一、党的事业第一、人民利益第一，敢于旗帜鲜明，敢于较真碰硬，对工作任劳任怨、尽心竭力、善始善终、善作善成。

（图片来源：西安石油大学铁人王进喜纪念馆）

渔歌子·来井队

来井队，全天滚。
工作踏实勤奋。
细心堪比绣花针，
苦干作风严谨。

铁人王进喜，是大庆人的杰出典范，中国工人阶级的光辉形象，共产党人的优秀代表，社会主义建设时期的民族英雄。在石油会战初期，以铁人王进喜为代表的大庆人，“两论”起家、“两分法”前进，以“有条件要上，没有条件创造条件也要上”的豪迈气概，仅用三年时间就高速度、高水平地拿下了大油田，甩掉了中国贫油落后的帽子，大气恢宏的创业史，令人荡气回肠。

在极其艰苦困难的环境条件下，以王进喜为代表的老一辈石油工人，以“北风当电扇，大雪当炒面”“宁肯少活20年，拼命也要拿下大油田”的豪迈情怀和大无畏的英雄气概，给祖国奉献出一个大庆油田，孕育出了伟大的大庆精神、铁人精神。

井是“命”　油是“魂”

井是王进喜的命，油是王进喜的魂。在玉门凭借着一颗感恩报国之心，跟随“祁连山上冬青树”郭孟和勤学苦练，掌握了一身过硬的钻井基本功。1956年4月29日，王进喜光荣加入中国共产党，不久担任了贝乌5队队长，带领贝乌5队在石油工业部组织的以“优质快速钻井”为中心的劳动竞赛中，提出了“月上千，年上万，祁连山上立标杆”的口号，创出了月进尺5009.3米的全国钻井最高纪录。在新疆克拉玛依石油工业部召开的现场会上，余秋里部长、康世恩副部长把一面“钻井卫星”红旗颁发给他。贝乌5队被命名为“钢铁钻井队”，王进喜被誉为“钻井闯将”。

从1960到1970年，王进喜在大庆战斗10年。从1205钻井队队长到大庆会战钻井指挥部副指挥，乃至成为大庆石油会战指挥部副指挥。前五年，他是一个标杆、一面旗帜，带领着大庆5万多会战大军让中国摘掉贫油落后的帽子。1960年2月，东北松辽石油大会战打响。玉门闯将王进喜带领1205钻井队于3月25日到达萨尔图车站，开启了大庆会战建功立业。从下车三问到人拉肩扛、破冰取水、盆端桶提乃至惊天一跃压井喷。王进喜不管在哪一个岗位都将石油人那种牢记使命、扎根一线、艰苦奋斗、奉献石油的爱国情怀和敬业精神展现得淋漓尽致。后五年，他力挽狂澜，让“文化大革命”中的大庆保持基本的生产秩序，让那些曾经为中国石油事业战斗过的老革命家们保持了基本的尊严。铁人王进喜一生光明磊落、追求真理。“文化大革命”期间，他坚持为党工作，不顾个人安危，旗帜鲜明地捍卫大庆红旗；油田生产形势恶化，他忍辱负重，排除干扰，深入基层组织生产，千方百计做解放干部工作，扭转原油“两降一升”的被动局面。在他生命的最后一刻，王进喜心系石油，心系群众，向往未来，决心要“再干20年”。

铁人的梦想就是多打井，多出油。为了石油，他舍生忘死，用无限忠诚在“为国家分

（图片来源：西安石油大学铁人王进喜纪念馆）

青玉案·井是命

平生不过油和井。井是命、兴油梦。
紫陌韶华来大庆。冰天雪地，荒郊野岭。
一切为革命。
碧霄杳杳云驰骋。银汉迢迢月清冷。
他日高台飞彩凤。埋头苦干，振裘持领。
两论如明镜。

忧，为民族争气”的实践中谱写壮美的人生诗篇。当国家工业建设需要石油时，以王进喜为代表的石油工人挺身而出，响亮喊出“有条件要上，没有条件创造条件也要上”“宁肯少活20年，拼命也要拿下大油田”石油人的决心，生动体现了社会主义革命和建设时期我们党的斗争精神。

铁人是首震撼魂魄、洗涤心灵之歌。一代人有一代人的使命，一代人有一代人的担当。铁人王进喜在他的年代不仅创造了巨大的物质财富，更留下了宝贵的精神财富。奔跑在新时代追赶超越的新征程上，我们重任在肩！

大庆会战第一口油井（萨-55井），后来命名为“大庆铁人一口井”。它是铁人王进喜1960年4月率1205钻井队到大庆参加石油会战打的第一口油井，这口井位于大庆市萨尔图区解放南村。

1960年3月，铁人王进喜和他的队友们在吊装设备缺乏、水源不足的困难条件下，以大无畏的革命气概和冲天干劲，人拉肩扛安钻机、端水打井保开钻，仅用五天四小时就打完了这口井，创造了当时世界石油钻井史上的最快纪录。它是目前大庆为数不多的自喷井之一，也是目前自喷时间最长的油井。它的身上，深深地烙着铁人印记，它是铁人精神的发源地。在萨-55井前，铁人王进喜不止一次给大家讲会战故事。为表彰王进喜及其带领的1205钻井队的卓越功绩，大庆市党委将萨-55井命名为“铁人井”。铁人之所以伟大，不光是因为他做

（图片来源：西安石油大学铁人王进喜纪念馆）

霜天晓角·精神传承

路边油井处，标杆榜样忙。
好似北辰星斗，清高远、饮琼浆。
大庆会战地，漫漫枯草黄。
钻井夜深月落，听故事、伴梅香。

注：北辰指北极星，比喻受尊崇的人。《论语·为政》：“子曰：‘为政以德，譬如北辰，居其所而众星共之。’”《尔雅·释天》：“北极谓之北辰。”唐·李德裕《马公神道碑铭》：“辞精爽於北辰，播芳烈於来代。”清·阮葵生《茶余客话》卷一：“徐东海乾学为司寇时，人赠以联云：‘万方玉帛朝东海，一点丹诚向北辰。’”

了伟大的事情，更珍贵的是他留下了伟大的精神，悠久流传，影响世人。对铁人最好的纪念，就是传承铁人精神。“铁人井”旁讲铁人，“铁人井”旁学铁人，将铁人精神传承下去！信念之光不灭，照亮前行之路。60多年来，一批又一批的敬仰者、参观者来到铁人一口井，在这里接受大庆精神铁人精神的教育；一代又一代的年轻人经过精神洗礼，获得成长，走向成熟，他们用青春和智慧共同擎起了大庆精神、铁人精神的旗帜。据不完全统计，来这里参观的全国各地的游客已经超过500万人次。

第九章

谦虚低调　任重道远

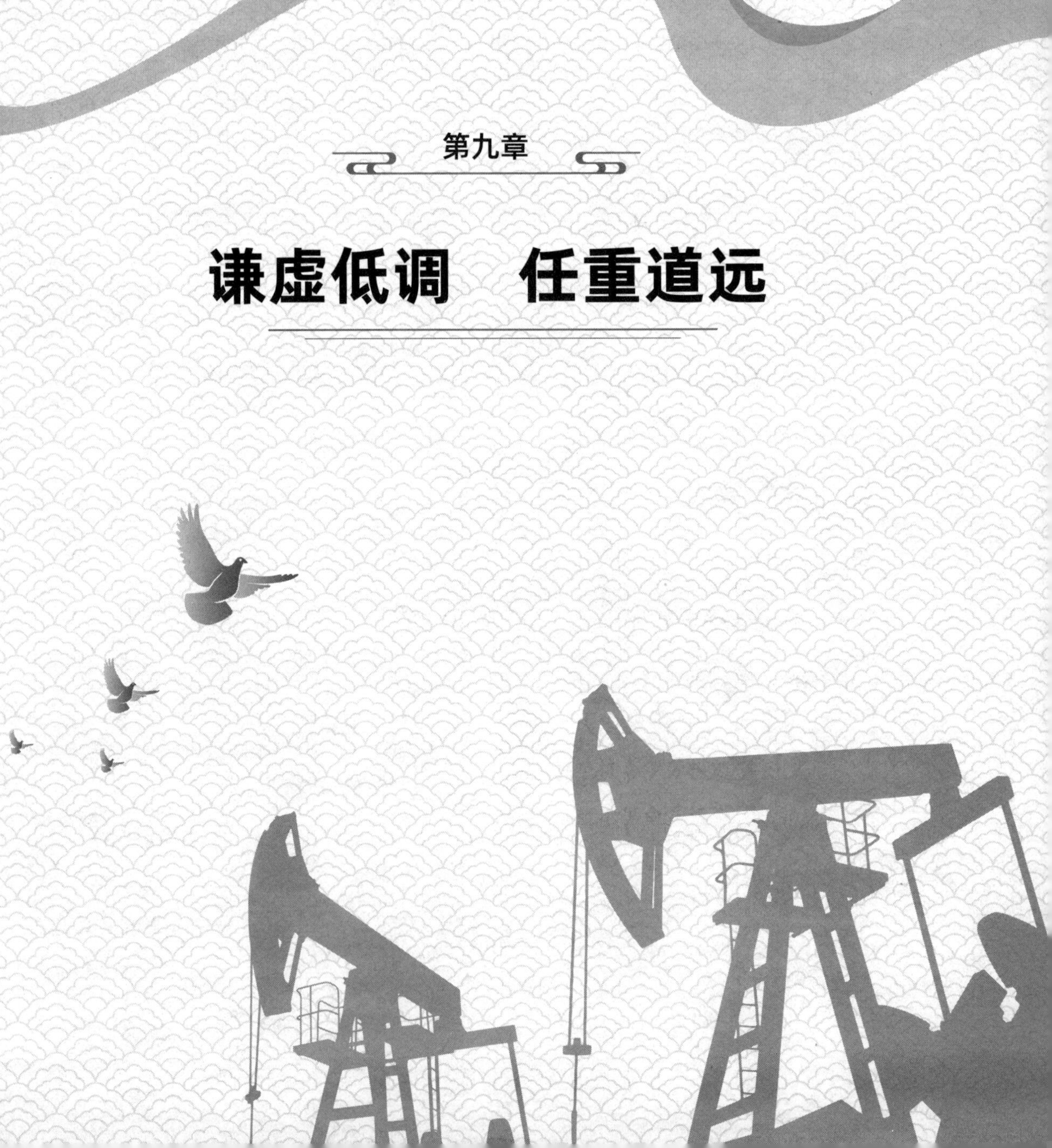

1964年4月20日，《人民日报》在头版头条发表了由新华社记者袁木、范荣康采写的第一篇公开向全国报道大庆石油会战的长篇通讯《大庆精神大庆人》。这篇著名的长篇通讯，第一次向世界宣布，中国有了属于自己的特大油田，一直处于保密中的大庆油田被公开宣传；第一次提出了一个具有伟大意义的政治概念——大庆精神，大庆油田开始为全国人民所熟知，学习大庆的热潮在全国范围内掀起，铁人王进喜的名字随之传遍全国。对铁人王进喜的采访，宣传报道达到第一个高潮，他的政务活动也随之增加。但是，王进喜始终保持谦虚谨慎的态度，一如既往地植根群众、关心群众，自知一名党员干部的责任与使命。

王进喜从不因功高自傲，始终保持着谦虚谨慎和廉洁自律的作风。同时，他还注重良好家风的养成，身体力行，为子女们树立榜样。廉洁带出了战斗力，也带出了好家风。王进喜用自己的人格魅力，成为油田职工们学习的楷模，也影响着子女的成长。在艰苦的年代，他的精神激励着大家战胜工作和生活上的一切困难。

“讲进步不要忘了党，讲本领不要忘了群众，讲成绩不要忘了大多数，讲缺点不要忘了自己”，王进喜这些朴实而又富有哲理的话语，这种把进步归功于党的培养，把本领归功于群众的支持，把成绩和荣誉记在党和人民的大账上的谦虚态度，正是我们当今时代为政做人最需要的。个人相对组织、群众都是渺小的，离开组织的培养，就像植物离开阳光，不可能健康生长；离开群众的支持，就像鱼儿离开水，不可能得以生存。没有党和人民滋润和哺育，任何为政者都将一事无成。在大局面前，个人的成绩是微不足道的。在新时代新征程中，我们任重而道远，必须胸怀全局，目光远大，谦虚为人、低调处事，方能劈波斩浪、行稳致远。

领导关怀　埋头苦干

1961年7月23日，中央委员会总书记邓小平首次视察大庆。随同前来的有黑龙江省委书记李剑白等。在仅仅一天的时间里，邓小平先后视察了1203钻井队、北1-2；转油站、干打垒房子，3-1注水站，西油库等，邓小平对大庆油田的勘探工作，油田的面积和储量，油井产量和注水等问题很关心，指示说：“气，你们要搞快一点，找到气，能解决大问题。”邓小平对大庆的职工生活也极为关心，详细了解了职工一个月伙食费多少钱，冬季服装解决了没有，食堂办得怎么样，日用品供应如何，还询问了居住情况和职工家属等问题，邓小平对大庆草原的合理利用、绿化、发展养殖业等方面也做了重要指示，在结束观察时，邓小平多次叮嘱当地的负责同志，要多想办法拓展思路，搞好后勤保障工作。

1964年7月17日，中央委员会总书记邓小平第二次视察大庆，一同前来的有国务院副总理李富春、薄一波等，邓小平一行在中共中央东北局书记宋任穷、石油工业部副部长徐今强等陪同下，视察了1205钻井队、中3转油站、中2注水站、李天照井组、西油库、大庆炼油厂等。其间，邓小平听取了大庆有关领导的汇报，并同油田领导和处级以上干部合影留念。邓小平语言简洁精辟，善于抓住问题核心，一语中的，绝少用形容词。他提出大庆油田建设和发展要搞好原油运输，石油产品的发展要走自己的道路，要分散建一些中小型炼油厂。邓小平井场亲切接见铁人，听取“铁人”王进喜介绍生产情况。

（图片来源：中国共产党新闻网　2014-08-01）

接见铁人

视察来大庆，鼓励铁人音。
精辟话语少，简洁意蕴深。
葳蕤天际远，馥郁雨中新。
自主前行路，求实马列真。

在1205钻井队，他亲切地握着“铁人”王进喜的手，鼓励他多打井、多出油，多为国家作出更大的贡献。简洁明确的语言，传达着耐人寻味的深邃思想。

（图片来源：西安石油大学铁人王进喜纪念馆）

归自谣·来大庆

来大庆。鼓励铁人多引领。
青筠晓日相辉映。
为国贡献多打井。千斤顶。
笑传万里云天净。

7月28日，中央军委副主席刘伯承元帅一行35人到大庆油田视察。8月1日，全国人大常委会委员长朱德、国家副主席董必武到大庆油田视察。9月19日，朝鲜民主主义人民共和国首相金日成到大庆油田参观。10月5日，以杨·格奥尔基·毛雷尔主席为首的罗马尼亚共和国党政代表团一行11人，在国务院副总理李先念陪同下到大庆油田参观。

1964年12月21日，王进喜出席全国三届一次人民代表大会，受到周总理亲切接见。周恩来总理在第三届全国人民代表大会上的政府工作报告中充分肯定了大庆的基本经验。在周总理亲自安排下，王进喜与毛泽东主席同点就餐，使得其平生第一次有机会与党和国家的最高领导人近距离地接触并谈话。此外，在毛主席的授意下，周恩来总理还曾两度邀请王进喜出席国庆招待会，也就是人们所说的国宴。据有关统计，铁人王进喜一生见过周恩来总理三十次之多。

（图片来源：西安石油大学铁人王进喜纪念馆）

关 怀

总理关怀问铁人，三十多次少听闻。
石油阔将分忧志，钻井明星报党恩。
漫漫长天迎日月，绵绵冰雪动乾坤。
荒原北斗参辰路，井上红旗耸入云。

1964年12月26日是毛泽东主席71岁生日，几位大区书记一起提议陶铸劝毛主席办一个71岁生日宴。在陶铸的努力下，毛主席自掏腰包，办了这次以“宴请劳模”为主题的生日宴会。晚宴的名单是毛主席亲自拟定的，参加晚宴的客人除了有部分中央领导人和各地区干部以外，其中还有4位“特殊客人”。他们都是刚参加完人民代表大会的人大代表，分别是劳模董加耕、陈永贵、邢燕子和王进喜。

王进喜作为唯一的工人代表，荣幸地出席了毛主席的小型生日宴。12月26日下午，第三届全国人民代表大会，全体会议在人民大会堂举行，王进喜是这届会议的主席团成员，同党和国家领导人及许多主席团成员坐在主席团后排。

临散会前，服务员通知留下陈永贵、邢燕子、王进喜和董加耕，周总理将4人带到一间小宴会厅，向陈毅、贺龙、董必武等领导做了介绍。那天是毛主席的71岁生日，这是主席第一次，也是最后一次公开举办的生日宴会，所有到场的人全都十分开心！

这天的晚宴是周总理负责布置和安排的，总理将大厅里的三张大圆桌摆放成“品”字形，并按照毛主席的吩咐将几位劳模和科学家安排在了主桌。毛主席到得比较晚，他一进来，大家都起立鼓掌，他打手势让大家都坐下，然后请客人们抽烟、吃糖。主席穿着朴素的衣服来赴宴，这衣服是主席穿了许多年的，领口袖口都磨损得不成样子，背后还打着补丁。和毛主席坐在一起的还有科学家钱学森、石油部部长余秋里。他们才是这次生日宴的主题，是这场宴会最重要的客人。

坐在毛主席旁边的劳模们，不经意间看到了毛主席白布衫后边竟然有一块明显的补丁，大家都惊呆了，原来毛主席这样的大人物，也过得如此简朴。宴会正式开始前，毛主席面露笑容地说道：“今天不是生日会，也不是做寿宴，而是要践行‘三同’，我用自己的稿费请大家吃顿饭。我的孩子没允许过来，他们还不够资格。今天来的有农民、工人、解放军，在一起不能只吃饭，还要谈谈话嘛！”毛主席亲切的话语让劳模们放松了下来，大家对毛主席有问必答，场面十分热闹，而这场宴席也成了毛主席生前最后一场生日宴，永远定格在了劳模们的心中。

毛主席此次生日宴的主要目的便是招待劳模，而身边的这四个特殊客人才是今天的主角。所以毛主席十分亲切地和他们聊起了天。看着身边的邢燕子和董家耕两位年轻人十分腼腆，毛主席不停夹菜，亲切地向他们说道：“你们年轻，在农村吃不好，多吃一些。”席间，毛主席还对王进喜的贡献作出了肯定：“石油工人们一起奋斗，搞出了一个大庆来，实在很不错嘛！石油工人干得凶，打得好，工业都要学大庆！”

随即主席面色严肃道：“你们不要翘尾巴，一辈子不能翘尾巴，有些人不好，尾巴翘得太高了，要夹着尾巴做人！”这句话和主席提到的“三同”是一体的，这也是主席当天想要表达的主要内容。三同即是干部和知识分子、工人以及农民同吃、同住、同劳动。主席想要警醒干部们，即便职级再高，也不能脱离群众。一定要以身作则，规范自我行为。正是在主席这种严格要求下，国家这个大机器才能高效运转，实现为人民服务的目的。散席前，毛主席还给每位客人送了一个苹果，最后和客人们依次握手告别。据说王进喜一直舍不得吃这个苹果，最后带回大庆与家人们分享了。

（图片来源：西安石油大学铁人王进喜纪念馆）

相见欢·知进退

主席遥望何人？画中音。
喜笑颜开镜外、爱之深。
知进退。兰芷蕙。铁人魂。
憨厚朴实内里、报之恩。

注：兰芷指兰草与白芷。皆香草。《楚辞·离骚》："兰芷变而不芳兮，荃蕙化而为茅。"王逸注："言兰芷之草，变易其体而不復香。"《史记·日者列传》："兰芷芎藭弃於广野，蒿萧成林，使君子退而不显众，公等是也。"唐·沈佺期《别侍御严凝》诗："静言芟枳棘，慎勿伤兰芷。"宋·柳永《如鱼水》词之一："乍雨过，兰芷汀洲，望中依约潇湘。"

在参加毛主席生日宴之前，几位受邀的当年的劳模喜聚一堂，相谈甚欢。在这些劳模中除了有大庆油田的铁人王进喜之外，还有山西昔阳县大寨村党支部书记、庄稼专家陈永贵；有放弃北京大学上大学，毅然"回乡务农，立志耕耘"的董家耕，他极大地影响了20世纪中国成千上万的青年们，是当代知识青年的榜样；有唯一的女劳模，放弃回到父母身边的机会，而是选择回到家乡宝坻县大中庄乡司家庄村务农，发奋一定要改变家乡穷貌的"钢铁姑娘"邢燕子。

（图片来源：大庆铁人王进喜纪念馆）

喜相逢

参加生日宴，喜聚四劳模。
燕子加耕贵，求实干苦活。
下乡亲碧水，上山踏清波。
新式农民好，向天奏凯歌。

铁人报告 誉满京城

王进喜在全国三届一次人代会上做了《用革命精神建好油田》的发言，受到与会代表的热烈欢迎。从北京回来后，王进喜依然保持谦虚谨慎的习惯，一边参加劳动一边听取群众意见，解决工人的实际问题。1965年4月，王进喜被中共大庆会战工委任命为钻井党委常委、钻井指挥部副指挥。在了解国内外现实情况的基础上，“每人搞上半吨石油”成为王进喜心中更高的奋斗目标。1965年7月24日，王进喜参加石油工业部政工会，作了题为《为石油事业艰苦奋斗一辈子》的报告，首次提出了“要让我们国家省省有油田，管线连成网，全国每人每年平均半吨油”的奋斗目标。下图为王进喜参加石油工业部政工会作报告。

（图片来源：大庆铁人王进喜纪念馆）

三字令·半吨油

重立志，半吨油。老黄牛。

拼命干，苦埋头。有余暇，学两论，望旌旒。

天作怪，地寒忧。几时休。

英气在，美名留。铁人情，西北汉，大风流。

注：旌旒指古代旌旗下边或边缘上悬垂的装饰品。三国·魏·曹叡《善哉行》：“彩旄蔽日，旌旒翳天。”清·林则徐《中秋沙角炮台眺月》诗：“炮声裂山杂鼓角，樯影蘸水扬旌斿。”

1966年2月，王进喜到北京参加全国工业交通工作会。1966年2月26日，邓小平在全国工业交通工作会议和全国工业交通政治工作会议上做报告。当谈到总结经验的重要性时，小平同志指出：“一项工作，往往因为不能及时总结经验，走了弯路。及时总结经验，就可以不走弯路或者少走弯路。”在谈到学习与独创时，他强调：“我们一定要有独创精神，要闯出自己的道路。”大庆石油会战取得了辉煌的成绩，王进喜的铁人精神也传遍了全国，毛主席亲自接见他，并发出了“工业学大庆”的号召。作为新中国第一批石油钻井工人，王进喜带领钻井工人用身体搅拌泥浆，最终制服井喷的画面感动无数人。他是中国工人阶级的骄傲和楷模，是一个为国分忧解难、顶天立地的民族英雄。王进喜在全国工业交通工作会议上讲道："大庆油田，是党的大庆油田，是全国人民的大庆油田；我们国家有一个大庆，还仅仅是不够啊，要艰苦奋斗一辈子，要当一辈子老黄牛！虚心地向全国各个战线上的单位、各个同志学习，我们究竟该怎么行动，就是好好打井，多出石油！"

（图片来源：央视频）

忆江南·老黄牛

祁连雪，磨砺老黄牛。

身许家国存大我，心倾华夏誉何求。

天地气长留。

黑土地，下蕴亿吨油。

相问群英来会战，可期瑶草共春秋。

刹把大风流。

1966年2月16日，王进喜应邀在人民大会堂全国工交工作会上做《读毛主席的书，听毛主席的话，为无产阶级革命事业艰苦奋斗一辈子》的报告。薄一波、余秋里等接见了王进喜。报告中王进喜在讲到提高钻井质量时，他说："要打直井，首先我们脑瓜子里要有个直井，要有高度的政治责任心，脑瓜子里没有'井'字是打不出来的。"讲1205队出事故丢了标杆，分析原因时他说："工人的问题是干部的问题，下面的问题是领导的问题，一切的问题是思想的问题。"每到这种精彩之处，会场都会响起一片掌声。王进喜文化程度不高，但他的优点是肯动脑、爱思考，善于用与现实生活联系紧密的小比喻来讲大道理，入情入理、引人入胜。两个半小时的报告，生动幽默，吸引、鼓舞和征服了所有观众。报告一次次被掌声和欢笑声打断，人们近距离地感受到了铁人的风采及其人格与精神的魅力。王进喜的报告引起了强烈的反响，轰动了整个北京城。会后中央各部委、解放军各总部，北京市多家单位和部门以及各新闻单位，纷纷向石油工业部发出邀请，请王进喜去做报告。由于邀请过多无法一一满足，最后大家商定由王进喜在中央人民广播电台讲一场。

（图片来源：西安石油大学铁人王进喜纪念馆）

作报告

工交工作会，报告动京城。
破胆披肝去，埋头苦干兴。
千人求一票，万巷卖稀空。
不带书生气，毫无造作情。

这样，王进喜在中央台讲了大半个上午，录了音剪辑后连续播放了好几天。中央台播了以后，北京就传开了，说大庆有个王铁人，钢筋铁骨，力大无穷，能把“贫油”的帽子甩到太平洋里去。然而，广播仍无法满足大家进一步了解铁人的渴望，于是王进喜又到北京电视台讲了一次。

铁人上电视，这是第一次，电视台领导说，党和国家领导人一般最长讲30分钟，铁人也讲30分钟。正式播出那天，王进喜进入演播室，坐在两个聚光灯下照着提纲讲，讲到激动处就站起来讲。周围坐着观众，又是鼓掌，又是欢呼，有的还跳了起来，非常热烈。不一会儿领导的电话打进来，问为什么不给铁人预备毛巾，还让他用袖子擦汗？实际上桌子上有热毛巾，铁人不知道。过了一会儿电话又来了，问为什么不给上茶，铁人嗓子都哑了，工作人员赶快送茶。讲到20分钟时，电话又来了，要求让铁人继续讲，不要受时间限制，于是台长决定让铁人接着讲，最后讲了53分钟，压掉了好多后边的节目，又创造了一个纪录。[1]

当了干部　还是钻工

1966年2月，王进喜被国务院任命为大庆石油会战指挥部副指挥。4月6日，铁人王进喜被石油部授予“石油工业部五好标兵”。他常说：“我是个钻工，当了干部也还是个钻工，不

[1] 郭岗彦：《铁人印记》，中国石油大学出版社2021年版，第123页。

管我担任什么职务，我还是个工人，工人就要参加劳动，劳动人民本色不能忘！”铁人王进喜特别善于调动干部群众的积极性，他团结一切可以团结的力量，聚精会神搞建设。王进喜尊重群众的主人翁地位和他们的首创精神，善于把群众的积极性和创造性调动起来，从而找到解决问题的答案。他经常挂在嘴边的一句话就是：“我的办法在什么地方啊，办法就在工人的脑子里头。我去向他们学，向他们问，回来就有了办法。”每当接受重大任务和面临严重困难时，他都要召开全体会，群策群力，集思广益，形成一呼百应的巨大合力。当钻井队打出了“质量全优井”，王进喜总会亲自到井场送红五星奖章表示祝贺。

（图片来源：西安石油大学铁人王进喜纪念馆）

红五星奖章

质量全优井，亲来送奖章。
红星流溢彩，五角放光芒。
祝贺冠军队，悬超世界强。
全球争第一，不日下西洋。

注：“把井打到国外去”是铁人王进喜的夙愿，铁人王进喜纪念馆门前的铁人花岗岩雕像沉默不语，馆里的展品好像在诉说着他的夙愿：“把井打到国外去。”以大庆新铁人李新民为代表的新时代大庆石油人经过不懈奋斗，已经实现了这个石油梦，书写了大庆精神、铁人精神勇闯海外市场的新篇章。拼搏是时代的旋律、永恒的话题。王进喜用一句“宁肯少活20年，拼命也要拿下大油田”生动诠释了什么是拼搏。李新民用一句“这活儿我敢接，我们能行”隔着时空回应铁人王进喜。故此才有“不日下西洋”的雄心壮志。

1965年10月，一直和我国保持着友好关系的东欧社会主义国家阿尔巴尼亚向我国发出邀

（图片来源：西安石油大学铁人王进喜纪念馆）

讲　解

国际友人来，繁花次第开。
贫油言论破，老酒梦思怀。
冉冉曈曈日，青青小小苔。
三秋全自给，一日胜雄白。

请，希望中国派一个石油代表团进行访问交流，并帮助他们对新建的巴托斯、钻林两个油田进行规划设计，国务院欣然应允。

1966年5月3日以阿尔巴尼亚劳动党中央政治局委员、部长会议主席穆罕默德谢胡为首的代表团，由周恩来总理、李富春副总理等陪同，到大庆油田参观。

出访欧洲　家国天下

1966年6月石油部组成了国家石油代表团，于1966年6月4日从北京启程，途经苏联的莫斯科、匈牙利的布达佩斯等地，15天后到达阿尔巴尼亚的首都地拉那。中国代表团一行共12人，代表团团长由时任国家石油部副部长的唐克兼任，王进喜是代表团成员之一。在阿尔巴尼亚，王进喜和参观团的其他成员们访问了城市、乡村，还在不同的场合作了5场报告，深受阿尔巴尼亚民众的尊敬和欢迎。

1966年，25岁的孙忆新在阿尔巴尼亚留学期间，曾为来阿尔巴尼亚访问的中国石油代表团担任翻译，团员中就有铁人王进喜。四十多天的相处中铁人给孙忆新留下了终生难忘的记

孙忆新与王进喜在阿尔巴尼亚合影
（图片来源：我给铁人当翻译）

出访阿尔巴尼亚

身行阿尔巴尼亚，心念钻工大庆寒。
睿智回应领导问，朴实话语众人言。
同行钻井传经验，共筑两国友谊船。
质朴勤劳能吃苦，铁人践诺把家还。

忆。2019年孙忆新参观铁人王进喜纪念馆时回忆说："铁人一点儿架子都没有，和想象中的英雄形象全然不同，他让我喊他'老铁'，对我来说他就是一个和蔼可亲的大叔。"

当时阿尔巴尼亚领导人劳动党总书记霍查问铁人："听说你叫'铁人'，是铁做的吗？"铁人答道："我们中国工人都是铁做的！"一句话引得全场掌声。铁人的回答，也让代表团成员在心里为他竖起了大拇指。

当得知180万人口的阿尔巴尼亚已实现年生产石油近百万吨、"平均每人每年半吨油"的产能时，王进喜震惊了，同时也陷入了久久的深思和自责之中，这"半吨油"就如同当年的"煤气包"一样，沉甸甸地压在了王进喜的心头，成了他不断奋进的动力。

不知不觉，四十多天飞逝而过。临别前，"老铁"私下问孙忆新："小孙，我回大庆前，要路过哈尔滨，你有什么事情要我办吗？"孙忆新反问："行吗？"当时，"文化大革命"已经开始，国内的政治环境变得非常敏感，许多"当权派"已成为被打倒的对象。"老铁"毫不犹豫地回答："这有啥不行的？"孙忆新一下子泪水涔涔。

通过那一段时间的相处，"老铁"知道了孙忆新的身世，了解到孙忆新的母亲是黑龙江商学院的党委书记兼院长，在当时属于"当权派"。他肯定看出当时孙忆新远离家乡和亲人数年的思乡之苦和隐忧，一再说："小孙，不要有顾虑，我什么都不怕，你有什么要求就对我提出来，我会尽力去办。"望着他真诚、友善、信任的目光，孙忆新终于开口："老铁，我很惦记我妈，你能代我去看看她吗？"他斩钉截铁地答道："行，没问题。"听到"老铁"充满爱护、同情的答复，孙忆新强忍着眼泪，哽咽着说了一句："谢谢！"

那年9月，孙忆新毕业后被分配到位于地拉那的驻阿尔巴尼亚大使馆工作，任实习翻译。到使馆工作没多久，孙忆新突然接到来自国内的一封信。打开信一看，孙忆新惊喜地发现，原来是"老铁"写来的。他在信中对孙忆新提及，他路经哈尔滨时专程去看望了孙忆新妈妈，向她详细介绍了孙忆新在国外的学习、工作状况，并叫她放心。在信的结尾处，他又叮嘱："小孙，不管你什么时候回国，回来后一定要和我联系。你现在有什么困难？手头缺钱吗？如果需要，我想办法给你汇去或者通过人给你捎去。回国后，不论遇到什么难处，都要来找我，我会帮助你的。"一封短短的信，让孙忆新读了一遍又一遍，眼泪打湿了那封仅有一页半的信。[1]

---

[1] 孙忆新：《我给铁人当翻译》，《党的生活（黑龙江）》，2019年第1期，第53页。

（图片来源：大庆油田官微 2019-07-18）

相见难

物是人非花草香，一声老铁断心肠。

思思大庆终相见，念念异国壮志磅。

点点柔情流热泪，绵绵伟力溢胸膛。

敬爱铁人身有恙，天国有爱更温良。

每当代表团到相关城市参观访问，在离开或入住旅馆时，他都抢着替代表团的同事们拎行李，提沉重的资料箱，并且真诚地对工程技术人员说："你们力气没我大，这点儿活对我来说就是小菜一碟，让我来干！"

孙忆新老人告诉大家，在阿尔巴尼亚钻井基地，铁人还换上当地工人的工服上钻台，毫无保留地给他们传授钻井经验。当讲解员讲起铁人爱孩子、办学校时，孙忆新老人说："老铁对谁都特别好！团里同事的资料箱子他都抢着拿，他说'技术人员用脑子工作，比我辛苦，体力活应该由我来做'，他的心中有大爱。"在阿尔巴尼亚石油基地，铁人和当地石油工人打成一片，换上他们的工作服，在钻台上忙碌不停，把自己的工作经验毫无保留地传授给他们。临别时，阿尔巴尼亚工人都伸出大拇指，一个劲儿地对铁人叫"好"。铁人到阿尔巴尼亚访问期间还惦记着钻工们的困难，利用补助的一点外汇特意买了两个"热得快"，带回来给职工烧开水、熬中药。在异国他乡，正是这份恩情、这份感动，让孙忆新成了大庆精神、铁人精神在国际舞台传播的使者，也让她在历尽磨难、对抗病魔时，仍念念不忘"去铁人工作过的地方看一看"。[1]

在代表团访问期间，不论是在阿尔巴尼亚首都地拉那参加与阿方重要领导人的会见，还是参加技术交流、合作谈判，铁人都十分活跃，他发言时，既礼貌，又得体，还风趣。铁人

[1]《当年，铁人让我喊他"老铁"……》，大庆油田官微，2019-07-18。

没有架子，对使馆的工作人员和蔼可亲、平易近人的态度，仿佛是一位可亲可敬的邻家大叔，大家都亲切地叫他“老铁”。下图为铁人同驻阿尔巴尼亚使馆人员合影。

（图片来源：《听亲历者讲述口述铁人》）

家国天下

和气慈祥铁人澄，朴实平易慰平生。
乐观友善春风柳，风趣可亲夏井冰。
漠漠秋烟传尺素，铮铮铁骨伴君行。
可怜大庆妖风起，几度京畿赤子情。

注：“春风柳”化用“吹面不寒杨柳风”，意指温暖、纯良；尺素指书信。如“客从远方来，遗我双鲤鱼。呼儿烹鲤鱼，中有尺素书”。吕向注：尺素，绢也。古人为书，多书於绢。

这件棕榈箱是铁人王进喜的生前遗物。棕榈箱呈长方形，长72厘米，宽40厘米，高30厘米，箱子为木料材质，外包装用棕榈绳精心编制而成，颜色为深褐色，式样精致，造型美观，是20世纪六七十年代比较流行的翻盖形行李箱，在箱子的正面标示有“1965·王近（进）喜”字样，是王进喜1966年随国家石油代表团出访阿尔巴尼亚时由国家石油部专门定做的。现成为玉门铁人王进喜纪念馆的镇馆之宝。

（图片来源：西安石油大学铁人王进喜纪念馆）

画堂春·棕榈箱

棕榈编制爱晴柔。铁人访问欧洲。
日思云想半吨油。夫复何求。
诸事心头挂满，创新勇立潮头。
何时砥柱中流，浪遏飞舟。

总理关怀　海棠花开

1966年，铁人王进喜给1202和1205钻井队立下了年打井进尺5万米的目标。1966年的大庆，春天来得特别早。往年总要到5月中旬才能泛绿，可这一年，从4月下旬开始，已是和风弄剪，细雨描春了。5月1日刚过，油亮亮的新绿，如烟如雾，一团团涌上枝头，一片片铺向原野，整个油田春光无限。人们说，春天也解人意啊！同年5月3日，周总理第三次视察大庆时，来到1202、1205钻井队，对这两个队力争在当年分别打井5万米给予热情鼓励，并叮嘱说："你们两个队打上5万米时要告诉我，我一定替你们向毛主席报喜！国务院要向你们祝贺！"1966年8月，两队就双双提前完成了任务，9月初，周恩来总理安排石油部组织报捷团，由铁人任团长，带领成绩卓著的四个钻井队和大庆劳动家属代表进京，在递交了向毛主席和党中央报喜的捷报、介绍经验并接受完采访后，被安排参加国庆17周年观礼。更让人没想到的是，包括铁人在内的报捷团的代表共10人被请进了中南海，住在一栋古式建筑的平房里。

《铁人传》作者孙宝范回忆："铁人不止一次地跟我说过，住进中南海，是党和国家给的荣誉，更是对自己的一种教育。他还说，当年住在大马号里，那是当牛做马，如今住进了中南海，是莫大的幸福。当上了国家主人翁，就得好好干！"更让铁人感动的是，毛主席送去了杧果，周总理送去了香梨。周总理那么忙，还在半夜十点钟来看望大家，一个屋一个屋地走，亲切地说："大家辛苦了！我这是代表党中央、毛主席来看望你们的，也是查铺盖被嘛！"

（图片来源：从周恩来总理的纪念邮票看一生的光辉历程）

住中南海

夜宿中南海，秋光映脸红。

英雄出草莽，百姓住皇宫。

处处通天路，人人立地松。

祁连今夜月，白马啸西风。

1966年10月1日，作为工人阶级和大庆的代表在天安门城楼上参加国庆观礼。其间，受到周恩来总理的亲切接见。

（图片来源：西安石油大学铁人王进喜纪念馆）

总理关怀

大国总理大国魂，大庆油田大庆根。
一辈相知多慧眼，十年矜遇少尘心。
人民总理人民爱，大众英雄大众亲。
高处生寒唯赖月，人间玉暖辟乾坤。

20世纪50年代整风运动开始后，油田也发动群众给小队长、大队长、公司领导写大字报提意见。这个时候，有人开始说，王进喜，一手遮天、独霸为王，整天就知道叫工人干活，不关心群众。王进喜怎么也不明白，为什么自己叫大家多为国家出石油，怎么就变得比地主资本家还霸道了呢？后来油田党支部总结发现原来写大字报的人，平时工作懒散，屡次被王进喜批评，记恨在心，就写了这张不切实际的大字报。但是迫害和冤枉却在接下来的十年动乱中登场。

这时，“文化大革命”已在全国展开，从八九月份开始了对大庆的围攻。红砖墙上贴着“踢开工委闹革命”“打倒宋陈季王”的口号。大字报、红袖标把坚持干活的人骂作奴隶，把基层干部、标兵模范称作“牛鬼蛇神”。油田各级党组织已基本无法工作。10月中旬，在北京展出的《大庆展览》就因展有刘少奇、邓小平的照片而受到严厉批判，造反派指出展览的“五大罪状”。江青、康生等人就批判北京历史博物馆的大庆展览是“反毛泽东思想的大毒草”，陈伯达亲自写信，要求造反派在大庆“打倒一切”。造反者“砍旗先砍扛旗人”，王进喜自然也不能幸免。1966年11月，张春桥宣告王进喜是既得利益者。

1966年年底，少数阴谋者和一些不明真相的人在大庆搞串联，诬蔑大庆红旗是假的，大庆工委是黑的，到处收集铁人王进喜的黑资料，并大肆造谣、诬蔑王进喜是个假典型，是地主，是真国民党员、假共产党员，妄图打倒铁人王进喜。12月29日，大庆油田原本表彰1202和1205钻井队的庆功大会在八百垧新建的钻井礼堂召开，结果庆功会开成了批判会。12月31日，王进喜坐上了从哈尔滨至北京的18次特快列车，到北京向石油部、周总理汇报大庆情况，商量解决办法。

1967年1月4日，王进喜在北京向周总理当面汇报大庆油田形势。周恩来接见了王进喜，石油工业部部长康世恩、副部长李人俊、唐克等出席。见面会上，周恩来强调要抓革命促生产，不要把油田搞乱了。周总理在1967年1月8日出席了“全国石油系统工作会议”，在会议上，就王进喜遭到的不公正待遇进行了义正词严的讲话：“王进喜反对工人离开油田放弃生产，这是对的。为什么有人硬要反对大庆，硬要打倒铁人王进喜？这是阴谋，是为了毁掉毛主席树立的这个典型。无数的油井停下来了，我们忍心看着这样吗？抓革命、促生产是这样抓的吗？”周总理的讲话，对当时揪斗铁人王进喜的势头起到了一定的遏制作用。

1月10日，王进喜回到大庆。然而，时间仅仅过去了半个月，一小撮坏人不顾周总理的警示，公然再次掀起批斗和迫害铁人王进喜的狂潮，使他精神与肉体受到摧残。

1月25日，他来到总机场积极传达周总理指示精神，呼吁要坚持抓革命、促生产。正和别人谈话中间，几个人突然闯出将他带走。轮番批斗、人身攻击一股脑地加在了王进喜的身上；甚至在批斗会上，有人高喊：“大庆红旗是假的，铁人是假的。”王进喜忍无可忍地冲上辩论台，高声怒吼：“我是铁人还是泥人，关系不大，大庆这面红旗是谁也动摇不了的……谁敢诬蔑大庆红旗，我们就一拳把他砸到地底下去！”

但是正义的呼声却带来更为残酷的“往死里整”的摧残。在王进喜的脖子上挂个大水桶，

（图片来源：西安石油大学铁人王进喜纪念馆）

坚持斗争

仗义执言剑指击，铮铮铁骨保红旗。
坚持真理劳模怒，英勇斗争豪骏急。
颠倒黑白多怪事，飞扬跋扈少东西。
无知燕雀高飞尽，有为标杆不背离。

注：诗中“劳模”特指王进喜；“东西”特指（含喜爱或厌恶的情感）人或动物；此处“少东西”一是指令人厌恶的人，引申为没有规矩，颠倒黑白之乱象。

把他的头塞进火墙用天然气熏，用火烤，还用烧红的炉钩子在铁人的腿上捅了一个窟窿，又把铁人关进黑屋子严刑拷打，要他在一张事先写好的咒骂大庆红旗的纸上签字。还让铁人站在几层凳子上，然后把凳子踢倒，铁人摔昏了就用凉水浇，又用“老虎凳”、压杠子等酷刑，硬逼铁人承认大庆红旗是黑的。王进喜是一把硬骨头，他死活不肯在这张纸上签字。他说：“把刀架在我脖子上，我也不承认。”

1205钻井队第二任队长张学贵回忆说：“那时候，王主任（王进喜时任大庆会战指挥部副主任）被批得厉害，他被说成是假标兵、大工贼，戴上高帽子游街示众，把衣服脱了围着打。”当时受批斗的厂处级干部有300多名，关进“牛棚”的有6000多人，生产受到影响，安全事故不断发生。

周总理得知这一情况后，在2月1日接见公交战线群众代表时激动地说：“大庆最近很乱，甚至还有人反对王铁人，我很着急，我一提起这件事就很激动，恨不能飞去看一看。”

很快，周恩来指派记者前往大庆找到了王进喜，看望他的情况，也代周恩来转达了他的担忧和问候。王进喜很诧异，也很激动，他对记者说：“请你一定转告周总理，我王进喜没有趴下。”“文化大革命”开始后，大庆油田开发建设遭到极大的干扰和破坏，各项规章制度被砸烂，生产指挥机关受冲击，领导干部被揪斗，科研部门被解散，大批工程技术干部被诬陷为“资产阶级权威”，强迫下放劳动，油田的生产受到极大破坏，油田的正常生活受到普遍冲击。

“文化大革命”期间，王进喜坚持希望油田生产不要受到影响。他和职工群众谈心，讲团结一致对搞好生产的意义。他来到红卫兵中间，劝说大家不要“停产闹革命”，又在1205队打的第一口井旁给群众和军代表讲当年大会战时的光荣传统，在大庆油田班子里发言，说服大家尽快解放主要领导干部及技术骨干。

但是，当时大庆油田一些群众组织联合召开所谓“打倒王进喜誓师大会”，王进喜受到残酷的批斗，从此开始受迫害。王进喜和造反派们进行坚决的斗争，铁骨铮铮保红旗。1966年2月4日，大庆的一小撮人又开始对王进喜进行迫害。大庆油田召开“打倒政治大扒手王进喜誓师大会”，对铁人王进喜进行批斗。在全油田下设一百多个分会场，石油工业部副部长、大庆工委书记徐今强以及钻井队的所谓“走资派”被勒令参加陪斗。

周总理得知这一情况后，在接见北京公交代表时激动地说：“同志们，最近大庆很乱，甚

至还有人反对王铁人，我很着急，恨不得现在就坐飞机去看一看他！”❶

1967年2月5日，担任大庆军管会主任的黑龙江省军区副司令员安怀进京向周总理请示工作，总理交代要把王进喜接到北京来。几天后，国务院办公厅发来电报，传达周总理指示，立即让王进喜到北京。

1967年3月，铁人王进喜进京向周总理汇报大庆油田生产情况，被周恩来总理邀请到西花厅做客之时，周总理再次明确地指出：“王铁人是大庆油田的模范代表，他对大庆油田的发展是有功的！”周总理再一次旗帜鲜明地保护了铁人王进喜。

（图片来源：西安石油大学铁人王进喜纪念馆）

恨春迟·花满琼枝

大庆悲鸣人马怒，天欲坠、都恨春迟。
四月尚留寒，滴落英雄泪，为国不踯躅。
铁人京城真情唤，手紧握、雅望风姿。
笑谈栉风沐雨，同气相连，海棠花满琼枝。

注：雅望指仪表美好，引申为有名望的人。晋·葛洪《抱朴子·审举》：“士有风姿丰伟，雅望有余，而怀空抱虚，干植不足，以貌取之，则不必得贤。”唐·王勃《秋日登洪府滕王阁饯别序》：“都督阎公之雅望，棨戟遥临。”

1967年3月23日，周总理在北京接见王进喜及军管会和群众代表时，充分肯定大庆的经验，指出“大庆石油会战的胜利靠的是毛泽东思想，靠的是‘两论’起家，靠的是实干。大庆不能停产闹革命。”并当众宣布铁人王进喜在大庆石油大会战中立了大功，历史清楚，不准再批斗。周总理又一次旗帜鲜明地保护了王进喜。

王进喜回到大庆之后，根据周总理的批示，对大庆油田发生的问题进行了整改，广大干部群众在王进喜的带领下，生产生活恢复了正常秩序，在较短的时间内扭转了被动的局面。

1967年4月，王进喜加入钻井指挥部“抓革命，促生产”一线班子。又开始了天天跑井的日子，开始了艰难而富有成效的工作。他走遍大庆油田，贯彻周总理的指示精神，大声疾呼“大庆生产一天也不能停”。

❶ 康世恩：《大庆油田浸透了周总理的心血》，中国共产党新闻网。

（图片来源：西安石油大学铁人王进喜纪念馆）

传达总理批示

传达指示忙，群众看端详。
两论风云起，精神日月光。
红装来映雪，素裹又欺霜。
春柳天天暖，寒梅片片香。

铁人五讲　横空出世

1966年10月1日，铁人和报捷团代表们一早就从中南海出发，步行来到天安门城楼西平台等待观礼，其间，应几位解放军战士请求，他题写了“四讲”，即“讲进步不要忘了党”“讲本领不要忘了群众”“讲成绩不要忘了大多数”“讲缺点不要忘了自己”。国庆节过后，原本打算回大庆，1966年10月4日上午，铁人应邀到北京人民艺术剧院看演出，参加座谈会。青年演员李光复和朋友奴尔马木提路过剧场后台，看到正在沙发上坐着休息的铁人，那是他在照片上多次见到、心目中崇拜的英雄，不禁叫出声来，立即跑过去，蹲到铁人身边攀谈起来。

“大庆的干打垒是怎么盖的？您跳泥浆池用身体搅拌泥浆，当时情况很紧急吗？”李光复向铁人询问了两个问题，铁人一一回答。随后，奴尔马木提用维吾尔语为铁人唱了一首《歌唱解放军》。听完后，铁人高兴地鼓起掌来，并热情邀请他们到大庆油田演出。这时，李光复从身上掏出《毛主席语录》，请铁人给他签名留念。铁人最初并没有想写“五讲”，只是写了“大庆油田王进喜66、10、4”的签名。在李光复说想要的不仅是签名，还有题词后，铁人王进喜沉思后才认认真真地写下了这五句话。所以，我们现在看到的五讲题词是“五讲”只在左上角占了很小的地方。在对李光复两次采访中，他回忆说：“当时请求铁人题词时，实际上以为铁人会写类似‘党是我的妈，矿是我的家，要听党的话，管好我的家’，当年很流行的宣传口号，没想到，铁人写下了‘五讲’。”

铁人给演员李光复题词时，在原来“四讲”的基础上，加了“讲现在不要割断历史”，写下了为大众所熟知的“五讲”。那次报捷，除了下定决心要大干特干，赶超美苏，铁人还有一个思想变化。

在报捷期间，他看到了进入改革开放前探索期的北京，经济和社会遭受严重挫折，思想也逐步完善升华，写下“五讲”，尤其是最后一个“讲现在不要割断历史”，让很多人受到教育。半个多世纪过去了，铁人“五讲”仍然熠熠生辉，闪耀着铁人“大众哲学家”的思想光芒。铁人“五讲”是他毕生学习和实践的结晶，是他为我们留下的宝贵思想财富。时隔50多年，铁人“五讲”仍然绽放着光彩，具有时代气息和现实意义。

（图片来源：大庆铁人王进喜纪念馆）

铁人五讲

铁人五讲溢清芳，直到零七始见光。
光复北京真迹辨，俊德大庆喜开张。
沙黄覆地真金贵，梅艳压枝瑞雪香。
辩证哲思传四海，精神美誉满三江。

注：光复指李光复，北京艺术学校毕业，1964年为北京人民艺术剧院青年演员，现为北京人民艺术剧院国家一级话剧、影视演员。

俊德指许俊德，时任铁人纪念馆副馆长许俊德，系黑龙江作家协会、中国石油作家协会会员。

使命担当　任重道远

1968年4月27日，大庆油田钻井革委会成立，王进喜被推选为副主任。5月31日，大庆革命委员会成立，王进喜被推选为大庆革委会副主任。1969年2月，中共大庆党的核心小组成立，王进喜担任副组长。1969年4月，党的“九大”在北京召开，王进喜作为大庆的代表出席了这次大会，被推选为主席团成员，并当选中央委员，受到毛泽东主席和周恩来总理的亲切接见。王进喜以工人代表身份当选中央委员，在人民大会堂里，周恩来总理特地叫住他向毛泽东主席介绍说：“这是大庆的铁人王进喜。”毛泽东主席握住他的手说：“王进喜，我知道是工人阶级的代表。”

1970年10月1日，中央人民政府在北京天安门广场举行了庆祝新中国成立21周年的大型群众游行活动。王进喜作为中央委员出现在天安门西侧观礼台的第一排，这也是他最后一次见到毛主席。

（图片来源：西安石油大学铁人王进喜纪念馆）

相见欢·主席接见

主席接见英雄，沐春风，
大庆再擂战鼓，水流东。
凭栏处，复兴路，问苍穹，
宁可少活廿岁、尚光荣。

由于受“文化大革命”的影响，20世纪60年代后期，大庆油田出现了“两降一升”（地层压力下降，原油产量下降，地下含水上升）的局面，油田接连发生一些事故，原油被盗的现象也时有发生。对此，身为大庆革委会副主任的王进喜忧心如焚，在做了大量调查研究的基础上，把问题放到当时的大庆革委会常委会上，然而没有得到应有的重视。

1970年1月，石油部军管会在北京召开石油系统抓革命促生产会议，特邀王进喜参加。会上，一位负责人大谈油田形势如何一片大好，王进喜憋不住了，站起来直接说，大庆形势很不好，地下水快淹到脖子了。王进喜仗义执言，一五一十汇报了大庆油田“两降一升”的严重问题。余秋里听后感到问题严重，指示王进喜要进一步作准备，向周总理汇报。会议期间，周总理请王进喜到中南海去看阿波罗宇宙飞船登月纪录片。总理边看电影边对铁人王进喜说：“你说的大庆的情况我已经知道了。详细的情况你们准备一下，让石油部写一个报告。有时间，我邀请你们再谈一次。”

石油部军管会根据王进喜汇报内容撰写了《当前大庆油田主要情况报告》，以绝密文件形式上报国务院和周总理。1970年3月10日，周总理约见王进喜，王进喜来到了西花厅，就大庆的问题详细地和总理进行汇报。周总理怕铁人在“文化大革命”中再受迫害，就让铁人坐在自己身旁，还说：“铁人来开会，让他坐在我身边。因为别人看见他坐在我身边，他的日子会好过些。”周总理详细听取了王进喜的汇报，深入了解大庆油田的情况。3月18日，周总理在石油部军管会报送国务院的《关于当前大庆油田主要情况的报告》上作出重要批示："要保护好大庆油田，加速解放大庆的干部；大庆不要忘本，要恢复两论起家的基本功。"周总理的批示，给大庆油田指明了方向，广大干部工人受到鼓舞，在较短的时间内扭转了被动局面。王进喜回到大庆之后，根据周总理的批示，对大庆油田发生的问题进行了整改。王进喜深入井队动员职工坚持生产，广大干部群众欢欣鼓舞，油田上下出现了大干的场面，生产生活逐渐恢复了正常秩序。

（图片来源：西安石油大学铁人王进喜纪念馆）

两降一升

两降一升局面危，进京汇报走如飞。
幸亏总理重批示，才有铁人满载归。
两论知行方起家，一腔热血看朝晖。
初心不忘石油梦，使命担当傲雪梅。

1970年2月，王进喜受周总理委托，以中央委员的身份带领大庆油田慰问团来到会战正酣的江汉油田慰问。了解支援会战工作落实情况，同时做了大量解放干部、稳定队伍的工作。

他会见武汉军区和湖北省革命委员会的领导人时，传达了周恩来总理关于尽快解放石油系统高层领导干部的指示。与主持会战的石油工业部部长康世恩和焦力人等领导人一同研究了具体工作，看望了在江汉油田劳动改造的石油工业部副部长唐克和钻井指挥李敬，亲自列了一份解放干部名单，要求领导江汉石油会战的武汉军区一周之内解决问题，尽快让这些同志恢复工作。十几天的江汉之行，王进喜以慰问会战队伍的名义，为受到错误批判的干部们撑腰打气，刮起了一股拨乱反正的旋风。经过铁人的工作，虽然没能在7天之内解放，但进度却大大加快了。

李敬终于在当年7月被解放，到13团去任副团长。李敬穿上草鞋一个队一个队去了解情况，指导打井。见他的人都说，李指挥又恢复了大庆会战时那股劲。1992年1月19日，在李敬家采访时，他说："铁人做解放我的工作，不光是对李敬负责，首先是对党负责。不仅相信我不是反革命，更坚信党的政策。他到江汉是慰问，完全可以风风光光地走过场，不必管这样担风险的事情。可他却要管，管得那么认真。这就是国家主人翁的本色，优秀共产党员的本色。”李敬还深有感触地说：“患难之中才见同志间的真感情。我当时不仅被定为走资派，还有所谓的‘反党言论录’，但铁人不怕付出代价，不考虑个人得失，使我感到有人还相信我，受到鼓励，对党的政策也有了底。要知道，铁人也是挨过批，受了追害有冤屈的，可他不为自己争一句话，这就是高尚的品德。”❶

（图片来源：西安石油大学铁人王进喜纪念馆）

江汉慰问

带队来江汉，油田尤会战。
工人了解深，干部悉心看。
一众本相识，群英应畅谈。
轻车慰问时，万众精神焕。

1970年4月4日，王进喜来到故乡玉门。4月5日作为特邀代表，参加“文化大革命”以来石油工业部召开的第一次全国石油工作会议。

在这次会议上他与歪曲事实、否定大庆红旗的少数坏头头展开了针锋相对的斗争，受到“造反派”的诽谤攻击。

王进喜怒火中烧，义愤填膺，痛斥鼓吹“形势大好”的人睁着眼睛说瞎话，义正词严地提出恢复以责任制为核心的规章制度，让有组织领导能力并且懂得油田生产管理的行政干部和技术专家出来主持工作，尽快采取措施，扭转大庆油田“两降一升”的危局。

他在大会上发言时提出要快速发展中国石油工业，争取早日实现全国原油年产量上亿吨、在世界上排名前列的目标。他在会上大声疾呼要恢复光荣传统，充满信心地提出“大庆产量要上四千万吨，全国产油一亿吨”，早日实现“全国每人每年半吨油”等一系列远大的奋斗目标，引起与会者的强烈反响。

❶ 大庆油田铁人传写作组：《铁人传》，中央文献出版社2009年版，第254页。

（图片来源：西安石油大学铁人王进喜纪念馆）

西地锦·铁人病

不料铁人痛倒。病情多有扰。

原油上亿，春风浩荡，眉开眼笑。

乍暖春寒料峭。非闲愁知晓。

情牵钻井，魂归大庆，白驹皎皎。

会议期间，王进喜胃疼的老毛病又犯了，胃疼难忍，病情加剧，而且越来越严重，不得不中途离会休息。此时他或许隐约感到凶多吉少，于是趁着休息回到了阔别多年的赤金镇老家，和妹妹、乡亲们一起坐坐。在家乡王进喜走乡串户，向乡亲们了解生产生活情况；并希望家乡多种树、多修路，多搞农副业，希望家乡父老早日富起来。

铁人，这个盛世如您所愿，现在的赤金镇和平村（铁人村）已经旧貌换新颜。初冬时节，当万物在寒风中呈现出一片肃杀景象时，在酒泉玉门市赤金镇铁人村，处处可见在铁人精神感召下的生机和活力。整洁靓丽的新居、欣欣向荣的韭菜产业、古朴怀旧的农耕文化园，共同书写着铁人村翻天覆地的变化。村里着力提升人居环境，持续推动产业发展，发展民俗民居，大力弘扬“铁人”文化，玉门市赤金镇铁人村被中央农办、农业农村部、中央宣传部、民政部、司法部评为“全国乡村治理示范村”。

（图片来源：西安石油大学铁人王进喜纪念馆）

归故里

十年别故土，衣锦好还乡。

修路多种树，治沙少放羊。

老友今犹在，新人久不当。

归途突发病，罹难举国殇。

4月17日，王进喜病情加剧，只好提前休会，乘坐火车来到北京治病。在石油工业部的领导和周总理的亲切关怀下，王进喜于来京的第二天（4月19日）就住进了解放军总医院（301医院）。王进喜经常说："我这一辈子就是要干好一件事情：快快地发展我国的石油工业。"为了实现这一终生理想，为了改变我国石油工业落后面貌，王进喜在长达30多年与艰难困苦的斗争中，积劳成疾，经专家会诊确诊为胃癌。

5月4日，王进喜在301医院做了胃切除手术，转入化疗观察。恢复期间，邓颖超代表周恩来总理到医院探望王进喜。石油工业部老领导康世恩、焦力人不仅亲自探望，还多次给王进喜写信，鼓励他用钢铁意志战胜疾病，配合医生治疗，争取早日康复。

大庆油田的老领导、老同志和亲朋好友也纷纷前来北京探望慰问。莫大的鼓舞让王进喜的病情一度出现好转，他不顾医生和家人的劝阻，在病房里坚持工作，连续给大庆革命委员会写了3封信，提议首先解放大庆油田原生产办公室主任宋振明。为了鼓励宋振明出来主持工作，他让警卫员方廷振专程回大庆，去找下放劳动改造的宋振明，亲手递交他写的勉励信。

7月，焦力人从江汉油田回北京办事，到医院探视王进喜时告诉他唐克副部长已经官复原职；李敬指挥也获得解放，担任了江汉会战13团的副团长。这些好消息让王进喜精神振奋，病情好了许多。焦力人返回江汉油田的时候，王进喜亲自到火车站送别。

大庆油田钻井指挥部的同志来北京探望，王进喜一再嘱咐要继续办好"回收队"，把散失的油田物资器材收集起来，成立一个专门修旧利废的修理厂，设法重复利用。

他还自费购买了一批消灭臭虫、蟑螂的敌敌畏，要求大庆的同志带回油田解决职工家属的困扰。病情稍稍稳定王进喜就要求出院，他打算办好三件事：一是去山西省昔阳县的大寨人民公社参观学习；二是到长春第一汽车制造厂求援，争取给每个钻井队配上一台解放牌卡车；三是回大庆油田召开万人大会，大张旗鼓地解放一批有工作经验的老干部。他幻想病好了还能再干20年，把中国的石油产量提升到人均半吨油的水平。

然而，暂时被抑制的病魔悄悄突破了医生的防线，快速向其他脏器转移，留给他的时间已经不多了。趁着还能走，他还去了一趟北京郊区的某农场，向菜农学习种植经验，要了一些适合在高寒地区繁育的种子，托人带回大庆油田交给家属管理站试种，希望进一步丰富职工的餐桌。

手术后的一百多天里王进喜从未安闲，时刻惦记着大庆油田的生产和职工家属的生活。

他以顽强的毅力战胜了治疗过程中的痛苦，始终用工作的快乐与肆虐的病魔作最后的抗争。[1]

1970年10月1日，王进喜参加国庆观礼，他被安排在城楼西侧第一排。这次与之前观礼不同，之前是作为劳动模范代表受接见，这次是作为中国共产党中央委员会的成员参加检阅。他看着城楼前游行队伍浩浩荡荡地走过，心情激动，身上感到无比的轻松和舒畅，心中畅想着：等病好后，一定回大庆再干20年。

1970年的国庆节，在天安门广场举行了盛大的群众游行庆祝活动。王进喜抱病参加，这是他最后一次见到在城楼上向人民群众招手致意的毛泽东主席。铁人王进喜手扶白色栏杆，挺拔地站在检阅台上。虽然面容清瘦，但两个眼睛炯炯有神。王铁人给亿万人民的最后一个形象是坦然乐观，坚毅如铁，一派英武之气！

（图片来源：西安石油大学铁人王进喜纪念馆）

1970年国庆观礼

遗忘音容病树春，归来暗喜盼佳音。
紫禁城锦旌旗展，大庆湖光尺素新。
极目追寻思党恩，凭栏四顾诉衷心。
鞠躬尽瘁英雄泪，不朽精神万古魂。

王进喜在患胃癌住院期间，关心最多的还是大庆油田，他不止一次地问医生：“我这病多久能好啊？好了以后，我还得赶去油田上钻井呢！”医生面对他的询问，总是说：“这个病啊，一时半会儿还好不了，还得需要一段日子。”王进喜不干了，说：“医生啊，我这病是小事，油田的事可不能拖，您就快点给我治好吧，我就是死也要死在油田上！”在天安门城楼上，他遇见了邓颖超，邓大姐关切地询问他的病情，他乐观地说：“等病好后，一定回大庆再干它20年，请总理放心！”畅想着未来的铁人哪里知道，此时癌细胞已经扩散，大夫们正在为治不好这位英雄的病而流泪。英雄风范塞沧溟，一代铁人石油魂。铮铮铁骨昭青史，国强莫忘开拓人。下图是铁人王进喜1970年国庆观礼邀请函等。

[1] 宫柯：《铁人的最后岁月》，《石油知识》2020年第4期，第268页。

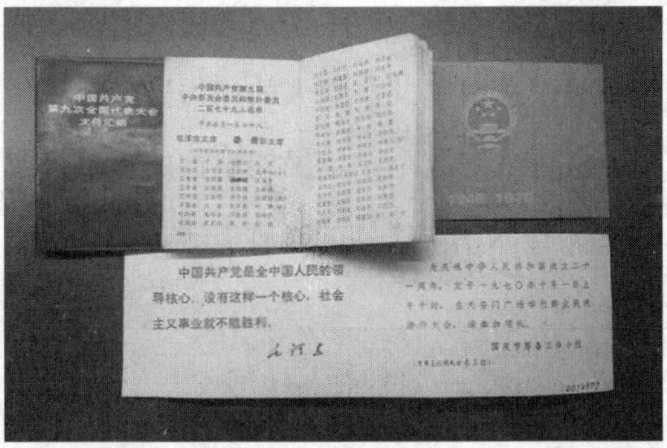

（图片来源：玉门铁人王进喜纪念馆）

醉花阴·1970年国庆观礼

国庆北京来观礼。抱病疲劳体。
人在北京城，大庆神驰，应是秋风起。
铁人尺素凭栏寄。一片冰心里。
展望满堂春，郁郁葱葱，万象更新气。

国庆节刚过，铁人王进喜的癌症扩散，病情急剧恶化，弥留之际还在关心石油工业的发展，与匆匆赶到医院探视的康世恩断断续续交谈了3个多小时，谋划解放干部、恢复传统，设法扭转大庆油田地下亏空的不利形势。为了解决王进喜的困难，组织上给他一些补助。他都一笔笔地记上账，保存在枕头下，临终前好交给组织，为人民鞠躬尽瘁，为自己不取分毫的王进喜要求儿女把老伴送回赤金老家，不提任何要求，不给组织添麻烦。

在其逝世前，躺在病床上的王进喜，颤颤巍巍掏出一个小纸包，里面包着一沓钱，还有一份名单，这是王进喜病了后，同志们捐助给他看病的钱，他把这个小纸包交到当时陪床的一位领导手中，说："这笔钱，请把它花到最需要的地方去，我不困难。"打开纸包，里面是他住院以来组织给他的补助款和一张记账单，一笔一笔记得清清楚楚，一分也没有动。在场的人无不为之动容，流下了感动的泪水。这样一个为国家奉献了一生的人，到了生命的最后时刻还在想着自己不能占用国家的资源，一辈子不为名、不为利。王进喜的品格是高尚的，他的"铁人"精神也是让无数后代为之感动，我们应该记着他的贡献，因为他是我们国家的功臣。

但可惜的是，王进喜最终还是没能回到那片让他魂牵梦萦的黑土地，成为他临终前的遗憾。在弥留之际，王进喜仍然用微弱的声音嘱咐身旁的工友们："一定要……把大庆油田搞好，把石油产量提上去……"

1970年11月15日，王进喜患胃癌医治无效逝世，年仅47岁。他把短暂而光辉的一生献给了我国石油工业，为新中国社会主义建设作出了突出贡献，他身上所体现的铁人精神，成为中华民族的宝贵精神财富。铁人是什么样的人？王进喜的战友是这样说的："你就是把王铁人的骨头砸碎了也找不出半个'我'字"。"铁人精神"到底是什么？工人们总结得好："不怕苦、不怕死，不为钱、不为名；一心为国家，一切为革命。”铁人王进喜是大庆人的杰出代表，中国石油工人的光辉典范，中国工人阶级的先锋战士，中国共产党人的优秀楷模，中华民族的英雄。铁人精神是大庆精神的典型化体现和人格化浓缩，是中华民族精神的重要组成部分。世纪之交，王进喜被评为“百年中国十大人物”，写入中华民族的光辉史册。

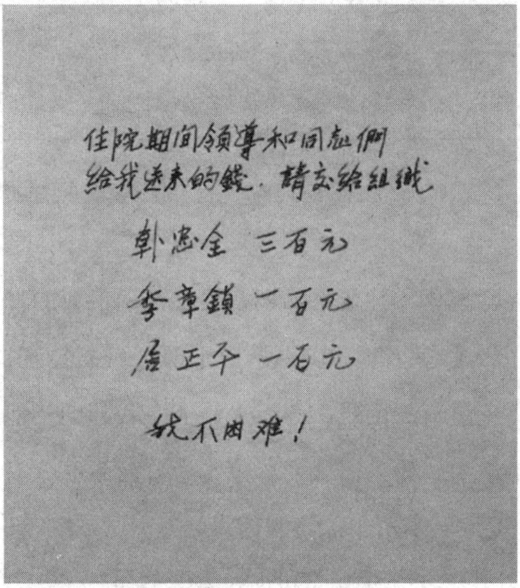
住院期间領導和同志們
給我送來的錢．請交給組織
韩忠全 三百元
李章鎮 一百元
屈正平 一百元
我不困难！

（图片来源：大庆铁人王进喜纪念馆）

水调歌头·无我

骨头砸碎了，心血也熬干。
一如无我，无关名利为国担。
露宿风餐无悔，大庆惊雷滚滚，银汉转清寒。
身披羊皮袄，刹把尽余欢。
不怕苦，不怕累，照婵娟。
如歌岁月，冰挂玉露在人间。
天外鱼白飞鸟，春晓东风咏柳，芳草碧连天。
井架巍峨立，百战在荒原。

一代英模早逝，令人唏嘘不已。铁人王进喜，是顶天立地的男子汉，是为国赴命的民族英雄。他积极向上、乐观负责的人生态度，坚韧不拔、无难不克的意志品格，严细认真、一丝不苟的工作作风，感恩社会、挚爱大众的道德人格，凝缩着一个民族不畏困难的民族气概，是我们永远前进的旗帜。一个人只有为民族独立、国家富强和人民幸福而奋斗，才是幸福的，才活得有意义、有价值。

用今天的视角回头去看铁人，我们发现王进喜的许多思想理念和意识都具有很强的超前性，值得我们学习。如果我们人人做铁人就能够实现铁人精神在新时期的重生，实现中华民族伟大复兴的中国梦。“铁人精神”是一面旗帜，凝聚着艰苦奋斗、甘于奉献的朴素情感；“铁人精神”是一个标志，象征着奋斗不止、创造未来的民族气概。时代呼唤铁人精神，同时要求我们随着时代的发展而有所创新，铁人精神不仅要体现艰苦奋斗的过去，更应体现当今先进的文化。铁人永远活在我们心中，铁人的光辉不会远去，铁人的精神从未磨灭。

大庆精神、铁人精神中的奉献因子有着深厚的源头活水，这就是会战时期被职工称颂的——献身精神！

王进喜说："宁肯少活20年，拼命也要拿下大油田！"

王启民说："宁肯把心血熬干，也要让油田稳产再高产！"

李新民说："宁肯历尽千难万险，也要为祖国献石油！"

三代铁人在不同时期立下的誓言，充分体现着大庆石油人为祖国、为人民、为事业甘于奉献的崇高品格。铁人精神之所以能历久弥新，源于王进喜把个人价值和国家前途命运融合到一起的政治自觉，奉献是铁人精神的核心精髓。

奉献是中华民族的传统美德，更是共产党人的重要精神特质。我们党对国家、对民族、对人民的赤诚奉献，既通过推动中国历史变革的伟大成就来体现，也通过一个个共产党员的先锋模范作用来展现。"选择吃苦也就选择了收获，选择奉献也就选择了高尚。"习近平总书记对奉献的阐释，正是大庆石油人一直以来对默默奉献的深刻理解。

第十章

六宝传家　砥砺奋进

大庆油田的发展史，就是一部科技创新史和自强奋斗史。在社会主义革命与建设时期诞生的大庆精神（铁人精神），是中国共产党人精神谱系的重要组成部分。在大庆石油会战以及后来的油田开发建设中，大庆人发扬爱国主义精神，以“有条件要上，没有条件创造条件也要上”的英雄气概，不畏重重困难，艰苦奋斗，逐步形成并发展了人拉肩扛精神、干打垒精神、五把铁锹闹革命精神、缝补厂精神、回收队精神、修旧利废精神。这些精神是大庆艰苦创业传统的重要内容，被大庆人称为艰苦创业的“六个传家宝”。

在大庆油田会战及以后的开发建设过程中，大庆石油人坚持的“六个传家宝”，成为自力更生、艰苦奋斗的鲜明精神标识。面对前所未有的困难和挑战，以铁人王进喜为代表的中国石油工人发出了这样的誓言：“这困难，那困难，国家缺油是最大的困难。困难面前有我们，我们面前无困难！”“我们有能力找到大油田，也一定能够开发好大油田。”“有条件要上，没有条件创造条件也要上。”“宁肯少活20年，拼命也要拿下大油田。”1960年，东北松辽石油大会战打响。到1963年年底，大庆油田累计为新中国发展输送了1155万吨原油“血液”，我国石油因此实现基本自给，一举甩掉了中国“贫油”的帽子。

在大庆油田开发建设的艰苦环境和激情岁月里，铸就了宝贵的大庆精神、铁人精神。1964年，毛泽东同志发出“工业学大庆、农业学大寨、全国学习人民解放军”的号召，把大庆精神、铁人精神推向了全国。2009年9月22日，习近平总书记在大庆油田发现50周年庆祝大会上讲话明确指出，“大庆油田的开发建设，铸就了以‘爱国、创业、求实、奉献’为主要内涵的大庆精神和铁人精神。”

在这“六个传家宝”中，人拉肩扛精神、回收队精神、修旧利废精神为铁人王进喜所倡造，其他的铁人王进喜也都深入其中，积极践行。2019年9月，在大庆油田发现60周年之际，习近平总书记发出的贺信指出，大庆油田的卓越贡献已经镌刻在伟大祖国的历史丰碑上，大庆精神、铁人精神已经成为中华民族伟大精神的重要组成部分。[1]

人拉肩扛精神

人拉肩扛精神，以铁人王进喜为代表的会战职工，在生产和工作缺乏常规保证的条件下，

[1]《大力弘扬大庆精神——为国分忧　为民奉献》，《中国青年报》2021年8月24日。

充分发挥主观能动性，用非常规的办法、艰苦创业的精神克服困难。1960年初春，王进喜带着贝乌5队的钻井工人来到大庆，就盼着早日开钻。他每天都派人到火车站打听钻机什么时候到，安排人平井场，做好打井的准备工作。王进喜带人一边帮着其他钻井队卸运器材，一边等钻机。王进喜和队友们期盼已久的钻机终于运到了，他们欣喜若狂，就像看到阔别已久的亲人一样。而问题随之而来：一个钻机有60多吨重，没有吊车，怎么从火车上卸下来再运送到井场安装起来呢？职工们焦急万分。为了解决这个问题，队党支部开会进行研究。会上，王进喜说："没有吊车，咱们有'宝贝'，照样干！"有人问："啥宝贝？"王进喜说："大活人！天大的困难也要上，退下来算个啥呀！"说干就干，30多人用绳子拉、木块垫、撬杠撬，人拉肩扛把钻机、柴油机卸下火车。一个个石油汉子铁骨铮铮，一番苦战下来，钻机真就被搬上了汽车。60多吨的铁家伙，实在太重，汽车都有些吃不消，只能小心翼翼地朝井场开去。石油工人们靠着厚实有力的双肩，用棕绳、撬杠、铁管……这些原始工具，连拉带扛，连撬带拽。在王进喜的率领下，60多吨重的钻机，从火车站运到井场，从地面抬到钻台；铁人王进喜和队友们以钢铁般的意志，在松嫩平原缔造了一段传奇，这也成为鼓舞几代大庆人斗志的精神力量。

（图片来源：西安石油大学铁人王进喜纪念馆）

鹧鸪天·运钻机

旱柳含烟战气浓，钢筋铁臂似虬龙。
肩扛撬杠惊寒鸟，手拽棕绳惹夜虫。
尘荏苒，岁峥嵘，祁连傲骨铸英雄。
花前月下忠魂在，海角天涯碧血琼。

因精神而屹立，因精神而永恒。荒野之上本没有路，披荆斩棘的人们，必定有一种精神在支撑，一定有一种信念在鼓舞。人拉的是60吨重的钻机，肩扛的是沉甸甸的责任。"人拉肩扛精神"早已融入大庆人的血液，大庆人凭着"没有条件创造条件也要上"的大无畏精神，硬是人拉肩扛，扛起了一个世界级大油田。

（图片来源：作者拍摄）

人拉肩扛

人拉钻机重，肩扛责任沉。
荒郊无鸟叫，野外有龙吟。
虎啸地球抖，鸡鸣落雪琴。
传奇非故事，高照幸如临。

干打垒精神

干打垒精神是一种强烈的为国分忧的爱国主义精神，是一种勇敢面对现实、顽强战胜困难的精神，是一种奋发图强、自力更生的精神，是一种勤劳节俭、乐于奉献的精神。它给予大庆人的精神财富，是厚重的，是跨越时间和空间的。大庆石油会战打得猛、上得快，到了1960年六七月时，会战工委和会战指挥部开始考虑5万多人、上万台设备和车辆怎样过冬的问题。会战工委和会战指挥部紧急召开会议，讨论会战队伍安全过冬的问题。时任石油工业部部长余秋里这时从北京打来电话，表达了自己的意见，他说："这次会战只许上，不许下；

（图片来源：西安石油大学铁人王进喜纪念馆）

干打垒

自力更生干打垒，勤劳节俭里程碑。
奋发向上分忧虑，励志图强解难为。
火热青春争奉献，　流金岁月伴霞晖。
十年一日人何在，照雪祁连赤子归。

注：赤子指刚生的婴儿，后比喻热爱祖国，对祖国忠诚的人。"赤子"最早是老子所用的比喻，在《道德经》第五十五章中，老子写道："含德之厚，比于赤子。毒虫不螫，猛兽不据，攫鸟不搏。骨弱筋柔而握固。未知牝牡之合而朘作，精之至也。终日号而不嗄，和之至也。"

只许前进，不许后退！无论遇到多大的困难，也要硬着头皮顶住。这个决心决不动摇。”时任黑龙江省委第一书记欧阳钦建议：有一种办法，就是东北老乡搞的那种“干打垒”。干打垒是一种简易的筑墙方法，在两块固定的木板中间填入黏土夯实，用这种方法盖的房子有很多优点：就地取材，人人动手，节约资金和材料，冬暖夏凉。于是，会战工委组织了“干打垒”指挥部，派出了建筑设计人员、施工技术人员到附近的农村、乡镇学习建筑“干打垒”的技术和管理。各级领导干部分工负责，充分发动群众，开展了一场人人打“干打垒”的群众运动，一场过冬突击战很快在整个油田展开。从1960年的6月初到11月底，建成了30万平方米的“干打垒”，解决了职工安全过冬问题，缓解了职工住房困难，保证了石油大会战的进行。

在20世纪60年代初，由茅地、世俊、万林作曲，王积作词的歌曲《干打垒之歌》问世。歌词如下：

嘿嘿哟嗬，嘿嘿哟嗬飞起你的夯哟嗬，抡起你的锤哟，架上那木板打好桩啊，我把那泥土垒呀。嘿！嘿！干打垒呀，干打垒，干打垒呀，干打垒，一座座土房是大庆的里程碑呀嘿哟。

记得当年入荒原哪，红旗哟嗬引路，战鼓擂呀咳哟；是干打垒呀干打垒，是干打垒呀干打垒，让千军万马扎下营哪，扎呀么扎下营呀，任刺骨寒风阵阵吹呀，干呀么干打垒呀，我们大庆人哪，一步一个脚印向前进哪，向前进哪，惊醒了嘿，惊醒了嘿，惊醒了沉睡的荒原，把古老的岩层钻呀，嘿钻呀，嘿钻个碎呀嘿哟。

石油奔流山河醉呀，山河醉呀，洋油时代一去不复回呀，嘿呀嘿哟，不复回呀，嘿哟嘿哟，是干打垒呀干打垒，是干打垒呀干打垒，接过艰苦奋斗的传家宝哇，干呀么干打垒呀，南泥湾精神展翅飞呀，干呀么干打垒呀，我们大庆人哪，一步一个脚印向前进哪，向前进哪，建设起嘿，建设起嘿，建设起震撼世界大油田，把敌人的阴谋，砸呀，嘿砸呀，嘿砸个碎呀嘿哟，石油奔流山河醉呀，社会主义祖国，多雄伟，呀嘿呀嘿哟，多雄伟呀，呀嘿呀嘿哟，嘿嘿哟嗬。

当时上至部长下到普通工人都是上班夺油搞会战，下班盖“干打垒”再会战。干打垒是石油精神的时代烙印，是一个时代的精神。干打垒精神是一切从实际出发，坚持党的群众路线，集中群众智慧，认识困难，战胜困难的精神。干打垒建筑群位于大庆市红旗村（现龙凤区前进村）的工业遗址区，占地约30万平方米，是大庆仅存的有规模的唯一原生态干打垒建筑群，2007年被列为市级工业遗址，2014年又被列为省级文物保护单位。

（图片来源：西安石油大学铁人王进喜纪念馆）

两同心·干打垒

荒原冬早，画角烟尘。

干打垒、激情似火，望墙壁、月桂如银。

再会战，上下同德，万众一心。

刺骨寒意风临。几度黄昏。

创业碑、惊雷赑响，冲天气、壮志凌云。

到岁末，广厦千间，洗盏鸣琴。

注：月桂指神话传说里的月中桂树，此处借指月光。南朝·梁元帝《刻漏铭》：“宫槐晚合，月桂宵晖。”

赑（bì音）响的意思是巨响。北魏·郦道元《水经注·浙江水》：“溪中相攻，赑响外发，未至桥数里，便闻其声。”

洗盏即洗杯，指饮酒。唐·杜甫诗：“鸣鞭走送怜渔父，洗盏开尝对马军。”宋·苏轼《前赤壁赋》：“客喜而笑，洗盏更酌。”

鸣琴即弹琴。唐·高适《登子贱琴堂赋诗》：“宓子昔为政，鸣琴登此台。”唐·黄滔《湘中赠张逸人》：“鸣琴坐见燕鸿没，曳履吟忘野迳赊。”

五把铁锹闹革命精神

五把铁锹闹革命精神，指大庆家属组织起来，大搞农副业生产的自力更生、艰苦创业精神。大庆石油会战初期，正值国民经济困难时期，各方面条件都很差，主、副食品供应不足。为渡过难关，大庆会战工委号召广大家属组织起来，发扬南泥湾精神，像革命战争时期那样自己动手、丰衣足食，大搞农副业生产，这一号召得到了职工家属们的拥护。在困难面前，会战大军的家属躬身入局，不做旁观者，而做开创者、建设者。在生产中，她们人拉犁杖，铁锹翻土，自力更生，勇毅前行，艰苦奋斗，只为守护心中的火光。

1962年4月，钻井指挥部机关的职工家属吕玉莲、王秀敏、杨学春、丛桂兰，在45岁职工家属薛桂芳的带领下，扛着铁锹，背着行李，抱着3个孩子，到远离驻地15千米外的“八一新村”去开荒种地。5个家庭妇女在“八一新村”开荒种地的消息很快传到会战指挥部。4月12日，迟翠英又带着第二批家属来到了“八一新村”，两批共计18人；接着，第三批也来了。迟翠英被任命为队长，邵香荣任技术员。为了能适时种上地，在队长的带领下，家属垦荒队开始用人拉犁翻地。为了让大家都能学会农活，技术员邵香荣到附近农村向农民请教，拜农民为师，并学以致用，带着大家边学边练。就这样坚持了几天，终于学会了用木犁开荒，而且越干越熟练。几天时间，她们在“八一新村”附近种了32亩地，当年收获1800多公斤粮食。

会战工委领导及时总结了这个典型，大力宣传和提倡这一精神，使之成为鼓舞广大家属发挥“半边天”作用的精神力量。到1963年，家属垦荒队伍扩大到71人，种地92亩，收粮食1.5万多公斤。每人分粮食200多公斤，菜300公斤。不但自己改善了生活，支援职工食堂2000多公斤蔬菜，还响应党的号召，卖给国家3000多公斤余粮。这一年秋收以后，队伍又扩大到142人。家属垦荒队的成绩获得了肯定，石油部奖给她们一面“发扬穷棒子精神，走自力更生道路”的锦旗，鼓励她们坚持发扬“五把铁锹闹革命”的精神，不断前进。在“五把铁锹闹革命”精神的带动下，在各级党组织的关心支持下，家属参加农业、副业生产劳动蔚然成风，五把铁锹发展为万把铁锹。到1965年年底，大庆已有95%以上有劳动能力的职工家属参加了集体生产劳动。1965年大庆家属就生产2000多万公斤粮食，1500多万公斤蔬菜，12.5万公斤禽蛋肉食品。

（图片来源：大庆文明网　2019-01-15）

鹧鸪天·五把铁锹

自力更生种地忙，拖儿带女去开荒。
拉犁翻地男儿志，夜半三更斗野狼。
黑土地，热心肠，巾帼染绛傲周郎。
青山尤在朱颜改，草木葳蕤碧血芳。

注：染绛，染成深红色。汉·班固《白虎通·封禅》：“朱草者，赤草也，可以染绛，别尊卑也。”

周郎，指三国吴将周瑜。因其年少，故称。《三国志·吴志·周瑜传》：“瑜时年二十四，吴中皆呼为周郎。”唐·杜牧《赤壁》诗：“东风不与周郎便，铜雀春深锁二乔。”宋·苏轼《念奴娇·赤壁怀古》词：“故垒西边，人道是，三国周郎赤壁。”

朱颜，红润美好的容颜。南唐·李煜《虞美人》词：“雕栏玉砌应犹在，只是朱颜改。”宋·曾巩《孔教授张法曹以曾论荐特示长笺》诗：“绿发朱颜两少年，出伦清誉每相先。”宋·魏庆之《诗人玉屑·诗评》：“月中丹桂输先手，镜里朱颜正后生。”

上图从左到右分别为王秀敏、丛桂兰、薛桂芳、杨学春、吕玉莲。

薛桂芳带领大家克服重重困难，用人拉犁杖，铁锹翻土，开出了32亩土地，1962年当年收获粮食3600斤，以实际行动支援了大会战。薛桂芳点燃了大庆油田家属走出家门闹革命的第一把火。1962年大庆会战工委授予薛桂芳“五把铁锹闹革命的带头人”称号，1962年至1965年连续4年被评为大庆五好家属、石油工业部标兵。1964年，在周恩来总理向大庆提出的“工农结合，城乡接合，有利生产，方便生活”的矿区建设方针鼓舞下，薛桂芳又带领一批家属到“30井”和职工一起盖起干打垒，继续开荒种地，建成了大庆油田第一个新型工农村——创业庄，薛桂芳带领家属闹革命的行动受到各级党委的高度评价。1965年3月薛桂芳和6名大庆职工家属，以全国“三八”红旗手的身份，来到首都向党中央、毛主席和全国人民汇报大庆油田职工家属用铁锹开荒种地的动人事迹，受到周恩来和邓颖超的亲切接见，并一起合影留念。

（图片来源：西安石油大学铁人王进喜纪念馆）

五把铁锹

五把铁锹革命闹，支援会战有余粮。

青天白日开荒地，半夜三更打野狼。

家属耐劳留赫奕，职工吃苦创辉煌。

红旗高举风云起，砥砺前行创业庄。

注：赫奕，光辉炫耀貌。汉·陈琳《武军赋》：“声訇隐而动山，光赫奕以烛夜。”唐玄奘《大唐西域记》：“远见宫中光明赫奕，疑有火灾。”

缝补厂精神

缝补厂精神指会战职工和家属以艰苦奋斗为荣，以勤俭节约为本，为会战职工生产劳保用品、缝洗工服所表现出的勤俭节约办企业的艰苦创业精神。大庆石油会战初期，国家财力物力比较紧张，职工的劳保用品一时供应不上，再加上会战上得很猛，工人们白天黑夜苦干，衣服坏得快，换新的又有困难。

1960年冬，是大庆会战最艰难的时刻。为解决前线石油工人生产生活困难，在会战工委的支持下，共产党员鄢长松等3名转业战士和曾阳春等5名职工家属，在两个破牛棚里办起缝补组。没有设备，就找来两口大锅，一口烧热水，一口煮油工服；没有洗衣盆，就用喂牛的木槽子代替；没有针线剪刀，就从自己家里拿；缺少补丁布，就背着麻袋去捡破烂……就是凭着这股子劲，缝补组第一年就拆洗上万件劳保用品。

1962年年底，会战工委决定把缝补组扩建为缝补厂，增加人员扩大劳保用品的生产，主要为生产前线修旧利废和加工"两旧一新"棉工服。1963年，扩大生产规模，正式办起缝补厂。从原来的缝缝补补发展到翻新补旧，制作新工服、工帽、工鞋等17种劳保用品。为了方便高空作业的职工，还专门制作了皮大衣、皮背心、皮裤、皮护膝、猴式皮帽、垫肩等，使油田工人的劳保用品基本上达到了自给。为方便前线工人，他们专门成立缝补小分队，到千里之外的井队和施工现场去拆洗缝补。缝补厂被石油工业部誉为"勤俭办厂模范"。

1966年5月4日，周总理来缝补厂视察，肯定了这种"缝补精神"，对厂里的职工说："你们做得好，要继续艰苦奋斗。"据统计，从缝补厂创办之初到1978年期间，共计为油田职工提供各种劳保用品350多万件，节约棉布90多万匹、棉花91万斤、纽扣200多万个，折合资金350多万元。在创业期间，缝补厂得到了党中央、国务院领导同志的亲切关怀，获得了许多殊荣，"缝补厂精神"传遍全国。越是朴素的，越是恒久的。"新三年，旧三年，缝缝补补又三年""把'一拆一手油，一抖一身灰'的旧工服收回来翻新补旧"……一针一线成就了广为流传的"缝补厂精神"，成为大庆人艰苦奋斗、勤俭节约的生动写照。这一精神是大庆艰苦创业传统的重要内容，它所体现的勤俭节约精神，在新的历史时期仍需发扬光大。

（图片来源：大庆新闻网　2019-05-23）

缝补厂精神

斗转星移缝补厂，一针一线总关情。
一厘一寸一分少，两旧一新一宿灯。
勤俭节约拾破烂，耐劳吃苦住牛棚。
狗皮帽子高腰裤，一抹温柔万里行。

当年会战一线的职工，不分白天黑夜，坚守在井场上。衣服破了，没时间补；大头鞋开了胶，也没地方修。职工家属纷纷向组织请求，为前线职工解决难题，并提出了“油田有多大，就把工厂办多大”的口号，“缝补大嫂前线服务小分队”成立起来。当时钻井队有个职工给缝补厂的女工们写了首诗：“天气变化微觉寒，党委派来缝补团。洗了被褥又添棉，修鞋补衣样样干。一心一意为会战，阶级情谊暖心间。我们一定加油干，早日拿下大油田。”[1]

大庆“缝补厂精神”是大庆会战六个传家宝之一，也是大庆精神和铁人精神的重要组成部分，“新三年，旧三年，缝缝补补又三年”的缝补厂精神是艰苦奋斗、勤俭节约的光辉典范。历经半个多世纪的风雨洗礼，在大庆油田一直薪火相传。如果说波澜壮阔的石油大会战是一位豪情万丈的英雄，那么，千方百计为会战服务、艰苦奋斗、勤俭节约的缝补厂，可以称得上背后默默奉献的功臣。在艰苦的岁月里，缝补厂工人心系祖国，顾全大局，把自己手中的一针一线，同整个石油大会战紧紧联系在一起，为大庆油田的开发建设作出了突出贡献，孕育形成了缝补厂精神，为大庆这面旗帜增添了无限光彩。一针一线，缝补的是温暖，传承的是质朴，汇聚的是力量，这是向上的力量、前行的力量。大庆人继续积极倡导“节约就是增效，浪费就是损耗”的理念，从点滴做起，从自我做起，形成勤俭创业、节约办事的良好风尚。

（图片来源：西安石油大学铁人王进喜纪念馆）

木兰花令·缝补情

捡破烂缺棉少布。拾旧物荒原野路。

拆洗处，起灰尘，牖外油衣温水煮。

默默奉献增暖意。勤俭节约传统继。

飞针走线度春秋，铁汉巾帼黑土地。

[1] 伏虎：《会战红色家谱：一针一线也能支援会战》，《大庆晚报》2022年6月6日。

回收队精神

回收队精神是以铁人王进喜为代表的大庆石油职工坚持以勤俭节约办企业为原则，大搞废旧物资回收利用的勤俭节约精神。从石油会战开始，广大职工就坚持艰苦奋斗、勤俭节约的方针，利用业余时间回收散失在油田各处的废旧物资。1969年，王进喜组织起第一支废旧材料回收队——钻井指挥部“铁人回收队”。建队之初，一无房屋，二无车辆，铁人王进喜带领队员们苦战一个月，在附近倒塌的房屋、废弃的菜窖中拆木料、捡砖头，自己动手盖起了三栋干打垒和一栋车库，解决了房屋问题。回收物资离不开汽车，铁人王进喜又带领队员们维修兄弟单位支援的几台报废车辆，七拼八凑，修复了八台解放卡车和一台吊车，解决了运输问题。

回收队一成立，铁人王进喜就和大家一起制订计划，要求干部员工要严于律己，并立下几条规矩：一是大的小的全都收，不能挑肥拣瘦，只要是散失的东西，哪怕是一个小螺丝，也要回收；二是不光收，还要修复，对那些有用的器材要修整补焊，重新用，缺损的机器要重新修复拼装，实在没有用的要回炉。总之，要物尽其用，变废为宝。王进喜对回收队严格要求，现场的废旧器材，小到废钢铁甚至一颗螺丝钉都要“颗粒归仓”。回收队不仅为国家节约了大量的物资，而且为修旧利废打牢基础。

（图片来源：西安石油大学铁人王进喜纪念馆）

回收队

勤俭回收队，新修废旧欢。
躬耕深沃土，足迹遍油田。
冒雪奔波事，乘风破浪帆。
传承十数载，碧血染征衫。

注：征衫指旅人之衣，借指远行之人。宋·楼钥《水涨乘小舟》：“一番冻雨洗郊丘，冷逼征衫四月秋。”宋·张元干《忆秦娥》：“征衫辜负深闺约，禁烟时候春罗薄。”宋·张辑《山渐青·寓长相思》：“山无情。水无情。杨柳飞花春雨晴。征衫长短亭。”

铁人王进喜还带领回收队员把回收废旧物资工作从地面发展到地下，并提出了“地面捡浮财，地下挖宝藏”的口号。1969年初冬的一天，铁人王进喜带领队员们工作时，在大医院附近一个污水坑里发现了一根露头的角铁。有人看到这刚刚结冰的臭水污油坑，有些犹豫，“明年开春暖和了再来挖吧。”铁人王进喜说：“不能等，我们搞回收也要抢时间，这些管材收回去，用于生产，就可能解决实际问题，生产等不起啊！”说完，他强忍胃病发作的疼痛，脱掉鞋子，挽起裤腿，走进没膝深的带冰碴儿的泥水里，动手挖起来。大家深受感动，纷纷跳进坑里干了起来。

1969年至1971年两年间，在铁人王进喜的亲自组织带领下，回收队回收了大量废旧物资和器材设备，共计5500多吨，价值300多万元，支援大庆各油矿、企业生产、技术革新、民用生活设施等项目。其中，清理各种管线8万余米，选配钻井设备和工具200余种，修复管线1万余米。在铁人回收队的带动下，油田许多单位相继成立了回收小组、节约小组，开展废旧物资回收利用活动，增产节约、反对浪费在油田蔚然成风。

回收队不仅为国家节约了大量的物资，而且为修旧利废打牢基础。后来，回收修旧成为油田物资管理工作的一项重要任务。回收队员们战严寒、斗酷暑，用脚步丈量油田的每一寸土地，汗水洒在油田的每一个角落。岁月更迭，精神永驻。虽然已走过50多年时光，但“回收队”精神始终薪火相传，并点燃新一代回收队不断奋发向前的激情。无论是会战时期，还是新时期，回收队精神都是工作中的一盏指航灯，在传承传统上不能生搬硬套，而是用一种

（图片来源：西安石油大学铁人王进喜纪念馆）

一剪梅·废旧回收

废旧回收百样多。勤俭节约，建设家国。
遵循规矩队成形，野外荒郊，盐碱湖泽。
天宝物华奏凯歌。变废为金，滴水成河。
精神永驻火相传，物力维艰，常忆贤哲。

注：天宝物华中天宝指天然的宝物，物华指万物的精华。唐·王勃《秋日登洪府滕王阁饯别序》：“物华天宝，龙光射牛斗之墟。”

物力维艰指财物来之不易。清·朱柏庐《治家格言》：“一粥一饭，当思来处不易；半丝半缕，恒念物力维艰。”

创新的态度、创效的方式，去诠释回收队精神的内涵与外延。继承和发扬回收队精神，是新一代石油人责无旁贷的使命和责任。根据油田的具体情况，用制度化的形式将回收队精神的内涵体现出来，让这种精神指导实际工作。

修旧利废精神

修旧利废是指大庆会战期间厉行节约、勤俭办企业的创业精神。石油会战初期，大庆人坚持勤俭办企业的原则，注意搞好废旧器材的修复工作。随着油田生产规模日益扩大，器材和设备的消耗量逐年增加，每年都有很多废旧器材要报废处理。为了挖掘企业内部潜力，做到物尽其用，1963年，供应指挥部成立修旧队，利用废旧材料修建简易厂棚，修复台钳、手钳、焊机等工具，以及那些生产急需而供应又短缺的物料，满足生产建设需要。1970年以后，各生产单位普遍建立了修旧利废车间、修旧小组等，大搞清仓查库、修旧利废，力求做到小材大用、短材长用、优材精用、缺才代用、一物多用，“吃干榨尽”。汽车修理厂的“修旧大院”就是由一个修复组逐步发展起来的，自制各种土设备20多台，建立了以焊、补、喷、镀、铆、镶、配、改、校、粘为主体的修复作业线，担负起各种汽车配件修复工作。仅1970年至1976年，就修复汽车配件94种、23万多件，节约价值520万元，其中汽缸体、水箱、工字梁、方向盘、瓦片等20多种配件，实现了10年不领新料，且还能满足生产需要。

修旧利废是一种企业主人翁精神从一钉一铆存起，人人修旧利废，争当“破烂王”。鼓捣几下，就能让废品“起死回生”；花个几十元，就能让坏阀门“再就业”……现如今，像这样的“破烂王”，在大庆油田随处可见，这样的节约故事几乎每天都在上演。这些故事背后有着太多深层含义，在修旧利废的“紧日子”里有石油人的为国情怀，有石油人的忧患意识，更有弥足珍贵的精神力量；这些“破烂王”不仅提高了经济效益、降低了生产成本，更为重要的是减少了资源消耗、提升了环保意识。建设节约型企业，修旧利废，应从点滴做起。这不仅是让自己成为企业的主人，更是让自己时刻与企业血肉相连、心灵相通、命运相系。

修旧利废靠一个人的力量是无法完成的，必须抱团出击，成立专业修旧队伍。从简陋的厂棚到整齐有序的现代化厂房，经过几十年的完善和发展，油田各处专业化修旧基地层出不穷。采油三厂对现有资源进行系统优化整合，先后改造扩建机采配件、仪器仪表、井下工具等5个专业化修旧基地和3个修旧维修场所，建立专业回收库房和修旧车间，成立专业化修旧班组，累计修复物资原值5000多万元，创造经济效益3000多万元。老传统融入现代化管理理念和方法，才能产生大效益。采油一厂从顶层设计入手，开展前期调研。企管法规部牵头多个机关部门与生产保障大队、机采设备维修大队、电力维修大队、仪表安装维修大队进行数次座谈，共同研究维修管理中存在的各类问题，提出相应的解决思路或具体方法。于是，以“专业化维修保养、一体化指挥运行、规模化修复利用”为内容的“大维修”管理模式正式实施。新机制带来新变化，“大维修”业务实现年产值上亿元。借助信息化手段，才能提升修旧利废“含金量”。大庆油田利用“互联网+”，搭建公司级资源“淘宝”系统，创新建立专业的资源回收再利用体系，有效引领了全油田闲置资源再创效。最大限度盘活资产，为大庆油田带来每年都在几千万元的直接经济效益，由管理效率提升带来的间接效益同样可观。[1]聚沙成塔，集腋成裘，只有人人发挥“主人翁”精神，让修旧利废成为一种习惯与责任，才能更好地在安全生产的基础上降本增效。

（图片来源：新浪黑龙江　2019-09-18）

修旧利废

往昔修旧队，今日百湖城。
物少十分用，挖潜万里行。
节约无小事，利废有千钟。
创业凭三气，吃干榨尽风。

注：千钟指优厚的俸禄。《史记·魏世家》：“魏成子以食禄千钟，什九在外，什一在内。”宋·陆游《破阵子》：“仕至千钟良易，年过七十常稀。”明·徐霖《绣襦记·堕计消魂》：“你且努力加餐，禄享千钟自有时。”

三气指志气、底气、骨气。

奋　进

一部大庆石油勘探开发史，就是一部科技进步的历史，也是一部石油工业奋进的历史。

[1] 张幸福：《修旧利废永远在路上》，《大庆日报》2020年6月2日。

60多年来，几代大庆石油人致力于科技自主创新，三次问鼎国家科技进步特等奖，创造了连续27年原油5000万吨以上高产稳产、油气当量4000万吨以上持续稳产的世界奇迹。60多年来，大庆油田累计生产原油24.33亿吨，创造出领先世界的陆相油田开发水平。亘古荒原上，崛起一座美丽的现代化油城。大庆人以胸怀全局、为国分忧的奉献精神，为国家经济社会繁荣发展作出了重要贡献。[1]

在60多年的奋斗中，为国争光、为民族争气的爱国主义精神，独立自主、自力更生的艰苦创业精神，讲究科学、“三老四严”的求实精神，胸怀全局、为国分忧的奉献精神，构成了“爱国、创业、求实、奉献”的大庆精神（铁人精神）。爱国创业铸就“铁人之魂”。“这困难、那困难，国家缺油是最大的困难；这矛盾、那矛盾，国家没油是最大的矛盾。”铁人王进喜带领钻井队于1960年3月奔赴大庆时，一下火车，一不问吃，二不问住，先问钻机到了没有，井位在哪里，钻井纪录是多少，恨不得一拳头砸出一口井来。王进喜说：“宁肯少活20年，拼命也要拿下大油田。”

为国争光，为民族争气，是这场大会战中所有参与者的共同追求与坚定决心。大庆石油大会战，是在困难的时间、困难的地点、困难的条件下进行的。会战初期，没有住房，会战职工有的只能住在牛棚马厩或挤在自己挖的地窨子里，有的露宿荒原。粮食供应不足，会战职工拣冻白菜和甜菜叶子吃，“五两三餐保会战”。“有条件要上，没有条件创造条件也要上。”面对吊车没到位、钻机等待运送的难题，铁人王进喜不等不靠，带领队友用“人拉肩扛”干了三天三夜，硬是靠人力把钻机运到了井场。这是大庆精神中独立自主、自力更生的艰苦创业精神最生动的体现。

求实奉献书写“铁人奇迹”。在大庆油田采油一厂第三油矿中四采油队，一面写有“三老四严”精神的红旗上，签满了队员的名字。作为“三老四严”精神的发源地，建队60多年来，中四队进进出出1700多人，始终保持着干部无违纪、员工无违规、安全无事故、荣誉无水分的“四无”纪录。“对待革命事业，要当老实人、说老实话、做老实事；干革命工作，要有严格的要求、严密的组织、严肃的态度、严明的纪律，这不仅是中四队的传统，也是大庆精神的深刻内涵之一。”大庆精神中，讲究科学、“三老四严”的求实精神，深刻体现了中国共产党“实事求是”的思想路线。“我们的岗位在地下，斗争的对象是油层，搞石油的人，思想一定要解放，要勇于去质疑。”王启民说，“一变思想，必有出路。”

---

[1] 杨喆，孙彪，唐铁富：《奋斗的红旗永不褪色——大庆精神述评》，《人民日报》2021年8月24日第6版。

铁人精神不仅是“人拉肩扛运钻机”“盆端桶提保开钻”“带伤跳泥浆池压井喷”，更是一种深沉的家国情怀，一种科学的工作方法和积极的生活态度，它体现了我们中国共产党的初心使命、理想信念、优良传统。精神的力量是无穷的。铁人精神源于中央领导的亲自培育，源于世人瞩目的巨大贡献。传承好铁人精神，在“修”上下功夫，在“抓”上立标准，在“干”上见实效。一座油田，总有一天会枯竭，但铁人精神永不会枯竭。铁人精神跨越时空、历久弥新；铁人精神是一面旗帜，凝聚着工人阶级的朴素情感；铁人精神是一种力量，凸显了一种坚韧不拔创业的勇气；铁人精神是一种标志，凝缩着一个民族不畏困难的民族气概。

油龙飞舞，气壮山河。在60多年的奋斗历程中，大庆人从未忘记从哪里来，也从未忘记要往哪里去，以实际行动端好能源饭碗，为党分忧、为国尽责，把“石油工人心向党”的信念转化为“我为祖国献石油”的实践。大庆油田要将其建设成为中国共产党人的精神高地，让大庆精神、铁人精神发扬光大，让大庆红旗更加鲜艳，成为百年油田的显著标志和动力之源。[1]

（图片来源：西安石油大学铁人王进喜纪念馆）

奋　进

泱泱华夏，洧水可燃。
沈括新谓，石油不凡。
松基三井，大庆油田。
会战东北，祁连雪山。
三年自给，进喜除冠。
奋进实干，白云紫烟。

注：洧（wěi音）水，古水名。在今陕西省延长县一带。此水中有石油成分，可以燃烧。《汉书》记载“高奴（县）有洧水可燃”。北宋·沈括在《梦溪笔谈》描述洧水：“予知其烟可用，试扫其烟为墨，黑光如漆，松墨不及也，此物必大行于世。”

除冠是指甩掉中国贫油的帽子。

---

[1] 张幸福：《奋进百年新征程　大庆红旗更鲜艳》，《大庆日报》2022年2月26日。

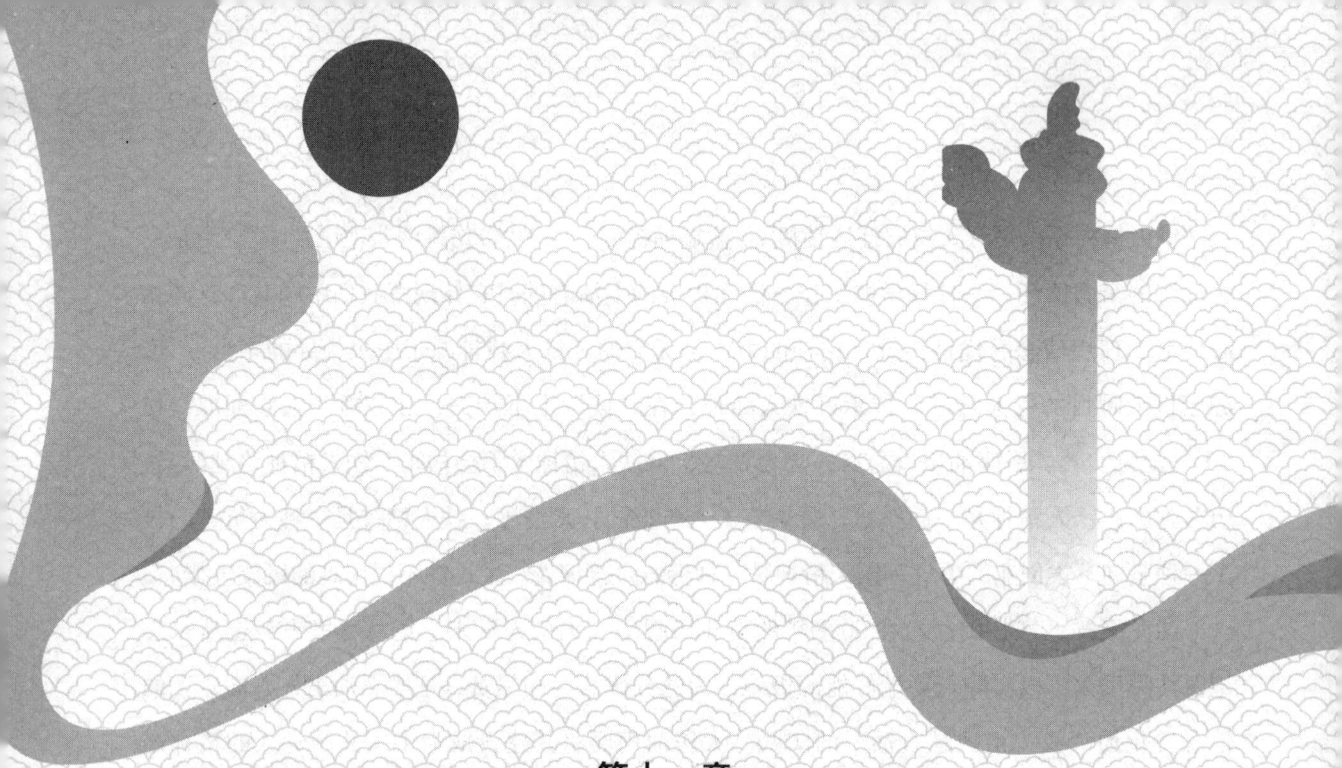

第十一章

家国情怀　铁汉柔肠

家国情怀是中华优秀传统文化的基本内涵之一。所谓的家国情怀，是主体对共同体的一种认同，并促使其发展的思想和理念。其基本内涵包括家国同构、共同体意识和仁爱之情；其实现路径强调个人修身、重视亲情、心怀天下；既与行孝尽忠、民族精神、爱国主义、乡土观念、天下为公等传统文化有重要联系，又是对这些传统文化的超越。家国情怀在增强民族凝聚力、建设幸福家庭、提高公民意识等方面都有重要的时代价值。

德国哲学家黑格尔说："假如没有热爱，世界上一切伟大的事业都不会成功。"世界一切伟大的成就来源于炽热，来源于热情，来源于爱好。只有骨子里的爱好，才能把事情做到极致，获得最终的成功。热爱，是一个人成功的前提条件，体现一个人的思想觉悟，体现一个人的思想境界，是创业成功的"基因"。情怀乃热爱的结晶，干事创业的原动力。

问天下情为何物？直教人生死相许！从岳飞的精忠报国，到林则徐的"苟为国家生死以，岂因祸福避趋之"，乃至于"为有牺牲多壮志，敢教日月换新天"，无不体现浓浓的家国情怀。没有谁能够随随便便地成功，都是吃尽苦头，不断修炼的结果。人生，学会"做人"，学会"做事"，学会"吃亏"，学会"吃苦"，才能一步步达到巅峰。

"知责任者，大丈夫之始也；行责任者，大丈夫之终也。"责任和担当，乃是家国情怀的精髓所在。当我们专注于亲情眷念、自我圆满，不应忘了民生之疾苦同样关乎自我之荣辱。更好地兼顾小家与国家，将对家的情意深凝在对他人的大爱、对国家的担当上，人生才能真正达成圆满。

从毛泽东"埋骨何须桑梓地，人生无处不青山"的壮志豪情，到赵一曼"未惜头颅新故国，甘将热血沃中华"的慷慨赴义，再到焦裕禄"心里装着全体人民，唯独没有他自己"的为民情深，常怀爱民之心、常思兴国之道、常念复兴之志，是共产党人家国情怀的生动写照。国而忘家，公而忘私，把个人价值寄托在对国家和人民的大爱与奋斗中，见证共产党人的忠诚信仰和无私情怀。以伟岸人格承接伟大担当，以家国情怀托举复兴使命，每个党员干部都应有这样的自觉使命。

"亦余心之所向兮，虽九死其犹未悔。"精神有了归属，生命就有意义。家国情怀是一股永不衰竭的精神涌流，有了它的丰润，我们必能描绘大写的人生、成就不凡的意义。心有所属，方能远行。以王进喜为代表的那一代石油人将忘我拼搏精神和爱国奉献的家国情怀演绎得淋漓尽致。

当一个族群、一个民族、一个国家，遇到危难的时候，总会有民族中的精英、先进分子站出来。他们勇于奉献，敢于牺牲，舍生取义，担当道义。这样的人，在强大的物质利益和享乐主义氛围当中，一定是特立独行的，一定是孤独的。但正是这样的人，才能够引领一个民族往前走，堪为民族的脊梁。

虽然王进喜不幸故去，但是铁人精神永远不倒。无数个“铁人”必将站起来，前仆后继地继续着前人未竟的事业。一代代铁人不忘初心、牢记使命，展现铮铮傲骨、抢抓宝贵机遇，肩负起历史的重任。他们以昂扬的姿态和饱满的热情投身到祖国建设中去，积极担当作为、攻坚克难，这是我们中华民族的底气。

跪别慈母　忠孝难全

孙宝范曾说：“铁人王进喜是铜筋铁骨、满腹柔肠、忧国忧民，铁面无私，还有一颗慈母心。这是一名共产党人所具备的优秀品质。”人们说，王进喜是钢铁之躯，却又有满腹柔肠。的确，铁人不仅有铮铮铁骨的一面，而且还有细腻柔情的一面。王进喜是一个心系群众、深爱别人的人，一个深爱人民的优秀共产党员。

1949年，玉门油矿解放了，同时获得解放的还有王进喜的人生和思想。新旧社会两重天的强烈对比，两种截然不同的生活体验带给年轻的王进喜许多思考。1956年王进喜入了党，党组织的培养教育使他对人民群众的伟大历史使命有了相对系统的理性认识——知道了人民群众是真正的英雄，是历史的创造者。思想上的提高反过来又加深了他对群众的爱。这是一种真诚的、发自心底的，把群众当成了自己父母和亲人的爱。这种爱的主要表现就是看不得群众受苦，见不得群众遭罪。

1960年，东北松辽石油会战开始了，国家决定将最优秀的钻井队员派往东北。而王进喜也接受了国家对他的考验，顺利得到了这个机会，成为本次钻井工作队队长。他本人自然十分欣喜，这毕竟是一个为祖国奉献的难得机会。

但是恰恰是从这年，国内进入了三年困难时期，尤其是王进喜的家乡甘肃更是受灾严重，家里的老老小小更是指望着王进喜的资助。王进喜的母亲十分担心，因为王进喜一走，这一大家子人的吃喝生活问题将是一个大难题，又逢上甘肃灾荒，全家人饿死都是有可能的。所以母亲还是十分希望王进喜不离家的。

一方面是国家的重托，另一方面是家人的期盼。是为国家尽忠，还是为家人尽孝；是为大家，还是为小家？最终他选择了国家，因为国家需要他，而且国家发展了，人民才能安居乐业。

母亲自然不可能为难自己的儿子，也只好含泪答应。但面对家人，他感到愧疚，在临走前，王进喜含泪跪在地上给母亲磕了三个响头。王进喜满腔的辛酸与无奈都蕴含在这临别前的三个响头里。

生来不为己，只求把身献。每个人生来便有家人，更有责任，有的人一生为小家奔波劳碌，只求一方平安；有的人舍小家为大家，毕生奉献人民，奉献祖国。自古忠孝难两全，铁人王进喜临走给母亲磕三个响头，真是令人敬佩。他毕生秉持着为祖国奉献的信念，认为自己必须得去！这不仅是自己一次千载难逢的机会，对于国家来说，这项工程也是极其重要的。

何占信老人——王进喜的母亲
（图片来源：玉门铁人王进喜纪念馆）

家国忠孝

别跪玉门三个头，投身大庆甩贫油。
家国抉择尘埃泪，忠孝难全孺子牛。
碧落长风存正气，青冥落日映江流。
人间自有真情在，不慕神仙万载秋。

情系群众　同甘共苦

1960年3月，在从甘肃玉门乘火车赶往松辽参加石油会战的途中，王进喜把身上带的一多半干粮都送给了逃荒的灾民，自己所剩无几。这就是王进喜，他关心别人胜过关心自己。群众吃苦受罪，他感同身受。看见挨饿的孩子，他会想到自己的儿女；见到受苦的老人，他仿佛看到了自己的爹娘。只要力所能及，他就会伸手帮上一把。

1961年2月，王进喜当上了新组建的生产二大队大队长。刚刚成立的二大队，地无一垄，房无一间，仅有三间破菜窖。王进喜临危受命，面对严峻的形势，他说:“一个大队，有职工、有家属，可是没房子，没住的。打井任务很重，人住不好、生活不好，可怎么行？”王进喜的话虽朴实，但却饱含着对生产与生活，国家与个人关系的深刻理解。他认为，眼下工人的难处和国家的难处是分不开的。要解决国家的困难，就要搞好生产，必须从解决工人的生活困难入手，让工人和家属先住上暖屋、吃上饱饭。他和大队领导组织工人和家属克服各种困难，自己动手盖房，当年秋天，就建好了“干打垒”。入冬前，上千名职工和几百户家属都住上了暖屋子，真正实现了会战指挥部提出的“人进房、畜进圈、粮进仓、菜进窖、车进库”的目标。为解决吃饭问题，王进喜和大队领导、基层干部、炊事员一起，千方百计地改进伙食。有时候他还自己掏钱从农贸市场花高价买一面袋窝窝头儿或土豆分给工人。

1962年，按上级要求二大队组建了农副业队，王进喜带头拿起锹、镐走进荒草地，积肥开荒。经过职工和家属半年的开荒建设，开垦耕地，年产粮食蔬菜二三十万斤，大队顺利渡过了难关。吃饱了肚子的职工和家属生产热情越发高涨。在极度困难时期，一个两千来人的单位，白手起家，仅用半年多时间就实现了基本温饱，不能不说是个非常了不起的成就，可以说是跨越式发展，然而王进喜并不满足。职工和家属们都说：“大队长看得远，胸怀宽，志气大，事事为生产着想，处处为群众谋利益，是个好当家人。”直到今天，当老会战们回忆起铁人为改善职工和家属生活所做的种种工作，无不眼含热泪。他们说：“铁人为大家操碎了心，他走得太早了，连个楼也没住上。现在改革了，企业不能再办社会了，可是当年不这样不行啊，没有当时的‘小社会'，哪来今天的大油田啊！”

会战初期，钻井生产、生活特别是住房、吃粮面临困难时，他利用空余时间带领职工和家属开荒种地，解决了吃住问题。随着大庆油田的持续开发，职工的家属和子女纷纷来到大庆。

由于当时的实际情况，职工子女上学的问题迟迟得不到解决，钻工子女没处上学，整天在荒原上玩耍。铁人看到一些孩子在荒原上乱跑时说：“我吃够了没文化的苦，不能让孩子像我一样。”

王进喜深知没文化的苦，对此心急如焚。他当即提议召开党支部会，专题研究二大队办学问题。他说：“种庄稼耽误了也就误一茬，但教育孩子耽误了就要误一生。我们现在当家作主了，如果叫娃儿们也像我一样学不上文化，那就是我们没尽到责任。目前咱们办中学、大学不可能，办上个小学完全能办到！”总支会议决定立即着手在二大队办学。[1]

当时担任钻进二大队大队长的王进喜为了解决职工子女入学问题，亲自带领工人在解放村附近挖了一个面积为5平方米的土窝窝，支起一顶帐篷，垒起3个土台子搭上木板当课桌，学生自己带凳子，收了8个孩子，请来3名工人当教师，创办了大庆石油会战的第一所“土窝窝学校”——钻井二大队小学。铁人王进喜自己任第一任校长，并亲自为学生们上了第一课。学生越来越多，教室由帐篷变成“干打垒”，后来又变成红砖房。1965年改名为“解放村小学”，1969年改名为“钻井管子站小学”。王进喜病逝后，大庆党委为了纪念他，将该校命名为“铁人学校”。

（图片来源：西安石油大学铁人王进喜纪念馆）

采桑子·帐篷小学

帐篷稚子荒原校，文化培根。劳动唯勤。
实践强基暨铸魂。
铁人学校今传遍，万众欢心。大爱无滨。
桃李花蹊问铁人。

注：花蹊即花径。《宣和画谱·人物一》：“张萱，京兆人也，善画人物……其为花蹊竹榭，点缀皆极妍巧。”清·钮琇《觚剩续编·醉隐记》：“或藉花蹊，或荫竹屿……皆无不醉之时，无不醉之地。”

王进喜生在旧社会，没有条件上学，受了“没有文化的苦”，所以他对于下一代教育的事情特别关心。自从大庆油田的“学铁人”活动开展之后，他经常受邀到学校给孩子们讲述大庆石油会战中的艰苦奋斗、忘我拼搏故事。铁人王进喜通过讲述自己在旧中国不能读书的苦难故事，通过讲述发生在孩子们父辈身上的实实在在的感人故事，让孩子们懂得今天的幸福来之不易，在孩子们幼小的心灵里种下为国奉献的种子，树立起远大的理想信念，将红色基因深深地印在孩子们的心中。孩子们也十分喜欢听铁人王进喜讲述的会战故事，他们牢记红色文化，传承红色基因。下图是王进喜在给孩子们讲会战动人故事。

[1] 孙宝范：《“土窝窝”学校变形记》，《中国教育报》2021年9月23日第6版。

（图片来源：西安石油大学铁人王进喜纪念馆）

传 承

关心新一代，传统记心间。
长在红旗下，生于井架前。
无须菊水井，自有月牙泉。
日暖方临照，梅寒雪自言。

注：菊水即菊潭，在今河南省西峡县，传说饮其水可长寿。北魏·郦道元《水经注·湍水》："湍水之南，菊水注之。水出西北石涧山芳菊溪，亦言出析谷，盖溪涧之异名也。源旁悉生菊草，潭涧滋液，极成甘美。云此谷之水土，餐挹长年。"

月牙泉，位于甘肃省敦煌市城南5千米，处于鸣沙山环抱之中。古往今来以"山泉共处，沙水共生"的奇妙景观著称于世，被誉为"塞外风光之一绝"，鸣沙山、月牙泉与莫高窟艺术景观融为一体，是敦煌城南一脉相连的"二绝"。

王进喜自己保持着艰苦朴素的生活作风，而对职工的家庭生活格外关心。他心系百姓，做群众的贴心人。凡是职工的住房、用水、交通、孩子入学、伤病医疗大事小情都会亲自过问，帮助解决困难，为人民群众操尽了心。1966年4月铁人王进喜曾经受邀到哈尔滨给少先队员作报告，讲述大庆会战时期发生的感人事迹，深受孩子们的喜爱和老师家长们的欢迎。

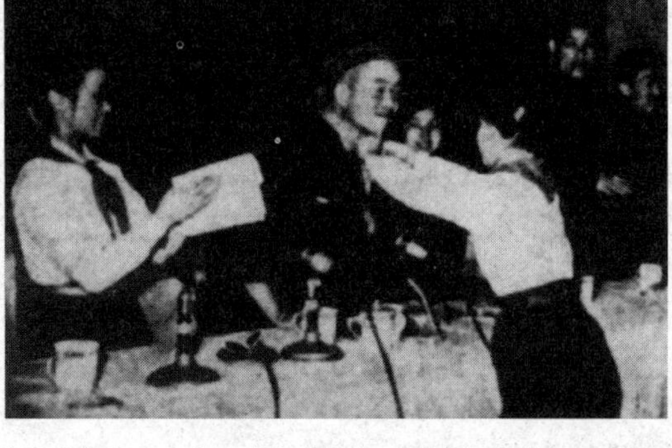

（图片来源：西安石油大学铁人王进喜纪念馆）

戴红领巾

铁人情系少年早，大庆精神代代传。
教育润心明事理，星参北斗始知贤。
无私奉献梅魂筑，义务宣传会战艰。
雁字排空须引领，躬行世路肯登攀。

注：梅魂指梅花的精神。元·张养浩《客中除夕》诗："香返梅魂春一脉，愁丛灯影夜千端。"明·杨珽《龙膏记·传情》："你花迷蝶梦休相恋，月冷梅魂若个怜。"清·龚自珍《己亥杂诗》之二六一："梅魂菊影商量遍，忍作

人间花草看。”

雁字指成列而飞的雁群，群雁飞行时常排成“一”或“人”字。唐·白居易《江楼晚眺景物鲜奇吟玩成篇寄水部张员外》诗：“风翻白浪花千片，雁点青天字一行。”宋·范成大《北门覆舟山道中》诗：“雁字江天闻塞管，梅梢山路欠溪桥。”清·孔尚任《桃花扇·寄扇》：“栏杆低雁字，帘幞挂冰条；炭冷香消，人瘦晚风峭。”

世路指人世间的道路，引为人们一生处世行事的历程。《后汉书·张衡传》：“吾子性德体道，笃信安仁，约己博藝，无坚不钻，以思世路，斯何远矣！”唐·杜甫《春归》诗：“世路虽梗，吾生亦有涯。”唐·白居易《迂叟》诗：“冷暖俗情谙世路，是非闲论任交亲。”

王进喜始终与人民群众心连心、同呼吸、共命运。1965年4月，王进喜被中共大庆会战工委任命为钻井指挥部党委常委、副指挥。铁人的身份变了，职务高了，但他对党和人民的态度却始终没有变。在他的小本子上记着的群众琐碎事情更多了。他还是一如既往地关心职工群众。谁生病了、谁需要买药、谁家的老人近期过生日，等等，在对待人民群众时表现出来的是一种细腻柔情。1966年夏天，王进喜作为中国石油代表团成员访问了阿尔巴尼亚。这是他一生中唯一的一次出国经历。出国前，国家给每个代表团成员都发了一点儿外汇，别人都买了一点自己中意的纪念品。可王进喜一没给妻子女儿买漂亮衣裳，二没给儿子买玩具。他的心牵挂着他的钻工兄弟，王进喜出访阿尔巴尼亚期间，看到市场上卖的“热得快”很适用，就用仅有的一点外汇买了两个，带回来给职工烧水、熬中药。

（图片来源：西安石油大学铁人王进喜纪念馆）

热得快

匆匆千万里，热得快双归。
烧水熬中药，驱寒治病威。
天晴花秀色，云淡月清晖。
仲夏松林密，深秋北燕飞。

注：“热得快”是生活中常用的一种电加热器，可以用来烧开水、热牛奶、煮咖啡等，快捷而方便。

秀色指优美的景色。南朝·宋·王僧达《答颜延年》诗：“麦垄多秀色，杨园流好音。”唐·杜甫《次晚洲》诗：“晚洲适知名，秀色固异状。”宋·王特起《梅花引》词：“山之麓，河之曲，一湾秀色盘虚谷。”

还我启刚　白发揪心

在一次偶然的事故中，1205队年轻钻井工人张启刚牺牲在钻台上。张启刚是铁人王进喜从玉门油矿带来的小伙子，人很机灵，又肯吃苦。

1963年5月8日，1205队停钻，各个岗位的工人仍在忙着干活儿。年轻工人张启刚蹲在钻台上修水龙头时，被高空作业掉下的钢块砸中，因公牺牲。这是1205钻井队建队以来唯一的一次伤亡事故，死的又是铁人最喜欢的工人。他实在无法控制自己的感情，铁人赶到井场发疯般地把当班司钻追打了三圈儿，他狂吼着："你把启刚还给我！你把……"

1205钻井队的杨天元回忆起这段伤心的往事时，感慨地说："当年，我和张启刚是一个班的。那天，我们上井接班还在路上唱歌、摔跤。没想到上井场不到10分钟，他就牺牲了，是我亲手把他抬下井场的。今天想起当时的情景，心里真难受。"

张启刚牺牲后，留下了年近七十岁的双亲。在处理后事中，王进喜让大队办好一次性抚恤金和两位老人的长期生活补助费，并落实好邮寄办法。

他来到队上，眼里含着泪对大家说："张启刚连婚都没结，就这么走了。他的父母就是咱们的父母，要把两位老人供养到百年。"说完从口袋里掏出30元钱、20斤粮票，交给了支部，嘱咐队里每月写一封信，有探亲路过的一定要去看望二老。

一张作废的汇款单，一份千里之外的牵挂。在孙宝范老人《铁人》邮集中，有一张汇款收据和因写错省份而作废了的汇款单，纸张已泛黄，但寄发局的邮戳和上面的字迹仍然清晰：汇款金额为叁拾元，收款人是陕西省礼泉县张义晨，汇款人是黑龙江省萨尔图农垦二场生产二大队王进喜。在汇款人简短附言中写着："请转给张启刚父母收。"汇款落款日戳为1963（年），6（月）8（日）。孙宝范老人回忆："这张和汇款收据一起留下的汇款单，是铁人口述、我执笔时不小心把陕西省错写成甘肃省留下来的。这一张薄薄的纸片，看似普通却承载着铁人沉甸甸的爱，它'飞'到两千多千米外的一个小村庄，带给一位七旬老母亲。""这张汇款单上的张义晨是张启刚的堂兄。因为张启刚父母年事已高，每次都是把补助费寄给中间人，然后转给二老。"孙老说。[1]

---

[1]《〈铁人〉邮集中每一件珍藏都有铁人的故事》，《大庆日报》2019年9月24日。

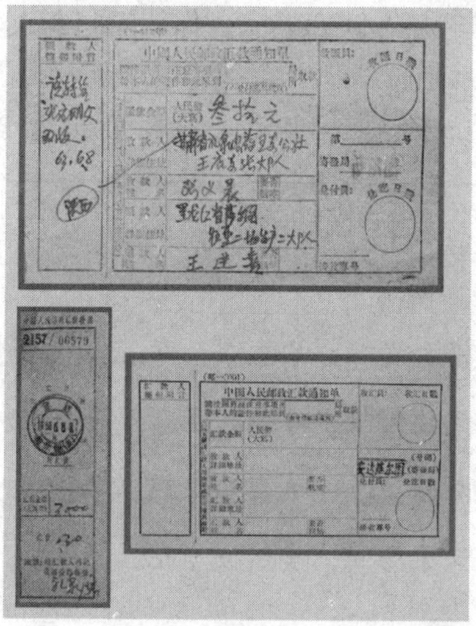
给张启刚家人的汇款单和收据
（图片来源：西安石油大学铁人王进喜纪念馆）

伤春怨·张启刚

雪落冬青树。怎奈英才天妒。
钻井起波澜，大庆魂归何处。
礼泉擎天柱。日暮云低树。
赡养启刚亲，且慢去、秦直路。

注：礼泉隶属陕西省咸阳市，原作醴泉，因县境内有醴泉，泉水味如醴而改名为醴泉县。1964年9月，才改“醴”为“礼”，即为礼泉县。张启刚的老家在礼泉县。

秦直路是秦国道路中的主要形式之一，一般来说，秦直路修建于各大郡县之间，尤其是军事战略位置重要的地区。在人类公路建设史上，秦始皇修建的“秦直路”堪称“高速公路”的始祖。历经岁月考验，流传至今的“秦直道”遗迹，见证了2000年前的中国人民和世界领先的工程技术。

可没有想到的是，半年以后，在入冬前，张启刚的母亲从陕西礼泉写来了一封信。老人在信里说：“今年收成不好，生活毫无着落，希望领导帮助解决。”在两页信纸中间还夹了三根长长的白发，老娘想儿，白发揪心。铁人读完来信，手捧白发，潸然泪下。

他立刻让大队工会去调查，最后搞清，原来每月寄去的钱叫另一个人领走了，根本没交给张启刚的母亲。铁人在全队大会上，手捧着信和三根白发，哽咽着说：“人世上最悲痛的就是白发人送黑发人，启刚走了，我们连老娘都养不好，咋对得起为石油牺牲的同志呀！三根白发揪我心哪！以后这事我负责，从我的工资里每月扣除十五元钱，按时寄去。”

快过年了，铁人派副队长前去陕西探望张启刚的父母。他给老人捎去二十斤芸豆，叫他路过北京时买些糖果、点心。还再三嘱咐前去探望的人，一定要告诉老人：“启刚不在了，我王进喜就是他儿子！替我给老娘磕个头，拜个年；就说我实在脱不开身，不能前去尽孝。”张启刚的父母一直由铁人供养，直到铁人王进喜逝世。1970年，铁人王进喜因为胃癌住进了北京301医院。即便是在病危之际，王进喜对赡养张启刚母亲这件事还念念不忘。王进喜对前来看望他的井队领导说："张启刚牺牲八九年了，他的老母亲还在陕西老家，你们问问老人家生活上有没有困难？"

（图片来源：西安石油大学铁人王进喜纪念馆）

白发揪心

三根白发咽，尽孝在天涯。
拜谒故园里，寻邻远道家。
启刚西望去，进喜北狼跋。
铁汉柔肠断，凄然彼岸花。

注：狼跋喻艰难窘迫。《诗·豳风·狼跋》："狼跋其胡，载疐其尾。"《三国志·蜀志·法正传》："主公之在公安也，北畏曹公之彊，东惮孙权之逼，近则惧孙夫人生变于肘腋之下；当斯之时，进退狼跋。"唐·李德裕《汉昭帝论》："成王闻管蔡流言，观召公不悦，遂使周公狼跋而东，《鸱鸮》之诗作矣。"

彼岸花是一种充满着神奇色彩的花，民间关于彼岸花的传说都带着神秘感，它是开在天界之花，盛开在阴历七月，长于夏日，在秋天结花，是生长在三途河边的接引之花，花香传说有魔力，能唤起死者生前的记忆。其实彼岸花是石蒜科多年生草本花卉。春分前后三天叫春彼岸，秋分前后三天叫秋彼岸。彼岸花开在秋彼岸期间，非常准时，所以才叫彼岸花。

嘘寒问暖　知心铁人

王进喜的"人拉肩扛运钻机""破冰取水保开钻""跳泥浆池压井喷"三个经典故事，在石油人的心中传唱，在全国人民的心中传唱。但很少有人知道，他还有柔情似水的一面，那就是对待职工像和煦的春风般温暖，像对待亲人一样关怀备至。

铁人王进喜钢筋铁骨却满腹柔肠，对职工和家属关怀备至，心里始终装着职工群众。王进喜不仅是一位在工作上充满激情的石油钻井工人，一位坚持理想、有信仰的老党员，更是一位对待年轻一辈不乏温情的长者，对家人充满关爱的好父亲、好丈夫、好兄长、好儿子。

为因事故住院的徒弟找冰，王进喜不惜长途跋涉；得知自己患重病，不能守护妻子，为一直默默支持他任劳任怨的妻子洗脚；在自己贫病交加时，还为油田的女技术员送去温暖的毛皮褥垫……诚如《铁人王进喜》所展示的那样，他更是一个仁者，乐于为妻子、孩子、朋友、徒弟付出，用人格魅力将身边的人团结在一起，宽容、原谅曾经伤害过自己的人……

他钢铁中的柔肠，是在大是大非前永不言败的铮铮铁骨，让人难以忘怀。正因为如此，工人们把王进喜当成自己的知心朋友。工作生活中有什么烦恼都喜欢向他倾诉；有什么高兴的好事也都愿意和他分享。在职工的心目中，王进喜在工作上是一位严父般的领导；在生活上是一位慈祥的、充满真情的老大哥。

（图片来源：西安石油大学铁人王进喜纪念馆）

知心铁人

深入沟通大众中，知心朋友岁寒松。
摸爬滚打石油汉，共苦同甘警夜钟。
笑语烟花春色暖，雷霆雨露暮云浓。
植根沃土禾苗壮，忘记家国万事空。

注：暮云指黄昏的云。唐·杜甫《春日忆李白》诗："渭北春天树，江东日暮云。何时一樽酒，相与细论文。"唐·王维《观猎》："回看射雕处，千里暮云平。"宋·欧阳辟《临江仙·涧碧山红粉烂漫》："涧碧山红粉烂漫，烟萝远映霜枫。倚阑人在暮云东。遥天垂众壑，平地起孤峰。"宋·陆游《雪中》诗："暮云如泼墨，春雪不成花。"

王进喜没有上过学，识字不多，文化不高。但他对知识分子充满崇敬之情，尤其喜欢有文化又实干的青年。他尊重知识分子，善于发挥他们的积极性，在石油会战中大显身手。当

（图片来源：西安石油大学铁人王进喜纪念馆）

关爱回民大学生

回民兄弟回民灶，天下团结做主人。
只怕知识文化少，唯求实干一家亲。
黎民百姓惊天地，劳苦群英烁古今。
大庆油田来会战，白山黑水有乡音。

从钻机大队分来两名回民大学生，王进喜高兴得不得了。对他们嘘寒问暖，关心备至。为了尊重和照顾他们的民族饮食习惯，王进喜专门请来一位回民厨师做饭，为他们设立了回民灶。

王进喜在工作之余，经常深入群众，喜欢和工人们在一起。铁人通过聊天来了解他们的学习、工作和生活情况，通过谈心做思想政治工作，润物细无声。更让工友们感到开心和欣慰的是，当他们需要他帮助，且要及时解决问题时，王进喜一定会千方百计，想尽一切办法来给予解决。

（图片来源：西安石油大学铁人王进喜纪念馆）

关　爱

常来井队聊天地，关爱关心百姓声。
不愿清谈空论道，犹思胜践信知行。
时时笑语惊明月，处处欢声弹锦筝。
大庆油田新会战，天南海北有前程。

注：胜践指盛游，此处指快意的实践。唐·杨炯《群官寻杨隐居诗序》："极人生之胜践，得林野之奇趣。"宋·王安石《平甫游金山同大觉见寄相见后次韵》之二："胜践肯论山在险，冥搜欲与海争深。"宋·沈端节《念奴娇》词："千里江山供胜践，尊俎延登儒雅。"

筝上的绘文似锦，故称锦筝。明·徐霖《绣襦记·竹林祈嗣》："竹林仙院礼三清，歌舞楼台弃锦筝。"明·夏完淳《金明池》词："西楼倚，锦筝低按。"

在管好生产、抓好生活的同时，王进喜时刻不忘职工群众的冷暖，倾全力为职工群众解决实际问题。司钻陈国安得了病，职工医院查不清原因，铁人把他带到省城去治疗。省医院也治不好，铁人又趁着到北京开全国人民代表大会的机会，把陈国安带到北京宣武医院治疗。

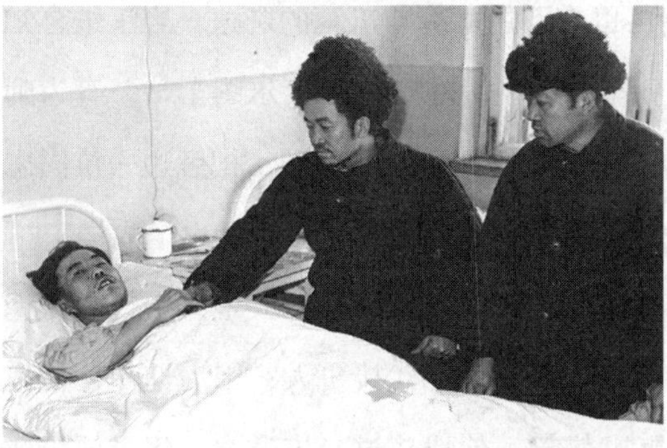

（图片来源：西安石油大学铁人王进喜纪念馆）

忆少年·多情杨柳

多情杨柳，多娇俏雪，多愁病患。

相携省城去，北京如临看。

细叶飞花批素艳。再重来、河清海晏。

千言尚嫌少，万语人心暖。

在“文化大革命”中铁人被批斗、被拉着游街，陈国安冒着危险出来拦车去救铁人。他说：“铁人是大庆的大功臣，我们陈家的大恩人，你们斗他伤天害理。”这足以说明，铁人与人民群众的关系是鱼水深情的血肉关系。他代表的是人民群众的根本利益，不愧是党的老黄牛，人民大众的好公仆。

在伊利导演的电影《铁人》中虚构一个叫刘文瑞“小知识分子”。王进喜注重知识，着力培养刘文瑞，刘文瑞也成为王进喜最喜欢的徒弟之一。王进喜对其他徒弟粗声大气说话，而对刘文瑞说话，却是充满爱心，细声细语，时时处处照顾这个“大有前途”的“小知识分

（图片来源：电影《铁人》剧照）

伤文瑞

知识分子刘文瑞，细语柔声满爱心。

善始善终千古事，半途而废百年身。

失魂落魄空明月，语重情长生玉津。

有子传家无有恨，思成泽被接班人。

子”。那年冬天闹饥荒，铁人王进喜的徒弟刘文瑞再也受不住寒冷与饥荒的窘迫。当王进喜知道他的爱徒受不了艰苦当了“逃兵”时，立即追到车站动粗。在空旷的萨尔图车站，身为师父的王进喜“爱恨交加”。那失望的眼神、痛苦的表情，愣愣地看着刘文瑞，把旁边一位同志的干粮不吭声地给了刘文瑞，只说了句：“回去好好活着，不管到了哪里，都活出个人样来。”简短的对话，句句语重心长。刘文瑞背着一生都难还的心债度过他后面的大半人生。因为愧疚，他用自己的方式引导培养出了献身祖国石油钻探事业的新一代接班人；因为愧疚，他拖着一身疾患的暮年之躯仍在为深山里的基础教育默默耕耘。他战斗过，出过力，流过汗，或许他只不过是一名战士，一名成不了将军的战士。

热心月老　美满姻缘

了解钻井工的人都知道，由于地方不是固定的，他们总是逐油而迁，到最偏僻最荒凉的地方打井，城市的繁华热闹跟他们没有关系。有一首歌叫《我当个石油工人多荣耀》，其中有一句歌词：我当个石油工人多荣耀，头戴铝盔走天涯。听起来十分浪漫，现实生活却不是这样，有谁愿意过那种四处漂泊居无定所的日子呢？因此，钻工找对象特别难，他们常常叹息“钻井工人一声吼，找个老婆没户口”。即使有很多女人没有正式工作，她们也不愿意嫁给钻井工人。在油田，许多人都知道，“有女不嫁钻井郎，一年半载守空房，三月两月回家转，抱回一堆油衣裳”。钻井工人找对象难，王进喜一直把这件事挂在心上。他热心为青年职工牵线搭桥当红娘，经他介绍的几对都生活得很美满。铁人王进喜作为一名钻井队队长，深知钻工们找对象的难处，所以，也对这个“老大难”问题最为着急。着急归着急，总得想办法解决。

孙秉科是甘肃张掖人，在玉门油田青草湾打井时当井队司机，人比较腼腆。王进喜见孙秉科年龄不小了，却连个对象也没有，就想把同乡王惠珍介绍给他。于是他去找孙秉科谈介绍对象的事，孙秉科有点儿不好意思地说：“行，过几天就过去看看！”王进喜火急火燎地说：“还要过几天？马上走！”孙秉科又找借口说：“天太晚了，明天再说。”王进喜急了，喊道：“挺大个男子汉，天黑怕什么，马上去，立马走！”

王进喜是不想给他留下借口，于是两个人连夜赶到了赤金。第二天早上见完面后，唠了唠嗑，二人都觉得满意，真有点一见钟情、相见恨晚之感。处了一段时间，王进喜找到老孙，直截了当地问怎么样，老孙说挺好的。王进喜说，挺好就结婚吧，都老大不小了！老孙说再处一段时间看看。王进喜说："还处什么呀？我真替你着急死了，马上结婚！"现在，孙秉科老人谈起往事，还是一副心满意足的样子。他说："老队长干啥都讲雷厉风行，要不是他，我可能打一辈子光棍。"❶

1960年3月孙秉科跟随王进喜来到大庆，全队分散住进老乡家，孙秉科当年就和队长王进喜一起住在赵大娘家。孙秉科一直把王进喜当成自己的恩人、亲人，在大庆一直追随在老队长左右。

（图片来源：西安石油大学铁人王进喜纪念馆）

虞美人·当红娘

单身不解相思苦。雨燕双栖宿。

凭栏望远慕鸳鸯。长夜难眠辗转、盼新娘。

追随油脉八方顾。晓看春风度。

钻台对坐看夕阳。踏破千家万户、当红娘。

1958年，石油工业部在玉门油田的白杨河地区组织开展了优质快速钻井竞赛活动。王进喜领导的贝乌5队，经过多次争取，被批准参加。在当年9月，月钻井进尺5009米，创全国最高纪录、世界少有的纪录。大战白杨河时，王进喜跑大队部特别勤，慢慢地就熟悉了大队部会计陈竹君，他想把她介绍给贝乌5队的司钻郑茂昌。他找到郑茂昌一说，郑茂昌直摇头说："咱一个工人哪敢找大队的干部呀。"王进喜鼓励他说："瞧你那没出息的样！工人咋啦，工人也是人，咱们就找她。"王进喜跟陈竹君一介绍郑茂昌的情况，她觉得钻工无所谓，同意了。没多久两个人就领证结婚了。如今，一谈起这事，郑茂昌就说："我的婚事是队长包办的。"声音里充满了甜蜜和自豪。1961年2月，王进喜当了钻井大队大队长后，手下光棍汉猛增，这可怎么办呢？王进喜心里十分着急。在紧张的工作之余，他仍跑前跑后，忘不了给这

❶ 史金龙：《铁骨柔肠王进喜》，《工会信息》2019年No.774（6），第14页。

个牵线，给那个搭桥，忙得不亦乐乎。[1]

（图片来源：西安石油大学铁人王进喜纪念馆）

红娘喜

红娘一片心，牵线有情人。
心有灵犀意，珠联璧合魂。
天公成美事，月老促良亲。
甜蜜缠绵韵，铁人喜酒醇。

1205队工程技术员郭继贤哪方面都好，就是在婚姻方面缺乏战斗力。王进喜没少说他、鼓励他，说归说，还得替他想办法。于是，王进喜见一个不错的，就为他介绍一个，把大队范围内的女青年都给找烦了，最终生产技术室的一位女技术员被王进喜说动心了，答应和郭继贤处对象，王进喜赶快把两人关在屋子里让他们谈。他想也没想到，整整一上午，郭继贤就没说几句话，嘴巴像被封住了似的，这对象实在是没法谈下去。过后，铁人拍着这位木讷先生的肩膀说："你这老兄怎么搞的，连个话也不会说，咋个办哩？"如今，已儿孙满堂的郭高工说："说起来惭愧，我也是太不争气了，大队长为我的事真是操碎了心啊！"[2]

钻工们都有探亲假。每当探亲季节，王进喜都要告诉各队干部，要多给那些大龄钻工几天假，让他们回家想办法解决婚姻大事。曾经有一位青年钻工走前到大队开结婚证明信，负责盖公章的女文书问他对象叫什么名字，这位钻工急得满脸通红，就是说不上来。这时王进喜说："他一年才回一次家，找个姑娘见个面多不容易呀。你先把介绍信给他开了，女方名字先空着，让他自己填。"这位年轻的钻工拿上空名的介绍信高高兴兴地回家去了。一个月后，给大队长和女文书送来了喜糖。像这样当红娘保媒的事还有很多，足以可见，王进喜对钻工身心健康的关心和呵护。这件事，今天谈起似乎不大规范，但在那特殊年代的特殊情况下，铁人这样办也是情有可原。真是一个证明见一片情啊！在王进喜心里，家和万事兴，工人爱

❶《荐读 | 王进喜柔情似水的一面》，《工人日报》2019年4月9日。
❷《荐读 | 王进喜柔情似水的一面》，《工人日报》2019年4月9日。

情美满，家庭稳定，才能打好井。[1]俗话说，有家才能立业。钻工们成了家之后，也能够踏踏实实地工作，为石油工业发展作贡献，王进喜的心里深深地明白这个道理。他情商高、口才好，铁骨柔肠，乐于为群众排忧解难。王进喜为职工们找对象可是操碎了心、磨破了嘴。正可谓“钻工对象难寻，铁人游说劳心。几对婚姻美满，石油伉俪情深”。

（图片来源：西安石油大学铁人王进喜纪念馆）

醉花间·花儿媚

花儿媚，眼儿媚。香溢天花坠。
牵手面含羞，月下梧桐桂。
人勤跑断腿。鞋烂磨破嘴。
金风玉露时，未饮红娘醉。

三次落泪　铁汉柔肠

王进喜是一个情感丰富的人，据战友们回忆，王进喜一生有过三次落泪。第一次落泪是在北京街头，为国家而流；第二次流泪是在松辽荒原，为战友而流；第三次流泪是在北京

（图片来源：西安石油大学铁人王进喜纪念馆）

铁汉柔肠

铁人三落泪，次次断衷肠。
意切沙滩地，情真井站旁。
风霜思大事，睡梦想亲娘。
黑发思白发，平生几度殇。

[1]《铁人王进喜的“严”与“实”——三访四到》，大庆油城公交网，2022-07-19。

301医院，为母亲而流。这三次落泪让我们荡气回肠、感慨万千、感同身受。三次落泪足以让我们看清铁人王进喜丰富而真挚的内心世界，足以表露一个刚强男儿内心的柔情和赤诚，王进喜真可谓拥有真性情、铁汉柔肠的真汉子。

第一次落泪是为国家：1959年国庆前夕，他到北京观礼期间在沙滩街头，看见汽车上背着煤气包，才知道国家多么缺油。身在玉门的他，虽然打了许多油井，出了不少油，但对国家经济建设而言无异于杯水车薪。国家那么困难，自己还有脸到北京开大会、受表彰，真是羞耻啊！看着来来往往的公交车上的煤气包，王进喜禁不住蹲在沙滩街头流泪了。

多年之后，战争中失去一只胳膊的独臂将军、开国中将、大庆会战期间石油部部长余秋里在《回忆录》中感慨道："王进喜在沙滩哭，这是英雄的一种境界。"

（图片来源：央视新闻频道）

铁人泪洒沙滩

沙滩哽咽放悲声，华夏缺油会战兴。
万里长歌辽鹤语，一腔碧血杜鹃鸣。
京城尽洒英雄泪，大庆拼搏磊落胸。
铁骨拉扛惊腊雪，盆桶取水破寒冰。

注：辽鹤指辽东丁令威得仙化鹤归里事，亦称辽东鹤、辽城鹤等。辽东人丁令威，学道后化鹤归辽，徘徊空中而言曰："有鸟有鸟丁令威，去家千年今始归。"事见晋陶潜《搜神后记》卷一。杜甫《卜居》诗："归羡辽东鹤，吟同楚执珪。"欧阳修《采桑子》词："归来恰似辽东鹤，城郭人民，触目皆新，谁识当年旧主人？"黄哲《过梁昭明太子墓》诗："辽东鹤驭远，缑岭鸾笙吟。"

第二次落泪是为战友：1961年春，大庆石油会战正如火如荼进行。由于正处于三年困难时期，油田粮食缺乏，职工吃不饱，每天只有五两粮食保证三餐伙食——"五两保三餐"。对于重体力的钻井工人来说，能维持活下去已经是万幸。工人们不得不靠挖野菜充饥，许多人身上出现浮肿。时任钻井二大队大队长的王进喜，有一天去井队，老远看不见一个人影，走近一看，工人们都跪在坑里一锹一锹挖着泥浆池，喘着粗气，大汗淋漓。此情此景，王进喜流泪了。他下决心把工人的生活水平搞上去，于是开始抽调力量开荒种地。

（图片来源：西安石油大学铁人王进喜纪念馆）

心疼职工落泪

五两三餐饿肚皮，忍饥跪坐奋挖泥。
一锹起落呼吸喘，双手扶摇雨汗滴。
远看无人山黛色，徐听有泪棹歌凄。
开荒种地人人喜，自力更生策马疾。

注：五两三餐是指在大庆石油会战初期，口粮不足，一天三餐只有五两米，俗称“五两保三餐”。

棹歌指船夫行船时所唱的歌。汉武帝《秋风辞》：“箫鼓鸣兮发棹歌，欢乐极兮哀情多。”南朝·梁·丘迟《旦发渔浦潭》诗：“櫂歌发中流，鸣鞞响沓嶂。”元·萨都剌《江浦夜泊》诗：“棹歌未断西风起，两岸菰蒲杂雨声。”清·魏源《武夷九曲诗》：“尚讶棹歌闻，那有市声起。”

第三次落泪是为母亲：1970年春，在周总理的关照下，王进喜因为胃癌晚期住进了北京301医院。

1970年9月，王进喜母亲因患重感冒，到10月病情加重，送大医院住院。11月初，王进喜病情加重，石油部来电话，通知家属到北京去看望，王进喜特别提出要见老母亲。但因母亲已住院，所以就无法去北京，到医院王进喜第一句话就问：“妈来了没有？”他弟弟答：“没有来。”他说：“我让老母亲来北京，我看一眼，怎么不来？”因为母亲住医院，不能来，都不想告诉他母亲住院的事。此后，每次到病房看他时，他都说：“我让马相奎大夫把母亲送来，

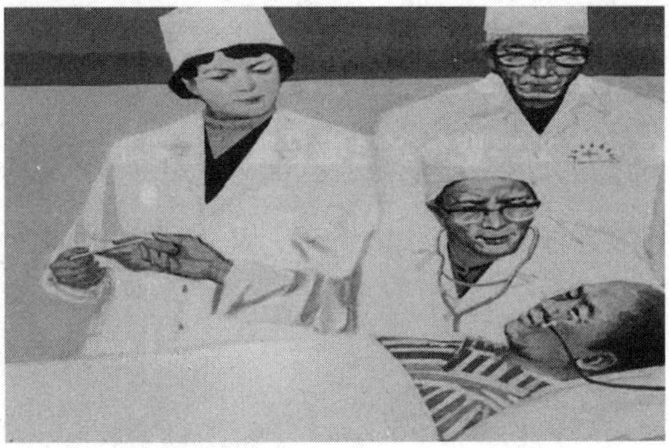

（图片来源：西安石油大学铁人王进喜纪念馆）

想念娘亲

临终日夜念慈亲，有子枯荣病树春。
千古苍凉忠孝事，而今遗恨两全心。
盼娘塞北天涯路，唤弟床前梦里人。
白发青丝相送苦，无言无语泪沾襟。

我看一眼老母亲，也看一眼马相奎，怎么就不来？”说着就大声哭起来，边哭边说：“我的老妈急死了！我的老妈急死了……”❶

临终前，弟弟王进邦守候在病榻边，王进喜手拿300块钱交给他，强忍剧痛，断断续续地说：“看情况，我可能看不到咱妈了，妈这一辈子很苦，你就多替我尽孝道吧。”王进喜逝世一个多月后，他母亲也离去了。男儿有泪不轻弹。王进喜一生的三次流泪，透露出他丰富的情感世界，即对工作和生活的热爱。

王进喜的一生无愧于党，无愧于人民。但在他心中，他唯一亏欠的是生他养他的母亲。为了国家，他在母亲困难的情况下，远走他方；为了国家，年仅47岁的他英年早逝，让母亲白发人送黑发人。在弥留之际，他将自己仅有的300块钱拿给了弟弟，他让弟弟用这钱给母亲买点好吃的。而这也是他最后一次，为他的老母亲尽孝心。

是的，300块钱，真让人难以置信。王进喜一生为国家开发油田，特别是大庆油田为国家创造的价值多达二十几个亿，而作为开发者王进喜在人生的最后时刻，却仅仅留有300块钱。

此情此景，不由得让人想起来臧克家的诗句：“有的人活着，他已经死了；有的人死了，他还活着……有的人，俯下身子给人民当牛马。”铁人王进喜，中国工人阶级的先锋战士，中国共产党人的优秀楷模，他为我国石油工业的发展建立了不朽的功勋。时世变迁，我国已经彻底改变了一穷二白的面貌，意气风发地进入中国特色社会主义新时代，铁人精神必将在中国特色社会主义现代化的第二个百年征程中焕发出耀眼的光辉。

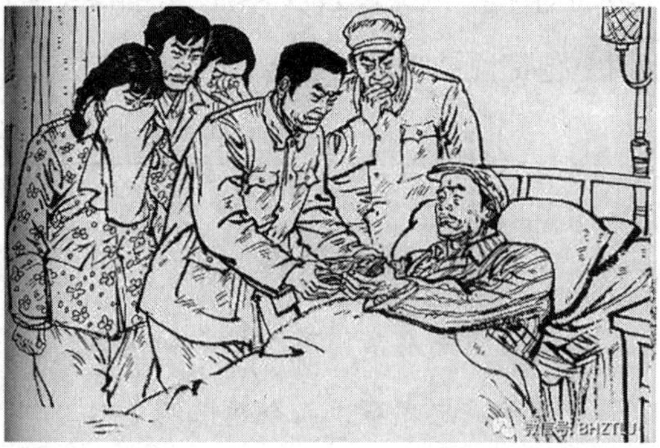

（图片来源：大庆铁人王进喜纪念馆）

临终遗愿

补助病危交党费，临终念念盼油兴。
德星尽孝共三百，化雨仁声重九城。
铁汉柔肠多感触，青冥壮志任平生。
廉洁自律英雄泪，终古风流磊落胸。

❶ 王进邦：《哥哥在病危的日子里》，《大庆社会科学》1994年11期，第43页。

广交朋友　四海名扬

孙维世（1921年—1968年10月14日），曾用名孙光英、李琳，四川南溪县人，孙炳文的女儿，周恩来养女，有“红色公主”之称，在演艺、导演、翻译等多方面建树颇多。作为新中国戏剧奠基人，她与焦菊隐、黄佐临并称为新中国三大戏剧导演。代表作品有话剧《保尔·柯察金》《钦差大臣》《万尼亚舅舅》等。作为留学苏联的第一个女导演，她把斯坦尼斯拉夫斯基体系引入中国，她导演的《钦差大臣》是新中国成立后第一次上演的外国古典剧目。她在担任中央戏剧学院导演训练班的班主任时，为新中国培养了第一批导演人才。

1964年春天，孙维世等一批艺术家遵照周恩来总理的指示来到大庆深入生活和大庆职工、家属一起战天斗地，与大庆油田结缘。在大庆党委领导下，在大庆职工家属热情支持下，特别是在铁人的大力帮助下，1965年创作了五幕话剧《初升的太阳》。这是第一部反映大庆精神、铁人精神的戏剧，是大庆第一部话剧，是新中国话剧史上第一次专家与群众合作的艺术创造。成为大庆石油文学的经典之作和大庆石油文学话剧创作的奠基之作；同时，该剧也

（图片来源：西安石油大学铁人王进喜纪念馆）

渔家傲·红色公主

公主安居红色地。弘扬大庆精神气。
维世金山风好日。山河丽。风流眷侣神仙比。
飞雪祁连还诉忆。相欢谈笑云烟里。
共话太阳初生起。烟雨里。狂蜂新燕黄蝶戏。

注：金山是孙维世的丈夫，原名赵默，出生于江苏省苏州市，祖籍湖南省怀化市沅陵县，演员、导演、编剧、制作人，上海徐汇公学肄业。民国时期被誉为“话剧皇帝”，着意塑造具有鲜明个性特征的典型人物形象，这是金山表演艺术最根本的特点。

奠定了孙维世在中国当代文学史上话剧创作的重要地位，这也是孙维世最后一部艺术作品。上图是孙维世听铁人讲大庆会战故事。

《初升的太阳》第一次正式搬上舞台，是在采油一部礼堂。当时，会战工委召集了各单位各家属队的代表观看演出，大家反响热烈，好评如潮。当时的油田领导宋振明给石油部打了份报告，想让《初升的太阳》进京汇报演出。该戏三次进京汇报演出，1965年冬在北京国务院小礼堂汇报演出时，总理不但看完全剧，还上台热烈祝贺，并在台上亲自打拍子指挥全场观众高唱《大庆家属闹革命》等歌曲。1966年春由大庆家属演出的《初升的太阳》到北京向中央首长和首都人民汇报演出，受到周恩来总理、叶剑英副主席和其他中央领导同志的热情肯定，受到广大群众的热烈欢迎。在北京数月的时间里，《初升的太阳》还被邀请到人民大会堂小礼堂、长安大剧院、北京工人文化宫、政协礼堂等处演出了130余场，观众达22万人次，轰动整个北京城。下图是铁人王进喜与《初升的太阳》演职人员合影。

（图片来源：大庆文明网　2011-11-21）

初升的太阳

自编自演自家事，一草一花一世言。
妇女争先黑土地，职工奋战大油田。
铁人开钻一声笑，总理低吟大庆欢。
自力更生新气象，白驹过隙任留连。

在大庆会战这一伟大的历史创业中，英雄的大庆职工家属，坚决贯彻执行了大庆油田党委的矿区建设方针。从“五把铁锹闹革命”开始，到后来95%以上有劳动能力的家属，她们都参加了集体劳动，比如积肥、除草、种地，甚至是“干打垒”这种重体力活儿。

这群可亲可敬的石油职工家属，她们积极响应大庆会战指挥部党委的号召，除参加工业生产活动，还担负起全部农业、副业生产的任务。那个时代的职工家属用她们勤劳的双手建设自己的家园，为大庆、为国家挥洒着辛劳的汗水，在大庆油田的开发建设过程中发挥了重要的作用，立下了不可磨灭的功勋，必将青史流芳。

孙维世的话剧《初升的太阳》描写了大庆家属在党的领导下，如何走向革命化、劳动化、集体化，以富于真实性的生活细节和生动的语言，刻画了家属生产队指导员郭德英的英雄形象，以及其他不同性格的人物形象，反映了以毛泽东思想武装的中国妇女意气风发的革命精神。铁人王进喜作为她们精神上的支持者和劳动的参与者，见证了这个奇迹。

《初升的太阳》剧照
（图片来源：哈尔滨新闻网　2021-12-25）

孙维世

旭日初升霞漫舞，职工家属半边天。
积肥种地锤镰举，扁担肩扛雨雪欢。
二为方针时代性，一心塑造价值观。
可怜绝代红颜去，遥望朝阳映海川。

注：“二为”是指文学艺术要“为人民服务，为社会主义服务”。“为人民服务”就是为工农兵、知识分子、干部和一切拥护社会主义、热爱祖国的人们服务。社会主义是广大人民群众的根本利益所在，“为社会主义服务”也就是为人民服务，“二为”方针并不限制艺术家的创作性，而是鼓励文艺工作者在为人民服务，为社会主义服务的前提下，创作出更多更好的精神产品，为社会主义精神文明建设作贡献。

1964年以后，大批文艺工作者来大庆体验生活，他们和王进喜结下深厚的友谊。1964年毛主席提出“工业学大庆”的号召，更加激发了石油人的热情，也让许多对“大庆速度”充满好奇的社会名流纷至沓来。

在这样一个特殊的历史节点，《人民日报》刊发1964年新华社记者袁木、范荣康采写的长篇通讯《大庆精神　大庆人》。这是第一篇公开向全国报道大庆石油会战的长篇通讯，“大庆精神”第一次被提出。从那时起，大庆精神就成为鼓舞前进、推动发展的强大动力和精神财富。

1965年，作家刘白羽奉周恩来总理之命来到大庆，带领电影工作者来拍摄反映大庆石油会战影片《大庆颂歌》。

（图片来源：西安石油大学铁人王进喜纪念馆）

友　谊

文艺群星至，尽言书中事。

桃花潭水深，柳叶春风稚。

雪地映冰天，明眸飞皓齿。

生活体验勤，友谊铁人始。

1964年年初，中宣部派“新闻采访团”来到大庆，采访石油会战的先进事迹。王进喜成为各位记者采访的核心人物，他幽默的谈吐、谦虚谨慎的作风给诸记者留下深刻的印象。《大庆精神　大庆人》报道之后，紧接报道的是田流撰写的王进喜人物特稿，但王进喜对稿子不满意。他认为：“第一，没怎么写党的领导。第二，没怎么写群众，把我写成了孤家寡人，我只有15%~20%同意，得改。”因为时间仓促，修改来不及，王进喜特稿最终没能刊发，但因其他稿子中有重点提他，他照样成为家喻户晓的榜样人物。1964年是全国主要媒体宣传大庆精神及“铁人”王进喜的第一波高潮。

（图片来源：西安石油大学铁人王进喜纪念馆）

大庆采访

宣传大庆精神，记者油田育人。

采访无妨留影，新闻有价铸魂。

地层压力恢复，井下通顺涌金。

幽默谦虚谨慎，作风谈吐唯真。

邵宇，曾用名邵进德，辽宁丹东人。著名的速写、水彩画家，所创连环画受到徐悲鸿先生的称赞，认为其画风用来描写中国社会非常适合。1939年参加新四军，历任新四军歌舞团团长，苏中《江海报》社总编辑，苏中新华社社长，先后在《抗敌报》《战士报》上发表《反动派的滔天罪行》等木刻作品。1951年冬，他奔赴抗美援朝前线，创作了一系列战地素描。《上饶集中营》《千山万水》等优秀作品是这个时期完成的。自1955年起邵宇先后任《人民画报》总编辑，《人民日报》美术组组长，人民美术出版社社长、总编辑，中国美术家协会常务理事、书记处书记。1965年，邵宇来大庆油田体验生活，与王进喜结下了深厚的友情。

王进喜与著名画家邵宇合影
（图片来源：西安石油大学铁人王进喜纪念馆）

惜　情

邵宇铁人聚，相交两映深。
一支秃画笔，几片赤霞云。
自力更生骨，艰苦奋斗心。
奋发图强志，勤俭爱国人。

在此期间，邵宇创作了大量反映大庆油田开发建设的画作，很多在《人民日报》《工人日报》发表，1977年5月结集成《创业年代　大庆速写》出版。对于大庆油田上有名的“铁人”、

“王铁人”

那时王进喜同志是钻井队的队长。为了摘掉中国石油落后的帽子，为了建设和保卫伟大的社会主义祖国，为了支援世界人民的革命斗争，他和全队的钻井工人，吃在井场，睡在井场，满怀着工人阶级的阶级感情、阶级仇恨、敌情观念和中国人民的革命志气，不怕苦，不怕死，把井场当作反帝反修的战场，日日夜夜地连续苦战，老乡们说他是个“铁人”。就这样终于优质高速的在草原上打成第一口井，在工业战线上高举起一面红旗。

（图片来源：《创业年代　大庆速写》）

“王铁人”画像

晴川荒野地，笔画铁人神。
笑眼初开满，扬眉吐气亲。
祁连西北汉，大庆石油人。
日夜忙油井，花开又一春。

老石油工人王进喜，邵宇自然十分关照，上图是邵宇笔下的铁人王进喜。

情真意切　爱满家园

在本书的撰写过程中，查阅了大量的文献资料，发现铁人王进喜很少和家人合影。在他的一生中，甚至连一张全家福都没有留下。下面这张照片是与家人合影人比较齐全的一张。前排左起：何占信（铁人的母亲）、王进喜、王月琴（铁人的小女儿，铁人怀抱）、王兰英（铁人的妻子）、王立（铁人的小妹）；后排左起：王月珍（铁人的次女）、王月甫（铁人的次子）、王樱（铁人的长女）。

（图片来源：西安石油大学铁人王进喜纪念馆）

临江仙·人间爱

音容溢满人间爱，流澜铁汉柔情。
晓春江暖影留凭。紫烟霞帔少安宁。
若有秦腔来助兴，不辞吟唱秦风。
含情脉脉眼波濛。高堂儿女笑声盈。

王进喜在教育孩子上目标很明确：从小要爱劳动，爱学习。长子王月平，1952年出生，从小就跟着妈妈扫地倒土，再长大点就和姐姐王樱一起去担水。1959年生活艰难时，跟上妈妈、姐姐上山挖野菜。在大庆会战期间，生活组送来白面，爸爸发脾气叫妈妈给送回去，就是王月平扛着一袋面和妈妈一起送回去的。这一切，使王月平从小就养成了热爱劳动的好习惯和公私分明的好品德。在铁人王进喜的教育影响下，5个子女个个成才，除二女儿参军外，其他四个子女都在油田工作，继续践行着铁人精神，为石油业和大庆发展作贡献。1970年7月，妻子王兰英及长子王月平、小女儿王月琴来北京看望住院治疗的王进喜时合影。这也是王进喜一生中唯一一次和爱人、孩子上街游玩。

（图片来源：西安石油大学铁人王进喜纪念馆）

天安门合影

风云赤胆满腔情，钻井工人进故城。
金水桥旁花絮乱，天安门外柳丝横。
折腰大庆埋头干，放眼神州抱日生。
镜下妻儿相望处，犹如元月看花灯。

1970年国庆节，王进喜被邀请出席国庆观礼。在周总理的关照下，多给了他一张观礼券。铁人说："这张观礼券我谁也不给了，给我老伴儿。她跟我一辈子吃苦挨累，这回我要带她去见毛主席。"

铁人王进喜至孝、至爱、至情、至亲，他是母亲眼中的大孝子，妻子眼里的真男人，弟弟妹妹心中的好兄长，儿女心中的好父亲。

魂归故里 松柏含情

玉门是中国石油工业的摇篮、铁人精神的发祥地，是铁人王进喜的第一故乡。铁人王进喜出生在甘肃省玉门市赤金镇和平村（现改名为铁人村）一个贫苦农民家庭，还未成人时就到旧中国玉门油矿的扬子建筑公司做工；后又成为油矿的一位原油运输工人，成了玉门油矿著名的"石油娃"。新中国成立后，成为新中国第一代钻井工人、钻井队长，直到1960年带领贝乌5队（1205钻井队）奔赴大庆，参加举国闻名的石油大会战。诗人李季盛赞："凡有石油处，就有玉门人。"在玉门王进喜被誉为"钻井闯将"，在大庆成为英雄的"铁人"，他在玉门生活、工作了37年，把自己最宝贵的青春年华献给了玉门这片热土。

在玉门市赤金镇铁人村，处处绽放着勃勃生机，见证着铁人村翻天覆地的变化。铁人村是"铁人"王进喜的出生地和成长地。王进喜故居纪念馆坐落在铁人王进喜的出生地——玉门市赤金镇和平村，嘉玉赤公路与312国道交会之处，距玉门市区25千米。王进喜故居纪念馆始建于1992年，该馆的馆名由时任甘肃省委书记顾金池同志题写，当时的玉门市市长主持了开馆仪式。王进喜故居纪念馆被团中央命名为全国青少年教育基地，被甘肃省命名为爱国主义教育基地，被酒泉地区国际教育委员会命名为国防教育基地。该景点1996年被甘肃省确定为爱国主义教育基地。2004年，王进喜故居纪念馆被玉门市政府确定为红色旅游景点。

（图片来源：《酒泉日报》2020年11月23日）

铁人故里

俯览铁人村柳绿，祁连北麓赤金原。
西邻昌马老君庙，东望清泉嘉峪关。
花海柳红飞絮起，石油河畔落梅鲜。
荒凉旧事贫瘠去，一派生机袅袅烟。

为庆祝中国共产党成立100周年，由中国文联网络文艺传播中心、光明网主创，中国文学艺术基金会支持，相关地方宣传部门协助，制作推出《我们的村庄（第二期）》网络音视频节目，围绕中国共产党的“精神谱系”主线，以村庄为主题，以经典文艺作品为切入点，深入革命精神发源地，挖掘革命精神传承的当代故事，展现脱贫攻坚、全面小康、乡村振兴进程中村庄发展的可喜成绩，从一个侧面展示中国共产党的光辉历程、伟大成就和宝贵经验。

“锦绣河山美如画，祖国建设跨骏马，我当个石油工人多荣耀”，每当旋律响起，这首创作于半个多世纪前的《我为祖国献石油》，仍让人心潮澎湃，热血沸腾。它描绘了20世纪60年代，以“铁人”王进喜为代表的广大石油、地质工作者艰苦创业、矢志奋斗，开展石油大会战的热烈场景，展现了他们战天斗地、大无畏的英雄气概，是中国工人阶级英雄群像的生动写照。大道至简，实干为要。铁人精神凝结着铁人村村民朴素的情感，激发着大家创业奋斗的勇气，正朝着新时代的幸福目标阔步迈进。

铁人村是典型的戈壁村庄，曾经偏僻落后、贫瘠荒凉。多年来，铁人村始终把发展产业、提升群众致富能力作为头等大事。在几任村支书的带领下，全村上下自力更生、艰苦奋斗，坚定信念、迎难而上，结合地理区域特点，科学求实，闯出了一条绿色产业路。“铁人”元素在铁人村处处可见；在铁人留宿馆，吱吱呀呀的木头门、土坯院墙、木制窗棂及屋内简朴的陈设，定格艰难岁月里的“创业史”，映射着“铁人”艰苦朴素的作风；在铁人故居纪念馆，一件件展品生动展示着“铁人”王进喜的人生经历及重要事迹，叙述着铁人精神的锻造历程。铁人村重点抓好铁人精神传承、农旅产业融合发展、全国乡村治理示范等工作，深挖铁人精神内涵，讲“铁人”故事，传“铁人”精神，全力打造“铁人”故乡。[1]

（图片来源：《酒泉日报》2021年6月16日）

蝶恋花·故里

故里乡思横葱树。细柳清阳，岁月如梭度。

海角天涯云尽处，斯人已去魂常驻。

满眼游人暇顾步。白塔赤金，映照祁连暮。

大庆功成泽万户，清明雨落朝阳处。

纪念馆由王进喜故居、王进喜铜像、王进喜生平事迹展示馆三部分组成，再现了铁人王进喜的成长历程和生平事迹。该馆1996年被甘肃省确定为爱国主义教育基地。2004年被玉门市政府确定为红色旅游景点。

让红色文化载体更有魅力、更具活力，铁人村重点实施了1.2平方千米核心区域的铁人故

长相思·铁人

思铁人，忆铁人。

奉献精神大庆魂，星参北斗巡。

学铁人，做铁人。

一脉相传创业根，精神万古存。

[1]《“铁人”故乡的生机活力——传承铁人精神》，光明网，2021-07-20。

居遗址、铁人故居纪念馆、赤金客厅、铁人留宿馆等建设，打造铁人王进喜干部学院现场教学基地，集中展示铁人王进喜成长、生活、工作的27年经历及主要事迹；持续推进“铁人”故里AAA级旅游景区建设提档升级，突出沿路沿线“铁人”精神、“铁人”文化等氛围营造，开发文创产品等，以农促旅、以旅助农，让群众感受到了铁人村翻天覆地的变化，让更多的人认识铁人、了解铁人、学铁人、做铁人。

步入铁人故居纪念馆展厅，从四个方面内容的百余幅珍贵照片以及真实的文字记录中，可以领略到王进喜和玉门老石油当年为开发玉门油田而作出的卓越贡献，以及20世纪60年代中国石油工业发展中所取得的辉煌成果。展厅北侧，是仿建的王进喜故居。故居共有三间小屋，那破旧的门窗、漆黑的墙壁，斑驳尘封的土锅台，一把带着岁月陈迹的芨芨草笊篱，还有那三条腿的破旧桌凳、褴褛的破羊皮袄……无不浸透着那个黑暗年代王进喜一家贫困的生活和悲惨的境遇。王进喜故居纪念馆，从内容和实物展览方面着重突出了这位农民的儿子，如何在中国共产党的领导下翻身得解放、当家做主人，如愿以偿地当了一名石油工人的成长历程。他满怀对党和人民的无比热爱，对社会主义祖国的强烈情感，献身祖国的石油工业发展，呼喊出“宁肯少活20年，拼命也要拿下大油田”的铮铮誓言。展厅从文字描述和艺术层面讴歌了这位当代石油铁人的不朽功绩。

人世间什么才是永恒的？有人会说是亲情，因为它血浓于水；有人会说是希望，因为它代表着美好的明天。要我说，应该是精神，一种能影响每一代人的精神。铁人精神成为跨越时空的永恒。也许有人会说，精神这个东西，在如今的社会还能吃得开吗？现在走到哪里不是金钱开道、关系网搭桥，精神值几个钱？理想、追求能当饭吃？把书读好，把班上好，小日子过好比什么都强。我认为那些都不叫追求，不叫精神，只能叫欲望或者贪婪。精神是人类的灵魂，精神是理想的风帆，如果失去了它，那和行尸走肉就没有什么区别了。

一个国家的富强，一个民族的昌盛，不单单取决于它的科技水平，更强调的是一种精神，一种爱国主义精神。这是一个民族向心力与凝聚力的体现，是每一个公民都应该具备的。铁人精神的核心内涵可概括为：爱国主义、忘我拼搏、艰苦奋斗、科学求实、埋头苦干的精神，是铁人王进喜崇高思想、优秀品德的高度概括，集中体现出我国石油工人精神风貌。铁人精神是超越时空，不受时代限制、不受条件限制，铁人的一生经历了两个人生转折和十个人生亮点。时空转变，精神永恒。铁人已经离我们远去，但他的精神永远激励着我们新一代的石油人，鼓舞我们将铁人精神的接力棒永远地传承下去，在新时期的高科技会战中不断将其发扬光大。

（图片来源：作者拍摄）

踏莎行·松柏含情

松柏含情，海棠依旧。轻风细数铁人柳。
深深院落静无声，东风无惧西风吼。
葵藿朝阳，星参北斗。石油开钻地球抖。
油河滚滚渺昆仑，祁连莽莽钟灵秀。

第十二章

铁人病逝　精神永存

王进喜，1923年10月8日出生于甘肃省玉门市赤金镇和平村。1938年玉门油矿投入开发，15岁的王进喜进入油矿当小工，干着和大人一样繁重的杂活。玉门解放后，他在玉门石油管理局勘探公司三大队当工人。1950年春，玉门矿招工，王进喜通过考试成为新中国第一代钻井工人。1956年4月29日，王进喜加入中国共产党。6月任贝乌5队（1205钻井队前身）队长。11月，在玉门油田试验钻机"整拖搬家"成功。1958年9月，王进喜带领全队月钻井进尺5009.3米，创当时全国最高纪录。10月，荣获石油工业部颁发的"钻井卫星"红旗。1959年10月1日，王进喜参加新中国成立十周年国庆观礼，第一次见到毛主席。10月26日至11月8日，在北京参加全国工交"群英会"。

1960年3月15日，王进喜带领1205队（贝乌5队）从玉门出发，赴大庆参加石油大会战。3月25日，到达大庆萨尔图火车站。4月2日，"人拉肩扛"安装钻机。4月9日到11日，大庆油田首次技术座谈会号召向铁人王进喜学习。4月14日，组织全队破冰取水，萨-55井开钻。19日完钻，用时5天零4小时，创造了新纪录。4月29日，王进喜参加"五一"万人誓师大会，喊出"宁肯少活20年，拼命也要拿下大油田"的口号。7月1日，在油田万人大会上，被树立为"五面红旗"之一。10月，被任命为钻井指挥部装建大队大队长。

1961年2月，王进喜调任钻井指挥部生产二大队大队长。秋，在解放村建起大庆第一所小学。1964年12月21日，王进喜出席全国三届一次人民代表大会。12月26日，王进喜在周恩来总理的安排下，参加毛泽东主席71岁生日宴会，毛主席称赞铁人是"工业带头人"。1965年4月，王进喜被中共大庆会战工委任命为钻井党委常委、钻井指挥部副指挥。7月24日，参加石油部政工会，首次提出"全国每人每年半吨油"的奋斗目标。1966年2月16日，王进喜参加全国工交工作会议和工交政工会议。同月，被国务院任命为大庆石油会战指挥部副指挥。4月6日，被石油工业部授予"石油工业部五好标兵"。6月4日至7月25日，出访阿尔巴尼亚。9月3日，带领石油工业部报捷团赴京，向党中央、国务院报捷。10月1日，登上天安门城楼，参加国庆观礼。12月30日，去北京反映"文化大革命"中大庆的情况。1967年1月4日，王进喜在北京向周总理当面汇报大庆油田形势。1月10日，回到大庆，积极传达周总理指示精神，呼吁要坚持抓革命、促生产。2月，受到批斗。3月下旬，周总理在北京宣布王进喜在大会战中立了大功，不准再批斗。

1968年4月27日，王进喜被推选为钻井革委会副主任。5月31日，被推选为大庆革委会副主任。1969年2月，王进喜担任中共大庆党的核心小组副组长。1969年4月，党的"九大"在北京召开。王进喜作为大庆的代表出席了这次大会，并当选中央委员。

1970年春节前，王进喜受周总理委托，到江汉油田慰问，并做了大量的解放干部、稳定队伍的工作。1970年4月5日，全国石油工作会议在玉门召开。王进喜作为特邀代表参加大会。中途胃病发作，后经解放军301医院检查确诊为胃癌晚期。1970年10月1日，王进喜抱病参加国庆观礼，以中共中央委员身份检阅游行队伍。1970年11月15日23时42分，王进喜同志因医治无效不幸病逝，享年47岁。

江河呜咽　草木同悲

周总理得知铁人王进喜病危的消息，中断会议专程赶往医院。当周总理匆忙赶到医院时，王进喜已于23：42停止了呼吸。周总理只晚到了8分钟，没有见上王进喜最后一面。他俯下身去，用脸紧贴着王进喜的脸，看着王进喜住院期间写下的记账单，一遍又一遍喃喃自语："对不起！铁人，我来晚了。对不起！铁人，我来晚了！铁人啊！你怎么能瘦成这样！"就这样，周总理一遍又一遍，难过地呼唤着铁人的名字。大庆油田渗透了周总理的心血，铁人身上凝聚着周总理的关爱，自1959年10月第一次见总理，到1962年与总理相识，至1970年3月向总理汇报谋划扭转大庆局势，铁人一生与总理见面有30次之多。这个场景生动地表现了敬爱的周总理与铁人之间的深厚情谊。[1]铁人，这个用生命践行诺言的人，喊出"宁肯少活20年，拼命也要拿下大油田"的人，只活了47年就抱病遗憾离世了。

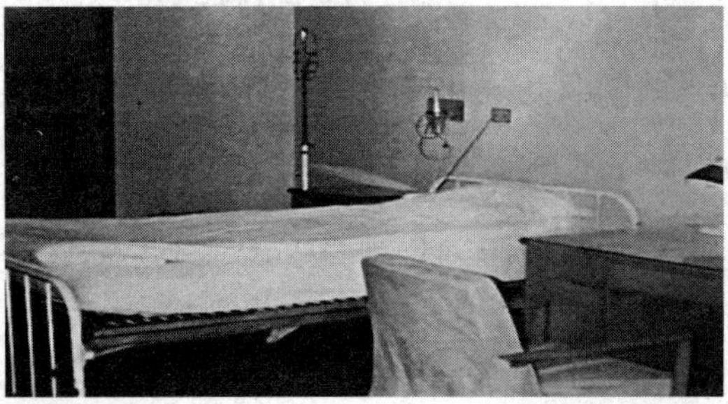

（图片来源：西安石油大学铁人王进喜纪念馆）

斯人去

人去人来夜未央，空留明月照白霜。
悲歌暗淡心头起，涕泪怜惜眼底凉。
一代豪杰传四海，九州风雨咏三江。
人均半吨原油日，不忘邀呼钻井郎。

[1] 郭岗彦：《铁人印记》，中国石油大学出版社2021年版，第133页。

当天的《人民日报》刊发了新华社发布的"中国共产党中央委员会委员、全国人民代表大会代表、劳动模范、大庆革命委员会副主任王进喜同志逝世"的讣告。

王进喜去世后，周总理接见了王进喜在京的全体家属和燃料化工部、黑龙江省级大庆油田的人员。总理一一询问了铁人家属的年龄、工作生活情况。当他得知铁人爱人王兰英也在住院治疗时，深情关切地说："你要坚强，要化悲痛为力量，好好治病，治好了病好好工作，带领子女把铁人精神发扬下去。"[1]

在接见王进喜的爱人王兰英和弟弟王进邦时，周总理勉励他们："大庆是伟大领袖毛主席树立的红旗，你们要坚强起来，化悲痛为力量，将王进喜同志'铁人'精神一代代地传承下去。"1970年11月18日上午9时，大庆油田为铁人王进喜举行了隆重的追悼大会。大庆干部、职工、家属、解放军指战员和学生代表1000多人沉痛悼念铁人王进喜同志。铁人燃烧自己四十七个春秋的岁月年华，用生命之火点燃了大庆的"石油之光"。

（图片来源：西安石油大学铁人王进喜纪念馆）

苏幕遮·忆铁人

暮云边，黑土地，瑞雪丰年，井架炊烟里。
追忆铁人飞泪起，岁月流星，大庆石油泣。
黯伤神，何处觅，物是人非，不朽精神立。
无悔人生风雨肆。翠柏常青，紫气东来祭。

1970年11月15日，王进喜在北京病逝，11月18日玉门油田为铁人王进喜举行追悼大会。广大干部职工家属及解放军代表1000多人参加追悼活动，深深缅怀这位玉门人的英雄，石油人的英雄，中国人的英雄。

[1] 徐克明，陈立勇：《铁人精神》，中国党史出版社，第206页。

（图片来源：西安石油大学铁人王进喜纪念馆）

风入松·告铁人

祁连垂泪雪纷飞。松柏含悲。
石油铁汉英年逝，玉门关、期盼魂归。
戈壁胡杨落木，荒原旱柳春晖。
赤情牵绕万千回。四野低垂。
群贤常记当年事，看南北、百业葳蕤。
昔日留名宇宙，今朝吐气扬眉。

1970年11月18日下午，在北京八宝山革命烈士公墓举行了向王进喜同志告别仪式。党和国家领导人李先念等以及中组部、石油工业部、黑龙江省的领导，大庆油田、玉门油田的干部、群众来到八宝山向铁人王进喜告别。王进喜的骨灰被安放在北京八宝山革命烈士公墓正堂一室，和不少党和国家领导人在一起。司马迁曾说："人固有一死，或重于泰山，或轻于鸿毛。"毛泽东在《为人民服务》一文中指出："我们的同志在困难的时候，要看到成绩，要看到光明，要提高我们的勇气。中国人民正在受难，我们有责任解救他们，我们要努力奋斗。要奋斗就会有牺牲，死人的事是经常发生的。但是我们想到人民的利益，想到大多数人民的痛苦，我们为人民而死，就是死得其所。"

（图片来源：西安石油大学铁人王进喜纪念馆）

鹧鸪天·赞铁人

廿载拼搏奉献多，钢筋铁骨不忍说。
祁连战雪标杆立，大庆迎风奋斗歌。
精神颂，万人和。风餐露宿为家国。
三言两语白如水，九鼎千秋踏碧波。

时代楷模　精神永续

王进喜离世不久，大庆油田做出了“向铁人王进喜同志学习的决定”。学习铁人精神，继承铁人遗志，大庆人决心把他未竟的事业进行到底。

1972年1月27日，《人民日报》在显著位置刊发了长篇通讯《中国工人阶级的先锋战士——铁人王进喜》，高度评价了王进喜伟大的一生。

（图片来源：孔夫子旧书网）

南乡子·望乡

梦里忆祁连，荒岭苍茫到九天。
麗日草原风景好，斑斓，篝火学习两论欢。
不忘嘱托言，乱吼秦腔少有难。
月下野狼三顾去，安然，望断乡关却不还。

注：秦腔是铁人的最爱，王进喜听秦腔、吼秦腔。他曾经说：“下了班吼上几句秦腔，一来能娱乐，二来能解乏；上班前吼上几句秦腔，提提精神，浑身都是劲。”可以说这秦腔是贯穿了他在玉门油田、大庆油田的整个建设奋斗过程。无论是高兴的时候，还是困难的时候，他总会随时随地吼两嗓子秦腔。

王进喜是为人民利益而死，所以他的死比泰山还重。他留下了“为国分忧、为民族争气”的爱国主义精神；“宁肯少活20年，拼命也要拿下大油田”的忘我拼搏精神；“有条件要上，没有条件创造条件也要上”的艰苦奋斗精神；“干工作要经得起子孙万代检查”“为革命练一身硬功夫、真本事”的科学求实精神；“甘愿为党和人民当一辈子老黄牛”，埋头苦干的奉献精神。这些必将成为中华民族伟大复兴的宝贵财富。

王进喜身上体现出来的铁人精神，激励了一代又一代的石油工人。王进喜不仅是工人阶级的先锋战士、共产党人的楷模，更是一个为国家分忧解难、为民族争光争气、顶天立地的民族英雄。铁人精神值得我们学习，铁人王进喜值得我们铭记。

2019年9月，党中央批准了中央宣传部梳理的第一批纳入中国共产党人精神谱系的伟大精神，大庆精神（铁人精神）位列其中。实干铸就精神，精神引领梦想。中国石油的发展史，是一代代石油人的创业史、奋斗史和奉献史，也是一部不断丰富和传承大庆精神铁人精神、榜样辈出的群英史。

铁人精神，是王进喜崇高思想、优秀品德的高度概括，是中国共产党把马克思主义基本原理与新中国石油工业建设、大庆石油会战具体实践相结合的产物，是对党的优良传统和解放军建军经验的发扬，体现了中国工人阶级精神风貌和中华民族传统美德的完美结合。铁人作为先锋模范和时代标杆，是“看得见的哲理”。铁人的“铁”作为党和人民宝贵的精神和文化财富中一个红色文化符号，带给我们的是民族自信，文化自信！传承给我们的是铁的忠诚、铁的情怀、铁的自律和铁的担当！这些应当是时时刻刻刻烙印在我们骨子里的，流淌在我们血液里的红色基因。伟大时代呼唤伟大精神，伟大事业更需榜样引领。铁人精神是历久弥新、永不褪色的宝贵精神财富，是激励中华儿女拼搏奋进、担当作为、干事创业的强大精神动力，无论在过去、现在还是将来，都有着不朽的价值和永恒的生命力。[1]

---

[1] 宋天鹤：《弘扬铁人精神传承红色基因》，《大庆社会科学》2020年第6期，第31页。

第十三章

睹物思人　无私奉献

在大庆铁人王进喜纪念馆中陈列不少铁人生前用过的物品，有的是铁人生前穿过、用过的日常物品；有的是铁人使用过的工具，它们历经岁月风尘，依然熠熠生辉。其中有一些已经是国家一级文物。

睹物思人，这些文物，让人有“感时花溅泪”莫名触动，让人有“执手相看泪眼”血脉感动，也让人有“为什么我的眼里常含着泪水”怦然心动。铁人精神是中国石油人的精神家园，是中华民族的凝聚力和向心力所在。其中蕴奥的精神让人崇敬，蕴积的风骨让人膜拜，蕴聚的气概让人品味，蕴涵的真情让人怀念。

铁人王进喜的一生，定格在诸多的绚丽时空。它不时拨动心弦，荡起阵阵涟漪，不由得让人品味一段段感人至深的过往。往事如烟，飘散在时光的流逝。虽然我们不能仅仅活在对往事的寻觅里，对回忆的追溯中。然而有些人、有些事，不可能也绝不会淡然于历史的尘埃里。

在铁人王进喜纪念馆中的一件件文物，静静地向世人诉说，那个年代的英雄事迹，那段历史的厚重底蕴。这些文物所承载的铁人精神，始终是我们为油奉献、建功立业的澎湃动力。

睹物思人是寄物于情，是深情。走过，思过，笑过，也感叹过。不经意的一瞬间，总会睹物思人，触景生情，太多的回忆，太多的留恋，又有太多的遗憾。多年以后，铁人王进喜成为不朽的传奇，铁人精神成为传颂的经典，指引我们走出困惑，学会释怀，豁然开朗，奔向未来。

（图片来源：西安石油大学铁人王进喜纪念馆）

云飞扬

潺潺流水寄情深，淡淡炊烟不忘魂。
落木萧萧风雨骤，寒云杳杳寄冰心。
星辰浩渺乾坤阔，碧海翻腾日月新。
睹物思人九州荡，无边旧梦泪波深。

注：冰心，像冰一样晶莹明亮的心；比喻心地纯洁、表里如一。唐·王昌龄《芙蓉楼送辛渐》诗：“洛阳亲友如相问，一片冰心在玉壶。”

泪波，泪水如波，形容悲痛之甚。宋·陆游《蓦山溪·送伯礼》词：“瞿唐水落，惟是泪波深。”梅三子《蝶恋花·泣血离分词》词：“此际清衷将忍别？泪波横破愁颜雪。”

刹把钻头暖　大钳撬杠坚

身穿皮袄，手握刹把，目光刚毅，巍然挺立——这是王进喜留给世界的一幅“铁汉写真”。刹把是控制绞车的制动手把。起下钻时，制动提升和下放钻具；钻进时，操作刹把控制大钩的悬重，以达到钻进时控制钻压的目的。下图是铁人手扶过的刹把，每当铁人站在钻台上手握刹把时，总是希望钻头快些钻，能够让地下的石油快点流出来，满足国家生产建设的需要。这个曾与王进喜并肩战斗的刹把，见证了他为甩掉我国“贫油”帽子艰苦创业、为油拼搏的峥嵘岁月，依然存有他手中的温度。

这只刹把长158厘米、宽9厘米、厚2.5厘米。国家一级文物。王进喜带领1205队打萨–55井（参加大庆石油会战的第一口井）时用过的工具。1977年3月，大庆石油钻井指挥部二大队捐献。这件钻井用刹把是王进喜使用过的贝乌—40型钻机的刹把。它是钻井施工中操纵的主要工具，就像汽车的方向盘一样，在钻井过程中控制钻杆的起落和钻进速度。王进喜和他的钻井队就是用这个刹把连创钻井新纪录，把美苏的“王牌队”“功勋队”统统甩在了后边，为大庆石油会战史写下了光辉的一页。如今，刹把上的油漆早已斑驳脱落，局部也有锈蚀。然而，经过铁人王进喜的大手用力握过千千万万遍的手柄至今仍然铮铮发亮。人们不难想见，它凝聚着王进喜多少心血和汗水啊！

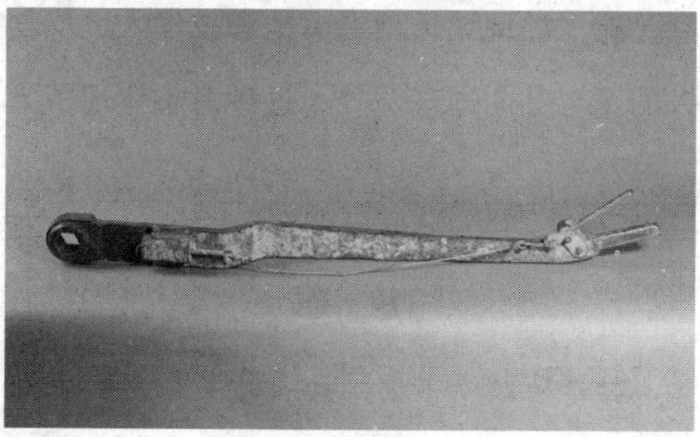

贝乌—40型钻机的刹把
（图片来源：大庆油田微信公众号　2021–10–08）

西江月·温度

刹把荒原温度，铁人紧握惊魂。
轻提快进又一春，日夜兼程钻进。
曾入手中万遍，又回梦里千寻。
平台步步破白云，鸿雁频传音信。

钻头是石油钻井的重要工具，其工作性能的好坏将直接影响钻井质量、钻井效率和钻井成本。不论是哪种钻头，都要连接在钻具的底端，用于钻透各种岩层，不断增加井深。

在大庆铁人王进喜纪念馆的展厅中，展示着一只锈迹斑斑的三刮刀钻头，它是铁人王进喜带领1205钻井队到大庆打井时使用过的。王进喜和队友们用它打出了1205钻井队到大庆参加石油会战的第一口井——萨-55井。

1960年4月14日，萨-55井开钻。千百年来，马家窑的田野上第一次响起了钻机声，1205队的铁臂第一次向松辽大地深处掘进。打到70米时，突然发生了井漏事故，需要大量的水来配制泥浆，解决井漏问题。全队职工迅速行动起来，拿盆的、挑担的、借马车的……大家很快来到水泡边儿，破冰取水。端的端、挑的挑、拉的拉，快速往井场运水。王进喜更是亲自驾驶罐车往来运水。经过一场大战，很快战胜了漏层，恢复了正常钻进。

打到第三天，正组织快速钻进，突然灯火全灭，井场上一片漆黑。王进喜说："关键时刻不能停。"他亲自上钻台扶刹把，凭着手上的感觉、耳听转盘响声来判断钻机负荷、钻压大小和井下情况，继续打井。经过苦战，一夜累计进尺顺顺当当上了1000米。

就这样闯过一关又一关，到4月19日上午胜利完钻，只用5天零4小时就钻完1200多米的设计井深，实现了"3天上千，5天完钻"的既定目标。铁人和1205钻井队的队友们用这个钻头，打出了到大庆油田会战的第一口井，创造了当时大庆钻井生产的最高纪录，这也是1205队到大庆的第一个钻井新纪录。

铁人王进喜是个钻头迷，渴望钻头像一把利剑，能飞快地钻透地层。他和技术人员反复研究、改进钻头的使用方法。小小的钻头带着铁人的意志钻向地球深处，这种意志体现了为

三刮刀钻头
（图片来源：大庆油田微信公众号　2021-10-08）

意　志

钻透地层千万重，初来大庆立头功。
手持利剑挥何处，钻向油层圆梦中。
岁月如歌多少事，激情似火两三更。
为国奋进分忧路，意志唯坚四季风。

国分忧、为油拼搏的强大精神力量。这只三刮刀钻头，如今作为国家一级文物，承载着厚重的历史人文故事。

王进喜所使用的B型大钳主要用于上、卸钻具及上紧套管。用钢丝绳吊在井架上，钢丝绳另一端绕过井架上的滑轮拉至钻台下方并坠以重物，以平衡吊钳自重，调节其工作高度。其缺点是工作中费时费力，而且很不安全。这对B型大钳是铁人和他的队友们打井时用来卡钻具用的，更是一种力量的象征，是铁人和队友为油拼搏、无私奉献的真实写照。

铁人用过的B型大钳
（图片来源：大庆油田微信公众号　2021-10-08）

大　钳

大钳静卧忆轻尘，松柏含情草木深。
春尽冬来追远梦，花开叶落和低吟。
五天完钻创佳绩，十载兴油记录新。
此物至今流溢彩，无私奉献铁人魂。

注：忆轻尘，忆是回忆之意；轻尘指细小的尘土，诗中借指往事。忆轻尘即回忆往事的意思。

和（hè），指和谐地跟着唱。如曲高和寡，一唱百和。

低吟指低声吟咏。胡怀琛《拟钱允辉过江诗》："扣舷何事费低吟，举目苍茫感喟深。"

在困难面前，王进喜没有退缩，"有条件要上，没有条件创造条件也要上！"初到大庆的王进喜这样喊道。1960年4月2日，1205钻井队的钻机到了萨尔图火车站。王进喜带领1205钻井队的几十名工人，用撬杠撬，滚杠滚，大绳拉，靠双手和双肩、人拉肩扛卸运钻机。

到了井场，安装井架底座、搭平台、立井架等一系列的难题摆在面前。全队工人在王进喜的带领下硬是靠着"人拉肩扛"的办法，把绞车、转盘、柴油机这些钢铁大件，一件一件地扛上钻台，又经过一天一夜的努力，40多米高的井架子巍峨地矗立在东北荒原上。

"手上有血泡，肩上有血印，但全队工人没有人叫苦叫累。"苏爱华说。"石油工人一声吼，地球也要抖三抖""石油工人干劲大，天大困难也不怕"……这些豪言壮语都是在那个环境下喊出来的。[1]

王进喜的拼搏和硬朗形象给当时的人们留下深刻的印象。这件原始、简陋的工具——撬杠就是见证。它体现着中国石油工人的顽强意志，更体现着爱国、创业、求实、奉献的石油精神。

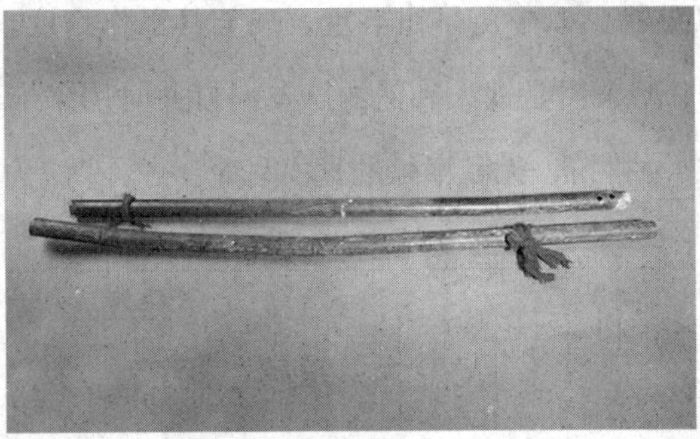

“人拉肩扛”中使用的撬杠
（图片来源：大庆油田微信公众号　2021-10-08）

千钧不弯

撬杠千钧压不弯，留痕血印重如山。
工人力量无穷大，日月光芒万丈天。
怒吼一声云海色，轻歌曼舞春江欢。
爱国创业千秋岁，奉献求实万代传。

注：撬杠是一种劳动工具，一种省力的杠杆。撬杠实际上就是一个棒子，形状可以是直的或者弯的；材料可以是金属的或者木头的。金属撬棒一般有楔形工作端头。

铝盔摩托车　马灯前进帽

“我当个石油工人多荣耀，头戴铝盔走天涯……天不怕，地不怕，风雪雷电任随它，我为祖国献石油，哪里有石油，哪里就是我的家。”铝盔，石油人曾经的标志。石油工人为什么头戴的是铝盔？主要因为在20世纪五六十年代，中国的材料技术不像现在这么先进，当时只有铝盔的质地较软，轻便又结实，既能保障工人的头部不受到撞击的伤害，又不至于产生碰撞火花引发爆炸。钢盔质地则较硬，受到碰撞时容易产生火花，而且重量着实不轻。“头戴铝盔走天涯”是老百姓对石油人的胸怀与经历最贴切的描述，其中包含着几分浪漫，几分羡慕。1960年，在党中央号召下，王进喜率1205队奔赴莽莽荒原。在那场气吞山河的石油会战中，王进喜和老一代石油工人，正是戴着这样的铝盔，成功开发建设了世界级大油田——大庆油田，王进喜赢得了“铁人”的赞誉，成为中国工人阶级楷模。

[1] 吴佳潼：《追忆“铁人”王进喜：一生献身石油事业终无悔》，中国网，2019-11-25。

这顶铁人戴过的铝盔，饱经沧桑却完好如初，布满斑痕仍坚不可摧。它是20世纪60年代，石油工人王进喜上井工作时戴过的安全帽。由于当年条件艰苦，铁人也曾把它当过容器，用它盛过水、装过饭。但它的高光时刻是参与和见证了那场声势浩大的、令人唏嘘不已的“破冰取水”之中。

1960年4月5日，1205钻井队竖起了井架，但水管线未接通，无法配置泥浆，仍然不能开钻。铁人心急如焚，决定带队到离井场1千米外的水泡子破冰取水。连续20多个小时，他们硬是用水桶、脸盆、铝盔等简陋的盛水工具，端足了打井用的50多吨水，保证了油井开钻。“石油工人一声吼，地球也要抖三抖，石油工人干劲大，天大困难也不怕。”这顶铝盔见证了当年石油人的豪情壮志和顽强拼搏精神，时光荏苒，铁人精神依然闪耀着熠熠光辉。[1]萨-55井开钻时，王进喜头戴这顶铝盔站在钻台上，手握刹把，听着钻机隆隆的声音，感受到脚下大地的震动。他豪情满怀，希望快打井、多打井，早日拿下大油田。这顶国家一级文物的铝盔是以王进喜为代表的大庆石油人不畏恶劣环境的真实写照，见证了“有条件要上，没有条件创造条件也要上”的艰苦奋斗精神。

铁人戴过的铝盔
（图片来源：大庆油田微信公众号　2021-10-08）

干　劲

高歌一曲走天涯，荒草萋萋野雉家。
井场游龙连地气，铝盔盛水映朝霞。
安达丽日观春柳，大庆和风赏夏花。
斗转星移寒暑里，头悬烈日口吞沙。

大庆石油会战初期，王进喜就用这台摩托车去指挥部开会或上井取送小型钻具、零件等材料。1961年2月，王进喜被任命为钻井指挥部生产二大队大队长。无论白天黑夜、严寒酷暑，他经常骑着这辆摩托车深入各个井队，调查研究、检查工作、解决问题，几乎跑遍了油田的每个角落。工人们亲切地称这辆匈牙利产的摩托车为“小黑兔”，其饱含着铁人求真务实

[1]《“铁人”的铝盔，竟然还能这么用》，中国青年网，2021-05-17。

的工作作风。铁人骑着这辆摩托车“跑井”，跑出了队伍的凝聚力，跑出了生产的高效率，也跑出了铁人的人格魅力。

铁人骑过的摩托车
（图片来源：大庆油田微信公众号 2021-10-08）

西江月·摩托车

跑遍油田角落，摩托荒野清吹。
严寒酷暑月东归，瑞雪梅花破蕾。
夜里调研似火，梦中传信如飞。
为谁辛苦为谁晖，无悔人生秀美。

注：清吹，又作“青吹”，如风吹林木声，借指清风。隋·薛道衡《梅夏应教》诗：“浮云半空上，清吹隔池来。”宋·梅尧臣《鹤林寺》诗：“松竹暗山门，飔飔给青吹。”

破蕾指花蕾绽开或开花。宋·王安石《次韵春日即事》：“丹白自分齐破蕾，青黄相向欲交阴。”

在黑龙江大庆铁人王进喜纪念馆第一展厅中陈列着一盏马灯，这盏马灯是会战初期老乡送给1205队使用的，由大庆油田创业庄管理站捐献。它见证了以铁人王进喜为代表的大庆石油会战职工艰苦的工作和生活条件，充分体现了会战职工为早日拿下大油田艰苦奋斗的精神风貌。

1960年3月25日，王进喜带领1205钻井队日夜兼程赶到了大庆。下了火车，他一不问吃、二不问住，先问钻机到了没有，我们的井位在哪里，这里的钻井纪录是多少，恨不得一拳头砸出一口井来。队伍还没有安顿下来，王进喜就撒开人马急着找井位，到铁路线上查钻机。天黑了，井位没有找到，他们37个人就先在离火车站不远的一个大马棚里，就着雪吃了点自带的干粮住了下来。

东北荒原三月天，气温仍在零下20多度，西北风裹着轻雪呼啸着从破门缝刮进马棚里。马棚太黑了，什么也看不见，好心的老乡送来这个马灯，说：“你们石油人能吃苦，很不容易，这盏灯就送给你们照个亮吧！”

马灯照亮了马棚，大家彼此看清了对方的面容、身影，看清了马棚简陋的空间，情绪一下子好了起来，马棚里有了笑声。王进喜兴致更高，他站在马棚中间给大家绘声绘色地讲了段“张飞战马超”。然后，他对大家说：“松辽这场大会战是群英聚会，我们队也要当五虎上将，和张云清队比个高低。”接着他又给大家唱了一段秦腔《秦英征西》。

王进喜还觉得不尽兴，竟提议：“咱们作首诗怎么样？”“大老粗也要作诗？”马棚里响起了哄笑声。“你们笑啥吗？别以为咱们大老粗就作不了诗，我先来第一句：呼儿呼儿的北风，好像是风扇。”一个就着雪吃干粮的工人接着说：“白雪，就好像是炒面。”

就这样，大家你一句，我一句，七嘴八舌，边说边改，最后形成了这首诗：“北风当电扇，大雪是炒面，天南海北来会战，誓夺头号大油田，干！干！干！”马灯跃动的火苗点燃了石油工人胸中的烈焰，料峭的寒风唤醒了石油汉子火热的激情，破旧的马棚成就了大老粗的创作灵感。这首脍炙人口的石油诗一直流传至今。

老乡送的马灯
（图片来源：大庆油田微信公众号 2021-10-08）

明 灯

乡亲送马灯，照亮夜三更。
大雪白如面，寒风冷似冰。
五湖来会战，四海盼天明。
奋进新时代，黄牛砥砺行。

在大庆铁人王进喜纪念馆第一展厅中陈列着一顶前进帽，是王进喜1959年参加全国“工交群英会”时戴过的，由王进邦捐献。它是王进喜1959年参加群英会，看到北京公交车顶上背着煤气包，在沙滩街头落泪的见证。

据捐献者王进邦介绍：“这顶帽子是1963年我到大庆工作时，我哥哥王进喜送给我的。他告诉我这是他1959年参加国庆观礼与全国劳动模范王崇伦一起登上天安门时戴过的帽子。这顶帽子我一直珍藏着舍不得戴。这是哥哥留给我的唯一一件遗物。”1959年10月，王进喜被选为国庆10周年观礼代表和全国“工交群英会”代表。来京前，组织上特意给他做了一套中山装和他最喜爱的一顶前进帽。这身新的行装，让王进喜容光焕发，精神抖擞。在北京期间，王进喜一直戴着这顶前进帽出席会议、参加观礼、参观市容。戴前进帽的王进喜，已经成为人们熟悉而又亲切的形象。国庆节在天安门城楼上，他戴着这顶前进帽见到了敬爱的毛泽东主席。

回到玉门后，在工作岗位上，王进喜是不舍得经常戴这顶前进帽的。只有在钻台之外，或者参加一些重要会议或重要活动，王进喜才舍得戴上它。没有人记得前进帽的来历，也不知道是谁设计了这样的帽子。但是“前进帽”这个名字本身就折射着，那个年代的精神追求和疑似浪漫。对铁人王进喜来说，这顶帽子完美地诠释了他为了新中国的石油事业不懈追求，是一心甩掉贫油帽子的不竭动力。或许正是这顶前进帽指引着铁人王进喜，向着心中的目标不断前进，践行着“宁肯少活20年，拼命也要拿下大油田”的铮铮誓言，指引着“为国分忧、为民族争气”不懈追求。

铁人参加国庆观礼时戴的前进帽
（图片来源：大庆油田微信公众号　2021-10-08）

前进帽

公交系统群英会，进喜欢言望北京。
头顶流行前进帽，沙滩泪洒主人翁。
石油阔将钻心痛，煤气包背入眼惊。
屡次请缨方幸去，祁连立志自鹏程。

棉被棉工服　毛毯收音机

张秀志是1205钻井队第六任队长，时至今日张秀志还清楚地记得铁人对他的关心关爱、培养培育。他说：“老铁越是对你好，越是对你要求严格，经常批评你。”张秀志大个头儿，虽然不那么魁梧，但在1205队也素有“大骆驼”的美称。1961年高中二年级，从玉门来到大庆1205钻井队当钻工，心里并不高兴。高中生当钻工真是“高射炮打蚊子——大材小用”！所以在他自己的小本子上写下这样几句话：“望草原唉声叹气，当钻工有啥出息？论前途更成问题。”这事儿让党员知道了，找他促膝谈心，叫他好好学习，改造思想。张秀志想不通，我根红苗壮，改造什么思想！张秀志不服，毫不客气地顶撞了党员，说：“我老爹给地主打了一辈子长工，哥哥给资本家干活，祖祖辈辈都是受苦人出身，根红。我作为一个高中生能来当钻工思想够先进的了，还改造什么思想？”没隔几天，张秀志顶撞党员的事就传到大队长王进喜的耳朵里。铁人听在耳中，记在心里。有一天，王进喜抱着自己的棉被来到队里，把棉被送给张秀志，并和他谈心。

他把张秀志叫到值班房的外面，坐在草地上，先是唠家常，一会儿工夫王进喜从绿色的布背包里掏出毛主席著作单行本《矛盾论》。王进喜把《矛盾论》递给张秀志，意味深长地跟他说："你有条件读了十几年书，多幸福啊！我没读过书，连学毛主席著作都很困难，来，帮我念一段。""念哪一段？""就这段，两种宇宙观。"念完了，两个人就议论起来。王进喜诚恳地对张秀志说："两种对立的宇宙观是什么意思呢？我的理解就是有的人情愿在钻台上艰苦奋斗一辈子，也有的人光想在暖和屋里舒舒服服一辈子，这就是两种对立的宇宙观。哎，小秀才你说是不是？"

张秀志是个聪明人，立马知道了老队长找他学《矛盾论》的用意，脸"唰"地一下红起来。王进喜看到张秀志的脸色在变化，知道触动了他的思想，便翻着《矛盾论》对他说："毛主席说外因是变化的条件，内因才是变化的根据。外因是通过内因起作用的。你有文化这是优势，要在钻井队干得好，还得靠自己努力呀！"自此，张秀志改变了。在1205队党支部的帮助下，一扫昔日的消极，笔记本又换上了新话语："望草原欢天喜地，当钻工真了不起。论前途光明远大，为革命奋斗到底！"

张秀志的变化，王进喜看在眼里，喜在心上。一天，王进喜在1205队井场上检查工作，碰见了张秀志。年轻人的心里装不住东西，一见到老队长王进喜来了，张秀志便来了个"竹筒子倒炒豆"，一股脑儿把自己这段时间的变化汇报给王进喜。亲耳听到张秀志的转变铁人自然十分高兴，竟然像年轻人一样，当胸给了张秀志一拳，亲昵地道："好小子！"

接着两个人又唠了一会儿，临走时，王进喜认真地嘱咐张秀志："你可别满足哇，以后我还要经常批评你！"大队长看着严肃，实则亲切。

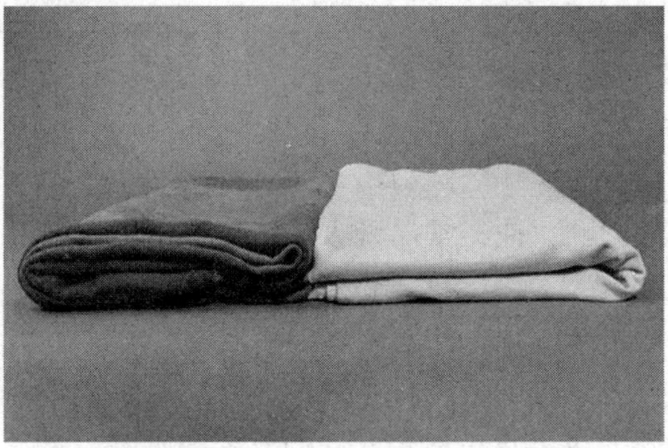

（图片来源：大庆油田微信公众号　2021-10-08）

送棉被

棉被暖寒心，青年秀志亲。
良言多笑意，恶语少伤人。
司钻三条命，铁人百尺身。
华英霜落处，从此绝希音。

注：钻井队里有这么一句话："司钻手里三条命，人、设备和井。"一口井施工到这个阶段，司钻手上的每一个动作，轻则操纵着几吨重的设备，重则牵动着几十吨的套管，与钻井工们配合作业，绝不能有丝毫大意。

在黑龙江省大庆铁人王进喜纪念馆第二展厅中陈列着一件棉工服。这件棉工服是王进喜在参加大庆石油会战打第二口井，当钻进700米处突发井喷，他跳泥浆池搅拌泥浆时穿过的。第二口井（2589井）钻到约700米时，突然发生井喷，井场没有压井用的重晶石粉。经过研究，决定采取加水泥的办法提高泥浆密度压井喷。水泥加进泥浆池就沉底，又没有搅拌器，王进喜扔掉拐杖，奋不顾身地跳进泥浆池，用身体搅拌泥浆。在王进喜的带领下，其他同志纷纷跳入泥浆池，经过全队工人的奋战，终于压住了井喷，保住了钻机和油井。这件棉工服是王进喜20世纪60年代初期穿过的。蓝色斜纹布面，白花旗布里和面都有钻井泥浆浸过的痕迹。已然成为铁人王进喜不顾个人安危，奋力保护国家财产的见证。这件工服上边纵向缝有48条道道，俗称"四十八道杠"，也叫"杠杠服"，是老一辈石油人对工服的记忆。20世纪六七十年代，一个个身穿杠杠服的身影奋战在自然条件恶劣、生活无比艰苦的石油前线，用青春和汗水，谱写了一曲战天斗地、波澜壮阔的石油史诗。

王进喜穿过的棉工服
（图片来源：大庆铁人王进喜纪念馆）

渔歌子·棉工服

一跃惊天杠杠服。
泥浆浸染迹难除。
骑骢马，入茅庐。
清江碧嶂醉青竹。

铁人王进喜是母亲眼中的大孝子，对母亲非常孝顺，他经常向爱人王兰英讲家史，说母亲为这个家吃了不少苦，这辈子不容易，一定要孝敬老人家。王兰英听王进喜的，把家里细粮豆油都留给婆婆，爱吃什么就做什么。婆婆爱干净，王兰英就每晚给老人洗脚，还经常给老人洗澡擦背。婆媳20多年相处和睦，从没红过脸。王进喜也教育儿女们要孝敬奶奶，孩子们都知道疼奶奶，听奶奶的话。王进喜的妹妹王立曾这样评价王进喜："他在外边，龙腾虎跃，志在千里，在各项工作中，有着一往无前的勇气和拔山扛鼎的魄力，任何艰难困苦都不在话下。可是一回到家里，在母亲面前，他却像一只绵羊那么老实，总是规规矩矩陪在母亲身旁，嘘寒问暖。他知道母亲喜欢热炕，他常把手伸到炕上，摸摸炕是不是温暖。"大庆会战初期，母亲何占信老人带领全家从玉门千里迢迢来到大庆安家落户。铁人怕屋里冷，被子薄，冻着老人家。一次，他借去兰州开会之机，特意花了50元给母亲买了这条昂贵的、厚厚的毛毯。王进喜侍母甚孝，家里有好吃的总是第一个想到母亲；母亲喜欢看秦腔戏，只要听说哪有秦腔戏，总是带着母亲去看戏。这条毛毯是当年王进喜全家最贵重的物品，老人一直用到去世前夕。毛毯寄托着铁人对母亲的爱，也折射出他的铁汉柔情。临终前，王进喜憋着一口气想见母亲最后一面，但是他知道没有那个机会了。他费尽全身的力气，掏出了自己用一辈子攒下来的300块钱，交给一旁眼泪模糊的弟弟："母亲这一辈子过得太苦了，你代替我好好孝顺母亲！"说完这句话，这位"铁人"英雄抱着对母亲的遗憾永远地离开了我们。

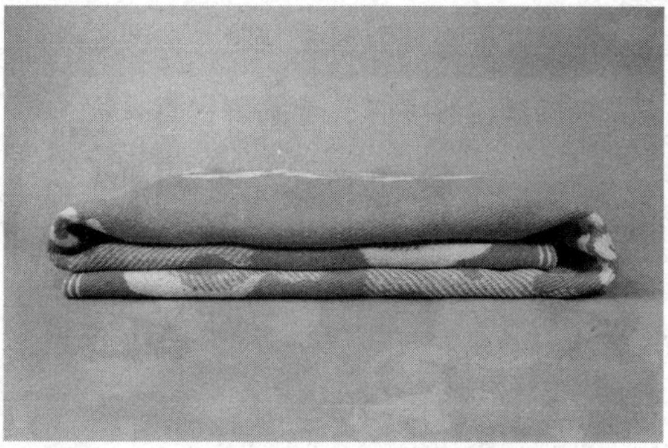

（图片来源：大庆油田微信公众号　2021-10-08）

长相思·孝心

汗水流。泪水流。青骨铮铮孝爱柔。

人间几度秋。

爱悠悠，恨悠悠。少壮华年千古讴。

美名留九州。

2012年7月，王进喜家人再次割爱——王进喜次子王月甫向铁人王进喜纪念馆捐赠了王进喜曾使用过的半导体收音机一部。当年，这部小收音机是王进喜的"随身听"。如今，它已经不能正常工作了，黑色的牛皮套有明显磨损的痕迹，右下角"上海无线电三厂"的"三厂"两个字也已经模糊不清。

这台半导体收音机伴铁人走过最后时光。这是一台上海无线电三厂生产的三波段七管晶体管红旗牌703型半导体收音机。正面铝合金材质，右下角有红旗标志。边缘为红塑料材质，后盖为黄塑料材质，带有提梁式黑色牛皮套。本机已不能使用。藏品名称：上海无线电三厂生产的三波段七管晶体管红旗牌703型半导体收音机；藏品年代：1969年；藏品尺寸：长18cm，宽4cm，高10cm；藏品重量：0.590kg；藏品质地：塑料、牛皮、金属；藏品附件：提梁式黑色牛皮套带半椭圆形挂带扣，长47cm，宽1cm。

据王月甫介绍，1969年4月，铁人王进喜参加完党代会后，深感责任重大。为了更好地提高自身素质和政治理论水平，及时学习党的方针、路线和政策，多了解国家的时事政治及祖国发展建设情况，一向节俭的王进喜买了这部半导体收音机。

有了这部收音机后，每次去开会或者下井场的路上，王进喜都会拿着收音机听着，从没放松过政治理论的学习，时时关心着国家大事。王进喜病重在北京住院期间，仍心系油田，坚持每天收听广播。就这样，这个小收音机伴随铁人走过了最后的岁月。❶

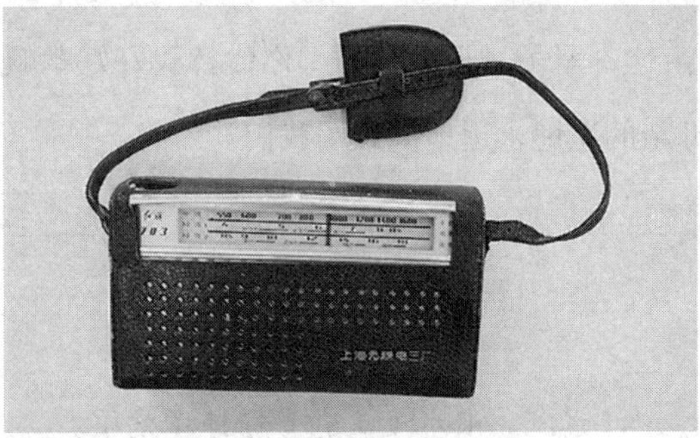

王进喜使用过的红旗牌703型半导体收音机
（图片来源：《大庆日报》2012年12月26日）

浣溪沙·收音机

只为多听国是音。不惜节俭去千金。
新闻政治论精神。
风雨飘摇伴岁月，雪寒长夜想娘亲。
相思切切泪流今。

注：“国是”专指国家大事、国策、规划等重大事务，有政策法规等含义。“国是”所指的国家大事严格限用于国人在中央所议之国家大事。

五讲手稿现　剪纸照片情

—— ★ ——

大庆石油会战初期，大庆油田是“头上青天一顶，脚下荒原一片”，道路、电力、通信、水源等问题都十分突出。在没有电力照明的情况下，王进喜就是凭着一盏马灯在夜间到井场巡逻；在值班房里填写报表，记录钻井进度，开会研究布置钻井工作。就是在马灯的灯光下，学习了毛泽东的《矛盾论》《实践论》，懂得了用辩证唯物主义的方法指导生产、指挥生

❶ 王冰冰：《两个老物件再讲铁人的故事》，《大庆日报》2012年12月25日。

产，懂得了抓主要矛盾。马灯，陪伴他度过了艰苦的会战岁月。后来油田发展了，有了电力照明，但铁人的心中始终有一盏“为国献油”的明灯，照亮他前进的路。这才有在1966年10月4日，为青年演员李光复题写的“铁人五讲”。

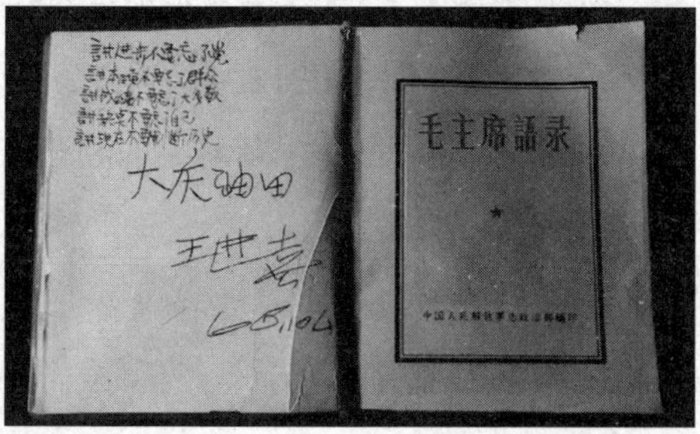

铁人五讲
（图片来源：大庆油田微信公众号　2021-10-08）

五讲哲思

铁人五讲天地澄，照亮世间瑞气生。
语录光辉千载照，思哲震荡九州惊。
玉门苦干认识立，大庆拼搏实践行。
坐看珠峰凌绝顶，山高路远又长征。

周恩来和王进喜，一个是共和国的总理，一个是普通的石油工人，看似两个人之间是无法产生任何联系的，但是在他们之间有着不同寻常的故事，每个故事背后都是周总理对铁人的无微不至的关怀。

1966年年底，铁人王进喜在一小部分别有用心的人的策划下，遭到了错误的批判。周总理知道这一事情后，在1967年1月8日出席了“全国石油系统工作会议”。在会议上，就王进喜遭到的不公正待遇义正词严地说：“王进喜反对工人脱离生产，这是正确的。为什么要对铁人进行错误的批判，这是一场阴谋！”周总理的话，无疑是在公开场合为王进喜提供保护。但是好景不长，1967年2月，大庆的一小撮人又开始对王进喜进行迫害，周总理得知这一情况后，在接见北京公交的代表时再次对王进喜进行肯定。

1965年，海伦县委宣传部和傅作仁一起策划、领衔，组织19人创作了大型组画剪纸《东方红》36幅。1969年3月，周恩来总理把这套剪纸中的《葵花向太阳》作为礼品赠送给大庆“铁人”王进喜。1970年4月，王进喜被确诊为胃癌晚期，同年11月15日王进喜病危，周总理马上赶往医院，可是王进喜已于8分钟前停止了呼吸。周总理来到病床前，俯下身体深情地念叨：“我来晚了，我来晚了！你怎么瘦成这样了，太可惜了，太可惜了！”王进喜与周恩来总理从1962年到1970年一共有30次面晤，这幅剪纸艺术作品，见证了共和国总理和工人阶级的深厚感情。

（图片来源：大庆油田微信公众号　2021-10-08）

两相知

总理心牵天下事，铁人奋战荒原情。

鞠躬尽瘁身先去，忘我拼搏砥砺行。

剪纸葵花活见证，移灯握手两相情。

霞云卧水千般状，芦苇临湖一片澄。

—★—

下面的这张合影再现艰苦朴素铁人王进喜。藏品年代：1969年4月24日；藏品尺寸：长293cm，宽22cm；藏品重量：0.165kg；藏品质地：相纸；藏品描述：照片完整，背景为灰色。可以清晰地看到王进喜坐在第一排。这张珍贵的合影，是由王进喜的长子王月平捐赠给大庆铁人王进喜纪念馆的。这张照片的来源，还有一个曲折的故事。1969年4月，王进喜参加了党代会。4月24日，会议闭幕时，王进喜与大会全体代表一起拍了这张合影。但是，多年来这张合影大家都没有见到，也不知道去哪里寻找。后来，王进喜的长子王月平找到了珍宝岛保卫战的战斗英雄孙玉国，并辗转通过孙玉国从沈阳图片社得到了这张照片。王月平一直精心保存这张照片。2012年4月19日，王月平将此照片捐献给了铁人王进喜纪念馆。

如果您仔细看这张照片，一眼就能从1500多名代表中发现铁人王进喜，因为王进喜的衣服上打着明显补丁。难道铁人王进喜没有不打补丁的衣服吗？参加这么大型的会议，铁人怎么穿着平时的衣服就去参会了呢？对此，铁人的老战友、老石油人孙宝范说："铁人王进喜参加任何活动、会议都穿着平时的工作服，几乎每件都有补丁。"由于时代的特殊性，那次党代会召开之前并没有提前通知王进喜。那天，铁人正在井上工作，来了一辆车。车上的人直接通知他去"学习"，其实就是去北京参加党的"九大"。铁人和平时一样，穿着工作服就去了。到北京后，还有其他代表打趣他："铁人，怎么这身儿就来了，也不打扮打扮？"[1]

1969年4月24日，中国共产党第九次全国代表大会全体代表合影留念。

铁人王进喜穿着这身打着补丁的工作服，坐在第一排，神情自若。铁人虽身在此，心却

[1] 王冰冰：《两个老物件再讲铁人的故事》，《大庆日报》2012年12月25日。

飞向了井场。下图是铁人王进喜参加第九次党代会时，与代表合影的局部放大。

（图片来源：《大庆日报》2012年12月26日）

补　丁

工服打补丁，一眼望分明。
节约源本色，勤俭自家风。
赤子清辉在，青天紫气生。
劳歌华夏曲，大风九州鸣。

注：劳歌指劳作者之歌。唐·张旭《清溪泛舟》诗："旅人倚征棹，薄暮起劳歌。"唐·罗隐《早秋宿叶堕所居》："蝇蚊犹得志，箪席若为安。浮世知谁是，劳歌共一欢。"唐·许浑《谢亭送别》诗："劳歌一曲解行舟，红叶青山水急流。"

大风指汉高祖刘邦的《大风歌》。南朝·梁·刘勰《文心雕龙·乐府》："观高祖之歌《大风》，孝武之叹'来迟'，歌童被声，莫敢不协。"唐·宋之问《奉和幸长安故城未央宫应制》："乐思回斜日，歌词继《大风》。"清·顾炎武《金坛县南五里顾龙山上有高皇帝御题词一阕》诗："丹阳父老多遗恨，尚与儿童诵《大风》。"

绞车低絮语　油井静无言

在大庆油田历史陈列馆的"艰苦创业，光辉历程"展厅中，一部钻机的绞车（国家一级文物）陈列在最显眼的位置。这是铁人王进喜当年在大庆打第一口井——萨-55井时，率领石油大会战职工用"人拉肩扛"的办法装卸、安装的钻井设备之一。1205钻井队当时使用的这部贝乌—40型钻机，总重大约为60吨，其中这部绞车就重达5.1吨。

如今的这部贝乌—40型钻机的绞车静静地卧立在那里，一动不动，仿佛在低语，在回忆那战天斗地的火红年代。通过这部一动不动的绞车，我们仿佛听到了新中国成立初期为实现"把贫油的帽子甩到太平洋里去"的铮铮誓言，仿佛看到了以铁人王进喜为代表的石油人"宁肯少活20年，拼命也要拿下大油田"的忘我拼搏，真实地感受到了中华民族走向伟大复兴过程中的一次次的血脉喷涌。它那点点斑驳，正在无言倾诉着那个时代的石油人感人至深、催人奋进的真实故事。

1960年4月2日，从玉门运来的钻机抵达萨尔图火车站，得知这个消息，王进喜和全队职工不等天亮就迫不及待地赶往火车站。但是设备到了，却一直被搁在火车上，没有卸，王进喜得知后火暴脾气就上来了。王进喜大吼："为什么没有人管钻机？"旁边的人跟他解释："不是不想卸，是因为吊车还没有到，这钻机有60吨，没吊车根本就没法卸。不然再等两天。"一听还要等，这下王进喜火了："这还要等到什么时候，我现在恨不得把钻头安在脑门上，砸出一口井来。"现场一没吊车、二没拖拉机，有的只是车下三十几个西北汉子，怎么卸车，怎么搬运，怎么安装呢？在欣喜若狂之余，他们竟然也一筹莫展起来。就在此时，王进喜突然问支书孙永臣："我没有打过仗，你说若是在战场上遇到这种情况怎么办？是上还是退？是打还是坐下来等？"孙永臣说："只能进，不能退；只能上，不能等，就是豁出命来也要上！"听后，王进喜一拍大腿，霍地站了起来，坚定地对大家说："咱们人拉肩扛也要把钻机卸下来，运到井场上去。没有吊车，我们37个人就是37部吊车，汽车不够，我们有手有脚，蚂蚁搬山也要搬。我们就是要靠我们自己的力量卸车搬运安装，早开钻。大家看看行不行？""行！"全队异口同声道。"好！有条件要上，没有条件创造条件也要上！"王进喜说完，甩掉老羊皮袄，在地上抄起一根撬杠，大喊一声"跟我上"，就跳上了槽子车，大家也随手抄起工具一拥而上。大绳、撬杠、铁管、方木圆木、扁担，凡是能撬能抬能扛的东西在他们手中都变成了实用的工具。他们先把钻机化整为零，一件件从火车上卸下来；再把大部件装在能滚动的铁管和圆木上，借力向前滚动。王进喜喊着号子，带领队员把5吨多重的绞车运到了井场，又拉上2米多高的站台。❶

王进喜带领1205钻井队使用的贝乌-40型钻机的绞车
（图片来源：大庆油田历史陈列馆）

铁人丰碑

梦醒松辽初报晓，夺油会战欲翻天。
千军并进荒原喜，万马齐鸣大庆欢。
钻塔巍巍高百尺，黑金滚滚百十年。
埋头苦干留今世，吾辈思行有汗颜。

❶《王进喜，为什么叫"铁人"？》，人民网，2021-06-09。

从黑龙江省大庆市解放村向西3千米，驶过平坦的柏油马路，一大片白杨树出现在视野中，一条大路通向“铁人一口井”。密林深处，一处静谧的院落呈现在眼前。铁人第一口井被高高的白杨树簇拥怀中，步入其间，正面可见铁人纪念馆旧址，目光转向一旁，映入眼帘的便是白杨树掩映下的铁人一口井。这些白杨树伴着岁月风雨，在寂静中见证着寒来暑往。

走近“铁人一口井”，仿佛走进大庆油田的悠悠岁月，它记录着、彰显着大庆油田会战史的辉煌篇章。1960年4月19日，这口油井历尽艰难险阻终于完钻，它就是荒原上诞生的“萨–55井”。抖去半个多世纪的岁月烟尘，当年的许多老油井，完成了历史使命而功成身退。虽然“萨–55井”也在逐渐变老，但却没有停下奔忙的脚步，时至今日仍在奉献石油，演绎着属于它的不老传奇。

风吹过白杨树林发出沙沙的声响。这些白杨是铁人王进喜去世那年，从万里之遥的甘肃玉门跋山涉水而来，经过铁人战友们的精心养育，在大庆这片黑土地生根、发芽，如今亭亭玉立，华冠如盖。如今这个叫杨树林的地方，“萨–55井”被高高的白杨树簇拥怀中。环视周围，树繁林茂，一棵棵大树在地下根脉相通，高高的枝丫，如手臂般在蓝天下伸展相握。尽管是七月流火的盛夏，但穿林而过的夏风，被层层浓荫滤得清凉爽人。

追寻铁人昔日的足迹，攀上高高的钻井平台。站在历经60多年的钻井平台上，面对沉默不语的钢铁、钢管和铁架，令人思绪万千，心驰神往，仿佛置身于当年的激情场景。井前仰望，缕缕白云浮在蓝天上，犹如抖开的柔白丝缎。而耸入云天的钻塔，交错的钢架组成的结构，恰好形成一个大大的“人”字，坚实的一撇一捺，仿佛在诉说铁人们的钢筋铁骨。“宁肯少活20年，拼命也要拿下大油田”的铿锵誓言，似乎依然回响在耳畔。不朽的精神内涵，让

（图片来源：大庆文明网　2020-08-21）

祁连白杨

跋山涉水自祁连，叶茂根深忍问天。

苦雨飘零知冷暖，寒霜吹落净云烟。

三阳始布三春报，四序初开四季欢。

盛夏清风祛酷暑，隆冬瑞雪兆丰年。

铁人们高尚而纯粹的情操，不因流光而黯淡，不因世俗而溶蚀。眼前的“萨-55井”，极具标志性的钻机井架沉默无语，仿佛在回忆60多年前的峥嵘岁月。

肃立在井架下，磅礴的气韵四周浮荡。他们竖起的不仅是一部井架，而是一代创业者的铁骨、志气和豪情，也是石油人用情操、信念和人格立起的丰碑，更是一柱支撑共和国的坚实脊梁。微光汇聚，终成灿阳。十个表白不如一个表现，传承铁人精神关键在于行动——干！

铁人王进喜真可谓：“一生为油忠心报国，万世留名精神楷模。”

第十四章

永续传承　丰碑铸就

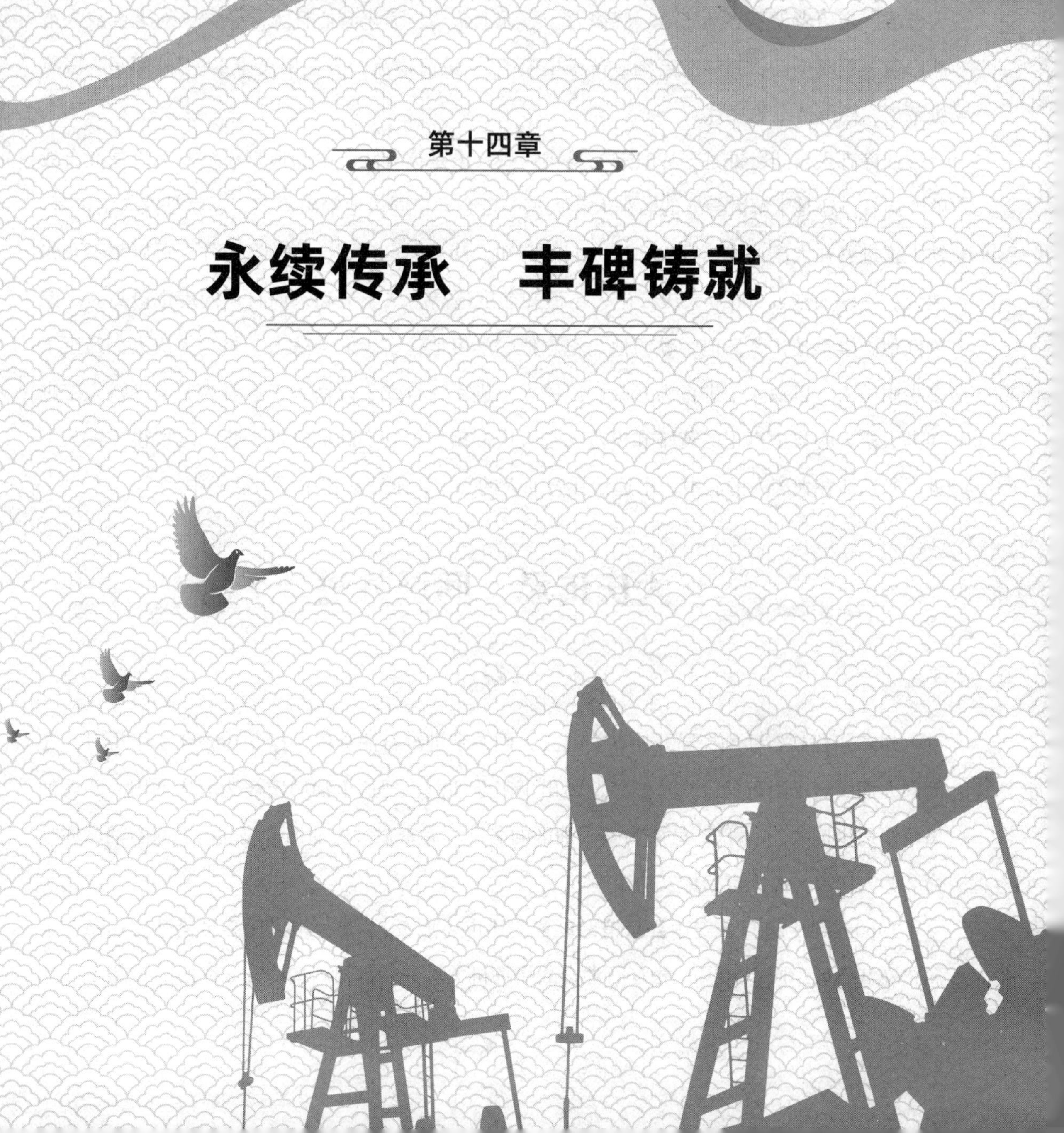

铁人精神产生于新中国建设时期，践行于新时代，延续于中华民族的伟大复兴。它创始于石油企业石油工人，延展于全社会全民族，它不独属于石油石化企业，它丰富了民族精神，体现了时代特色，还将产生划时代的精神影响。铁人精神是继承性与发展性的统一，中国共产党人的世界观、价值观、政治观、革命观和群众观贯穿其中，理想信念是最重要的红色基因，是铁人精神之“魂”。

跳进泥浆池用身体搅拌泥浆，面对困难喊出“有条件要上，没有条件创造条件也要上”，“人拉肩扛”运送钻机……这是“铁人”王进喜留给中国人深刻的时代记忆。提起当年的石油大会战，亲历者无不心潮澎湃、感慨万千、无上荣耀！后来者心怀无限钦佩，对老会战人肃然起敬、赞叹不已。时势造英雄，苦难出模范，“沧海横流，方显出英雄本色”。那是一段英雄辈出，模范传奇的岁月。

或许有人要问，谁是会战时期的英雄代表？谁是英雄队伍中的典型模范？无论是大会战的亲历者，还是了解大会战的后来人，大家一定会异口同声地给出答案，那就是铁人王进喜。铁人王进喜在大庆油田，家喻户晓，妇孺皆知，甚至闻名全国，蜚声海内外。可以毫不夸张地说，王铁人在近300万大庆人中，不但知名度最高，威望最高，而且认同度也最高。大家钦佩他、崇拜他，赞扬他、歌颂他，纪念他、学习他；多少老会战人、多少大庆人，乃至于多少中国人，以铁人王进喜为光荣、以铁人王进喜为自豪、以铁人王进喜为骄傲；铁人王进喜是大庆人心目中真正的英雄和模范，是大庆油田名副其实的标志性人物。可以说，铁人王进喜永远活在大庆人的心中，永远活在石油人的心中，永远活在中国人的心中。

大庆传承　同城共进

1955年松辽石油勘探局开始在安达县大同一带进行石油资源钻探。1959年9月26日，在大同北面高台子附近的“松基三井”喷出了工业油流，把这个油田定名为大庆油田。随着油田范围逐步扩大，“大庆”就成为整个油区的名字。后来在大庆油田上崛起的新兴石油城亦被命名为大庆市，大庆市始称安达市。

1960年5月26日，安达县撤销，设置安达市（地级），安达市人民委员会驻安达镇，隶属松花江专区。同年10月，松辽石油会战指挥机关移驻萨尔图。1964年6月23日，撤销安达市，恢复安达县，设立安达特区，对外仍称安达市。1979年12月14日，国务院批准成立大庆市，由黑龙江省直辖。大庆市委、大庆市人大、大庆市政府、大庆市政协等机构相继建立。现在的大庆，已是我国石油和石油化工的重要基地。

大庆铁人王进喜纪念馆是我国第一座为纪念工人阶级的先锋，特别进行修建的纪念馆。以“爱国、创业、求实、奉献——石油魂”为主题，馆区占地面积11.6公顷，主体建筑面积2.15万平方米，展厅总面积4790平方米，展出展品1780件。大庆铁人王进喜纪念馆隶属于中国石油大庆油田有限责任公司，始建于1971年。新馆于2006年9月26日大庆油田发现47周年之际开馆，温家宝总理亲笔题写馆名。

每年的11月15日，王进喜带过的队伍、大庆油田1205钻井队一大早就来到纪念馆，追忆“铁人”的一生。踏入纪念馆的院门，映入眼帘的是一座“铁人”雕像，在冬日阳光的映衬下显得越发庄严肃穆。进入纪念馆前要走一段47级的台阶，纪念馆主体建筑的高度也是47米，这些数字是为了纪念“铁人”王进喜47年短暂而不平凡的一生。纪念馆的展示由七部分组成，以“铁人”王进喜的生平事迹为主线，以大庆油田的发展历史为辅线，向观众展示了“铁人”一生及大庆油田波澜壮阔的发展历程。

铁人虽逝，但精神长存。铁人精神已经融入大庆人的生活中、文化里，融入大庆的每一寸土地中，融入大庆石油人的血脉中。

一个人，一面旗，一种精神；一座油城，一座纪念馆，一种精神传承。“铁人精神”是崇高人格的升华、钢铁意志的锤炼、奉献境界的彰显，与“红船精神”“井冈山精神”“延安精神”一脉相承、高度契合，共同构筑起中华民族的精神脊梁，成为中华优秀传统文化不可分割的一部分。

（图片来源：西安石油大学铁人王进喜纪念馆）

铁人王进喜纪念馆

气势磅礴雁序前，峥嵘岁月水云间。
英雄仰望祁连雪，父老低吟大庆烟。
七尺须眉追远梦，十年篝火照华年。
巍巍塑像当风立，浩浩沧溟沐雨间。

注：雁序指排队有序飞行的雁群。唐·杜甫《天池》诗：“九秋惊雁序，万里狎渔翁。”清·王韬《淞滨琐话·画

船纪艳》："停泊处如鱼贯，如雁序，粉白黛绿，列舟而居。"王琦注："雁序，雁之飞也，若有行列，先后之序不相紊乱。"

沧溟指高远幽深的天空。元·郑光祖《周公摄政》："天地为盟，上有沧溟。"明·无名氏《鸣凤记·二相争朝》："边城尘土暗沧溟，勒石燕然未有人。"清·陈梦雷《登岁崩峰》诗之二："泉归洞壑声闻静，天入沧溟法界空。"

在大庆"铁人形象"如火如荼，长盛不衰，其实质就是因为铁人精神。可以说是铁人精神折服了人心，是铁人精神感动了乾坤，是铁人精神跨越了时空，是铁人精神演绎了丰富多彩的铁人形象。

令人大为感慨的是，铁人不仅活在大庆人的心中，而且随时随地、时时处处，都能够感觉到铁人的"存在"，铁人似乎并没有离开我们。[1]比如以铁人命名的公路、车站、广场、公园、街道、村镇、学校、居委会等更是不胜枚举。传承是最好的纪念。

走在大庆街头，随意向一个路人提起铁人王进喜，无论是耄耋老人，还是翩翩少年，都能讲出一段故事。铁人精神已经镌刻在了大庆人的基因中，已成了大庆人的集体记忆，也成了他们生活的一部分。

1988年9月，在铁人王进喜生前工作、生活过的地方——红岗区八百垧建成了铁人公园。

（图片来源：西安石油大学铁人王进喜纪念馆）

铁人公园

碧绿湖中九曲桥，微波荡漾映天飘。
观湖阁外群芳艳，纪念林前众鸟娇。
古乐游鱼听戏水，名言警句叙营巢。
精神万古和风里，天下为公大浪淘。

注：纪念林指在大庆铁人公园为纪念王进喜八十周年诞辰而建的纪念林。在铁人公园内设有铁人纪念林区，纪念石碑上有李敬2003年4月题写"纪念林"三个大字。

营巢指筑巢。唐·元稹《华岳寺》诗："双燕营巢始西别，百花成子又东还。"《宋史·乐志十四》："伊鹊营巢，珍禽攸处。"本诗中特指大庆会战期间"干打垒"盖的房子。

[1] 韩福魁：《铁人现象启示及铁人精神研究方法——〈话说铁人精神〉之一》，《大庆社会科学》2016年第1期.第25页。

铁人桥位于中国黑龙江省大庆市，是大庆市主干道——世纪大道的重要组成部分，位于大庆市儿童公园的西侧，铁人小区的东侧，跨越滨洲铁路。该桥全宽38．5米，分左右两幅，行车道为8车道，宽32米，人行道宽2米×2米，中五支路上桥匝道全宽10米，行车道宽7米，人行道宽2米，主桥全长880米（其中引桥长522米，引道长358米），中五支路上桥匝道长339米（其中引桥长152米，引道长187米）。桥梁栏杆采用不锈钢，两幅桥之间的防撞护栏为波纹板钢管组合式护栏。

1999年9月，大庆油田发现40周年之际通车，是连接东城区和西城区的重要枢纽，也是大庆市区的景观桥。2012年8月铁人桥暨世纪大道铁人桥西至团结路路段维修完成。

（图片来源：西安石油大学铁人王进喜纪念馆）

铁人桥

横跨滨州上九霄，惊鸿燕雀铁人桥。
雷声滚滚云烟起，龙气盈盈草木娇。
荡荡春风拂弱柳，苍苍碧海汇江潮。
白云出岫曈曈日，天马行空冉冉高。

奉献是铁人王进喜“宁肯少活20年，拼命也要拿下大油田”的干劲。为纪念铁人王进喜为中国石油无私奉献的伟大精神，2000年9月20日建成铁人广场。铁人广场是由大庆石油管理局和大庆油田公司共同出资兴建的一处大型休闲娱乐广场，它位于大庆石油管理局所在位置：黑龙江省大庆市龙南地区的中心地带。1999年4月20日开工，2000年9月20竣工。

它位于大庆市让胡路区世纪大道北侧，铁人王进喜纪念馆的对面。铁人广场总占地面积18.42万平方米，绿化面积11.42万平方米，水面积0.92万平方米。广场大气雄伟，分有几个主题展区，例如台地园、春华秋实花草园、中区雕塑以及音乐喷泉。台地园是广场的较高处，站在这里可以俯瞰铁人广场的全貌，台地园的外墙是一组浮雕，恢宏精美地展示了中国石油的发展过程。广场的中区是一个醒目高大的建筑“腾飞”，它宛如一只展开的翅膀，也像是一叶迎风的白帆。春华秋实两处景观由花草围绕，鲜花锦簇，绿意盎然，清净清雅。

（图片来源：西安石油大学铁人王进喜纪念馆）

铁人广场

台地登高落燕群，春华锦簇惹飞禽。
腾飞醒目白帆远，音乐喷泉春意亲。
有韵无尘飘野径，如痴似醉漫青云。
清明雨霁乾坤立，日月风霜江海吟。

西干路位于大庆市西城区——让胡路区的中部，是大庆市“三纵四横”城市主干路中一条重要的南北向城市型道路。2006年，大庆市西干路综合整治工程竣工后，在经过近3个月的广泛征集意见后，特别是在“老会战”们的积极建议和倡导下，“西干线”被命名为“铁人大道”。

2006年9月20日，铁人大道举行揭牌仪式。铁人大道全长25.6千米，双向6车道。过去，由于没有路灯，一到夜间人们出行不便；没有排水系统，一到雨天积水严重，交通事故频发。此次改造共安装路灯321盏，排水工程完成7.4千米，改造了非机动车道和人行道，铺设了人行道板，安装了路缘石，铺设草坪5800多平方米。

作为铁人大道的“西干线”，在大庆油田的开发会战中，在大庆油田5000万吨连续27年的高产稳产中，在整个大庆的经济建设和社会发展中，都发挥了不可替代的重要作用。可以说，正是因为有了“西干线”，才有了大庆的美好今天。

（图片来源：西安石油大学铁人王进喜纪念馆）

铁人大道

筑路修桥万世功，铁人大道誉新名。
魂牵雨水登天险，梦绕漆黑照径灯。
岁月如歌追往事，春秋似梦缚苍龙。
泉台放眼为遥盼，南北畅通世代荣。

作为物质的大道，铁人大道并不很长。它见证的是大庆60多年的发展变化，特别是改革开放40多年的飞速发展和大庆为国家作出的突出贡献。作为精神的大道，铁人大道又很长。从大庆会战那天起，从铁人带领1205钻井队那天起，从房东老大娘称王进喜为铁人那天起，铁人大道就在石油工人们的心中，艰辛着、拼搏着、奉献着，一步不停地向前延伸着。

铁人中学是大庆油田为纪念王进喜而用“铁人”命名的黑龙江省省级示范性高中。铁人中学是一所以“铁人”王进喜同志的英雄称号命名的寄宿制省级重点中学。学校筹建于1986年10月，建立铁人中学是大庆市委、市政府1987年给全市人民做的十件好事之一；是大庆石油管理局为解除南区一线职工的后顾之忧，为国家的经济建设培养数量更多、质量更高的高科技人才而投资三千万元兴建的一所省级重点高中。学校刚筹建时叫“南区高级中学”“管理局高级中学”等。1987年5月经市局主要领导广泛征求意见后，研究决定：筹建中的南区高级中学正式命名为“铁人中学”。铁人中学位于大庆市让胡路区乘风西路6号，所处地理位置幽静典雅，周围既没有繁华商业区，又远离住宅和闹市区。1993年晋升为黑龙江省重点中学，2000年10月被确定为省首批示范性高中，2001年被确定为省首批理科实验基地。2005年被中国教育网评选为全国十所风头最劲的学校，这是黑龙江省唯一一所入围中学。2009年又被评为“中国百强中学”。

（图片来源：西安石油大学铁人王进喜纪念馆）

铁人中学

大庆铁中正筑魂，求实奉献杏园门。
文章写就三春色，彩笔绘描赤子心。
桃李芬芳偕悦目，白杨屹立俱扎根。
书生意气风发茂，挥斥方遒赞铁人。

注：铁中即铁人中学的简称。

1960年万人大会后，大庆油田大会战全面打响。王进喜带领的1205钻井队按计划搬到杨四屯，打试验区的一口关键井——2589井。这口井地处高压区，当钻机打到700多米时，突然发生了井喷，强大的高压液柱把方补心冲出井口。液柱越喷越猛，呼啸着一直冲向井架，很快达到十几米，二十几米，眼看一场大事故就要发生。

在危急关头，王进喜不顾自己的腿伤，扔掉双拐跳进了泥浆池中，用自己的身体搅拌泥浆，戴祝文、丁国堂、许万明、杨天元、张志训等同志，甚至是实习的女大学生段武功也纷纷跳进泥浆池中，经过3个多小时的紧张搏斗，井喷终于被压住了。

为了纪念铁人王进喜，继承和发扬铁人精神，杨四屯改名为“铁人村”，该村位于大庆火车站西南方向1千米处。1962年，铁人王进喜和他带领的1205钻井队在这里住过，其间，经常有大庆内部和外省的同志到1205钻井队参观、学习或访问。铁人村现西面有供电、供水、通信等公司，相续建立起3个居民生活区，现在分别为铁人一村、铁人二村、铁人三村。3个村都相邻，共有4800多户。铁人一村是最初的铁人村。

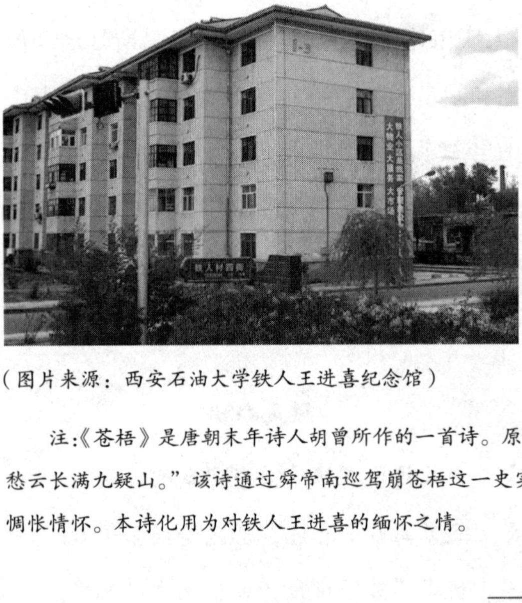

（图片来源：西安石油大学铁人王进喜纪念馆）

鹧鸪天·铁人村

草木葳蕤燕雀飞，桃花烂漫柳风吹。
新居栋宇晴红去，老树烟云暗绿归。
扫花径，掩柴扉，蜂游蝶舞报春晖。
丹心碧血存青史，白首苍梧入紫微。

注：《苍梧》是唐朝末年诗人胡曾所作的一首诗。原诗为：“有虞龙驾不西还，空委箫韶洞壑间。无计得知陵寝处，愁云长满九疑山。”该诗通过舜帝南巡驾崩苍梧这一史实的描述，表达了炎黄子孙箫韶犹在、陵寝难寻、祭奠无路的惆怅情怀。本诗化用为对铁人王进喜的缅怀之情。

以铁人为题目的讲座、演说、宣讲、报告、研讨、座谈、展览、宣誓、纪念，以及“学铁人、做铁人”等各种活动频繁举行，甚至常态化。近些年来，大庆油田还接连涌现出新时期铁人王启民、大庆新铁人李新民，还有数不清的铁人式干部、铁人式工人、铁人式队伍，有人甚至提出“铁人文化”的概念……与铁人有关联的各种事物如雨后春笋般层出不穷、不计其数，简直形成了跨行业跨时空、无边无际、无尽无穷的兴旺现象。

王启民始终用铁人精神从事科研，敢于挑战油田开发极限；坚持“宁肯把心血熬干，也要让油田稳产再高产”的信念，攻克一道道技术难关，创造多项世界纪录。他是一代石油人的杰出代表，为铁人精神赋予了新的时代内涵。2018年12月，被授予“改革先锋”称号。2019年9月，获得“人民楷模”国家荣誉称号和“最美奋斗者”称号。

（图片来源：央视网）

鹧鸪天·闯将在此

高举铁人赤色旗，心血熬干比高低。
岩层注水驱油喜，油井压裂渗透期。
油缥缈，气逶迤，地宫闯将马蹄疾。
温文尔雅如琼玉，晓看春风北斗玑。

注：会战时期，第一年春节，王启民等大学生在新建地宫门上贴对联“莫看毛头小伙子，敢笑天下第一流”，加横批是“闯将在此”。一个“闯”字，是他科研工作的缩影。

地宫的本名是“大庆油田开发科学实验陈列馆”。千变万化的油层，被画成了图板，做成了模型，到了这里，就像钻到地下去游览了一次储藏石油的“地下宫殿”，能粗略明白石油地质、勘探、开采方法等有趣的知识。

1953年9月，1205队的前身“贝乌5队”在玉门油田组建，王进喜是第三任队长。1960年3月，王进喜率“贝乌5队”来到东北。到大庆后，“贝乌5队”改名为1205队。面对当时匮乏的物质条件和严酷的自然环境，1205队克服了重重困难：缺少吊车、拖拉机和重型汽车，便“人拉肩扛”运送钻井设备；打井需要水，便全队出动“破冰取水”；遭遇井喷险情，王进喜带头跳进泥浆池用身体搅匀泥浆，制服井喷……这支“钢铁钻井队”到大庆已经一个多甲子了，“铁人”离开这支队伍也已半个多世纪。

几十年间，这支“钢铁钻井队”从玉门转战大庆，先后走出王进喜、李新民两代“铁人”。作为铁人的后代，要继承发扬大庆精神、铁人精神，让铁人的旗帜在异国他乡高高飘扬，创造1205队新的辉煌……李新民说：“在国外我们代表的是祖国，我要以自己的行动为国争光、为大庆添彩。”他带着王进喜“把井打到国外去”的毕生梦想，凭着一股“没有条件创造条件也要上”的劲头，“大庆新铁人”李新民诠释了新时期中国产业工人的责任与担当，传递着铁人精神的正能量，让铁人精神走向世界。

（图片来源：央视网 2013-06-24）

破阵子·梦想

梦想时时不负，精神代代相传。
打井铁人惊世界，老母妻儿共此圆。此情可向天。
海外枪林弹雨，归家琴瑟朱弦。
负重前行人静好，漫道雄关破浪帆。雪梅色更鲜。

注：朱弦指琴瑟类弦乐器。唐太宗《春日玄武门宴群臣》诗：“清尊浮绿醑，雅曲韵朱弦。”宋·陆游《千峰榭宴坐》诗：“朱弦静按新传谱，黄卷闲披累译书。”清·孙枝蔚《赠和州杨仲延》诗：“刺史来历阳，终日弹朱弦。”

梅花色白，故称雪梅。唐·孙逖《宴越府陈法曹西亭》诗：“雪梅初度腊，烟竹稍迎曛。”唐·杜牧《代人作》诗：“斗草怜香蕙，簪花间雪梅。”

1205队获最高荣誉：全国“五一劳动奖状”，队长荣获全国“五一劳动奖章”等奖项。这支“钢铁队”有许多“变”与“不变”。“变”的是人，“不变”的是精神。不断丰富“铁人精神”的时代内涵，努力营造人人学铁人、处处有铁人、争当新铁人。1205钻井队的班子换了一届又一届，职工换了一茬又一茬，但“生当做铁人，永铸石油魂”始终是1205钻井队不变的信念和追求。多年来，他们始终坚持“走铁人路、建铁人队、铸铁人魂、创铁人业”，提炼了“以铁人精神创新每一天”的发展理念，“立铁人品格，创一流业绩”的管理宗旨，“以今日之我战胜昨日之我”的学习理念。

（图片来源：新华社新媒体 2020-11-15）

鹧鸪天·1205钻井队

钻透珠峰几百多，古今中外不须说。
心牵华夏乾坤舞，战罢西洋星月歌。
走沙漠，踏涛波，巍峨井架水难濯。
东风画角风帆劲，绚丽人生不枉活。

铁人精神植根于中华民族的优秀传统文化，辩证唯物主义认为，存在决定意识。所谓的“存在”，既包括现实的存在，也包括历史的存在。珍藏宝贵精神财富、传承优良传统，继续豪情满怀，听党话，跟党走，坚定做党和人民最可信赖的骨干力量，重走新时期的会战路，再创无愧于历史、无愧于时代、无愧于人民的新业绩！铁人精神的形成，深深地植根于中华民族精神的沃土，是中华民族优秀精神林海中的一棵参天大树。学习传承“铁人精神”，着力激发党员干部争做新时代“铁人”的内生动力。深度挖掘“铁人”事迹和“铁人精神”的时代内涵。

坚持马克思主义科学真理，与时俱进传承和弘扬铁人精神，将其融入新时代中国特色社会主义的伟大实践中。进入新时代，展示新风貌，新一辈石油人传承石油精神、大庆精神、铁人精神，对标世界一流，沿着前辈英模的足迹，重整行囊再出发。为祖国加“油”，为民族争“气”。

（图片来源：大庆网　2020-04-21）

采油树

采油树下万米遥，钻测修压试录骄。

井口三通油管挂，阀门套管阻流槽。

黑金海涌飞龙起，碧落天开老骥飙。

大漠狼烟鸣战鼓，荒原虎旅震征袍。

注：采油树是自喷井和机采井等用来开采石油的井口装置。它是油气井最上部的控制和调节油气生产的主要设备，主要由套管头、油管头、采油（气）树本体三部分组成。采油树又称圣诞树。在油（气）井完井后进行测试油气时，或自喷井和机采井等采油时的一种井口控制装置。它由油管挂及许多闸门和三通或四通组成，直接装在套管头上。只有一侧有出油管的采油树，称单翼采油树；两侧都有出油管的，称双翼采油树。采油树装有油嘴（阻流嘴），通过更换不同内径的油嘴来控制油气的产量。

虎旅，虎贲氏与旅贲氏的并称。两者均掌王之警卫，后指勇猛的军队，诗中指攻坚克难的石油铁军。唐·李白《饯李副使藏用移军广陵序》：“翕振虎旅，赫张王师。”

玉门传承　赤金赤子

玉门市是甘肃省酒泉市管辖的一个县级市，位于甘肃省西北部。玉门市铁人王进喜纪念馆位于玉门市连霍高速公路赤金服务区，占地面积2.2万平方米，总建筑面积7020平方米，主体建筑面积1230平方米，外形为二层结构仿古建筑。纪念馆展厅分为苦难经历、创业玉门、会战大庆、心系家乡、精神永存五个部分，共展出了260余幅珍贵的历史照片、图片和100多件实物。这些实物主要分为日常生活用品、生产用品、学习用品、奖品等。其中棕榈箱尤为珍贵，是铁人王进喜生前遗物，也是纪念馆的镇馆之宝。同时还有铁人同时期的物品、锦旗和奖品。铁人王进喜纪念馆展现铁人王进喜在玉门出生成长的37年岁月，在大庆工作生活的最后10年短暂而不平凡的人生历程，以及玉门人民勤劳勇敢，艰苦创业，无私奉献的奋斗精神。纪念馆于2006年7月6日奠基，主体结构由玉门知名民营企业家王振刚同志修建，经过两年的建设于2008年11月15日正式建成开馆。

进入铁人王进喜纪念馆，映入眼帘的是王进喜正满怀雄心壮志、昂首挺胸地走出绵延峭拔的祁连雪山。这正是37岁的铁人走出玉门、奔赴大庆的形象。序厅顶部有47条放射光带，象征铁人47年的人生历程，而这3.7米高的铁人像，则寓意铁人奋战玉门的37载光阴。

铁人精神既是一面旗帜，也是一种力量。经过半个世纪的风雨洗礼和历史积淀，得到了不断升华，被赋予了新的时代内涵，成为一代代石油人战天斗地、干事创业的力量源泉和精神支柱。祁连巍巍，雪山绵延，铁人精神永放光芒。

（图片来源：甘肃党史网）

鹧鸪天·怀念铁人

刹把手扶器宇轩，身披皮袄志冲天。
凝眸振袂千秋业，漫步凭栏万念牵。
冬青树，玉门关，祁连闯将立标杆。
栉风沐雨情如海，虎啸龙吟震九天。

玉门铁人王进喜纪念馆是在王进喜出生地建立的纪念馆，已成为玉门市弘扬铁人精神、传承铁人文化、宣传铁人事迹的重要窗口单位。2009年11月，纪念馆被评选为国家AAA级红色旅游景区，2010年5月被命名为酒泉市国防教育基地、酒泉市爱国主义教育基地，2011年5月被省纪委命名为甘肃省廉政教育基地，成功获批了国家“十二五”规划红色旅游建设项目，并于12月被省委宣传部命名为甘肃省爱国主义教育基地、省委党史研究室甘肃省中共党史学习教育基地，被省科协命名为甘肃省科普教育基地，2012年被中国石油天然气集团公司命名为中石油企业精神教育基地。

铁人故里位于王进喜的故乡赤金镇铁人村，嘉玉赤公路与312国道交会之处，距玉门市区25千米。景区有铁人王进喜故居纪念馆、童子泉水系景观带、农耕文化园等景点供游客游览。其中铁人王进喜故居纪念馆对铁人王进喜的成长历程和生平事迹进行了全方位展示。故居纪念馆由时任甘肃省委书记顾金池同志题写馆名。

故居纪念馆前院矗立着高大雄伟的铁人王进喜铜像，底座正面有江泽民同志的赞语：“王进喜同志为我国石油工业的发展立下了汗马功劳，人民永远不会忘记他。”步入展览大厅，从四个方面内容的百余幅珍贵照片和真实的文字记录中，人们可以领略到王进喜和玉门“老石油”当年为开发玉门油田而作出的卓越贡献，可以领略到60年代中国石油工业发展中所取

（图片来源：玉门市旅游局网　2019-09-04）

长生乐·油海行舟

月朗星稀落木稠。逆水苦行舟。
草堂神往，看正气长留。
耀眼华辰滑落，悲满枝头。
胡笳呜咽，积雪祁连共怀愁。
峥嵘岁月，闯将兴油。
天涯仰望岑楼。
千古念、北斗望甘州。
不堪别恨归去，离雁泪争流。

得的辉煌成果。展厅北侧，是仿建的王进喜故居。

该馆建于1992年，1994年被甘肃省委和玉门市委命名为“爱国主义教育基地”。玉门市市长主持了开馆仪式。该馆于1995年1月12日被团中央评为全国青少年教育基地，1996年11月被中共酒泉教育委员会评为酒泉地区爱国主义教育先进单位，1997年7月1日被中共甘肃省委评为甘肃省爱国教育基地，被酒泉市国防教育委员会评为酒泉市国防教育基地，2004年被玉门市政府确定为红色旅游景点。

西安传承　初心使命

2018年10月27日上午，市委、市政府举行焦裕禄、王进喜雕像揭幕仪式。省委常委、市委书记王永康，市人大常委会主任胡润泽，市领导及市政协主席岳华峰出席，并共同为雕像揭幕。

揭幕之后，大家怀着崇敬的心情，深切缅怀了焦裕禄、王进喜同志的感人事迹和崇高精神。王进喜雕像主体文字：“宁肯少活20年，拼命也要拿下大油田。”基座书写“苦干实干的‘铁人精神’”。

在市委、市政府机关大院分别矗立着焦裕禄、王进喜的雕像，就是要进一步教育引导广大党员干部，不忘初心、牢记使命，更加自觉地传承“焦裕禄精神”和“铁人精神”，主动对标、自觉践行，始终做到心中有党、心中有民、心中有责、心中有戒，争做具有铁一般信仰、铁一般信念、铁一般纪律、铁一般担当的西安铁军战士。就是要不断激发广大党员干部干事创业的昂扬斗志，紧紧围绕“追赶超越”定位和“五个扎实”要求，一天争当两天干、追赶超越抓发展，低调务实不张扬、埋头苦干抓落实，努力为大西安加快国家中心城市和国际化大都市建设多作贡献。

时任莲湖区代区长吴保军发表体会文章表示：一是弘扬“铁人”精神，坚守本真不动摇。学习王进喜同志对党和国家事业的无限忠诚，增强“四个意识”、坚定“四个自信”、做到“两个维护”，始终在思想上政治上行动上同以习近平同志为核心的党中央保持高度一致，克己奉公、履职尽责，始终做习近平新时代中国特色社会主义思想的坚定信仰者和忠诚实践者。二是磨炼“铁人”作风，立足本职不懈怠。学习王进喜同志“宁肯少活20年，拼命也要拿下大油田”的坚定决心，不提困难、不讲条件，将全部心思和精力用在破解制约我区发展的短板上，用在解决断头路和城中村三年“清零”等难点问题上，用在啃下工业企业搬迁、老城区保护更新等“硬骨头”上，切实将学习成效转化为实实在在的工作实效。三是勇当“铁军”排头兵，尽好本分不松劲。学习王进喜同志重实际、办实事、求实效的精神品格，坚持调研在一线、实干在一线、督导在一线，低调务实不张扬、埋头苦干抓落实，全力推动市委、市政府各项决策部署在莲湖落地生根，不断增强市民群众的获得感、幸福感、安全感。[1]

（图片来源：西安日报社官微　2018-10-27）

苏幕遮·使命初心

党恩深，常不忘。使命初心，雨雪青纱帐。
山舞银蛇添逸畅。沐雨栉风，奋起前行宕。
铁人情，抬眼望。大庆英豪，圆梦石油淌。
忘我爱国伟业创。奉献求实，终显新风尚。

2004年10月8日，在铁人王进喜81周年诞辰的日子。由大庆石油管理局捐赠的铁人王进喜塑像，矗立在西安石油大学雁塔校区。这是全国高校第一尊铁人塑像，塑像高2.6米，由沈阳鲁迅艺术学院设计塑造，所用材料是优质花岗岩。

铁人王进喜塑像落成揭幕仪式，10月8日16时在西安石油大学举行。省委副书记杨永茂，省委常委、省教工委书记郭永平，中国石油集团等有关方面的领导及师生代表800余人出席。铁人王进喜是大庆石油工人的杰出代表，是中国工人阶级的一面旗帜。他不仅为我国石油工业作出了重大贡献，同时也为我们创造了宝贵的精神财富。参加揭幕仪式的同志表示，要以铁人为榜样搞好当前工作。石油大学的师生更是激动不已，决心弘扬铁人精神，为早日建成

[1] 资料来源：《西安日报》2018年10月29日。

高水平的教学研究型大学而奋斗。

（图片来源：作者拍摄）

渔家傲·铁人雕像

前事如烟雕玉树，铁人万载精神驻。
塑像东风梅傲骨，朝花露，振兴牢记来时路。
大庆铁人高校处，西安石油独一户。
两万师生齐注目，学魂筑，莘莘士子青云步。

2011年10月11日，在中国工人阶级的优秀代表铁人王进喜同志88周年诞辰、学校建校60周年的特别日子里，铁人王进喜纪念馆在鄠邑校区落成开馆。该馆由大庆油田股份有限公司捐建，是除大庆、玉门以外，国内建成开放的第3座铁人纪念馆，也是全国首座高校铁人王进喜纪念馆。

西安石油大学铁人王进喜纪念馆是为纪念中国石油工人的光辉典范、中国工人阶级的先锋战士、中国共产党人的优秀楷模、中华民族的英雄王进喜而建立，展现他爱国、创业、求实、奉献的一生，使学校师生永远铭记铁人事迹，缅怀铁人功绩，弘扬铁人精神，传承铁人文化。

纪念馆布展面积800平方米，以陈列铁人王进喜47年不平凡的人生历程为主。共分苦难童年、赤诚报国、艰苦创业、科学求实、无私奉献、鞠躬尽瘁、亲切关怀、精神永存八部分。通过实物、场景复原、雕塑、图片、视频资料等多种手段，将铁人精神具体化，再现了王进喜光辉的一生，并记录了我国石油工业发展初期的艰辛历程，是学校广大师生员工和石油科技、教育界、企事业单位等社会各界人士学习铁人精神、了解中国石油工业的窗口与平台。庄严而神圣的铁人王进喜纪念馆，像一座丰碑，铭刻着铁人的丰功伟绩；像一本厚重的史册，记录着创业者的艰辛和铁人精神的万丈光芒；像一面猎猎飘扬的旗帜，引领着师生员工不断学习、传承、发展铁人精神，攻坚克难，开拓进取，向着建设特色鲜明的高水平教学研究型大学的宏伟目标奋勇前行。

2011年10月，西安石油大学成立铁人王进喜纪念馆大学生讲解队，由校团委指导，承担西安石油大学铁人王进喜纪念馆的讲解工作。大学生讲解队以铁人纪念馆为平台，致力于弘扬铁人精神、传播石油文化，学生讲解员以良好的素质、专业的讲解技能，将铁人精神与学校的光辉历史传播给每一位参观者。平均每年为学校师生和国内外各界人士8000余人次提供讲解服务。每一件馆藏资源的背后都承载着丰厚的内涵和深刻的意义，需要被人讲述，方显灵气。西安石油大学大学生讲解队尽职尽责履行自己的使命，让西石大故事与铁人精神熠熠闪光，让历史永远传承、记录和见证。西安石油大学铁人王进喜纪念馆在进行铁人王进喜先进事迹宣传的同时注重社科普及活动的开展，长期致力于铁人精神和石油精神的科学普及，提高公众对铁人精神与石油精神认识与解读，同时将学习、传承、发展铁人精神与石油石化行业及地方政府服务等有机结合，履行服务社会的重要职责。2021年12月获批“陕西省社会科学普及基地”。

（图片来源：西安石油大学官微）

定风波·铁人情

赤子求实奉献油。爱国创业大江流。
旭日东升春靓丽。朝气。先锋奋勇立潮头。
雪落梅开寒意去。规律。花红柳绿画中游。
讲解情真飞涕泪。心碎。韶华不负美名留。

教育传承　培根铸魂

浙教版小学五年级下册语文《忆铁人》摘录如下：

一九六五年秋，我搬到铁人房中去住，他已经担任了钻井指挥部的副指挥，但是仍旧像在井队工作的时候那样，他在家，屋子里人来人往，川流不息；他出去，身边是团团的人群。他们是来谈心的，“告状”的，要他伸手相助的，要他排解矛盾的。我对铁人说：“你走到哪儿，哪儿就是接待站。”他笑着说：“有什么办法？咱们是共产党员嘛！这些不上串的事，总得有个人管嘛！家属大嫂没柴烧，几十里外的钻工就觉着冷了，咱们不能把马列主义和党的政策，光放在书架上文件夹子里嘛！”

一天，我和铁人到家属基地去，那里的一位干部带我们去看托儿所。刚踏进托儿所大门，就听见哇哇的哭声。铁人急步推开保育室的门进去，只见一个小娃坐在地上哭鼻子抹眼泪。铁人提高声音问："阿姨呢？"一个敦实淳朴的中年职工家属，抱着个孩子匆匆走过来。铁人激动地批评她说："钻工们在一线苦战，你却任由他们的孩子哭？……"那位阿姨望着铁人，不作声，不辩解。在回去的路上，带我们来的干部对铁人说："老铁同志，那位阿姨是个好同志。她抱的是别人的孩子，坐在地上哭的那个娃，倒是她的亲骨肉！"铁人睁大了眼睛，"哦？……咳！"他向司机喊道："掉头。回去！"小车急忙扭过头，冲向托儿所。一下车，铁人就闯进门四下里找，发现那小娃已经洗净了脸，坐在小凳上抱着球玩呢。他一把举起了小娃，看着，看着，紧紧地搂在胸前。

晚上，我正在写日记，铁人开完会回来，抖落了身上的雪花，坐着默默地卷烟抽，忽然，他说："你就把今天的事写一写。看今天那位大嫂，让自己的亲骨肉在地上哭，手里头可抱的是阶级兄弟的娃！这且不说，叫我乱轰了一通，把功劳当过失批，她不还嘴，不生气，就那么笑呵呵地听着。老兄，你我能办得到吗？天天说英雄，这才是英雄哩！"

这篇文章的作者是全国知名作家魏钢焰。1964年初夏，魏钢焰来到大庆油田，与他人同吃同住，近距离接触、了解、感知铁人，与王进喜成为一辈子的朋友。1964年至1973年，曾三次去大庆油田深入生活，创作了反映石油工人生活的作品。改革开放之后，魏钢焰发表的纪念文稿喷涌而出，陆续在《人民日报》和多种文学期刊上发表。1995年，时任陕西省作家协会名誉主席的魏钢焰在西安病故，临终前他给家人留下遗嘱："把我的骨灰，埋在铁人打的第一口井上，我要日夜守护在铁人身边，听着地脉跳动，看着油井奉献！"[1]

浪淘沙令·教育传承

树木必培根。教育铸魂。

传承传统育精神。课本铁人常讨论，不忘人民。

奥远意宏深。天朗乾坤。

落花流水草岑参。秋去冬来一树雪，漫舞飞琴。

---

[1] 宫柯，杨海峰：《共产党人王进喜：看铁人是如何炼成的》，石油工业出版社2021年版，第251页。

大庆市教育系统强调用大庆精神、铁人精神给学生精神成长补“钙”，鼓励教师找准小切口，引导学生学做新时代的“小铁人”，传承铁人精神。早在20世纪90年代，大庆市教育部门就编写了《大庆精神铁人精神教育》读本，组织编写大庆市的小学校本教材《踏着铁人脚步走》等。为保证地方课程实施效果，大庆市教育局对课程实施作出了具体规定。铁人精神是宝贵的精神财富，蕴含着丰富的育人价值。大庆市各校积极挖掘本校红色资源，采用多样化的教学方式开展教学，使铁人精神教育优势有效地转变成为新的德育价值，让精神之光薪火相传。

目　录

第一学期

第一课　苦难童年……1
第二课　优良传统……2
第三课　铁人誓言--忘我拼搏……3
第四课　故事--不要翘尾巴……4
第五课　铁人名言……5
第六课　歌曲—我为祖国献石油……6

第二学期

第七课　优良传统……7
第八课　故事--罗盛教式的共青团员……8
第九课　儿歌—铁人还在我们行列……9
第十课　大庆油田历史陈列馆……10
第十一课　铁人名言……11
第十二课　要把大庆油田建设成美丽的油田……12

《踏着铁人脚步走》的目录

培根铸魂

铁人脚步走天涯，高举红旗柳宿家。

润物无声云岭处，育人有路鲁冰花。

高歌语录惊月鹊，传颂精神照早霞。

孔圣坛前多聚玉，杏园桃李少飞沙。

注：柳宿是星宿名。二十八宿之一，南方朱雀七宿的第三宿，后人常引以咏柳。唐·白居易《诏取永丰柳植禁苑感赋》：“定知玄象今春后，柳宿光中添两星。”清·吴伟业《咏柳》：“输他张绪夸年少，柳宿傍边占小星。”清·纪昀《阅微草堂笔记·槐西杂志三》：“樽前试问香山老，柳宿新添第几星？”

鲁冰花，是客家话“路边花”的音译，学名羽扇豆，被当地人亲切地称为母亲花。

西安石油大学基于石油行业办学背景，一直坚持铁人精神育人，“铁人精神概论”教学已成为其中的重要环节。自2021年4月面向全校一、二年级开设《铁人精神概论》通识选修课。课程的设计高度契合石油石化行业特色和我校人才培养的目标及学生职业发展需求，已初步建成教学资源丰富、教学方法得当、教学内容充实的受学生喜爱和认可的通识课程，具有良好的建设基础和发展前景。课程教学团队包括正教授2人、副教授2人、讲师5人，以及油田企事业单位的相关专家3人。

教学内容上，体现行业特色的融入性。注重讲好铁人的故事，讲好石油的故事，讲好中国的故事，使学生在学习中被感染、被感动，能够下定决心，追随铁人的足迹在新时代开疆拓土。教学话语上，体现以事明理的易学性。注重将学术话语转变为生动活泼的课堂话语，将教材话语转变为润物无声的生活话语，让学生感觉到铁人就在我们身边，铁人精神其实早已融入我们滚烫的血脉中，等待我们去激发、去张扬、去唤醒。教学方法上，体现学思结合的有机性。注重开放式的交流和研讨，强化学生的主体地位，激发学生的学习热情，让学生学中有思，思中有得，进而知行合一，以实现思想的升华，行动的蜕变，真正感受到生命的本质与意义。

通过本课程的学习，使学生深刻了解铁人王进喜平凡而伟大的一生，深刻了解我国石油工业曲折而辉煌的发展历程，深刻了解铁人精神的科学内涵和当代价值，从而激发学生大力弘扬铁人精神，传承石油优良传统，培养他们深厚的家国情怀和干事创业的热情。本课程将紧紧围绕立德树人之根本任务；通过价值引领、知识传授、能力培养的有机结合，以实现培养具有“四实一新”品格的时代新人。

《大庆精神铁人精神概论》

铁人精神概论课

铁人概论溢幽香，牢记精神日月光。
润物无声真故事，讲好石油好文章。
血脉传承来唤醒，学思悟践去张扬。
价值引领陈蕃榻，传道多出夫子墙。

注：陈蕃榻，后汉陈蕃为太守，在郡不接宾客，唯徐稚来特设一榻，去则悬之。见《后汉书·徐稺传》。后因以“陈蕃榻”为礼贤下士之典。

夫子墙，《论语·子张》中子贡曰：“夫子之墙数仞，不得其门而入，不见宗庙之美，百官之富。”本为形容孔子学问道德之高，后以“夫子墙”比喻人之才德高不可攀。唐·柳宗元《献弘农公五十韵》：“独弃伧人国，难窥夫子墙。”

国家传承　中华脊梁

王进喜去世后，周恩来总理接见了王进喜在京的全体家属，并且勉励家属："大庆是伟大领袖毛主席树立的红旗，你们要坚强起来，化悲痛为力量，将王进喜同志'铁人'精神一代代地传承下去。"1971年1月31日，周总理在大庆革委会政治部给燃料化工部报送的《关于追悼和学习铁人王进喜同志活动的情况简报》上批示道："铁人是个英雄，值得纪念；铁人精神，值得学习记载。"1972年1月27日，《人民日报》发表长篇通讯《中国工人阶级的先锋战士——铁人王进喜》，高度评价了王进喜伟大的一生，在全国掀起了学习"铁人精神"的热潮。

1977年，邓小平同志在中共十届三中全会上也指出："在延安中央党校，毛泽东同志提的四个大字叫'实事求是'，我看大庆讲'三老'，当老实人、说老实话、干老实事，就是实事求是。"可以说，以"实事求是"为特征的"石油精神"早已蕴含了改革开放的基因，并在春雷乍响的前夜，由小平同志指了出来。

江泽民十分关心大庆精神的继承和发扬，关心大庆油田的长远发展，先后两次视察大庆油田。1990年2月25日至27日，江泽民来到大庆油田，先后视察了23个基层单位，接见了400多名干部和群众，作了一系列重要指示。他指出："这里到处洋溢着体现中国工人阶级风貌的大庆精神，这就是为国争光、为民族争气的爱国主义精神，独立自主、自力更生的艰苦创业精神，讲求科学、'三老四严'的求实精神，胸怀全局、为国分忧的奉献精神。"并挥笔题词："发扬大庆精神，自力更生，艰苦奋斗，为建设有中国特色的社会主义而努力。"1995年，适逢大庆油田开发建设35周年暨年产5000万吨稳产20周年庆祝大会胜利召开之际，江泽民同志亲笔为大庆题词："发扬大庆精神，搞好二次创业。"

2009年，胡锦涛同志再次到大庆油田考察时强调："50年来，以铁人王进喜同志为代表的一代又一代大庆油田创业者，怀着为国争光、为民族争气的远大胸怀，克服重重困难，创造了极不平凡的业绩，生产了大量国家经济发展所需要的宝贵石油产品，培育了爱国、创业、求实、奉献的大庆精神，锤炼了一支敢打硬仗、勇创一流的英雄队伍，在我国石油工业发展史上，谱写了光辉的篇章。"

2019年9月26日，习近平致大庆油田发现60周年的贺信中写道："60年来，几代大庆人艰苦创业、接力奋斗，在亘古荒原上建成我国最大的石油生产基地。大庆油田的卓越贡献已经镌刻在伟大祖国的历史丰碑上，大庆精神、铁人精神已经成为中华民族伟大精神的重要组成部分。”

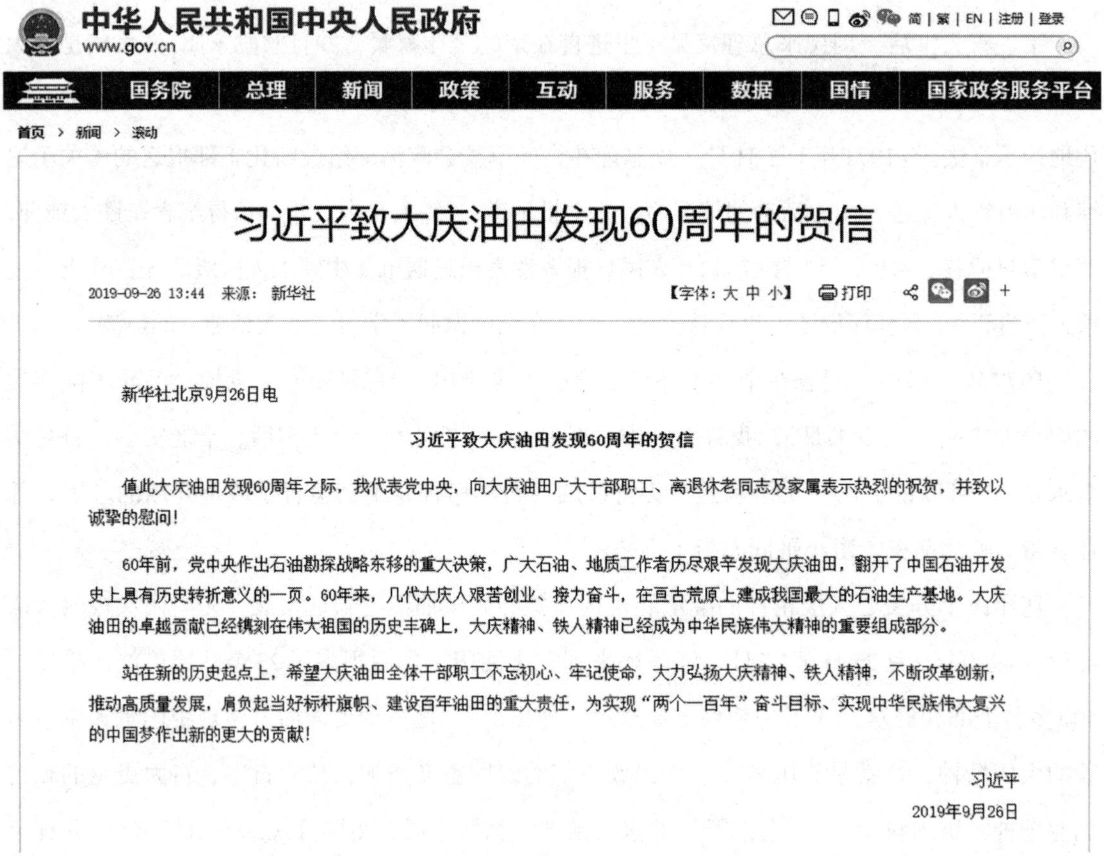

中华人民共和国中央人民政府
www.gov.cn

简 | 繁 | EN | 注册 | 登录

国务院 总理 新闻 政策 互动 服务 数据 国情 国家政务服务平台

首页 > 新闻 > 滚动

习近平致大庆油田发现60周年的贺信

2019-09-26 13:44 来源：新华社 【字体：大 中 小】 打印

新华社北京9月26日电

习近平致大庆油田发现60周年的贺信

值此大庆油田发现60周年之际，我代表党中央，向大庆油田广大干部职工、离退休老同志及家属表示热烈的祝贺，并致以诚挚的慰问！

60年前，党中央作出石油勘探战略东移的重大决策，广大石油、地质工作者历尽艰辛发现大庆油田，翻开了中国石油开发史上具有历史转折意义的一页。60年来，几代大庆人艰苦创业、接力奋斗，在亘古荒原上建成我国最大的石油生产基地。大庆油田的卓越贡献已经镌刻在伟大祖国的历史丰碑上，大庆精神、铁人精神已经成为中华民族伟大精神的重要组成部分。

站在新的历史起点上，希望大庆油田全体干部职工不忘初心、牢记使命，大力弘扬大庆精神、铁人精神，不断改革创新，推动高质量发展，肩负起当好标杆旗帜、建设百年油田的重大责任，为实现“两个一百年”奋斗目标、实现中华民族伟大复兴的中国梦作出新的更大的贡献！

习近平

2019年9月26日

（截屏来源：中华人民共和国政府网 2019-09-26）

甘州遍·干

荒原雪，实干甩贫油。大风流。

无声厚土，拼搏苦干，精神不老度春秋。

干打垒，起高楼。飞龙碧血浇灌，忘我为国忧。

种杨柳、大庆忆甘州。泪红楼。丰年永日，万世干无休。

—★—

1989年，铁人王进喜被中共中央组织部命名为“新中国成立以来在群众中享有崇高威望的共产党员优秀代表”。世纪之交，他同孙中山、鲁迅、雷锋、焦裕禄、李四光、毛泽东、邓稼先、邓小平、袁隆平一起被评为“百年中国十大人物”，写入中华民族的光辉史册。2009年9月10日当选“100位新中国成立以来感动中国人物”之一。2019年9月25日，被评选为“最美奋斗者”。2021年9月29日，铁人精神成为首批纳入中国共产党人精神谱系的46种伟大精神之一正式发布。

铁人精神用一句最生动的口号来解读，那就是“我为祖国献石油”；用一句标语来阐释，那就是“爱国创业我最认真，求实奉献我最根本”。我们不难看出，“我为祖国献石油”中的“我”指的绝不是蝇营狗苟于私利的“小我”，而是以天下为己任的“大我”；绝不是拿一分钱出一份力，精致利己主义的“小我”，而是公而忘私，披肝沥胆，爱国敬业的“无我”。

铁人精神不是坐等而来的，而是拼搏出来的。唯有心怀国之大者，才能在急需能源为新中国“甩掉贫油的帽子”，才能在社会主义现代化建设的关键时刻，挺身而出，勇挑重担。铁人精神不是享福而来的，而是苦出来的。唯有“忘我”者，才能在“困难的时期、困年的地点、困难的条件”战胜一切看似不可战胜的困难，并且迸发出强大的生命活力和无限的创造力，最终建设整装大油田。铁人精神不是凭空想象出来的，而是“苦干实干加巧干”干出来的。唯有心怀“大我”者，才能挖掘出自身的无穷潜力，抓铁留痕，科学求实，实干兴邦，进而成就伟大事业。铁人精神更不是吹捧粉饰而来的，而是实实在在、自然而然干出来的。唯有心怀“大我”者，才能做到“黑天和白天一个样，坏天气和好天气一个样，领导不在场和领导在场一个样，没有人检查和有人检查一个样”。

铁人不仅仅是一个先进人物的代表，更体现着一种精神。正如周恩来总理所批示：“铁人是个英雄，值得纪念；铁人精神，值得学习记载。”铁人已经成为一个时代的印记，成为中国的名片。无论历史怎样变迁，时代怎样发展，铁人精神都不能丢。

从“铁人”王进喜，到“新时期铁人”王启民，再到打响中国石油名片的“大庆新铁人”李新民，铁人精神穿越时空，熠熠生辉。铁人精神是中华民族精神的重要组成部分，是历久弥新、永不褪色的宝贵精神财富，是激励中华儿女拼搏奋进、担当作为、干事创业的强大精神动力。

一个民族，一个国家，是要有一种精神的。新时代，我们要深入传承和大力弘扬铁人精神，人人学“铁人”做“铁人”，以实际行动奋力谱写中华民族伟大复兴的新篇章。

参考文献

[1] 肖铜，马英林.大庆精神（铁人精神）：镌刻在历史丰碑上的辉煌[M].北京：国家行政学院出版社，2022.

[2] 共产党人王进喜编委会编，宫柯，杨海峰执笔.共产党人王进喜[M].北京：石油工业出版社，2021.

[3]《中国石油工业百年发展史》编写组编著.中国石油工业百年发展史[M].北京：中国石化出版社，2021.

[4] 王文超.石油师人[M].哈尔滨：北方文艺出版社，2021.

[5] 郭岗彦.铁人印记[M].青岛：中国石油大学出版社，2021.

[6] 李晨（绘），季路（著）.铁人王进喜[M].北京：中国少年儿童出版社，2021.

[7] 徐克明，陈立勇.铁人精神[M].北京：中共党史出版社，2020.

[8] 铁人学院.大庆精神铁人精神学习读本[M].北京：中国工人出版社，2020.

[9] 陈立勇，刘晓华，张文彬.大庆石油会战口述实录（第二卷）[M].北京：中国工人出版社，2020.

[10] 郭岗彦，党绥梅.大庆精神铁人精神概论[M].北京：石油工业出版社，2020.

[11]《石油精神——文献石油70年》编写组.石油精神——文献石油70年[M].北京：石油工业出版社，2020.

[12] 张玉春.永恒的石油魂–大庆精神铁人精神资料集锦[M].北京：中国石化出版社，2019.

[13] 闫建文.回望石油发现井[M].北京：石油工业出版社，2019.

[14]《改革先锋——王启民》编写组.改革先锋——王启民[M].北京：石油工业出版社，2019.

[15] 大庆油田有限责任公司工会.石油印象[M].北京：中国工人出版社，2019.

[16] 大庆油田有限公司技术发展部《匠心》编撰组.匠心——话说技术革新那些事[M].北京：中国工人出版社，2019.

[17] 李寿生.铿锵脚步　新中国成立70周年石油和化学工业发展纪实[M].北京：化学工业出版社，2019.

[18] 马英林.铁人精神——从文化现象到民族遗产[M].哈尔滨：黑龙江人民出版社，2018.

[19] 李国俊，宋玉玲.大庆精神[M].北京：中共党史出版社，2018.

[20] 刘晓华，陈立勇，张文彬.大庆精神及其当代价值[M].北京：人民出版社，2017.

[21] 查全衡.迎接石油上游业革命的思考[M].北京：石油工业出版社，2015.

[22] 大庆油田有限责任公司《大脚印》编撰委员会编著，宫柯执笔.大脚印——大庆油田勘探开发历程揭秘（上部）[M].北京：石油工业出版社，2014.

[23] 中共大庆市委党史研究室编.余秋里康世恩大庆石油会战时期讲话选编[M].北京：中共党史出版社，2013.

[24] 大庆铁人王进喜纪念馆编；徐俊德主编.精神家园　铁人精神研究论文集[M].北京：中央文献出版社，2013.

[25] 孙宝范，卢泽洲编著.听亲历者口述铁人[M].哈尔滨：黑龙江人民出版社，2012.

[26] 田立英.读懂铁人[M].北京：中共党史出版社，2012.

[27] 冀年勇.讲那创业年代的故事[M].北京：石油工业出版社，2011.

[28] 余秋里.余秋里回忆录[M].北京：人民出版社，2011.

[29] 薛涛著.秦人吼　解读铁人王进喜[M].大连：大连出版社，2010.

[30] 孙宝范，卢泽洲.铁人传[M].北京：中央文献出版社，2009.

[31] 孙宝范.铁人：永远的旗帜[M].哈尔滨：北方文艺出版社，2009.

[32] 李国昌.老会战[M].北京：石油工业出版社，2009.

[33] 大庆油田有限责任公司.大庆油田五十年文史资料汇编（全三卷）[M].北京：石油工业出版社，2009.

[34]《铁人王进喜》编委会.铁人王进喜[M].北京：石油工业出版社，2009.

[35] 马英林.大庆精神铁人精神研究[M].北京：中共党史出版社，2009.

[36] 中共大庆市委党史研究室.大庆石油会战史[M].北京：中共党史出版社，2008.

[37] 毛泽东.毛泽东选集.第3卷[M].北京：人民出版社，1991.

[38] 梅兴无.独臂将军余秋里：政治干部的杰出代表[J].炎黄春秋，2018（3）：51.

[39] 宋明珠.三代铁人英雄谱丨愿得此身长报国——铁人王进喜[J].中国作家，2021（6）.

[40] 张彬.以铁人名义告诉世界“泄密”这个锅咱不背！[J].石油知识，2020（5）：38-39.

[41] 宋天鹤.弘扬铁人精神传承红色基因[J].大庆社会科学，2020（6）31.

[42] 宫柯.铁人王进喜的最后岁月[J].石油知识，2020（4）：21.

[43] 史金龙.铁骨柔肠王进喜[J].工会信息，2019，No.774（6）：14.

[44] 孙忆新.我给铁人当翻译[J].党的生活（黑龙江），2019（1）：53.

[45] 韩福魁.铁人现象启示及铁人精神研究方法——《话说铁人精神》之一[J].大庆社会科学，2016（1）：25.

[46] 郑晓春.科学求实是大庆油田发展进步的不竭动力[J].大庆社会科学，2013（5）：23.

[47] 伏虎.会战红色家谱：一针一线也能支援会战[N].大庆晚报，2022-06-06.

[48] 孙宝范.“土窝窝”学校变形记[N].中国教育报，2021-07-01（6）.

[49] 杨喆，孙彪，唐铁富.奋斗的红旗永不褪色——大庆精神述评[N].人民日报，2021-08-24（6）.
[50] 陈立勇.铁人精神　艰苦创业写忠诚[N].中国教育报，2021-07-01（72）.
[51] 张幸福.修旧利废永远在路上[N].大庆日报，2020-06-02.
[52] 王进邦.哥哥在病危的日子里[J].大庆社会科学，1994（11）：43.

后　记

《诗画铁人》终于完稿，值此之际，感慨颇多。铁人王进喜的一生本身就是一篇壮丽的诗画，本书以三百余首诗词刻画了一位劳动模范、工人楷模、人民英雄。书中涉及大量的文史资料，写作时对一些细节反复比对、甄别，整个过程真可谓五味杂陈。毕竟，世路难行今半百，孤光自照鬓霜生。然依旧，埋首故纸堆，奋力笔如飞。终归，万卷书中寻妙语，一杯月下醉春风。

铁人是一棵树，是一棵历经寒暑、顶天立地之树；铁人是一本书，是一本启迪心灵、淬炼灵魂之书；铁人是一首诗，是一首战天斗地、浩气长存之诗。在本书的撰写过程中，有过因铁人王进喜的事迹过于庞大而辍笔的想法，也有过因铁人的事迹过于感人而暗自垂泪的时光，但更多是充满被铁人感染着、激励着而踔厉奋发的激情。

回首长安秀，念兹善友情。一路前行，披荆斩棘，执笔心悦。曾经，早读书香溢，幽窗一灯留。也曾，几株红柿迎风立，数点梅花傲雪娇。然心怀，血脉石油长念忆，扬帆四海竞群芳。终喜见，烟柳飞花传帝讯，云松鸣鹊报佳音。

问渠那得清如许，为有源头活水来。这本书终于要出版了，此时此刻非常感恩这个伟大的时代，感恩曾经走过的岁月，感恩我所在的学校，更加感恩支持帮助我的亲人、友人、领导、同事。因为，这一切都是我创作的力量源泉。

本书中的诗词以铁人王进喜的学思悟践为创作题材，表达对铁人的缅怀思念，对铁人精神的传承弘扬。由于自身对诗词专业知识的肤浅，对诗词系统理论知之甚少，加之创作经验不足，诗词中难免出现诸多缺陷，敬请读者批评指正！

本书由西安石油大学优秀学术著作出版基金资助，主要用于石油企事业单位铁人精神教育培训及高校学生石油企业文化教育教学。

本书所引用的图片收集途径主要为铁人王进喜纪念馆、西安石油大学校史馆等公开展览场所的二手乃至多手来源，仅极少部分为传播已久的网络图片，图片的真实版权人本书作者无从翔实考究。因此，本书所使用图片的著作权人、版权人如认为引用的图片存在损害其著作权、版权情形的，可在第一时间向本书作者以电子邮件的形式通知说明。本书作者将在收到相关权益主张后尽快核实并及时回复图片著作权、版权的主张人。本书引用的相关图片如事后证明确实构成侵权的，本书作者在此先行致歉。特此郑重说明与声明。（邮箱：705682403@qq.com）

作者